아이디어
에러디어

# 아이디어
# 에러디어

| 창조 = 99퍼센트 에러디어 + 1퍼센트 아이디어 |

배상문 지음

북포스

# 창조는
# 복권당첨이 아니다

물론 모두가 평등하다고 해도 월등히 뛰어난 창조자도 있다. 모차르트나 아인슈타인처럼 누구나가 감탄할 만한 창조물을 만들어내는 것은 그야말로 복권에 당첨된 것이나 마찬가지다. 그러나 복권에 당첨되는 것만이 인생의 전부는 아니다. 스스로가 놓인 삶의 문맥을 받아들이고 뇌 안에 잠재되어 있는 창조성이라는 자연의 힘을 발휘하는 것이야말로 살아가는 기쁨이다.

_모기 겐이치로, 김혜숙 옮김, 『뇌와 창조성』, 눈과마음, 2006, 10쪽

　우리는 '창조'라는 말을 들으면 일단 주눅부터 든다. 그 단어는 마치 복권당첨과 같은 거창한 뉘앙스를 풍긴다. 그러나 이것은 창조에 관한 선입견일 뿐이다. 이 책의 목표는 분명하다. 나는 당신에게 "창조는 복권당첨이 아니다."라는 것을 일깨워 주고 싶다. 당신이 지리멸렬한 일상을 청산하고 창조적인 삶을 살 수 있도록 한껏 독려하고 싶다.

　당신은 창조성을 발휘할 수 있다. 이미 창조력을 충분히 가지고

있다. 다만 모차르트나 아인슈타인처럼 복권당첨 수준의 창조력이 없을 뿐이다. 그러나 뇌 과학자 모기 겐이치로의 말처럼 "복권에 당첨되는 것만이 인생의 전부는 아니"다. 복권에 당첨되지 않아도 행복하게 살 수 있듯이, 월등히 뛰어난 창조성이 없어도 충분히 창조적인 삶을 살 수 있다.

누구나 창조적인 인간이 되길 꿈꾼다. 책을 쓰고 싶고, 그림을 그리고 싶고, 영화를 찍고 싶다. 파워블로거가 되고 싶고, UCC 스타가 되고 싶고, 〈스타킹〉에 출연하고 싶다. 대놓고 말하지 않아서 그렇지 속으로는 다들 생각하고 있다. 문제는 생각만 하고 있다는 것이다. 창조를 복권당첨으로 여기고, 어차피 당첨 안 될 거라며 지레 포기해 버린다.

모차르트나 아인슈타인 수준의 창조와는 달리 책 쓰기나 파워블로거 되기는 결코 복권당첨이 아니다. 전자와 후자를 창조라는 한 단어로 뭉뚱그리면 안 된다. 대다수의 사람들이 그렇게 함으로써 자신을 창조로부터 떼어 놓는다. 자신은 요행을 바라는 사람이 아니라며 주어진 일이나 열심히 하며 살겠다고 다짐한다.

이것은 자기기만이다. 「여우와 신포도」에 나오는 여우의 사고방식이다. 몇 번 폴짝폴짝 뛰어보다가 못 먹을 것 같으니까 '저건 분명히 신 포도일 거야' 하고 생각해 버린다. 속은 좀 편할지 몰라도 포도의 달콤함은 결국 맛보지 못하게 된다. 포도를 먹을 수 있는 방법은 폴짝폴짝 뜀뛰는 것만이 아니다. 조금만 때그락때그락 머리를 굴리면 의외로 간단히 포도를 딸 수도 있는 것이다. 포도는 결코 복권이 아니다.

그렇다고 창조가 마냥 쉽지만은 않다. 복권당첨은 아니지만 '식은 죽 먹기'도 아니다. 누구나 다 할 수 있다고 해서 아무나 다 하고 있지는 않다. 몇 번 폴짝폴짝 뜀뛰어 보기는 하는데 딱 거기까지만 해보고 그만둬 버린다. 나무를 흔들어 보든지, 입으로 돌멩이를 물어 던져 보든지, 지나가는 비둘기한테 따 달라고 부탁을 해 보든지 하면 될 것을, 그저 몇 번 폴짝폴짝 뛰어보고 자기 역량 밖의 일로 치부해 버리는 것이다.

창조는 어렵다. 그걸 부정할 사람은 없다. 그러나 어려워 봤자 '포도 따 먹기' 정도다. 그 정도면 충분히 도전해 볼 만하지 않은가? 아무리 많아도 100번 정도 다른 방법으로 시도해보면 결국엔 포도를 먹을 수 있게 된다. 갖은 노력 끝에 먹는 포도는 더 달다! 마트에서 사다 먹는 포도와는 비교할 바가 아니다. 창조의 매력은 그 어려움에서 나온다.

어떠한 문제든지 아이디어를 100개 정도 내면 그 안에 해결법이 들어 있게 마련이다. 그러니 아이디어맨이 되고 싶으면, 하나의 사안에 대해 100개의 아이디어를 낼 수 있어야 한다. 이 말은 무엇을 뜻하는가? 결국 아이디어맨은 특별한 능력자들만 될 수 있다는 말인가? 아니다. 오히려 그 반대다. 100개의 아이디어만 낼 수 있으면 누구나 창조적인 인간이 될 수 있다는 뜻이다. 100이라는 숫자가 부담스러운가? 100은 10보다는 '다소' 많지만 1000보다는 '훨씬' 적다.

물론 100개의 아이디어를 내는 일이 쉽지는 않다. 그러나 복권당첨처럼 그렇게 어려운 일만도 아니다. 100개의 탁구공이 들어 있는 상자를 떠올려보라. 99개의 흰 공과 1개의 빨간 공이 들어 있다. 자, 당신은 손을 넣어서 빨간 공을 꺼내야 한다. 한 번에 하나씩 꺼내야 하고, 꺼낸 공은 다시 집어넣지 않는다. 운이 좋으면 첫 번째에 빨간 공을 꺼낼 수도 있다. 그러나 운이 나쁘면 백 번째에 빨간 공을 꺼내게 될 것이다.

당신은 이러한 비유를 어떻게 이해할지 모르겠다. 나는 이렇게 해석하고 싶다. 첫 번째로 빨간 공을 꺼내면 물론 기쁠 것이다. 하지만 백 번째로 꺼낸들 어떠랴? 계속 흰 공, 흰 공, 흰 공, 흰 공, 흰 공을 뽑더라도 그다지 괴롭지 않다. 어쨌든 한계는 이미 정해져 있으니까. 흰 공을 하나씩 꺼낼수록 즐겁다. 그렇게 꺼낸 흰 공은 빨간 공을 꺼내게 될 확률을 높이는 구실을 하니까. 1/100, 1/99, 1/98, 1/97 …… 이런 식으로 말이다.

이처럼 생각을 전환하면 실패, 실수, 에러와 같은 단어들이 예사로 들리지 않게 된다. 창조의 세계에서 실패는 단순히 실패가 아니다. 오늘의 실패는 단지 실패로만 그치는 것이 아니라 내일의 성공에 영향을 준다. 성공 확률을 1/100에서 1/99로 높여준다. 복권의 세계는 그렇지 않다. 오늘 꽝 맞은 복권이 다음에 살 복권의 당첨 확률을 높여주지는 않는다. 창조와 복권당첨은 다르다는 게 바로 이런 뜻이다.

창조적 인간이 되고 못 되고는 결국 태도에 달렸다. 실패를 대하는 태도만 바꾸어도 당신은 충분히 창조적인 삶을 살 수 있다. 실패는 그저 실패가 아니다. 실수는 그저 실수가 아니다. 에러는 그저 에러가 아니다. 이런 사실만 항상 염두에 두고 있으면 된다. 그리고 계속 공을 꺼내기만 하면 된다. 100번 안에 틀림없이 빨간 공은 나오게 되어 있다.

이 책의 제목은 『아이디어 에러디어』다. 아이디어의 뜻은 알 테지만, '에러디어'의 뜻은 모를 것이다. 이건 내가 만든 말이다. 잘못, 실수, 틀림, 오류, 착오를 뜻하는 에러(error)와 아이디어(idea)를 합친 말이다. 에러면 에러지 왜 굳이 에러디어라는 말까지 만들어내야 하는지 반문할 분들도 있을 법하다. 그 취지는 위에서 설명했다. 창조의 세계에서 에러는 그저 에러가 아니다. 에러도 그 나름의 가치가 있다. 에러디어라고 이름을 붙임으로써 에러에도 의미를 부여해보자는 거다. 이제부터 에러가 아니라 에러디어다!

"창조는 99퍼센트의 에러디어와 1퍼센트의 아이디어로 이루어진다." 이것이 내가 이 책을 통해서 당신에게 던져주고 싶은 핵심 메시지다. 편안한 마음으로 99개의 에러디어를 껴안을 수 있어야 비로소 당신은 1개의 아이디어도 만날 수 있다.

2011년 1월
배상문

차례

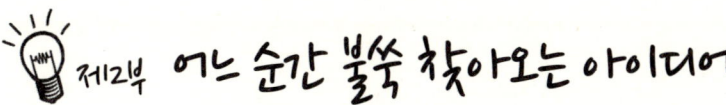

## 제2부 어느 순간 불쑥 찾아오는 아이디어

제3부 아이디어가 에너디어에게, 에너디어가 아이디어에게

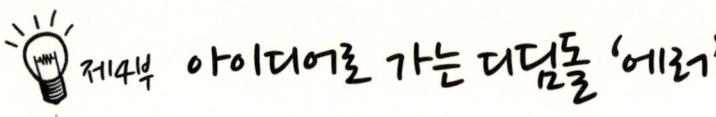

# 제4부 아이디어로 가는 디딤돌 '에러'

## 제1부

'아이디어'로 가는
'에러디어'

# 표현욕은
# 본능이다

모닥불을 피워놓고 둘러앉았을 때, 얼마나 오랫동안 침묵이 흐를까요? 얼마 못
가서 침묵을 참지 못하는 누군가가 의견을 내고, 누군가는 노래를 부르고, 누군
가는 이야기를 시작할 것입니다. 인간은 본래 표현하지 않고는 못 견디는 생물
입니다. 인간은 보수를 받기 때문에 창조적으로 되는 것이 아닙니다. 인간의 창
조력은 자극에 의한 것보다 스스로의 동기부여에 의해 발현되어야 최대화될 수
있습니다.

_김국현, 「웹 2.0 경제학」, 황금부엉이, 2006, 62쪽

인간에게 표현욕은 식욕처럼 본능이다. 더하고 덜하고의 차이만
있을 뿐 표현욕은 식욕처럼 누구나 가지고 있다. 교도소에서는 웬
만한 중범죄자가 아니고서야 독방에 가두지 않는다. 단순히 운영
비를 아끼기 위해서만은 아닐 것이다. 모든 수감자에게 1인 1실을
주고, 교도소 내 폭력을 예방한다는 명목으로 서로 눈도 못 마주치
게 한다면? 이것은 인권보호가 아니라 인권유린이다. 밥을 굶는 것
못지않게 표현을 굶는 것도 극심한 고통이다.

그렇다. 인간은 "표현하지 않고는 못 견디는 생물"이다. 고통을 주는 방법은 간단하다. 표현을 굶기면(표현의 자유를 주지 않으면) 된다. 뇌는 내장처럼 쉬지 않고 활동한다. 의지로 움직임을 멈춰 세울 수 없다. "심장아 그만 뛰어." 할 수 없다. "위장아 소화하지 마." 할 수 없다. "뇌야 생각하지 마." 할 수 없다. 인간은 하루에 오만 가지 생각을 한다. 24시간 우리의 머리는 충전 중이다. 충전만 하고 방전을 안 하면 배터리는 어떻게 되나. 폭발한다.

간혹 자신의 표현욕을 부정하는 분들이 있다. 물론 남들보다 다소 내향적인 성격의 소유자들도 있다. 타인보다는 자신과 더 많은 이야기를 나누는 분들이다. 쉽게 말해 생각은 많고 말수는 적은 분들 말이다. 이들도 표현욕 자체가 없는 것은 아니다. 밥을 적게 먹는다고 해서 "나는 밥을 먹지 않아."라고 말하지는 않는다. 표현욕이 적은 것과 표현욕이 없는 것은 다르다. 표현욕이 적은 것은 기질이지만 표현욕이 없는 것은 병이다.

'은둔형 작가'라는 분들도 알고 보면 다 자신의 표현욕은 채우고 산다. 독자들이 보면 답답해서 어떻게 그리 꽁꽁 숨어서 사나 싶겠지만, 본인들은 작품이 알려지기만 하면 충분한 것이다. 이를 테면 J. D. 샐린저나 파트리크 쥐스킨트 같은 작가들이 그런 경우다. 작가가 작품이 세상에 알려지면 된 거지 그 이상 뭘 더 바라나. 작가만 유명하고 작품은 읽히지 않는 것보다는 백 배 낫다. 자신을 '아웃사이더'라고 지칭하는 작가들도, 다들 본인이 원하는 만큼은 자신의 생각을 표현하며 살고 있다. 그러니 그들에게 괜한 동정심을 느낄 필요는 없다.

창조적인 삶을 살기 위해서는 일단 자기 표현욕부터 인정해야 한다. 당신은 소심한 성격일 수 있다. 당신은 불특정 다수와의 커뮤니케이션에 부담을 느낄 수 있다. 그러나 한편에서는 자기 표현욕이 끊임없이 솟는다. 그런데도 선뜻 자신을 드러내지 못하는 이유는 두려움 때문이다. 내가 쓴 글을 비웃지 않을까, 내가 그린 그림을 놀리지 않을까, 내가 만든 영화를 어이없어 하지 않을까……. 그러한 생각에 사로잡혀 선뜻 자신의 창조물을 내놓기를 꺼린다. 그러고는 자신은 원래 자기만족을 위해 그런 작업들을 한 것일 뿐이라고 자기기만을 해버린다.

조금만 더 용기를 내자. 소심함 때문에 표현욕을 부정하지는 말자. 이는 결국 본능을 부정하는 꼴이다. 배터리의 목적은 충전이 아니라 방전이다. 당신의 뇌도 마찬가지다. 충전만 하고 방전을 하지 않으면 배터리는 폭발한다. 생각만 하고 표현하지 않으면 뇌도 폭발한다.

# 꼬리 달린 사람들이
# 다시 나타나야 한다

개는 꼬리로 자기의 생각을 드러낸다. 반가울 땐 흔들고 노할 땐 빳빳이 세우고 무서울 땐 사타구니 속으로 밀어 넣는다. 꼬리를 잘린 경우 사람으로 치면 혓바닥이 잘린 거나 다름없다. 우리들 인간은 원래 원숭이만큼이나 긴 꼬리를 가지고 있었다. 그러나 꼬리가 퇴화하면서 인간은 자신의 생각을 밖으로 드러내지 않고 몸 속 깊숙이 감추는 법을 배웠다. 그래서 인간은 꼬리를 잘린 뒤로 복잡한 정신병을 가지게 되었다.

_김하기, 「날개와 아가미」, 「복사꽃 그 자리」, 문학동네, 2002, 41쪽

인간에게 꼬리가 달려 있다면 정신과는 간판을 내걸지 못했을 수도 있다. 대부분의 정신병은 마음을 감추는 데서 비롯된다. 요컨대 표리부동이 정신병의 시작점이다. 그런데 꼬리는 드러난 마음이다. 본인이 원하든 원하지 않든 표리동동(?)할 수밖에 없다. 개의 표정만 보고 마음상태를 짐작하기는 쉽지 않다. 그럴 땐 꼬리의 움직임을 보면 된다. 기분이 안 좋은데 꼬리를 살랑살랑 흔드는 개는 없다. 인간에게도 그런 꼬리가 달려 있던 시절이 있었다.

인간은 꼬리가 퇴화하면서 정신병을 얻었다. 물론 이는 한 소설가

가 쓴 문학적인 은유다. 문학적인 은유이지만 동시에 과학적인 설득력도 느껴진다. 그만큼 표현과 정신병의 관계는 밀접한 것이다. 정신과 의사들이 하는 일의 대부분은 환자들의 이야기를 듣는 것이다. 그저 들어주기만 해도 효과가 크다고 한다. 그런데 잘 들어주기는 생각보다 쉽지 않다. 상당한 기술이 필요하다. 많은 사람들이 기꺼이 진료비까지 지불하며 정신과를 찾는 이유다.

물론 우리는 아직 서양에 비해서 정신과를 찾는 사람 수가 적다. 한국인이 서양인보다 정신이 더 건강해서가 아니다. '정신일도하사불성'의 더께가 덜 벗겨졌기 때문이다. 정신에 병이 들었는데 그걸 정신력으로 극복하기는 쉽지 않다. 웅덩이에 썩은 물이 고여 있으면 일단 그 물을 퍼내야 한다. 바닥까지 싹 퍼낸 다음에 깨끗한 물을 채워야 한다. 썩은 물은 그대로 둔 채 계속 깨끗한 물만 들이붓는다고 해결될 일이 아니다. 엄청나게 많은 양의 깨끗한 물이 필요하고 시간도 오래 걸린다. 정신병을 정신력으로 밀어내겠다는 게 딱 그와 같은 발상이다.

꼬맹이들을 해병대 체험캠프에 보내는 게 대한민국이라는 나라다. 그 보기 싫은 장면을 엊그제 텔레비전에서 또 보고 말았다. 빨간 모자를 쓴 조교가 군복 입힌 아이들을 굴리고 있었다. 웃으며 입소했던 아이들이 퇴소할 땐 눈빛이 달라져 있다. 그러고는 교관이라는 사람의 인터뷰가 나온다. "요즘 아이들 … 이기적이고 자기

밖에 모르는 … 오냐오냐 … 인내심과 협동심 ….” 정말 군대를 체험하고 나면 이기심이 사라질까? 인내심이 길러질까?

한국에서 유통되고 있는 나쁜 문화의 시발점이 바로 군대문화다. 공무원문화가 그렇고 학교문화가 그렇다. 직장문화가 그렇고 남녀문화가 그렇다. 한국의 문화는 군대에서 흘러나온 햄과 소시지로 끓인 부대찌개 같은 문화다. 물론 부대찌개도 가끔씩 별미로 먹을 만하다. 문제는 먹을 게 부대찌개밖에 없다는 거다. 매일 먹어야 한다. 된장찌개 먹고 싶은 사람도 어쩔 수 없이 부대찌개 먹어야 한다. 식성이 다른 사람에게는 이런 고역이 없다. 5000만이 부대찌개 냄비 하나에 숟가락을 담갔다 뺐다 하면서 쩝쩝거리고 있는 게 우리의 모습이다.

아이들에게 일찌감치 병영체험을 시키는 건 득보다 실이 많다. 어차피 그 아이들은 자라면서 학교와 사회를 통해 군대문화를 실컷 체험하게 된다. 따라서 아이들에게 더 중요한 교육은 부대찌개를 미리부터 맛보여주는 게 아니다. 김치찌개, 된장찌개, 순두부찌개처럼 다른 종류의 찌개도 맛있다는 걸 알려주는 일부터 선행해야 한다.

창의력이란 다른 사람과 달리 생각하는 능력이다. 이는 군대에서 사병들에게 요구하는 가치와 정면으로 배치된다. 군대에서는 사고하는 병사를 원하지 않는다. 사고(思考)하는 이등병이 부대에 들어오면 사고(事故)칠까 봐 전전긍긍한다. 생각하지 않을수록 몸이 편하다. 시키는 것만 열심히 하면 칭찬 받는다. 남들과 다르게 생각할 필요도 없고, 생각할수록 피곤해진다. 이러한 군대문화에 한국 사회는 깊숙이 젖어 있다. 따라서 만날 창의력이 어쩌고저쩌고 해봐야 공염불일 수밖에 없는 것이다. 사람은 몸이 편해지는 쪽으로 생각을 길들이게 마련이다.

창의성을 발휘하면 몸이 피곤해지는 사회에서는 창의적인 생각이 나오기 힘들다. 픽사(Pixar)의 애니메이션을 보며 넋을 잃을 뿐, 그런 작품을 직접 만들 엄두는 못 낸다. 기술력에서 격차가 나는 것은 어쩔 수 없다. 그만한 수준의 시나리오가 안 나온다는 게 더 큰 문제다. 기술력은 돈으로 커버를 해도 아이디어는 커버 못한다. 해병대 캠프에서 구르던 아이가 커서 창의적인 인재가 될 가능성은 거의 없다. 시키는 것만 잘하면 몸이 편하다는 걸 체험하고 나면 만사가 다 귀찮아진다. 시험점수만 백점 맞으면 예쁨 받는데 무엇 때문에 따로 더 머리를 굴리겠나.

꼬리 달린 인간들이 다시 나타나야 한다. 물론 비유다. 자신의 생각을 겉으로 드러내는 데 주저하지 않는 인간들이 편안하게 살 수 있는 생태계가 조성되어야 한다. 그것이 그 사회의 건강성을 가늠하는 지표다. 이러한 사회분위기는 결코 정신력으로 만들 수 없다. 그보다 먼저 웅덩이부터 싹 비워내야 한다. 군대로부터 연유한 경직된 문화부터 퍼내야 한다(그러고 보니 군인들의 머리를 빡빡 깎이는 것도 일종의 꼬리를 자르는 행위구나). 똥꼬에 힘 팍 주고 정신력으로 버티는 문화를 하루빨리 바꿔야 한다. 똥꼬에 힘을 풀어야 꼬리가 다시 자랄 수 있다.

# 뇌는 '작심'보다
# '안심'을 더 좋아해

긍정화법(Affirmation, 자기 설득)이란 자신의 목표와 소망을 이루기 위해 의식적으로 실천하는 긍정적인 자기 설득 화술을 말한다. 새로운 일 혹은 자기에게 벅차 보이는 일에 도전할 때 실천에 앞서 머릿속으로 성공했을 때의 이미지를 그리고 입으로 "성공했다!"를 외치면 목표달성이 쉬워진다. 인간의 뇌는 '안정적인 삶을 추구하려는' 의지가 강해서 자기가 생각한 대로 실천하려고 자연스럽게 움직이기 때문이다.

_나카이 다카요시, 정은지 옮김, 『작심삼일 씨, 습관 바꾸다』,
비전과리더십, 2006, 101쪽

사람은 몸이 편해지는 쪽으로 생각을 길들이게 마련이다. 대부분의 결심이 '작심삼일'로 끝나는 이유도 바로 그 때문이다. 3일 정도는 몸을 생각에 맞춰 세팅할 수 있다. 그러나 4일 이후에는 몸이 편한 삶으로 되돌아간다. 그러고는 생각을 몸에 맞춰 다시 세팅한다.

"피우고 싶은 담배를 못 피우면 정신건강에 더 안 좋을 거야. 골초였던 우리 할머니도 90세까지 사셨지." "아침에 30분 일찍 일어나 공부한다고 얼마나 할 수 있겠어. 그 시간에 잠을 자는 게 컨디션 관리차원에서 더 나을 거야." "배가 좀 나오면 어때. 사는 데 별

지장 없잖아."

　이러한 생각들은 어느 정도 일리가 있다. 세상에 '일리' 없는 생각은 없다. 이유를 만들려면 100가지도 만들 수 있다. 문제는 3일 전만 해도 저것과 정반대로 생각했다는 것이다. 오래 전도 아니고 딱 3일 전이다. 3일 만에 생각을 180도 뒤집은 것이다. 그러니 이것은 신념이나 가치관에 따른 생각의 변화가 아니다. 그저 "몸이 편해지는 쪽으로 생각을 길들"인 것일 뿐이다. 「여우와 신 포도」에 나오는 여우처럼 말이다. "저 포도는 실 거야. 먹고 싶지 않아."

　나는 이런 태도들을 비난할 마음은 조금도 없다. 비난이라니! 저건 바로 나의 모습이 아니던가. 나야말로 몸이 편해지는 쪽으로 생각을 길들이는 데 달인이다. 그러니 내게는 이런 사고방식에 대해 충고를 할 자격이 없다. 서 있으면 앉고 싶고 앉아 있으면 눕고 싶은 것이 일반적인 사람 심리다. 작심삼일은 아주 자연스러운 현상이다. 인간의 뇌는 "안정적인 삶을 추구하려는" 의지가 강하기 때문이다. 요컨대 뇌는 작심보다는 안심을 더 좋아한다는 말이다.

　그러나 언제까지나 안심만 하며 살 수는 없다. 작심을 해야 육체적으로든 정신적으로든 성숙한다. 마냥 회피할 수만은 없는 것이다. 따라서 작심을 어떻게 대할 것인가 하는 문제는 인생에서 큰 의미를 차지한다. 무엇을 작심할 것인가를 고민하기 전에, 우선 작심 그 자체에 대해서 고민을 해야 한다. 당신은 지금껏 그런 고민을 해본 적이 없을 것이다. 그러니까 매번 '작심삼일'로 끝나 버린다. '작작심삼백일'은 그저 의지력만으로 이룰 수 있는 게 아니다. 물론 강한 정신력의 소유자는 그럴 수 있겠지만 당신이나 내게는 먼 나라의 얘기처럼 들릴 뿐이다.

의지력으로 작심삼백일을 할 수 있으면 그렇게 하라. 그러나 이 글을 100명이 읽는다면 기껏해야 5명 정도만 그게 가능할 뿐이다. 나머지 95명은 '안심삼백일'을 하며 1년을 보낸다. 나는 그 95명을 향해 이 글을 쓰고 있다. 어떻게 하면 당신처럼(혹은 나처럼) 강한 의지력이 없는 사람도 작심삼백일을 할 수 있을까? 방법은 의외로 간단하다. 실천방법이 너무 간단해서 나를 사기꾼으로 몰아세울지도 모르겠다. 그러나 내 말을 듣고 그에 따라 실천한다고 해서 당신이 손해를 볼 일은 눈곱만큼도 없다. 밑져야 본전이니 일단 내 말을 들어주기 바란다.

앞서 뇌의 특성이 뭐라고 했나. 뇌는 "안정적인 삶을 추구하려는" 의지가 강하다고 했다. 일반적으로 안정적인 삶은 안심과 연결된다. 그러니 작심은 매번 3일로 끝나고 4일째가 되면 안심으로 복귀해 버린다. 뇌가 작심의 상태(불안정한 상태)를 거부하는 거다. 그렇다면 작심의 상태를 유지할 수 있는 방법은 단 하나다. 뇌가 작심의 상태를 안정한 상태로 인식하게끔 만들기만 하면 되는 것이다. 내 말이 선뜻 이해가 되지 않을 분들을 위해 예를 들겠다.

날이면 날마다 조깅을 하는 사람들을 생각해보라. 이들은 1년에 300일 이상 공원을 달린다. 그러나 대다수의 사람들은 뛰는 걸 싫어한다. 그것도 매일 아침마다 몇 킬로미터씩 뛴다니. 생각만 해도 끔찍하다. 조깅을 하면 몸에 좋다는 건 알고 있지만 실천하지는 못한다. 집에 배 깔고 누워 있는 게 안심이고, 땀에 젖어 공원을 뛰는 건 작심이기 때문이다. 조깅 중독자는 그렇지 않다. 그들이 의지력으로 날마다 뛴다고 생각하면 착각이다. 그들이 날마다 뛰는 이유는 간단하다. 그들에겐 땀 흘리며 뛰는 게 안심이고, 배 깔고 누워 있는 게 작심이다.

이런 예도 생각할 수 있다. 당신 동네에 리어카를 끌고 다니며 박스 줍고 다니는 할아버지가 있을 것이다. 박스 몇 개 줍겠다고 남의 가게 앞에서 쓰레기통을 뒤지고 있다. 꼬질꼬질한 행색에 보는 사람 마음까지 짠해진다. 그런데 슈퍼마켓 아줌마가 그 할아버지를 보더니 가게에서 잽싸게 튀어나와 굽실거리며 공손하게 인사한다. 알고 보니 그 할아버지는 지역 유지로서 수십 억대의 자산가였던 것이다. 자식들이 제발 그만하라고 말려도 그는 거동을 못하게 되는 날까지 리어카를 끌 작정이란다. 이 노인이 어떤 의무감에서 이런 행동을 하는 것일까? 아니다. 그래야만 마음이 편한 것이다. 작심해서가 아니라 안심하기 위해 오늘도 리어카를 끌고 있다.

당신이 창조력을 발휘하지 못하는 가장 큰 이유는, 창조를 작심하고 덤벼들어야 할 과정으로 여기고 있기 때문이다. 창조를 하려면 매일 일정한 시간을 규칙적으로 몸이나 머리를 써야 한다. 이걸 피하고서 창조를 할 수 없다. 나는 당신이 어떠한 분야에서 창조성을 발휘하고 싶은지는 잘 모른다. 그러나 어떠한 분야든 기본은 다 똑같다. 1년에 300일 이상 하루에 한 시간 정도는 투자해야 목적을 달성할 수 있다. 그런데 작심하지 않고선 창조 작업에 착수할 수 없다면, 의지력이 약한 사람은 십중팔구 성과를 내지 못하고 중도에 포기하고 말 것이다.

의지력이 약한 사람은 다른 방법을 찾아 봐야 한다. 이때 가장 손쉬우면서도 효과적인 방법이 바로 긍정화법으로 자기를 설득하는 것이다. 달리 말해 자기 입으로 자기 뇌를 속이라는 말이다. 방법이야 당신도 예상하다시피 아주 간단하다. "나는 창조가 즐겁다."라고 수시로 되뇌기만 하면 된다. 적어도 하루에 10번 이상은 되뇌어라. 글로 써서 눈에 잘 보이는 데 붙여두면 더 좋다. 이때 주의할 점은 현재형 문장이어야 한다는 것이다. 예를 들어 당신이 작가 지망생이라 치자. '나는 작가가 될 거야!'가 아니라 '나는 작가다!'라는 문장이어야 한다.

나는 작가다! 이걸 하루에 열 번 이상 생각해야 한다. 생각에만 그치지 말고 행동까지 작가처럼 하면 더 좋다. 작가처럼 행동한다는 게 뭘까? 물론 빵모자 쓰고 파이프 담배 물고 이런 걸 말하는 건 아니다. 작가라면 어느 시간대에 글을 쓸까, 하루에 작업량은 어느 정도가 적당할까, 어떤 책들을 읽어야 할까 등을 고민하고 그에 걸맞게 행동하는 것을 말한다. 처음엔 몸에 맞지 않는 옷을 입은 것처럼 어색할 수 있다. 그러나 자꾸 되뇌다보면 세뇌된다. 거듭 말하지만 뇌는 "안정적인 삶을 추구하려는" 의지가 강하다. 자신을 작가라고 세뇌하다 보면 결국 자신에게 더 안정적인 삶은 (작가 지망생이 아닌) 작가로서의 삶이라고 여기게 된다. 이 단계가 되면 당신은 굳이 작심을 하지 않고도 글을 쓰고 있는 자신을 발견하게 될 것이다.

# 우리 어깨 위엔 늘
# '습관'이라는 가랑비가 내린다

세상을 바꾸는 것과 자신의 사소한 습관을 고치는 것 중에 어느 것이 더 힘들
까? 세상은 물론 혼자 힘으로 바뀌지는 않기 때문에 당연히 그쪽이 더 힘들 것
같다. 그렇지만 살다 보면 세상은 바뀌는 데 사소한 기호나 습관은 여간해서 바
뀌지 않는다는 걸 깨닫게 된다. 이런 걸 보면 후자 쪽이 더 힘든 것 같기도 하다.
20년이나 아내의 잔소리를 들으며 몇 가지 생활습관을 고치려고 해 보았지만,
아직도 그대로다. 그동안 세상은 꽤 많이 바뀐 것 같다.

_이유선, 『아이러니스트의 사적인 진리』, 라티오, 2008, 161쪽

"그 사람은 곧 그 사람의 습관이다."라는 말이 있다. 누가 한 말이
냐고? 내가 지금 앉아서 생각해낸 말이다. 카피라이트를 주장하기
엔 다소 찜찜하다. 언젠가 어디선가 들어본 말인 것 같아서다. 혹
시나 해서 저 문장을 따다가 검색창에 넣어보니 같은 문장이 걸려
나오지는 않는다. 그렇다면 주인장이 나타날 때까지만 일단 내가
맡아 두겠다.

"그 사람은 곧 그 사람의 습관이다."라고 내가 자신 있게 말할 수
있는 이유는, 인생이란 모름지기 장거리 경주이기 때문이다. 장거

리 경주에선 습관이 경기결과에 큰 영향을 미친다. 사소한 습관일수록 더 큰 영향을 미친다. 눈에 잘 띄지도 않는 잘못된 습관 하나가 피로누적에 상당한 영향을 주어 경기를 망치게도 한다. 예컨대 보폭이나 팔 흔드는 각도 또는 호흡법이 '미세하게' 흐트러져도 자칫 완주를 못하고 중간에 탈진해 버리게 된다.

가랑비에 옷 젖는 줄 모르고 있다가, 흠뻑 젖고 나서야 비로소 자신이 쫄딱 젖었음을 깨닫게 되는 경우와 마찬가지다. 집 근처 편의점이라면 우산 없이 뛰어갔다 와도 된다. 그러나 산책을 가려면 반드시 우산을 받쳐 들고 집을 나서야 한다. 우리의 어깨 위엔 늘 습관이라는 가랑비가 내리고 있다. 잘 못 느끼겠지만 당신은 지금 빗속에 서 있다. 소나기라면 피할 텐데 가랑비라서 줄곧 맞고 있는 것이다. 젖고 있다는 자각이 좀처럼 들지 않기 때문이다.

말을 할 때마다 입아귀에 허연 침이 고이는 분들이 있다. 그렇게 보기 싫을 수 없다. 왜 고치지 않는가. 그들의 구강구조가 남달라서일까? 아니다. 무신경하기 때문이다. 자신의 모습이 남에게 어떻게 보이는지 전혀 생각해보지 않아서 그렇다. 무안해 할까봐 대놓고 말하지 않아서 그렇지 그동안 지인들이 몇 번쯤 눈치를 줬을 것이다. 하지만 그는 그들이 보내는 신호를 전혀 감지하지 못한다. 입가에 침이 고인다고 해서 말하는 데 불편하지는 않기 때문이다.

당신은 좀 더 민감해져야 한다. 사소한 습관에 주의를 기울여야 한다. 인생은 마라톤이다. 마라토너에게는 길 위의 돌멩이보다 신발 속의 모래 알갱이 하나가 더 큰 장애물이다. 길 위의 돌멩이는 조금만 주의하면 쉽게 피할 수 있다. 신발 속의 모래 알갱이는 경기를 마칠 때까지 함께 해야 한다. 달리던 도중에 신발을 벗어 털어낼 수 없다. 그러니 애초에 모래 알갱이가 신발에 들어오지 않도록 세심한 주의를 기울이는 게 최선의 방법이다.

　창조적인 삶을 살기 위해서도 마찬가지다. 창조는 숨쉬기고 잠자기며 밥 먹기다. 건강한 삶을 살기 위해서는 사소한 습관에 주의해야 하듯, 창조하는 삶을 살기 위해서도 마땅히 그래야 한다. 좋은 습관은 천성처럼 만들고, 나쁜 습관은 천적처럼 멀리 해야 한다. 그렇다면 무엇이 창조에 좋은 습관이고 나쁜 습관일까. 앞으로 내가 하게 될 이야기의 많은 부분이 이에 할당될 것이다. 시시콜콜한 부분까지 따져 보려고 한다. 사소한 습관은 사소하지 않기 때문이다.

# 멈춰 있던 버스도
# 한번 움직이면 잘 굴러간다

> 나는 대부분의 아침이 피곤하고 무겁다. 전혀 영감에 차 있지도 않고 열망에 들 떠 있지도 않을 때가 거의 전부다. 그래도 나는 그림을 그린다. 그림을 그리기 시작할 무렵은 그렇게 무겁고 힘들다. 그래도 자꾸 그림을 그려나가면 어느 샌 가 나 자신이 그림을 그리고 있다는 사실을 잊어버린다. 그리고 그림 그 자체가 요구하는 곳으로 내가 따라가게 된다.
>
> _김점선, 『점선면』, 시작, 2009, 231~232쪽

 

텔레비전 예능 프로그램에 해마다 단골로 나오는 분이 있다. 주로 명절 특집 프로그램에 자주 나온다. 주특기는 귀로 버스를 끄는 묘기다. 밧줄의 끝을 양 갈래로 나누어 귀에 걸고 뒷걸음질하면서 버스를 끌어당긴다. 힘이 드는지 오만상을 찌푸리며 기합을 넣어 본다. 저러다 귀 떨어져 나가는 거 아닐까. 지켜보는 구경꾼들의 인상도 같이 구겨진다. 그렇게 얼마 간 용을 쓰고 있으면, 꿈쩍도 하지 않을 것 같던 버스가 끄떡끄떡한다. 사람들이 흥분하기 시작한다. 사내는 마지막으로 남은 힘을 쥐어짠다. 드디어 버스는 사내를

따라 얌전히 끌려간다.

　멈춰 있던 버스는 조금이라도 움직이게 하기가 어려워서 그렇지, 일단 바퀴가 구르기 시작하면 그 후로는 상대적으로 힘이 덜 든다. 아시다시피 관성의 법칙 때문이다. 이러한 관성의 법칙은 꼭 물리학의 세계에서만 적용되는 게 아니다. 심리학의 세계에서도 통용된다. 요컨대 사람 마음도 어떠한 상태로 한동안 있게 되면 줄곧 그 상태를 유지하고 싶어 한다는 말이다. 직장인들은 휴가 기간을 전후로 해서 자신의 심리상태가 어땠는지를 떠올려보면 이해가 될 것이다.

　첫날 아침은 왠지 모르게 불안하다. 평일인데 직장에 가지 않고 집에 있는 자신의 모습이 영 어색하다. 이틀이 지나고 사흘이 지나야 비로소 휴가인 모드에 적응이 된다. 마음 편히 늦잠도 잔다. 진종일 널브러져 있어도 심리적인 압박감이 느껴지지 않는다. 그러다 어느새 휴가가 끝나고 다시 회사에 첫 출근하는 날에는 어떻던가. 첫날엔 거의 일을 못한다. 일이 손에 잡히지 않는다. 그렇게 며칠 동안 출퇴근을 반복해야 다시 '직장인 모드'로 돌아간다.

　직장을 잃거나 사업에 실패하여 집도 절도 없이 떠돌게 되는 분들도 처음엔 노숙자만은 되지 않기 위해 필사적으로 노력한다. 그러나 어쩔 수 없이 노숙을 한두 달 하게 되면 그 길로 계속 노숙자가 될 수밖에 없다고 한다. 의지와 상관없이 몸이 한뎃잠에 완전히 길들어 버리는 것이다. 결국엔 일거리를 마련해줘도 일을 하지 않으려는 지경까지 가 버린다. "사지 멀쩡한 사람이 그러면 안 돼. 일을 해야지." 하는 식으로 백날 훈계해 봐야 소용없다. 의지력으로 관성의 법칙을 깨기란 여간해선 쉽지 않다. 오죽하면 법칙이겠는가.

나는 관성의 법칙을 거스르라는 주문은 하고 싶지 않다. 나 자신도 그렇게 하고 있지 않은데 남들에게 주문할 수는 없다. 나는 오히려 반대로 그 법칙을 실생활에서 잘 이용해 보라고 권하고 싶다. 당신이 화가라면 매일 아침 붓을 들고 캔버스 앞에 앉아야 한다. "전혀 영감에 차 있지도 않고 열망에 들떠 있지도 않을 때가 거의 전부"라도 말이다. 그러고는 붓이 가자는 대로 캔버스에 물감을 칠해 나가는 것이다. 처음에 몸을 캔버스 앞에 앉히기가 다소 어렵지만 일단 앉고 나면 그럭저럭 작업을 시작할 수 있다. 대단한 작품을 그리라는 게 아니다. 낙서를 해도 괜찮다. 아무튼 중요한 건 캔버스 앞에 앉아서 붓을 놀리기 시작하라 것이다.

당신이 할 일은 그저 최초의 붓질 한 번이면 족하다. 그러면 나머지는 관성의 법칙이 알아서 작업을 진행할 것이다. 한 번 움직인 붓은 계속 움직이려고 하기 때문이다. 내 말이 거짓말인지 아닌지 내일 아침부터 당장 확인하시기 바란다.

# 싫증을 느끼기 전에
# 미리 쉬어라

공부 자체를 싫어하면 몇 년에 걸쳐 꾸준히 공부할 수가 없다. 공부습관을 기르
는 요령은 집중력이 높을 때 공부하고 조금이라도 싫증이 나면 바로 공부를 중
지하여 공부가 싫어지는 상황을 사전에 피하는 것이다. 다시 말해 싫증을 느끼
고 난 다음에 휴식을 취하지 말고 싫증을 느끼기 전에 미리 쉬어야 한다.

_후루이치 유키오, 이진원 옮김, 『1일 30분』, 이레, 92쪽

공부뿐 아니다. 어떠한 작업이든 꾸준히 오래 붙들고 있으려면
쉬는 타이밍을 잘 잡아야 한다. 너무 열심히 하면 오래 못한다. 무
슨 일이든 열심히 하면 할수록 그만큼 싫증의 강도도 커진다. '내
가 지금 너무 열심히 하는 거 아냐' 하는 마음이 들 때 쉬어야 한
다. 물론 때에 따라서는 진이 빠지도록 하루에 18시간 이상 몰입해
서 작업을 해야 하는 경우도 있다. 예컨대 마감이 코앞에 닥친 글
쟁이들은 어쩔 수 없이 단기간에 자신을 혹사할 수밖에 없다.

이런 식으로 1년만 작업을 하면, 그 사람은 완전히 망가져 버린

다. '내가 지금 제대로 살고 있기는 한가' 인생 자체에 대한 회의감까지 밀려든다. 글쓰기는 꼴도 보기 싫어진다. 너무 열심히 해서 그만큼 싫증의 강도도 커졌기 때문이다. 1년을 혹사하면 1년은 쉬어야 한다. 이건 누가 봐도 정상적인 페이스가 아니다. 마라토너의 페이스 관리법이 아니다. 글쓰기 문제에 국한되는 게 아니라, 인생 자체를 잘못 살고 있는 것이라 볼 수 있다.

창조적인 생활을 가장 쉽게 청산할 수 있는 방법이 바로 창조적인 생활에 올인하는 것이다. 블로그 운영을 예로 들면 이해하기 쉬울 것이다. 블로그를 잘 가꾸어 파워블로거가 되는 것도 하나의 창조적인 활동이다. 충분히 도전해 볼 만한 재미있는 작업이다. 그런데 블로그를 운영할 때 가장 주의해야 할 점은 블로그를 너무 열심히 해서는 안 된다는 것이다. '딱 1년만 블로그를 하겠다'라고 생각한다면 열심히 해도 된다. 그러나 적어도 5년 이상은 끌고 나가 보겠다는 마음이라면 결코 블로그에 올인해서는 안 된다. 올인은 단거리 주자의 사고방식이다.

블로그에 너무 몰입하면 얼마 못 가서 반드시 심한 회의를 느끼게 된다. 블로그 개설 초기에는 하루에 몇 개씩 의욕적으로 글을 올린다. 포털사이트 메인화면에도 노출되어 방문자 수가 갑자기 폭발적으로 증가한다. 가슴이 막 뛴다. 방문자들이 실망하지 않도록 매번 글을 올릴 때마다 더욱 더 많은 공을 들인다. 그러다 결국 주객이 전도되어 버리고 만다. 어느 순간 자신이 방문자들의 눈치를 너무 보고 있다는 깨달음이 찾아온다. 자신이 누군가의 눈치를 보고 있다는 자각이 들게 되면 누구나 깊은 회의에 빠지게 된다. 결국 '잠시 블로그 닫겠습니다'라는 글을 올린 후 잠적해 버린다. 그 '잠시'라는 게 보통 몇 개월에서 몇 년 간다.

창조적인 작업을 꾸준히 하려면 잘 쉬는 법부터 터득해야 한다. 수영을 잘하기 위해서는 팔과 다리를 젓는 법만 배워서는 안 된다. 옳은 호흡법을 익히는 것도 매우 중요하다. 옳은 호흡법이란 결국 숨이 찰 때 숨을 쉬는 게 아니라, 숨이 차지 않도록 숨을 쉬는 법을 말한다. 호흡이 흐트러지게 되면 팔과 다리를 아무리 힘차게 저어도 장거리 헤엄은 못 친다.

"싫증을 느끼고 난 다음에 휴식을 취하지 말고 싫증을 느끼기 전에 미리 쉬어야 한다." 그래야 날마다 작업을 할 수 있다. 싫증을 느꼈을 때 취하는 휴식은 제대로 된 휴식이 아니다. 어느 정도 작업에 재미를 느끼고 있을 때 과감히 손을 떼고 내일을 기약하라. '아, 빨리 내일이 와서 하던 작업을 계속했으면 좋겠다'라는 기분이 들 때 끝내라. 자, 그럼 내일 보자.

# 전봇대 뒤에서 얼굴 한 번
# 보는 게 뭐 그리 대수야

1980년대의 일인데, 도쿄에서 매일 아침 조깅을 하고 있을 때, 한 멋있는 젊은 여성과 자주 스쳐 지나갔다. 수년간에 걸쳐 스쳐 지나갔기 때문에 그동안 자연히 낯익은 사이가 되었고, 만날 때마다 서로 방긋이 미소로 인사를 하곤 했지만, 결국 말을 걸어본 적도 없고(내성적인 성격이어서) 상대의 이름도 물론 모른다. 그렇지만 매일 아침 그녀와 얼굴을 마주친다는 것은, 그 무렵 나의 작은 기쁨 중 하나였다. 조금쯤 그런 기쁨이 없었다면, 여간해서 매일 아침마다 달리기는 어려웠을 것이다.

_무라카미 하루키, 임홍빈 옮김, 『달리기를 말할 때 내가 하고 싶은 이야기』,
문학사상사, 265쪽

 

누구나 한 번쯤 겪었을 법한 얘기다. 주로 학창시절에 이런 경험을 많이들 한다. 관심이 가는 이웃 학교 남학생(또는 여학생)의 얼굴이라도 한 번 보려고, 평상시에 다니던 등굣길이 아닌, 그 학생이 다니는 길로 한참을 빙 돌아서 등교했던 기억. 그렇게 먼발치에서 얼굴이라도 잠깐 보고 나면 그날은 온종일 기분이 좋다. 반대로 타이밍이 맞지 않아 얼굴을 보지 못하고 등교를 하면 하루 종일 헛헛하다. 내일은 좀 더 일찍 가서 오래 기다리겠다고 다짐한다.

1초 동안 휙 지나가는 얼굴 한 번 보겠다고 아침마다 그 고생을 한다는 건 제삼자의 눈엔 그저 우스꽝스러운 짓일 뿐이다. 얘기를 하거나 데이트 약속을 받아내는 거라면 또 모르겠다. 전봇대 뒤에서 얼굴 한 번 보는 게 뭐 그리 대수라고. 아침잠을 포기한 대가치고는 너무 사소한 보상이다. 그러나 당사자에겐 그 작은 기쁨이면 충분하다. 다시 말해 사람을 움직이게 하는 데는 굳이 큰 기쁨이 필요치 않다. 사소한 보상만 주어져도 사람은 곧잘 움직인다.

창조적인 작업을 꾸준히 유지하는 방법 중 하나는 자기 보상의 체계를 갖추는 것이다. 보상의 내용은 사소해도 괜찮다. 아니, 사소해야 한다. 거의 매일 자신에게 보상해야 하는데, 큰 보상을 매일 자신에게 할 수는 없기 때문이다. '이번에 내게 될 책의 원고를 다 쓰고 나면 일본여행을 다녀와야지' 이런 건 큰 보상이다. 좋기는 한데 너무 거창하다. 날마다 일본여행을 주문처럼 외운다고 해도 그다지 도움은 되지 않는다. 처음에는 자극이 되겠지만, 결심한 지 며칠만 지나면 다시 무감각해진다. 집필을 끝내려면 아직 6개월이나 남았는데 말이다.

날마다 엉덩이를 노트북 앞에 앉히는 데는 사소한 보상이 더 큰 도움이 된다. 그런데 사소한 보상에는 어떤 게 있을까. 많은 작가들이 쓰고 있는 방법 중 하나는 카페에서 글을 쓰는 것이다. '퇴근 후 한 시간 동안 카페에서 글을 쓰겠다. 대신에 글 쓰느라 수고한 나에게 맛있는 커피를 한 잔 대접하겠다' 이게 바로 즉각적인 효과를 발휘하는 보상체계다. 오늘 당장에 한 페이지라도 글을 쓰게 하는데는 일본여행보다는 커피 한 잔이 더 효과적이다.

또 다른 방법으로는 그때그때 쓴 글을 블로그에 올려서 피드백을 받는 것이다. 이건 지금 내가 쓰고 있는 방법이기도 하다. 나는 『아이디어 에러디어』라는 책을 쓰고 있다. 나는 이 책을 100개의 짤막한 글로 채우려고 한다. 그런데 솔직히 말하면 내가 100개를 다 쓸 수 있을지 장담 못하겠다. 이 글은 내가 7번째 쓰는 글이다. 앞으로 93개를 더 써야 한다. 100개를 다 채운 후에 세상에 공개해야 한다면 나는 분명히 중도에 포기하고 말 것이다.

나는 한 편의 글이 완성되면 바로 블로그에 올린다. 그리고 재미있다거나 공감한다는 댓글들을 보면서 즐거움을 느낀다. 이처럼 사소하지만 즉각적인 보상 덕분에 93개의 글도 마저 쓰겠다는 의지가 샘솟는 것이다. 당신도 자기 나름의 보상체계를 갖추어라.

# 죽돌이, 강수진, 박지성은
# 운 좋은 쾌락주의자

지속적으로 에너지를 축적하여 일하는 사람은 끈기 있는 성격이라기보다는 오히려 앞을 내다보는 힘을 가지고 있다고 해야 할 것이다. 누구든 예측하기 어려운 일에 대해서는 쉽게 단념하게 된다. 끈기 있게 공부하지 못하는 사람도 자신이 좋아하는 분야에서는 무서울 정도의 끈기와 인내를 보이는 경우가 있다. 사실, 끈기가 있느냐 없느냐의 문제가 아니라 그것이 과연 자신에게 즐거운 일인가 아닌가 하는 것이 더 중요하다. 즐거운 앞날을 그려볼 수 있으면 끈기는 저절로 생기는 것이다.

_사이토 다카시, 홍성민 옮김, 「절차의 힘」, 좋은생각, 2004, 220쪽

　　창조적인 생활을 일상화하기 위해서는 끈기와 인내에 대한 그릇된 생각부터 바로잡아야 한다. 대다수의 사람들은 끈기와 인내를 목표에 도달하기 위한 과정에서 지녀야 할 덕목쯤으로 여기고 있다. 이는 잘못된 생각이다. 끈기와 인내는 원하는 결과를 얻기 위해 억지로 쥐어짜내야 하는 어떤 것이 아니다. 결과를 목표로 했을 때만 끈기와 인내라는 말이 성립한다. "좋은 결과를 얻을 때까지만 참자."라는 생각을 가지고 있는 사람에게만 끈기와 인내 운운할 수 있다. 그러나 결과와 상관없이 현재를 즐기고 있다면 끈기와 인내

를 갖다 붙일 수 없다.

창조는 결과가 아니라 과정이다. 결과는 창조의 과정에서 얻게 되는 약간의 부스러기일 뿐이다. 그렇게 생각해야 한다. 창조를 과정이 아닌 결과로 보면 어떻게 될까? 좋은 결과가 나오면 기뻐하고 나쁜 결과가 나오면 슬퍼하게 된다. 이 과정에서 끈기와 인내라는 개념이 튀어나온다. 나쁜 결과가 나오면 큰일이기 때문에, 반드시 성공적인 결과를 끌어내야 하기 때문에, 창조의 과정에서 스트레스를 받게 되는 것이다. 스트레스가 바로 끈기와 인내의 다른 이름이다. 스트레스는 결과중심활동의 산물이다. 과정중심 활동에서는 절대로 스트레스가 생기지 않는다.

예컨대 당신의 취미는 축구다. 일요일 아침마다 공 차러 나간다. 전후반 90분을 통틀어 전력을 다해 뛴다. 땀은 비 오듯이 흐르고 심장은 터질 것 같다. 경기 막바지에 이르면 다리가 후들후들 떨려서 뛰기는커녕 걷기도 힘든 지경이 된다. 축구에 관심 없는 사람의 눈에 이는 미친 짓이다. 그는 당신에게 이렇게 물을 것이다. "안 힘드세요?" 그러면 당신은 푸핫 웃음을 터뜨릴 것이다. "안 힘드냐고요? 보시다시피 죽을 것 같네요. 그래도 재밌잖아요."

발레리나 강수진과 축구선수 박지성의 발을 찍은 사진이 인터넷에서 화제가 된 적이 있었다. 대다수의 사람들은 그런 사진을 보면서 끈기와 인내를 떠올린다. 그러면서 일종의 감동코드로 몰고 간다. "미래의 꿈을 위해서라면 현재의 고통도 감내하라!" 그러나 내 눈엔 그 사진들이 그런 식으로 보이지 않았다. 나는 오히려 쾌락주의의 끝을 보았다. 강수진과 박지성은 '금욕주의자'가 아니다. 그들이야 말로 진정한 의미에서 '쾌락주의자'다.

웬만큼 쾌락주의자가 아니고서는 신체가 그렇게 일그러질 정도로 자신의 일에 몰입할 수 없다. 일견 금욕주의자처럼 보이는 측면도 없지 않다. 그러나 그 밑바닥에는 역시 쾌락주의가 깔려 있다는 말이다.

온라인게임을 광적으로 좋아하는 사람이 있다고 하자. 하루에 8시간 이상씩 매일 게임을 한다. 그 게임을 한다고 해서 자신에게 금전적인 이익이나 명성이 돌아오는 것도 아니다. 그냥 좋아서 한다. 게임을 하는 매순간 쾌락을 느낀다. 나쁘게 말하면 중독상태다. 이렇게 몇 년 게임에 몰입하다 보면 신체적인 변화가 온다. 등이 구부정해지는 것이다.

피시방 죽돌이(?)의 구부정한 등과 강수진(박지성)의 구부러진 발가락에는 본질적인 차이가 없다. 전자는 쾌락주의의 산물이고, 후자는 금욕주의의 산물이라는 식으로 생각하는 것은 본질을 왜곡하는 말이다. 교훈을 추출해내길 좋아하는 사람들이 억지로 만들어 낸 얘기다. 내가 보기에 죽돌이, 강수진, 박지성은 모두 쾌락주의자일 뿐이다. 자신이 좋아하는 일에 앞뒤 생각하지 않고 몰두하는 능력이 뛰어나다는 점에서 그들은 같다. 그저 게임과 발레와 축구를 미친 듯이 좋아할 뿐이다. 차이가 있다면 부와 명성을 얻었느냐 그렇지 못했느냐 하는 점뿐이다.

자신이 좋아하는 일을 아무리 열심히 하고 또 잘해도 결과적으로 돈을 못 벌면 사람들은 그를 죽돌이라 부른다. 온라인게임을 해서 돈을 벌면 그건 또 프로게이머라 부른다. 사실 죽돌이와 프로게이머는 종이 한 장 차이다. 단지 그 종이가 '지폐'라는 이유로 평가가 극과 극으로 갈리는 것이다. 사람들은 당신의 열정에 관심 없다. 당신의 부와 명성에만 관심이 있을 뿐이다. 부와 명성의 뒤를 캐보니 끈기와 인내가 있더라는 말은 주객이 전도된 꼴이다. 어쩔 수 없다. 그게 세상 이치다. 부와 명성을 쌓지 못한다면 누구도 당신의 뒤를 캐보고 싶은 마음조차 가지지 않는다. 결과에서 과정이 탄생하는 꼴이다.

문제는 결과를 우리가 통제할 수 없다는 거다. 박지성보다 10배 더 노력해도 박지성의 10분의 1만큼도 부와 명성을 얻지 못할 확률이 크다. 아주 크다. 그러니 결과를 목표로 과정을 끈기와 인내로 버틴다는 것은 미친 짓이다. 박지성도 순전히 노력과 실력만으로 지금의 위치에 오른 게 아니다. 박지성에게 딱 적절한 시기에 한국에서 월드컵이 열렸고, 히딩크가 국가대표 팀 감독이 되었기 때문에 현재의 박지성이 있는 것이다. 4년 전이나 4년 후에 개최했거나 히딩크 아닌 한국 감독이 선임되었으면 지금의 박지성은 없다. 나 나름대로 박지성을 평가하자면 그는 억세게 운이 좋은 쾌락주의자다. 물론 여기서 쾌락주의자는 칭찬의 의미다.

창조적인 삶을 살기 위해서는 먼저 쾌락주의자가 되어야 한다. 과정을 즐길 줄 알아야 한다. 내가 통제할 수 없는 결과에 대해 지나친 기대와 환상을 가지고 현재를 금욕주의자로 살아가는 것은 참으로 끔찍한 일이다. 물론 "즐거운 앞날을 그려볼 수 있으면" 좋다. 그런 것까지 부정하고 철저히 현재에만 집중하며 살 수는 없다. 지나친 기대와 결과중심의 사고는 좋지 않다는 말이다. 결과가 좋지 않아도 과정이 즐거웠으면 그걸로 만족할 줄 알아야 한다.

세상 사람들은 결과가 떡이고 과정의 즐거움을 떡고물이라고 생각한다. 나는 뒤집어서 생각한다. 과정의 즐거움이 떡이고 결과가 떡고물이다. 떡고물 없이 떡을 먹어도 어찌 됐든 떡을 먹은 것이다. 그러나 떡 없이 떡고물만 먹으면 아무리 많이 먹어도 떡을 먹은 게 아니다. 무엇을 떡으로 보고 사는 게 현명한 일인지는 굳이 말할 필요가 없다.

# 당신은 이미
# 도인(道人)이다

어제 집에서 독서일기를 보유하다가, 청주에서 검도를 배울 때 젊은 사범이 우리에게 '검도가 별것 없어요'라고 한 말을 다시 고쳐 써야겠다는 생각이 들었습니다. 지금 저도 그런 말을 해 주고 싶을 때가 많거든요. 똑같은 짓 매일하면서 하루하루 그 미세한 경지의 차이를 느끼는 것, 그게 결국은 도(道)가 아니겠나 싶습니다. 화려한 동작을 계속해서 바꾸어가며 단계를 높이는 것들은 도가 되기 어렵겠더라구요. 기껏해야 광대놀음이겠지요. 행동의 깊이를 느낄 시간이 없으니까요.

_양선규, 「풀어서 쓴 문학 이야기」, 푸른사상, 2005, 94~95쪽

　

도 닦기는 별것 없다. "똑같은 짓 매일 하면서 하루하루 그 미세한 경지의 차이를 느끼는 것"만 할 줄 알면 당신은 이미 도인(道人)이다. 도인들은 함부로 결과를 입에 올리지 않는다. 그것은 무척이나 격이 떨어지는 짓이라고 여긴다. 대신에 과정을 무척 중요하게 여긴다. '인생 자체가 과정인데 결과에 너무 연연하지 말게나.' 그러고는 수염 몇 번 쓱쓱 쓸어내린다.

영화에서 보면 이럴 때 꼭 철없는 제자는 중도에 뛰쳐나간다. 도에 대해서 가르침을 얻으려고 왔더니 만날 물 긷고 장작 패고 청소

만 시킨다. '저 영감탱이 사이비 아냐?' 이런 의문을 하루에 열두 번도 더 가진다. 마침내는 더 이상 참지 못하고 보따리 싸서 떠난다. 주인공은 일절 군말이 없다. 묵묵히 물 긷고 장작 패고 청소를 한다. 왜 의문이 들지 않겠는가? 하지만 일단 스승을 믿어 보는 것이다. 그렇게 몇 년을 보내고 난 후 그는 드디어 깨닫게 된다. 도라는 게 별것 아니구나. 특별할 게 없구나. 먹고 싸고 일하는 게 모두 도로구나.

먹을 땐 먹는 행위, 쌀 때는 싸는 행위, 일할 때는 일하는 행위 그 자체에 집중하기. 다른 것은 일단 신경 끄고 오롯이 그 과정을 즐기기. 밥 먹을 때 똥 생각하거나, 똥 눌 때 일 생각하거나, 일할 때 밥 생각하는 짓 그만두기. 이런 게 바로 도라는 것이다. 우리는 어떤가. 보따리 싸 들고 뛰쳐나간 그 철딱서니 없는 제자와 얼마나 다른가. 사실은 나부터 반성해야 한다. 국어시간에 영어 공부하고 영어시간에 수학 공부하던 게 바로 나였으니까.

이러한 조급증을 가지고는 언제까지나 어정잡이의 신세를 면할 수 없다. 특별히 못하는 것도 없지만 뭘 하나 똑 부러지게 제대로 하는 것도 없다. 영어도 조금 할 줄 알고 일어도 조금 할 줄 알고 러시아어도 조금 할 줄 아는데, 막상 영어로도 일어로도 러시아어로도 A4 한 장짜리 글은 쓸 수 없다. 영어 공부할 때 일어가 생각나고, 일어 공부할 때 러시아어가 생각나니 뭘 하나 진득하게 공부하지 못한다. 그 결과 "깊이를 느낄 시간"을 가지지 못한다.

창조활동에 대한 환상을 가지고 있는 사람은 그 과정이 무척 드라마틱할 것이라고 생각한다. 그러나 현실은 정반대다. 만날 물 긷고 장작 패고 청소만 한다. 비가 오나 눈이 오나 바람이 부나 꾸역꾸역 이 짓만 되풀이한다. 어느 분야든 마찬가지다. 짧게는 3년 길게는 10년 정도 이 짓만 해야 그 다음 단계로 넘어갈 수 있다. 대다수 사람들은 이 기간을 버티지 못하고 뛰쳐나간다. 이 기간을 버티고 나면 비로소 눈을 뜰 수 있는데, 좀처럼 참아내질 못한다.

차라리 뛰쳐나가는 건 낫다. 더 나쁜 건 그 과정에서 이것 집적 저것 집적 화려함만 추구하며 시간을 낭비하는 것이다. 예컨대 영어공부를 정말 잘하고 싶다며 이 학원 저 선생님 찾아 팔도 유람을 한다. 한곳에서 한 달 이상 버티지 못한다. 좀 더 쉬운 방법, 좀 더 단기간에 실력을 키울 수 있는 방법이 있을 거란 믿음으로 전국의 유명학원을 전전한다. 과연 이 사람이 영어를 잘할 수 있게 될까? 당신의 생각은 나의 생각과 크게 다르지 않으리라 믿는다.

# '예술'은 머릿속 동그라미,
# '기술'은 종이 위 동그라미

동아시아에서든 유럽에서든 '예술'(그리스어 '테크네', 라틴어 '아르스')은 본디 자연에 반하는 인위적 기술을 가리켰다. 근대 이후 주로 조형예술을 가리켜온 '미적 기술'(미술: 영어 '파인아츠', 프랑스어 '보자르')이라는 말이나 오늘날 한자어 권에서 예술가의 은유로 쓰이는 '장인(匠人)'이라는 말에도 이런 '기능'이나 '기법'의 의미가 담겼다. 기술은 예술의 고갱이이자 정신이다. 예술작품이 사람의 마음을 움직이는 것은, 소재가 유별나서가 아니라 그 소재를 주무르는 예술가의 솜씨가 뛰어나서다.

_고종석, 「어떤 이산」, 「경계긋기의 어려움」, 개마고원, 2009, 174쪽

눈을 감고 머릿속으로 가장 완벽한 동그라미를 하나 그려보라. 어디 한군데 찌그러진 곳 없는 순전한 동그라미다. 자, 이제 종이를 한 장 꺼내어 당신이 상상한 동그라미를 그려보라. 어떤가? 머릿속에서 떠올린 그 동그라미와 일치하는가? 아니, 비슷하기는 한가? 아닐 것이다. 동그라미가 아니라 웬걸 감자 한 알이 덩그러니 그려져 있을 법하다.

갑자기 고등학교 때 수학 선생님(들)이 생각난다. 그들은 동그라미를 그리는 데 귀재들이었다. 분필을 칠판에 딱 대고 좌로 한 번

우로 한 번 쓰윽 돌리기만 하면 그 자리에 완벽한 원 하나가 탄생하는 기적을 연출하곤 했다. 이럴 때 심드렁한 그들의 표정은 이런 말을 하는 듯했다. '이게 무슨 대수로운 일이라고. 수학 선생이라면 이 정도는 기본이야'

그렇다. 수학 선생님에게 원을 잘 그리는 기술은 기본 중의 기본이다. 아울러 직선을 긋는 기술도 보유하고 있어야 한다. 그래야 수업의 내용을 효과적으로 전달할 수 있기 때문이다. 직선 하나 긋는 것만 봐도 그가 베테랑 수학 선생님인지 아닌지 대체로 판별할 수 있다. 분필을 이용해서 칠판에 마음먹은 선을 그을 수 있으려면 적어도 학생을 10년은 가르쳐야 하지 않을까 싶다. 그렇게 10년 정도 가르치다 보면 판서도 예술의 경지에 오를 수 있게 된다.

예술은 머릿속의 동그라미다. 기술은 종이 위의 동그라미다. 사람들은 당신의 머릿속에 들어 있는 동그라미를 볼 수 없다. 당신이 종이 위에 그려 놓은 결과물만 볼 수 있을 뿐이다. 예술은 주관적이고 기술은 보편적이다. 물론 감자를 그려놓고 동그라미라고 우기는 예술도 있다. 소변기 갖다 놓고 샘이라고 우기는 예술도 있다. 그러나 이런 시도로 예술사에 이름을 올리는 예는 극히 드물다. 마르셀 뒤샹이나 존 케이지 정도다. 해프닝을 밑절미 삼은 예술은 그 한계가 분명하다. 예술이라기보다는 차라리 도박에 가깝다. 우리가 나아갈 바는 아니다.

소재주의에 빠져서는 안 된다. 예술가 지망생들이 소재주의에 빠지는 데는 여러 이유가 있다. 기술의 부족도 그 주요한 이유 중의 하나다. 뭔가 그럴듯한 예술은 하고 싶은데, 그것을 구현할 만한 기술은 없을 때 소재주의의 유혹에 빠지게 된다. 이런 건 예술이 아니라 예술적 포즈다. 요즘말로 바꾸자면 '허세 작렬'이다. 이게 대중에게 먹히면 다행이지만, 그렇지 않으면 사기꾼의 오명을 쓰고 평생 살아가야 한다. 그래서 도박이라고 하는 것이다.

우리는 보편적이고 안전한 길로 가자. 그러기 위해서는 기술 중심의 예술을 해야 한다. 앞서 말했듯이 예술은 주관적이지만 기술은 보편적이다. 누가 봐도 잘 쓴 글, 누가 봐도 잘 그린 그림, 누가 봐도 잘 지은 건물을 추구해야 한다. 다시 말해, 기술적으로 완성도가 높은 결과물을 내놓을 수 있도록 노력해야 한다. 물론 그 과정에서 보는 사람에 따라 달리 해석되는 경우도 종종 있을 수 있다. 하지만 이는 지엽적인 문제일 뿐이다. 잘 쓴 글은 역시나 잘 쓴 글이고, 잘 그린 그림은 역시나 잘 그린 그림이다. "기술은 예술의 고갱이이자 정신이다."

# '천재'가 아니라
# '장인'을 꿈꾸어라

거장이라는 칭호는 아무나 얻을 수 있는 게 아니다. 정말 빼어난 작품이라도 평생 동안 서너 작품밖에 만들지 않은 사람은 거장이 라고 부르지 않는다. 다시 말해 "어느 날 갑자기" 거장이 될 수는 없다. 임권택은 거장이다. 그는 100편 이상의 영화를 만들었다. 물 론 그중 90편은 범작이며 거기엔 졸작도 수두룩하게 포함된다. 초 창기에 만든 그의 영화는 임권택 본인도 부끄러워서 입에 올리길 꺼려 할 정도다. 그가 만든 작품 중에 수작이라고 할 만한 작품은 10편을 넘지 않는다. 그중에서 또 걸작을 꼽는다면 기껏해야 3편을 넘지 않는다.

우리는 흔히 걸작의 양이 거장을 만든다고 생각한다. 사실은 그렇지 않다. 걸작의 양이 거장을 판별하는 기준이라면, 단 3편만 걸작을 만들면 거장이 될 수 있다. 세상에 3편의 걸작을 만든 감독은 꽤 있다. 하지만 왠지 그런 감독들이 모두 거장의 칭호를 얻고 있지는 않은 것 같다. 왜 그럴까. 그들에겐 거장으로 불리기에 부족한 부분이 있기 때문이다. 무엇이 부족한가. 그들은 3편의 걸작은 가지고 있지만 90편의 범작(또는 졸작)은 가지고 있지 않다!

영화를 딱 3편 만들었는데, 그 3편이 모두 걸작일 경우, 우리는 그 감독을 천재라고 부른다. 영화를 100편 만들었는데, 그중 딱 3편만 걸작일 경우, 우리는 그 감독을 거장이라고 부른다. 세상은 천재를 흠모하지만 거장은 존경한다. 천재를 존경하지는 않는다. 실패 경험이 없다는 것은 그가 재능을 '타고났다'는 것을 뜻한다. 또는 그 과정에서 '운이 따랐다'는 것을 뜻한다. 3편쯤은 그저 운이 좋아서 걸작을 만들 수 있다. 비유컨대 야구선수가 한 시즌에 타석에 딱 3번 들어섰는데 3번 모두 홈런을 칠 수도 있다는 말이다. 이건 가십으로서는 대단할지 몰라도, 기록으로서는 그리 대단한 일이 아니다. 운이 따르면 어느 타자에게나 일어날 수 있는 일이다.

거장은 대개 '기능장'이다. 그들은 천재들보다 반짝이는 재능은 좀 떨어질지도 모른다. 그러나 자신이 몸담고 있는 분야에서 요구

되는 기술에 대해서는 통달해 있다. 100편의 영화를 만들면서 체득한 지식과 경험이 몸 안에 녹아 있기 때문이다. 따라서 거장의 반열에 오른 감독에게는 어떤 시나리오를 가져다 줘도 80점짜리 영화는 만들어낸다. 시대극이든 SF든 실사영화든 애니메이션이든 상관없다. 영화라는 틀 안에서 통용되는 기술의 본질은 같다.

당신은 천재가 아니라 장인을 꿈꾸어야 한다. 장인이 되려면 몸담고 있는 분야에서 요구하는 기본기에 통달해야 한다. 끊임없이 기본기를 닦는 데 힘써야 한다. 기본을 착실히 다져 놓으면 어떠한 시대적 변화도 두렵지 않다. 천재는 시대의 산물이다. 따라서 시대가 바뀌면 천재도 사라진다. 사극의 천재는 사극 붐이 끝나면 같이 끝난다. 그러나 장인은 시대를 초월한다. 사극의 장인은 SF의 장인으로 거듭날 수 있다. 기본자세! 기술!! 형식!!!

# '레퍼런스'(참고문헌)가 나의 주인이다

> 내가 가진 레퍼런스의 두께가 곧 나의 두께다. 우리는 자신의 레퍼런스만큼 이 세상을 보고 느끼며 살아간다. 똑같은 영화를 봐도, 똑같은 책을 읽어도, 받아들이는 것은 천차만별이다. 각자의 레퍼런스가 다르기 때문이다. 즉 내가 영화를 보거나, 내가 책을 읽는 것이 아니라, 나의 레퍼런스가 영화를 보고, 책을 읽는다.
>
> _정진홍, 『인문의 숲에서 경영을 만나다』, 21세기북스, 2007, 115쪽

사전에서 'reference'를 찾으면 여러 뜻이 나오지만, 일반적으로 참고문헌이라는 뜻으로 가장 많이 쓰인다. 책이나 논문의 말미를 보면 그 글을 쓰기 위해 참고한 문헌들의 목록이 나오지 않는가. 그걸 말한다. 어떠한 책을 직접 읽지 않아도 레퍼런스만 살펴보면 그 책의 내용을 짐작할 수 있는 경우가 많다. 내가 지금 쓰고 있는 글도 마찬가지다. 저 위에 얹어 놓은 인용문만 봐도 내가 이 글에서 무슨 말을 하려는지 짐작이 가능하다.

나의 주인은 내가 아니다. 나의 레퍼런스가 나의 주인이다. 나는

정치·사회·문화에 대해 이러쿵저러쿵 떠들 수 있다. 그러나 엄밀히 말하면 그것은 나의 생각이 아니다. 내가 챙겨보는 뉴스의 생각인 경우가 많다. 뉴스가 선택하고 편집한 화면을 보고 동감하면 그걸 나의 레퍼런스로 삼아 떠들어댄다. 이런 사실을 자각하고 있는 개인은 적다. 당신은 '이명박은 정치를 잘 못하고 있다'고 생각한다(또는 '잘하고 있다'고 생각한다). 그게 정말 당신의 생각일까?

적어도 그 매체는 스스로 선택했으니 내 생각이 아니냐고 항변할 수도 있다. 그러나 정말 그 매체를 당신이 스스로 선택한 것일까. 이는 대개 착각인 경우가 많다. 간단히 예를 들어 보자. MBC 뉴스와 KBS 뉴스의 논조는 다르다. 따라서 어느 방송의 뉴스를 주로 시청하느냐에 따라서 세상을 보는 관점에 미묘하게 차이가 생긴다. 그런데 MBC와 KBS 중에서 어느 방송국의 뉴스를 더 자주 시청하느냐는 자신의 의지와는 무관하게 결정되는 수가 많다.

어이없지만 뉴스의 시청률은, 그 뉴스가 방송되기 전에 방영되는 일일드라마의 시청률에 매우 많은 영향을 받는다. KBS에서 드라마 보고 MBC 뉴스로 넘기는 예는 그리 많지 않다. 그냥 한 채널에 쭉 고정해 놓는 게 일반적이다. 일반 가정에서는 리모컨을 손에 쥐고 보기 때문에 채널을 쉽게 돌릴 수도 있다. 그러나 설령 채널을 스스로 바꾼다고 해도 그게 뉴스 자체에 대한 신뢰감 때문인 경우는 또 그리 많지 않다. MBC 뉴스의 아나운서가 더 잘생기고 예뻐서 그쪽으로 채널을 돌린다거나, KBS보다 MBC 화면의 색감이 더 마음에 들어서 그쪽 뉴스를 더 자주 보는 경우도 굉장히 많다. 그렇다. 우리는 대개 '드라마의 시청률' '아나운서의 미모' '화면의 색감' 등에 따라 뉴스를 선택한다. 이는 뉴스의 본질과는 아무런 관련이 없다.

합리적인 사고를 하기 위한 가장 기본은 '의심하기'다. 그 의심하기의 기본은 자신에 대해 의심하기다. 남들에 대한 의심은 나중이다. 일단 자신부터 의심해야 한다. 제 발밑부터 점검해야 한다. 내가 어떠한 레퍼런스들을 딛고 서 있는지 확실히 파악하고 있어야 한다. 이때 말하는 레퍼런스는 책이나 뉴스만을 말하는 건 아니다. 출신지역, 가정환경, 교육정도 등 당신이 자라온 환경을 모두 포함한다. 이러한 레퍼런스들이 한데 모여 당신이라는 껍질을 뒤집어쓰고 있다. 내가 나의 주인이 아니라고 자각하는 일은 굉장히 중요하다.

고등학교 1학년 때 가정환경조사서를 작성해서 제출해야 하는 일이 있었다. 그때 나는 우연히 내 짝이 작성해 놓은 설문서를 보게 되었다. 보려고 본 건 아니고 책상 위에 놓여 있는 걸 그저 지나가는 눈으로 흘낏 보았을 뿐이다. 그때 나는 짝 부모님의 최종학력란을 보고 깜짝 놀랐다. 대졸이었던 것이다. 그걸 보고 내가 받은 컬처쇼크는 상당히 컸다. 오죽하면 지금도 기억이 생생하겠는가. 내가 자라왔던 환경에서 보아왔던 부모들은, 나의 부모를 포함하여 대개 중졸 아니면 국졸이었다. 대졸 부모는 꿈에서도 상상할 수 없었다.

이 글을 읽는 분들 중에 대졸 부모 밑에서 자란 분들은 내가 받은 충격이 잘 이해가 되지 않을 수도 있다. 부모가 대졸자라는 사실에 대해서 한 번도 그것이 예외적이라든가 특별한 경우라고 자각하지 못했을 법도 하다. 사람은 대개 자신이 가진 레퍼런스를 기준이나 상식으로 여긴다. 기준은커녕 상식도 아닐 수 있다는 걸 깨치기는 결코 쉽지 않다. 부모가 고학력자면 부모의 친구들도 고학력자다. 아버지가 교수면 아버지의 친구들도 교수고, 어머니가 의사면 어머니의 친구들도 의사다. 결국 고학력자 부모 밑에서 자란 아이는 다른 집 부모들도 대개 고학력자라고 생각하기 쉽다. 그 정도는 아니더라도, 대졸 부모를 두는 게 기준이고 국졸 부모를 두는 건 예외적인 케이스라고 생각하기 쉽다.

이러한 체험적 레퍼런스는 한 인간의 인격을 형성하는 데 아주 큰 영향을 끼친다. 그러므로 항상 자신의 체험적 레퍼런스의 한계를 되돌아보고 점검해야 한다. 그런데 이게 그렇게 말처럼 쉽지가 않다. 가부좌를 틀고 앉아서 명상을 한다고 깨쳐질 것이 아니다. 체험적 레퍼런스의 한계는 책이나 신문 또는 뉴스처럼 미디어 레퍼런스를 통해서 보완해야 한다. 그 방법이 가장 손쉽고 보편적이다. 중산층의 대졸자 부모 밑에서 자랐다는 레퍼런스의 한계는 소설책을 읽어서 보강할 수도 있겠다. 예컨대 『난장이가 쏘아올린 작은 공』 같은 작품 말이다.

"내가 가진 레퍼런스의 두께가 곧 나의 두께다."라는 말은 옳다. 그러니 레퍼런스는 두꺼우면 두꺼울수록 좋다. 그만큼 세상을 더 폭넓게 느낄 수 있으니까. 주의할 점은 모든 부위가 골고루 두꺼워져야 한다는 것이다. 가슴팍만 두꺼워지거나 허벅지만 굵어지는 건 외려 좋지 않다. 적어도 교양의 레퍼런스 차원에서는 그렇다. 극우파니 극좌파니 하는 사람들이 바로 특정한 부위의 레퍼런스만 비대칭적으로 두꺼워진 부류다. 체험적 레퍼런스와 미디어 레퍼런스 사이의 균형을 잡는 일도 무척 중요하다. "내가 겪어 봐서 잘 알거든."이라는 말이나 "내가 어느 책에서 읽어서 잘 알 거든."이라는 말은 함부로 입에 올려선 안 된다.

# '아는 만큼 보인다'

아는 만큼 보인다는 말은 진리다. 전라도의 몇몇 사찰을 답사한 적이 있었다. 그런 탓에 사찰에 구석구석 그렇게 많은 뜻이 깃들어 있을 줄은 꿈에도 몰랐다. 그저 돌이나 쇠붙이로 만든 우상이거니 했던 대웅전 불상들이 디자인은 물론 두 손의 파지방법도 저마다 다르다는 사실을 알게 되었다. 절 입구에 놓인 다리가 무엇을 의미하며 가람의 배치는 어떤 의미가 들어 있는지 하는 것들을 하나하나 알아가면서 나는 "정말 아는 만큼 보이는구나!" 하고 감탄하고 말았다.

_김용성, 『제국의 습격』, MBC프로덕션, 2008, 4쪽

길거리엔 지금도 수많은 차들이 빵빵거리며 다닌다. 텔레비전에서는 매달 신차 광고가 나온다. 도대체 우리나라엔 현재 몇 종의 차가 도로 위를 달리고 있는 걸까. 몇 십? 몇 백? 전혀 짐작도 되지 않는다. 내가 아는 차 이름은 기껏 10개를 넘지 않는다. 외양을 보고 차종을 맞힐 수 있는 차는 티코, 프라이드, 그랜저 정도다(그랜저. 오랜만에 발음해 본다. 이 차 아직도 있나?) 아무튼 그 이후에 나온 차들에 대해서는 전혀 구분을 할 수 없다. 내가 이런 말을 하면 농담인 줄 아는 사람이 있는데, 맹세코 정말이다. 나는 차에 전혀 관

심이 없다. 면허도 없다.

휴대전화에 대해서도 마찬가지다. 나는 휴대전화를 거의 쓰지 않는다. 많이 쓰면 한 달에 한 통 정도 쓴다. 대개 석 달에 한 통 정도 쓴다. 즉, 일 년에 열 통도 쓰지 않는다. 내가 지금 가지고 있는 전화기는 내가 산 게 아니라, 가족들이 사서 내게 채워준 것이다. 전화기도 내 명의로 개통되어 있는 게 아니라, 가족 중 누군가의 명의로 되어 있다. 나는 없어도 그만인데, 가족들 보기엔 또 그렇지 않은 모양이다. 아무튼 난 휴대전화에 대해서도 아는 게 전무하다. 텔레비전에서 휴대전화 광고가 나와도 그게 무엇을 의미하는지 모른다. 롤리팝이니 아몰레드니 하는 광고는 봐도 그게 무얼 뜻하는지 모르겠다. 신상품 전화기이겠거니 짐작만 할 뿐이다.

나는 도통 물건에 관심이 없다. 예쁜 물건을 봐도 가지고 싶은 욕구가 일지 않는다. 그것들은 그저 내 몫이 아니겠거니 여긴다. 누가 공짜로 준대도 싫다. 누가 나한테 10억짜리 스포츠카를 한 대 공짜로 준다고 해도 사양한다. 10억을 돈으로 주면 다른 데 쓰기라도 하지. 내겐 10억짜리 스포츠카나 100만 원짜리 중고차나 똑같다. 그저 걸어가기엔 먼 곳을 갈 때 몸을 실을 수 있는 장비일 뿐인 것이다. 여담이지만 내가 말하는 먼 곳이란 걸어서 왕복 두 시간 이내로 다녀올 수 없는 거리를 말한다. 다시 말해 나는 왕복 두 시간 정도의 거리는 걸어 다닌다.

나는 차를 버스냐 택시냐 자가용이냐 정도로만 구분할 뿐이다. 그 이상의 구분법은 내게 무리다. 따라서 내 눈엔 세상에 딱 세 종류의 차만 굴러다니고 있는 걸로 보인다. 그야말로 '아는 만큼 보이는' 것이다. 하지만 차에 관심이 많은 사람의 눈에는 나와 전혀 다른 세상이 보일 것이다. 나와 그를 시내 한복판에 세워 두면, 나는 지겨워서 몸이 뒤틀릴 테지만, 그는 지나가는 차 구경하느라 시간 가는 줄도 모를 법하다. "저기 저 차는 말이야……" 하며 내게 뭔가를 설명하고 싶어서 안달을 할지도 모른다(그의 대사를 그럴 듯하게 채워 넣고 싶지만, 차에 대해 아는 게 없어서 말줄임표로 어물쩍 넘기고 있는 내 꼴을 보라!).

나는 차나 휴대전화에 대해서 몰라도 된다. 내 인생에서 그것들은 그다지 비중이 없다. 그러나 내 인생의 주 관심사인 책읽기와 글쓰기에 대해서는 알아야 한다. 나는 지금 아이디어에 관한 글을 쓰고 있지만, 내게 필요한 아이디어는 주로 글쓰기와 관련한 것이다. 나는 글쓰기에 관한 책을 한 권 썼다. 10년 조금 넘게 하나의 주제에 대해서 관심을 가지니까 책 한 권쯤 간신히 쓸 수 있을 만큼 지식이 쌓였다. 10년 전의 나와 지금의 나는 글쓰기에 관해서 전혀 다른 사람이다. 10년 전의 나와 현재의 나는 글을 보는 관점이 많이 다르다.

그것을 확인할 수 있는 간단한 방법은 좋아하는 작가를 10명 꼽아보는 것이다. 10년 전에 내가 좋아했던 작가는 두세 명만 남기고 현재의 리스트에서 아웃됐다. 심지어 지금 생각하면 내가 그 작가를 왜 좋아했을까 후회(?)까지 되는 작가도 있다. 그 사이에 내게 어떠한 변화가 있었을까? 10년 전의 나와 지금의 나 사이에는 10,000권의 책이 가로막혀 있다. 그 책의 높이 때문에 나는 그때의 나를 다시는 만날 수 없다. 우리는 이제 남남이다. 아울러 나는 10년 후의 나와도 남남이길 바란다. 그 사이에도 역시 10,000권의 담장으로 막혀 있길 바란다.

차에 관한 지식은 10년 전의 나나 지금의 나나 별다른 차이가 없다. 그래서 내겐 10년 전이나 지금이나 여전히 버스, 택시, 자가용뿐이다. 더 보려고 아무리 눈을 씻어도 보이질 않는다. 더 보려면 눈을 씻을 게 아니라 머리를 채워야 한다. 우리는 시력으로 사물을 식별하는 게 아니다. 지식을 채움으로써 사물을 식별한다. 흔히 말하길 이누이트(에스키모)는 눈(雪)을 수십 가지 언어로 구분한다고 하지 않던가. 당신은 이누이트 지망생이 아니므로 눈에 관한 지식을 쌓을 필요는 없다. 당신은 당신이 몸담고 있는(몸담고자 하는) 분야의 지식을 쌓아야 한다. 아무리 밀어도 넘어지지 않게 튼튼하게 쌓아라. 아무리 타넘고 싶어도 엄두가 나지 않도록 높이 쌓아라. 10년 후의 당신과 지금의 당신을 완전히 남남으로 만들 수 있도록!

# 편식은
# 백치로 가는 지름길

분야가 다양해지고 전문화되어 감에 따라 현대에는 정신의 양식을 편식하는 사람이 많이 생겨난다. 자기가 전공하고 있는 분야에서는 전문가의 위치에 올라 있지만 그 밖의 것에는 문외한인 '전문백치(專門白痴)'가 많이 생겨나고 있는 것이다. 아무리 자기 분야에선 전문가일지라도 자기가 살아가고 있는 사회가 어떤 사회인지, 자기가 하고 있는 일이나 연구가 어떠한 사회적 의미를 지니고 있는지를 모르는 사람은 말 그대로 백치가 아닐 수 없다. 핵물리학자의 연구가 결과적으로 핵폭탄의 제조를 가져오기도 했으며, 실제로 많은 학문적 연구들이 정치적으로 이용되어 왔다. 독서의 편식, 공부의 편식은 백치로 가는 지름길이다.

_김해식, 『글쓰기 소프트』, 새길, 1993, 54~55쪽

과학은 양날의 칼이다. 잘만 쓰면 인류를 안전하게 지켜줄 수 있지만, 자칫 잘못 쓰면 인류의 목을 댕강 날려버릴 수도 있다. 과학의 발전 덕에 우리는 100년 전의 사람들보다 인생을 1.5배 내지 2배 더 길게 살 수 있게 되었다. 그러나 과학의 발전 탓에 100년 전의 사람들보다 순간에 절멸해 버릴 수 있는 위험이 몇 배나 더 커졌다. 대량 살상무기의 파괴력은 이제 인류의 상상력을 초월할 정도가 되었다. 멍청한 위정자 몇 명만 욱 하는 심정에 돌이킬 수 없는 선택을 하면, 인류는 다 함께 손 붙들고 저승행 급행열차를 타야만 한다.

핵폭탄은 과거 얘기가 아니다. 지금도 어디에선가 과학자들이 피땀을 흘려가며(?) 그 파괴력을 업그레이드하고 있다. 게다가 각국은 한층 더 악질적인(사람을 더 효율적으로 죽일 수 있는) 무기의 개발에도 박차를 가하고 있다. 음파나 빛을 이용한 소리폭탄이나 빛폭탄은 그래도 양반이다. 가장 악질적인 것은 생화학무기다. 내가 봤을 때 인류는 바로 이 생화학무기 탓에 언젠가는 대재앙을 맞게 될 것이다. 인간은 직접 한번 크게 당해봐야지만 뒤늦게 깨닫는 철없는 족속이다. 우리에겐 핵폭탄에 대한 경험은 있지만 (인류 차원의) 세균폭탄에 대한 경험은 아직 없다.

인간에겐 추체험의 능력이 있다. 추체험이란 다른 사람의 체험을 자기의 체험처럼 느끼는 것을 말한다. 전쟁을 직접 겪어 보지 않아도 그것이 얼마나 끔찍한 사태인지 우리는 미루어 짐작할 수 있다. 어른들의 이야기를 듣고, 전쟁 관련한 책을 읽고, 참상을 다룬 다큐멘터리를 보고, 그러다 보면 전쟁이란 어떠한 이유나 명분을 디밀어도 결코 일어나서는 안 된다는 걸 깨달을 수 있다. 반드시 전쟁을 직접 겪어봐야 그 참상을 느낄 수 있는 건 아니다.

우리가 교양을 쌓는 목적은 바로 추체험의 양을 늘리기 위해서다. 물론 추체험이 직접체험과 백퍼센트 같을 수는 없다. 예컨대 가난을 추체험하는 것과 직접 체험하는 것은 분명히 다르다. 그럼에도 추체험은 인간다운 꼴을 갖추고 사는 데 아주 중요한 요소다.

설령 직접체험의 절반 정도밖에 그 실감을 느낄 수 없더라도 말이다. 사자는 토끼를 추체험할 수 없다. 그러나 인간은 사자와 토끼를 모두 추체험할 수 있다. 흔히 인간을 '만물의 영장'이라고 하는데, 이는 인간만이 유일하게 추체험의 능력을 가지고 있기 때문이라고 해석할 수도 있겠다. 뒤집어 말하면, 추체험의 능력이 결여된 인간은 들판을 뛰어다니는 사자나 토끼와 하등 다를 바 없다.

흔히 "넌 아무것도 몰라."라고 말할 때, 그 상대는 정말로 아무것도 모르는 게 아니다. 하나는 알고 있다. 논쟁을 할 때 "넌 아무것도 몰라."라고 말하는 건 "넌 하나밖에 몰라."와 같은 의미다. 아무것도 모르는 건 백지(白紙)다. 하나만 아는 게 백치(白痴)다. 아무것도 모르는 백지들은 위험하지 않다. 하나만 아는 백치들이 정말 위험한 족속이다. 거기다 그 하나에 대해 전문성까지 갖춘 전문백치는 그야말로 괴물이 될 수도 있다. 우리에겐 황우석이라는 전문백치에 대한 경험이 있다. 그 경험에서 어떤 교훈을 끌어내야 하는지는 분명하다.

# 센스는
# 정보량에 비례한다

"감성은 정보량에 비례한다."라는 말에 나도 동의하는 편이다. 이에 대해 반론을 제기할 분도 있을 법하다. 예를 들어 "살면서 이런 일 저런 일 겪다 보니까 세상일에 대해 더 무감각해지더라."는 것이다. "철없던 어릴 적에는 집에서 키우던 금붕어 한 마리만 죽어도 사흘 밤낮을 울었는데, 이제는 옆집 할머니가 돌아가셔도 무감각하더라."는 것이다. 이처럼 경험이나 정보량이 많아지면 오히려 감성이 무뎌질 수도 있다고 그들은 말한다.

영화감독들이 인터뷰에서 흔히 하는 말이 있다. "감독이 되기 전에는 순수한 관객의 입장에서 영화를 봤기 때문에, 영화를 보는 게 즐거웠다. 그러나 감독이 되어 몇 편의 영화를 직접 만들어 보니, 이제는 남의 영화를 보는 게 전혀 즐겁지 않다. 영화를 보고 있으면 그 장면이 보이는 게 아니라, 그 장면을 찍기 위해 고생했을 스태프의 얼굴이 보인다. 영화를 그저 영화로만 즐길 수 있었던 아마추어 영화광 시절로 돌아가고 싶다." 그러면서 예전을 그리워한다.

이러한 의견들은 옳다. 누구나 공감할 만한 얘기다. 그렇다면 "감성은 정보량에 비례한다."는 말은 틀린 것일까. 아니다. 둘 다 옳다. 얼핏 들으면 두 관점이 모순되는 것 같지만, 사실 서로 모순관계는 아니다. 둘 다 옳다고 해도 전혀 문제가 되지 않는다. 서로 모순관계가 아닌 까닭은, 두 관점이 감성이라는 단어를 다른 의미로 사용하고 있기 때문이다. 그렇다. 둘은 지금 서로 다른 이야기를 하고 있는 것이다.

위의 예에서 거론한 감성은 감정과 같은 말이다. 이때의 '감성이 무뎌졌다'는 말은 '감정이 무뎌졌다'는 말과 의미가 같다. 우리는 일상에서 감성과 감정이라는 표현을 혼용한다. 엄밀히 따져 구분해서 쓰지 않는다. 감성은 감정의 의미만 있는 것이 아니다. '외계의 대상을 오관(五官)으로 감각하고 지각하여 표상을 형성하는 인간의 인식 능력'이라는 뜻도 있다. 이때의 뜻은 감정이 아니라 센스에 더 가깝다. 따라서 "그는 참 감성적이야."라는 말은 두 가지 의미로 해석된다. "그는 참 감정이 풍부해." 또는 "그는 참 센스가 좋아."

"감성은 정보량에 비례한다."는 말은 바로 후자의 경우를 두고 하는 말이다. 인용문에서 보듯이 감성 옆에 괄호 치고 센스라고 적어놓지 않았는가. 그러니 이 말의 의미는 "감정은 정보량에 비례한다."가 아니라 "센스는 정보량에 비례한다."라는 뜻이다. 그리고 센스는 분명히 정보량에 비례하는 측면이 있다. 반대로 감정은 정보량에 반비례하는 것처럼 보이기도 한다. 예컨대 이런 거다. 외과의사는 주검을 직접 보고 만진 경험을 많이 가지고 있다. 따라서 그들은 시체를 보아도 평정을 잃지 않고 무덤덤하다. 확실히 감정이 무뎌진 것처럼 보인다. 그러나 삶과 죽음에 대한 그들의 철학은 일반인들의 수준을 뛰어넘을 공산이 크다.

감정이 무뎌진 걸 반드시 나쁘게만 볼 필요는 없다. 감정이 무뎌졌다는 것은 센스가 예민해졌다는 것을 뜻할 수도 있으니까 말이다. 당신은 키우던 금붕어가 죽었다고 우는 어린아이보다는 주검 앞에서 냉정함을 잃지 않는 외과의사가 되어야 한다. 얼핏 보면 어린아이가 감성이 더 풍부한 것 같지만, 실은 외과의사가 감성이 더 풍부한 것이다. 눈물은 감정의 풍부함에서 나오지만, 그 감정은 센스의 부족함에서 나오기도 하기 때문이다.

# 쓰레기 매립장을 뒤질 때면
# 은근히 흥분된다

상상력이 강한 사람들의 특징은 '얇고 넓다'는 것이다. 한 가지에 대해서 아주 깊
숙하게 푸욱 들어가 있는 사람들보다는 얕지만 잡다한 것들을 많이 아는 '만물
박사'들이 상상력이 더 좋게 마련이다. 왜? 집에 있는 쓰레기통에 손을 두 번 집
어넣어서 물건 두 개를 꺼내 보자. 그리고 김포 쓰레기 매립장에 손을 두 번 찔
러 넣어서 물건 두 개를 꺼내 보자. 이런 짓을 각각 열 번씩 해보자. 어느 쪽에서
더 다양한 물건들이 나올까?

_김구라, 『웃겨야 성공한다』, 청년정신, 2006, 43쪽

물론 이런 주장은 걸러서 들어야 한다. 단순히 '얇고 넓다'고 해서
'상상력이 강한 사람'이 된다고 말할 수는 없다. '입담이 강한 사람'
이 될 수는 있겠다. 왜 그런 사람들 있지 않은가. 술자리에서 좌중
을 휘어잡으며 끝도 없이 구라를 풀어놓는 사람들. 모르는 지식이
없고 겪어 보지 않은 일이 없다. 개그맨 지망생이라면 이 정도만 가
지고도 충분히 상상력이 강한 사람이라는 평가를 들을 수도 있겠
다. 입담 그 자체가 바로 개그맨에겐 전공이니까.

다른 분야의 사정은 좀 다르다. '얇고 넓다'는 것만 갖고는 안 된다. 당신이 미용사라고 가정해 보자. 당신은 헤어뿐 아니라 패션이나 요리 심지어 건축에도 상당한 지식을 갖추고 있다. 이처럼 다른 분야의 지식을 쌓으면 분명히 당신에게 풍부한 영감을 준다. 어느 디자이너의 옷에서 또는 어느 건축가의 건물에서 영감을 받아 혁신적인 헤어스타일을 떠올릴 수도 있겠다. 하지만 당신이 미용사로서 갖추어야 할 다양한 기술에 숙련이 부족하다면 이러한 지식들은 그저 구라의 소재만 될 뿐이다. '얇고 넓게'는 어디까지나 '좁고 깊게' 이후의 문제다.

자신이 몸담고 있는 분야의 지식과 기술을 어느 정도 습득하고 있음을 전제로 말한다면, '얇고 넓게'는 분명히 창의적인 사고에 도움을 준다. 김구라의 말처럼 쓰레기통과 쓰레기 매립장 중에 무작위로 뒤졌을 때 쓸 만한 물건이 나올 확률은 후자가 훨씬 크다. 우리 집 쓰레기통에서 나올 수 있는 물건은 지극히 한정되어 있다. 게다가 굳이 뒤져 보지 않아도 무엇이 나올지 짐작할 수 있다. 한 마디로 그 속에 뭐가 들었을지 '안 봐도 비디오'다.

자기 집 쓰레기통을 뒤지면서 설렘을 느끼는 사람은 없다. 그러나 쓰레기 매립장을 뒤질 때면 은근히 흥분된다. 당신은 쓰레기 매립장을 뒤지고 다녀 본 경험이 있는가. 나는 있다. 초등학생 때 나의 취미는 학교 뒤편의 쓰레기 매립장을 뒤지는 일이었다(정확히 말하자면 매립장이 아니라 소각장이다). 그곳에서 나는 흥미로운 물건을 많이 발견하였다. 가장 흔한 품목은 몽당연필이나 지우개 같은 것이다. 가끔 동전이나 심지어 지폐를 주은 적도 있으며, 그보다 더 '대박'인 경우로 성인잡지를 발견할 때도 있었다. 그리고 교무실에서 나온 쓰레기봉투(겉으로 봐도 표가 난다)를 뒤져 보면 더 기상천외한 것들을 많이 발견할 수 있었다.

비유가 좀 이상하지만, 당신은 당신의 머릿속을 쓰레기통이 아니라 쓰레기 매립장으로 만들 필요가 있다. 생각이란 결국 어깨에 망태기 짊어지고 한손에 집게 들고 머릿속을 어슬렁거리며 돌아다니는 것을 말한다. 쓰레기통은 아무리 뒤져봤자 기껏 신문지나 빈 병 정도를 주을 수 있을 뿐이다. 값나가는 물건을 건질 확률은 거의 없다. 뒤져보기 전에 어떤 결과가 나올지 이미 계산이 빤하게 나온다. 열심히 뒤지느냐 아니냐는 그다지 중요하지 않다.

쓰레기 매립장이라면 전혀 예상치 못한 물건들을 심심찮게 주을 수 있다. 금목걸이나 고급 선글라스 또는 돈지갑 같은 것들 말이다. 쓰레기통을 열심히 뒤져보라. 쓰레기 매립장을 무심히 뒤진 것보다 습득물의 가치는 크지 않을 것이다. 이 말은 무엇을 뜻하는가. 생각은 열심히 하느냐 아니냐가 중요한 게 아니다. 어디에서 하느냐가 더 중요하다. 당신은 지금 쓰레기통을 붙들고 있는가, 쓰레기 매립장을 돌아다니고 있는가.

# 창작＝편집

창작이란 무에서 유를 창조하는 게 아니다. 세계는 언제나/이미 '유'로 가득 차 있다. 창작이란 기존에 존재하는 것들 가운데 적절한 것들을 골라 배열하는 편집과정을 가리킨다. 창작자의 안목, 즉 독창성도 역시 없는 것을 만들어내는 게 아니라 있는 것을 다룰 줄 아는 편집의 능력이다. 미술가는 소재와 양식을 편집하고, 음악가는 음표와 악기를 편집하며, 문학가는 어휘와 문장을 편집한다.

_남경태, 『남경태의 스토리 철학18』, 들녘, 2007, 182쪽

일단 창작은 편집이라는 생각을 가지는 게 중요하다. 세상엔 유일무이 오리지널한 창작물도 있을 수 있겠으나, 대체로 저 홀로 우뚝 서 있는 창작물은 거의 없다고 봐도 된다. 어떤 노래를 들으면, 그와 비슷한 노래 한두 곡은 쉽게 찾을 수 있다. 어떤 영화 속 장면을 보면, 그와 비슷한 장면이 있는 영화 한두 편은 쉽게 떠올릴 수 있다. 어떤 그림을 보면, 그와 비슷한 화풍을 지닌 화가 한두 명의 이름은 쉽게 거론할 수 있다. 독창성은 따지고 보면 굉장히 불안한 기반 위에 서 있다고 할 수 있다. 영향과 표절 사이에서의 아슬아슬

한 줄타기다.

록그룹 '부활'의 리더 김태원은 다른 가수들의 노래를 20년째 듣고 있지 않다고 한다. 자기도 모르게 표절을 하게 될까봐 두려워서 그렇단다. "일부러 표절하는 사람도 있나요. 과거에 들었던 게 자기도 모르게 나오는 거거든요." 그의 말은 일리가 있다. 그의 창작방법론은 존중할 만하다. 그러나 나의 생각은 조금 다르다. 그는 표절하지 않기 위해 남의 노래를 듣지 않는다고 하지만, 나는 표절하지 않으려면 남의 노래를 많이 들어야 한다고 생각한다.

김태원은 남의 노래를 듣지 않는다고 말하지만, 사실 그는 지난 20년 동안 자기도 모르게 많은 노래를 들었을 확률이 크다. 청각장애가 있거나 무인도에서 살고 있는 게 아니라면 우리는 어쩔 수 없이 많은 노래를 듣게 되어 있다. 텔레비전, 라디오, 영화, 버스, 술자리, 카페, 길거리……. 우리는 어디에서든 어떤 경로를 통해서든 음악을 차단하고 살 수는 없다. 적극적으로 찾아 듣지 않아도 우리의 귓가에는 수많은 멜로디들이 울려 퍼지고 있다. 생전 비틀스의 앨범을 들어보지 않은 사람도 예스터데이나 렛잇비의 멜로디는 흥얼거릴 수 있다.

이렇게 우리가 달리 의식하지 않고도 알고 있는 노래가 어디 한두 곡이겠는가? 음악과 담쌓고 살고 있는 사람이라도 기본적으로 몇 백 곡은 머릿속에 저장되어 있다. 하물며 음악가라면 아무리 의식적으로 음악을 피하며 살아도 최소 천 곡 정도는 머릿속에 가지고 있다고 봐야 한다. 그러니 김태원은 본인이 의식하든 그렇지 않든 이미 많은 레퍼런스를 확보해 둔 상태인 것이다. 따라서 초짜인 가수 지망생은 김태원의 말을 곧이곧대로 들으면 안 된다. 20년 이상 음악을 한 사람의 입에서나 "나는 남의 음악을 듣지 않는다."라는 말이 나올 수 있다. 음악 시작한 지 2년도 안 된 초짜의 입에서 그런 얘기가 나온다면 싸늘한 눈총만 받게 될 것이다.

표절할까 무서워서 남의 음악 안 듣는다는 건, 구더기 무서워서 장 못 담그겠다는 말로 밖에 들리지 않는다. 이것저것 떠나서 앞서 말했듯이 남의 음악을 안 듣는다는 건 현실적으로 불가능하다. 장은 안 담그면 그만이지만 음악은 듣지 않을 도리가 없다. 본인은 듣지 않는다고 생각해도 상당히 많은 음악이 우리의 고막을 끊임없이 두드리고 있다. 그렇게 한 번 들은 멜로디는 무의식 속에 쌓인다. 아무리 흘깃 들어도 일단 들으면 머릿속 어딘가에 쌓인다. 어딘가에 가라앉아 있다. 그러다가 창작을 하는 순간 다시 피어오르지 말란 법 없다.

내 경험으로 말하건대 의도치 않은 표절은 어설프게 듣거나 읽은 것 때문에 일어나는 경우가 대부분이었다. 예컨대 나는 예전에 어떤 짤막한 콩트를 쓰면서 다음과 같은 표현을 썼다. "그녀의 명함은 집으로 돌아오는 길에 고의로 분실했다." 그런데 쓰면서 계속 찜

찜했다. 나는 형용모순인 '고의로 분실했다'라는 부분이 무척 마음에 들었는데, 이게 내가 생각해 낸 것인지 어디서 읽은 것인지 헷갈렸다. 아무튼 결국 그 문장을 버리기 아까워서 콩트 속에 남겨두었는데, 몇 달 후에 그 표현을 어디서 봤는지 기억이 났다. 기형도 시인의 「짧은 여행의 기록」이라는 산문 중에서 "습관대로라면 여행의 끝에 이 노트는 고의로 분실될 것"이라는 구절이었다!

다행히 그 글은 재미로 쓴 습작품이라 출판이 되지는 않았다. 늦게나마 출처가 기억이 나서 나는 문장을 다음과 같이 바꿨다. "그녀의 명함은 집으로 돌아오는 길 어디선가 분실했다." 내가 쓴 글에서 '고의로 분실했다'는 화자의 현재 심리를 별 다른 설명 없이 한 마디로 나타내는 아주 중요한 표현이었다. 그러나 어쩌겠는가. 출처가 기억난 이상 눈물을 머금고 포기할 수밖에. 그나마 출판되지 않은 상태에서 기억이라도 났으니 망정이지, 그 상태로 혹시나 출판이라도 되었어 봐라. 오 마이 갓. 생각만으로도 등허리에 식은땀이 괸다.

나의 경험담을 들으면 김태원은 이렇게 반응할지 모른다. "그것 봐라. 내가 그런 일이 일어날까 싶어서 남의 음악을 안 듣는 거라니까." 그러나 내가 이런 얘기를 하는 이유는 오히려 그와 반대되는 주장을 하기 위해서다. 요컨대 잡아먹힐까 봐 겁나서 도망만 다니지 말고 되레 적극적으로 잡아먹으러 다니라는 것이다. 확실히 도망 다닐 방법만 있다면 그것을 권할 수도 있겠으나 언제 어떤 식으로든 접촉하게 되어 있다는 게 문제다. 당신이 아무리 렛잇비에게서 도망가고 싶어도, 어느 순간 "렛잇비~ 렛잇비~" 하고 있는 자신을 발견하게 될 것이다.

도망 다니다 보면 잡아먹히게 되어 있는 그런 상황이라면, 아예 먼저 잡아먹어서 영양분으로 삼는 게 낫다. 렛잇비를 한 번 들으면 잡아먹힌 것이지만, 백 번 들으면 잡아먹은 것이다. 많이 들어서 그 음악이 질리도록 만들어야 한다. 누구나 좋은 음악을 한 번 들으면 열광한다. 그러나 백 번 들으면 아무리 좋은 음악도 질리게 마련이다. 처음의 열광적인 마음은 사라지고 '냉정'을 되찾는다. 이것이 바로 음악을 잡아먹은 상태인 것이다.

무의식적인 표절은 잡아먹힌 상태에서나 일어난다. 잡아먹은 상태에서는 일어나지 않는다. 90년대 중반은 무라카미 하루키의 소설이 붐이었다. 우리에겐 생소한 스타일의 글이었다. 그때 국내의 많은 작가들이 하루키 스타일을 모방하느라 바빴다. 기성작가 신인작가 구분 없이 흉내를 내느라 제정신을 차리지 못했다. 그때는 한국 작가들이 하루키에게 잡아먹힌 상태였던 것이다. 그러나 10여 년이 지난 지금 하루키처럼 글을 쓰는 작가는 거의 없다. 이제 하루키에 대해 냉정함을 되찾았다. 여전히 하루키를 좋아하는 한국 작가들이 많지만, 그렇다고 그의 스타일을 무분별하게 흉내 내는 작가들은 없다. 10여 년이 지나서야 하루키를 '잡아먹은' 것이다.

자, 이제 의도치 않은 표절이 언제 일어나는지 확실해졌다. 아예 모르거나 확실히 알 땐 표절이 일어나지 않는다. 어설프게 알 때 표절이 일어난다. 우리는 실생활에서 자기도 모르게 어설프게 받아들인 무수한 정보를 머릿속에 저장하고 있다. 이렇게 무작위로 들어온 정보들을 아예 모르는 상태로 만들 수는 없다. 머리는 컴퓨터처럼 포맷할 수 없다. 따라서 우리의 선택은 하나뿐이다. 어설프게 아는 대상을 확실히 아는 것이다. 질릴 때까지 잡아먹는 것이다.

정리하자. 창작은 편집이다. 그런데 잡아먹힌 상태에서 그것들을 가지고 편집하면 표절이 되고, 잡아먹은 상태에서 그것들을 가지고 편집하면 영향이 된다. 사람들은 표절과 영향을 귀신같이 구분한다. 더는 도망 다니지 마라. 뒤돌아서서 입을 크게 벌려라.

# 인간의 뇌는
# '무규칙'의 세계다

"사물의 관련을 깨닫고 '아하아' 하고 생각했을 때 좋은 아이디어가 떠오르는 법
이다. 작가라는 것은 갖가지 사물에 대해서 취사선택 없이 기억한다. 10년 전에
들었던 자동차 지붕에 떨어지는 우박소리가 오늘 본 빈 휠체어를 미는 어린이
모습과 겹쳐서 그것을 어떻게 관련시킬 것인가가 머리에 떠오르면, 거기서 심각
한 장편소설도 트릭 중심의 단편소설도 만들어낼 수 있다."

**_미국추리소설작가협회, 고정기 옮김, 「추리소설 쓰는 법」, 보성사, 1987, 34쪽**

장르소설가 존 D. 맥도널드의 말이다. 작가뿐 아니라 모든 사람
들은 '취사선택 없이' 기억한다. 다시 말해 기억하고 싶은 것만 기
억하고, 잊고 싶은 것은 잊을 수 있는 사람은 없다. 잊기 싫어도 잊
어버리는 기억이 있고, 잊고 싶어도 잊히지 않는 기억이 있다. 컴퓨
터가 인간의 생각을 따를 수 없는 게 바로 이러한 지점이다. 인간의
뇌는 컴퓨터의 규칙성을 따를 수 없으나, 반대로 컴퓨터는 뇌의 무
작위성을 따를 수 없다. 물론 컴퓨터에도 '랜덤'한 기능을 부여할
수는 있지만, 그와 같은 무작위성은 프로그래머가 짠 일정한 공식

을 따르는 '무늬만 랜덤'이다.

인간의 뇌는 그야말로 무규칙의 세계다. "10년 전에 들었던 자동차 지붕에 떨어지는 우박소리"와 "오늘 본 휠체어를 미는 어린이 모습"을 연결해서 유의미한 아이디어를 끌어낼 수 있는 세계다. 이런 건 슈퍼컴퓨터도 할 수 없다. 사실 인간의 뇌와 컴퓨터의 능력을 비교하는 건 애초에 무의미하다. 기억력이나 계산력은 뇌가 가진 부차적인 기능일 뿐이다. 뇌의 진정한 가치는 비약, 몽상, 초월 등에 있다. 이러한 단어들은 컴퓨터 용어로 바꾸면 '버그'에 해당된다. 컴퓨터가 비약, 몽상, 초월 등을 하면 사용자는 짜증내며 '포맷'해 버린다.

나는 앞서 창작은 편집이라고 말했다. 편집에는 두 부류가 있다. 인간만 할 수 있는 편집과 컴퓨터도 할 수 있는 편집. 우리가 뛰어나다고 평가하는 창작물은 대개 인간만이 할 수 있는 편집의 결과물을 두고 하는 말이다. 적절한 인풋만 주어지면 컴퓨터도 그럴듯한 아웃풋을 토해낼 수 있을 만한 결과물은 그다지 높은 점수를 받을 수 없다. 예컨대 "쟁반같이 둥근 달"은 알고리즘(algorism)만 주어지면 컴퓨터도 손쉽게 창작할 수 있다. "내 마음은 호수요"는 그렇지 않다. 인간의 뇌는 마음과 호수라는 단어를 들었을 때 유사성을 직관적으로 느끼지만, 컴퓨터는 에러 메시지를 모니터에 띄우게 될 것이다.

2006년에 이런 기사를 해외토픽으로 읽은 적이 있다. 중국 푸순에 위치한 수족관에서 돌고래 두 마리가 플라스틱 조각을 삼켜서 큰 위기에 처했다. 수의사들은 수술도구를 이용해서 위장에 들어 있던 플라스틱을 꺼내려고 했지만 실패했다. 그대로 내버려두면 돌고래들은 죽을 판이다. 그때 누군가가 바오 시순 씨에게 도움을 청하자고 제안한다. 바오 시순 씨는 세계 최장신 남성으로 기네스북에 오른 인물로, 키는 2.36m이고 팔 길이는 1.06m다. 수족관에 도착한 그는 1m가 넘는 긴 팔을 돌고래들의 목구멍 속으로 집어넣어 플라스틱을 꺼내는 데 성공한다.

당신이 그 상황에 처했던 수의사라면 이처럼 기발한 해결책을 떠올릴 수 있었을까? 십중팔구는 기껏해야 돌고래의 배를 째거나, 기다란 집게를 목구멍으로 집어넣는 상상을 했을 법하다. 이것이 바로 컴퓨터도 도출해낼 수 있는 아이디어다. 돌고래 뱃속의 플라스틱과 세계 최장신 남성을 머릿속에서 연결하기는 결코 쉽지 않다. 바로 인간의 뇌만이 내놓을 수 있는 아이디어다. 비약과 몽상과 초월을 두려워하지 마라. 전혀 어울리지 않는 물건이나 사건을 조합해 보라. 매일 일정한 시간을 내어 이런 장난을 해보라. 장난이 그저 장난으로만 끝나진 않을 것이다.

# 아이디어가
# 에러디어에게

딘 키스 사이먼튼은 모차르트, 셰익스피어, 피카소, 아인슈타인, 다윈 같은 천재들이 이루어낸 업적을 제대로 이해하려면, 우수성은 '다양성'의 결과라는 진화론적인 관점을 도입해야 한다고 말한다. 이 천재들은 동시대 사람들보다 더 다양한 아이디어를 생각해 냈고 더 많은 결과물을 만들어 냈다. 속도가 더 빨랐던 것은 아니다. 단지 더 많이 했을 뿐이다. 따라서 다른 사람들보다 성공도 많았지만 실패 또한 더 많았다.

_로버트 서튼, 오성호 옮김, 『역발상의 법칙』, 황금가지, 2003, 21쪽

공부를 잘하는 방법은 간단하다. 공부를 많이 하면 된다. 시중에 공부법에 관한 책이 많이 나와 있다. 그 저자들(공부 귀신들)은 각기 자기 나름의 방법론을 제시한다. 한 과목을 붙들면 적어도 서너 시간씩 심도 있게 공부하라는 조언도 있고, 반대로 지루함을 느끼지 않도록 15분씩 과목을 바꿔가며 공부하라는 조언도 있다. 손으로 쓰면서 외우라는 조언도 있고, 입으로 웅얼거리면서 외우라는 조언도 있다. 책에다 밑줄을 치라는 조언도 있고, 그러지 말라는 조언도 있다. 아무튼 이런저런 방법론은 그저 참고사항일 뿐이다. 어

떠한 방법을 쓰더라도 공부를 많이 하지 않으면 공부를 잘할 수 없다. 공부를 잘하고 싶으면 공부를 많이 해야 한다.

좋은 아이디어를 내놓는 발상법도 간단하다. 아이디어를 많이 내놓으면 된다. 물론 아이디어는 말처럼 쉽게 나오지 않는다. 당신이 내놓는 것들은 대부분 에러디어일 것이다. 그렇다고 주눅이 들거나 풀이 죽을 필요는 없다. 그건 너무나 당연한 과정이기 때문이다. 흔히 우등생들은 시험에 나오는 것만 잘 골라서 그것만 집중적으로 공부한다고 생각하기 쉽다. 그렇지 않다. 우등생들은 다른 애들이 "시험에도 안 나올 텐데 그걸 미련하게 왜 공부하니?" 하는 부분까지 집요하게 공부한다. 시험에 나올 만한 것들만 골라서 공부하면 고득점을 받지 못한다.

내가 예상할 수 있는 문제는 남들도 예상할 수 있다. 그런 문제는 맞혀봐야 기본점수만 유지할 수 있을 뿐이다. 점수가 갈리는 지점이 바로 시험에 안 나올 법한 부분을 공부하느냐 아니냐에 달려 있다. 아이디어도 마찬가지다. 회의를 해보면 처음에는 고만고만한 얘기들이 나온다. 사람들 머리는 거기서 거기다. 누구나 생각할 수 있는 모범답안이 한동안 계속 쏟아져 나온다. 여기에서 멈춰 버리면 빅 아이디어는 얻지 못한다. 시험에 나올 법한 문제만 공부해선 고득점을 얻을 수 없는 것과 같은 이치다. 반드시 한걸음 더 나아가야 한다.

아이디어의 질은 우리가 통제할 수 없다. '자, 지금부터 질 높은 아이디어 10개만 내놔 봐' 할 수 없다. 그러나 양은 통제할 수 있다. 질은 '묻지도 따지지도 않겠으니 100개의 의견을 내놔 봐' 아이디어 회의는 대개 이렇게 진행된다. 이른바 브레인스토밍이 이러한 과정을 말한다. 다른 사람이 아무리 멍청해 보이는 의견을 내놓아도 비웃어서는 안 된다. 일단 100개의 의견이 추려질 때까지는 회의를 멈춰선 안 된다. 90개까지는 시시한 아이디어일 확률이 크다. 마지막 10개 안에 알짜배기가 들어 있다. 처음 10개와는 차원이 다른 신선한 10개일 것이다.

결국 90개는 취하기 위해서가 아니라 버리기 위해 생각하는 것이다. 비효율적이라고 여겨져도 어쩔 수 없다. 아이디어의 세계는 수량화·계량화·시스템화가 불가능하다. '자, 이런 매뉴얼을 따라 생각해 보세요' 하고 말할 수 없다. 시중엔 이런 책들이 나와 있는 것도 같은데, 그런 책을 읽어 봐야 도움은 되지 않는다. 아니, 도움이 될지도 모르겠다. 단, 그와 같은 매뉴얼을 따라서 100개의 아이디어를 생각해야지만 비로소 도움이 된다. 여기에서 강조점은 매뉴얼이 아니라 100개에 찍힌다. 어떤 방법이냐는 중요치 않다. 단지 더 많이 생각할 뿐이다.

# 수백만 개의 알을 낳는
# 개구리가 되어라

작곡가 요하네스 브람스(Johannes Brahms)는 얼마나 많이 버렸는지를 보는 것으로 그 예술가의 수준을 가늠할 수 있다고 말했다. 위대한 창조자인 자연은 언제나 많은 것을 버린다. 개구리 한 마리는 앉은 자리에서 수백만 개 알을 낳지 않는가. 그중에서 올챙이가 되는 것은 몇 십 마리에 불과하고 다시 여기서 불과 몇 마리만이 개구리로 자라난다. 우리도 자연처럼 무수히 많은 상상력과 연습을 시도하고 버려야 한다.

_스티븐 나흐마노비치, 이상원 옮김, 『놀이, 마르지 않는 창조의 샘』, 에코의서재, 2008, 96쪽

난 글을 쓸 때, 노트에다 펜으로 일단 초고를 쓴다. 그 다음에 컴퓨터 워드프로그램을 열어서 재고를 쓴 후 블로그에 올린다. 그런데 내가 노트에 쓰는 글을 초고라고 부르기가 좀 애매하다. 노트에다 쓴 글을 워드프로그램에 옮겨 적는 일이 거의 없기 때문이다. 노트에 어떠한 글을 쓸 때는 분명히 마음에 든다. '자, 이렇게 쓰면 되겠다' 하는 계획이 섰기 때문에 컴퓨터 앞에 앉는 것이다. 하지만 워드프로그램에 쓰는 글은 초고와 전혀 다른 글이 나와 버린다. 이런 경험을 한두 번 한 게 아니다. 그래서 요새는 아예 재고를 쓸 때

초고를 참고하지 않는다. 초고를 쓰기는 하는데, 써놓고 어디다 던져 놔 버린다. 굳이 떠올리려고 애쓰지 않는다.

　나에게 초고는 곧 버리는 원고다. 지금 쓰고 있는 이 글에도 초고가 있다. 노트를 읽어 보니 대충 다음과 같은 내용이다. '신문의 시사만화가는 거의 매일 한 편씩 만화를 그려야 한다. 일 년이면 300백 편이 훌쩍 넘는다. 오늘 그린 만화가 마음에 들지 않아도 마감시간이 되면 어김없이 원고를 데스크에 제출해야 한다. 이번 건 별로 내 마음에 안 드니까 신문에 싣지 말자고 말할 수 없다. 내일은 좀 더 근사한 작품을 그릴 것을 기약하며 속을 달랜다. 그렇게 일 년 동안 300편을 그리면 그중에서 본인의 마음에 드는 게 적어도 30편은 나온다. 그러나 처음부터 일 년에 30편만 그렸다면 어떤 결과가 나올까? 기껏해야 3편쯤 건질 수 있을 것이다, 운운'

　나는 이런 내용으로 초고를 써놓았다. 그런데 지금 쓰고 있는 글은 어떤가. 뚜렷한 이유 없이 첫 문장이 "난 글을 쓸 때, 노트에다 펜으로 일단 초고를 쓴다." 하고 나와 버렸다. 이에 걸맞은 두 번째 세 번째 문장을 갖다 붙이다 보니 결국 초고와는 전혀 다른 글이 되어버렸다. 그렇다고 내가 지금 잘못하고 있다고 생각지는 않는다. 아니, 오히려 이러한 방식이 옳다고 믿는다. 초고에 집착할 필요 없다. 초고를 아깝게 여길 필요 없다. 이 책의 「머리말」을 쓸 때는 7가지 버전의 다른 초고가 있었다. 그러나 최종고는 또 그것들과는 무관한 글이 되었다.

어떠한 분야든 마찬가지이지만, 초짜는 자신이 초짜라는 사실을 확실히 자각하고 있어야 한다. 더불어 초짜가 만들어내는 창작물은 대개 형편없다는 사실도 받아들여야 한다. 즉, 당신이 지금 만들어내는 창작물들은 형편없다는 사실을 받아들여라! 그림 한 점 완성했다고, 단편소설 한 편 탈고했다고, 노래 한 곡 작곡했다고 거기에 너무 빠지지 마라. 그 가슴 뻐근한 도취감을 모르는 바 아니지만, 그런 기분은 오늘 밤에 잠들기 전에 깨끗이 잊어라. 내일이 되면 바로 다음 작품에 착수해야 한다. 어제 만들었던 거 자꾸 들여다보면서 만지작거리지 마라. 그냥 어디다 던져 놓고 잊어라. 냉정하게 말해서 그 작품은 습작품의 수준을 넘기 힘들다.

버려라. 그딴 것들 미련 갖지 말고 버려라. 많이 버리면 버릴수록 좋다. 어제보다는 오늘, 오늘보다는 내일 만들게 될 창작물이 더 훌륭할 것이다. 그렇게 믿고 당분간 계속 나아가기만 하라. 수백만 개의 알을 낳는 개구리가 되어라. 알을 왕창 낳아야 하나둘에 연연하지 않는다. 하나둘에 집착할 정신이 없을 정도로 계속 낳아라. 그것이 자연(自然)스럽다.

# '양'에서
# '질'이 나온다

수업 첫날 도에 선생님은 학급을 두 그룹으로 나누어서, 작업실의 왼쪽에 모인 조는 작품의 양만을 가지고 평가하고, 오른편 조는 질로 평가할 것이라고 말씀하셨다. 평가방법은 간단했다. 수업 마지막 날 저울을 가지고 와서 "양 평가" 집단의 작품 무게를 재어, 그 무게가 20킬로그램 나가면 "A"를 주고, 15킬로그램에는 "B"를 주는 식이다. 반면 "질 평가" 집단의 학생들은 "A"를 받을 수 있는 완벽한 하나의 작품만을 제출해야만 했다. 자, 평가시간이 되었다. 그런데 이상한 일이 생겼다. 가장 훌륭한 작품들은 모두 양으로 평가받은 집단에서 나왔다는 사실이다. "양" 집단이 부지런히 작품들을 쌓아나가면서, 실수로부터 배워나가는 동안, "질" 집단은 가만히 앉아 어떻게 하면 완벽한 작품을 만들까 하는 궁리만 하다가 종국에는 방대한 이론들과 점토더미 말고는 내보일 게 아무 것도 없게 되고 만 것이다.

_데이비드 베일즈·테드 올랜드, 임경아 옮김, 『예술가여, 무엇이 두려운가!』,
루비박스, 2006, 51쪽

질에 대한 환상부터 버려야 한다. 양에 대한 오해부터 버려야 한다. 쓰는 양을 늘리면 질이 떨어질 것이라는 노파심을 버려야 한다. 양을 늘리면 확실히 질이 떨어지는 작품도 더 많이 나오게 마련이다. 그러나 질이 높은 작품의 양도 덩달아 많아진다! 세 작품 만들어서 두 작품은 성공이고 한 작품은 실패였다고 치자. 성공률은 66.6퍼센트다. 열 작품을 만들어서 다섯 작품은 성공이고 나머지는 실패였다고 치자. 성공률은 50퍼센트다. 성공률만 따지면 후자가 더 낮다. 그러나 성공작의 양을 따지면 후자가 두 작품 더 많다.

창작의 세계에서 성공률을 따지는 건 의미가 없다. 실패작은 창작자가 세상에 내놓지 않으면 그만이기 때문이다. 어쩔 수 없이 내놓아야 되는 상황도 있지만(앞에서 거론한 시사만화가처럼) 대개는 실패한 작품은 버리면 그만이다. 못 버리겠으면 한쪽 구석에 던져놓으면 되고. 기본적으로 많이 만들어서 조금 내놓겠다는 생각이 있어야 한다. '어차피 조금 내놓을 건데 처음부터 조금만 만들자'라는 생각은 창작에 가장 해가 되는 사고방식이다. 이건 완벽주의와도 무관하다. 차라리 게으름에 대한 자기 합리화라고 해야 더 솔직한 표현일 것이다.

진정한 완벽주의는 많이 만들어서 조금만 내놓는 것이다. 그런데 이런 태도는 정신건강에 별로 좋지 않을 수도 있다. 지나친 완벽주의는 창작자를 병들게 한다. 가장 이상적인 형태는 많이 만들어서 많이 내놓는 것이다. 단, 이걸 실행하기 위해서는 얼마간의 배짱이 필요하다. 분명히 개중엔 범작이나 졸작 소리를 들을 창작물들이 포함될 것이기 때문이다. 아무리 건설적인 비판이라고 해도, 쓴 소리를 들어서 기분 좋은 사람은 없다. 상처도 받는다. 몇 번 이런 경험을 하다가 지레 주눅이 들어서 창작을 포기하게 되는 경우까지 가게 된다.

맷집을 좀 기를 필요가 있다. 이 말은 나 자신에게 하는 말이기도 하다. 우리는 맷집을 좀 기를 필요가 있다. 그것이 양을 불려가면서도 정신건강을 지킬 수 있는 방법이다. "가장 훌륭한 작품들은 모두 양으로 평가받은 집단에서 나왔다는 사실"을 믿고, 당신도 나와 함께 "양 평가" 집단에 들어가자. 이제부터 당신이 하는 고민의 종류는 달라진다. 아주 단순해진다. 남들이 15킬로그램을 생산해낼 때, 당신은 20킬로그램을 생산해내면 된다. 적어도 습작기에는 정신주의자가 아니라 물질주의자가 되어야 한다. 튼튼한 저울부터 하나 장만하자.

# 철딱서니 없는 아이디어가
# 곧 '에러디어'다

인간의 지혜와 상상력은 장애물이 있을 때 더욱 풍부하게 발휘된다. 지혜와 상
상력으로 벽을 넘은 곳에 자유의 기쁨이 있다. 무엇이든 자유롭게 허락된 세계
에서는 지혜도 상상력도 발휘할 필요가 없다. 아무렇게나 뒹굴면서 먹고 싶은
거나 먹고 텔레비전이나 보는 것이 고작이다. 요즘 아이들에게는 의욕이 없다고
들 하는데, 어쩌면 그건 당연한 결과이다.

_기타노 다케시, 권남희 옮김, 『기타노 다케시의 생각 노트』, 북스코프, 2009, 79쪽

배고픈 소크라테스냐, 배부른 돼지냐. 이 문장을 내 식으로 비틀
자면 이렇다. 누구나 배고프면 소크라테스가 되고, 배부르면 돼지
가 된다. 소크라테스도 배부르면 돼지가 되고, 돼지도 배고프면 소
크라테스가 된다. 소크라테스와 돼지가 원래부터 따로 있는 게 아
니라 배에서 꼬르륵 소리가 나느냐 아니냐에 따라 소크라테스도
돼지도 된다는 말이다. 예컨대 재벌가 아들딸로 태어나면 그 아이
가 소크라테스로 자랄 공산은 크지 않은 것이다. 간혹 철학자 비트
겐슈타인처럼 돌연변이도 있지만, 그야말로 역사 속의 인물이라서

그다지 피부에 와 닿는 예는 아니다.

미인은 사랑에 대한 철학이 없다. "내가 찍으면 10분 안에 넘어오던데?" 이런 사람은 사랑에 대한 심도 깊은 철학을 가지기 힘들다. 가질 기회도 없고, 가질 필요도 없기 때문이다. 물에 빠져 꼴깍꼴깍 물을 먹어봐야 공기의 고마움을 느낄 수 있다. 한 사람에게 풍덩 빠졌는데, 그 사람이 나를 좋아하지 않는 (그래서 자꾸 물만 먹게 되는) 경험을 해봐야, 사랑에 대해 철학자가 된다. "그 사람 아니면 다른 사람 만나면 되지. 뭘 그런 걸로 고민하고 그래?" 이건 돼지의 사랑법이다. 사랑의 철학이 아니라 교미의 기술에 더 어울리는 사고방식이다.

장애물의 높이가 그것을 극복한 사람의 높이다. 평지만 걷던 사람도 큰 산을 한번 넘고 나면 갑자기 큰 사람이 되는 수가 있다. 이럴 때 "그놈 철들었구나." 하고 말한다. 철들었다는 것은 어떤 상태를 말하는 것일까. 내 생각에는, 마땅히 부끄러워해야 할 상황에서 부끄러워할 줄 아는 게 철든 것이다. 혹은 부끄러워하지 않아도 되는 상황을 부끄러워하지 않는 게 철든 것이다. 젊은 놈이 고급 승용차에 핸들을 붙잡고 앉아 있으면 부끄러운 마음이 생겨야 한다. 반대로 다 찌그러진 중고차라도 부끄러워하지 않고 당당하게 타고 다녀야 한다.

이처럼 장애물은 인간을 철들게 한다. 지혜와 상상력을 풍부하게 만든다. 그러니 살면서 장애물다운 장애물을 한 번도 겪어 보지 못하면 성숙한 인간이 될 수 없다. 부러워할 일이 아니라 딱히 여길 일이다. 우리 주위엔 그런 치들이 꽤 많다. 그런 치들과 얘기해보면 10분 안에 속이 메슥거린다. 자신이 몇 마디 대화만으로 누군가에게 욕지기를 일으키게 하는 부류의 인간이라는 건 얼마나 서글픈 일인가. 더구나 그들은 자신에 대해 메타적으로 사고할 능력이 눈곱만큼도 없기 때문에 더 서글픈 존재다. 알고 보면 짠하고 불쌍한 종족이다.

장애물을 적극적으로 껴안아야 한다. 고급 외제차보다는 헌털뱅이 경차를 타고 다니는 사람에게서 더 좋은 아이디어가 나온다. 아이디어란 결국 불편함을 편리함으로 바꾸는 생각이다. 본인이 직접 불편함을 겪어 보지 않으면 그걸 편리함으로 바꿔볼 생각조차 하지 못한다. 장애인이 되어 보지 않고서는 장애인의 마음을 헤아리지 못한다. 적어도 가족 중에 장애인이 있어야 그 기분을 절반 정도 이해할 수 있을 뿐이다. 살면서 겪은 이러저러한 장애요소가 뭉쳐져 한 인간을 철들게 한다. 철든 인간에게서 철든 아이디어가 나온다. 인간이 철딱서니 없으면 아이디어도 철딱서니가 없다. 철딱서니 없는 아이디어가 곧 에러디어다.

# '절제와 금욕',
# 그곳에 자유로운 사고가 있다

> "제가 요즘 추구하는 것이 자유예요. 그런데 나이 들면서 보니까 금욕을 한 스
> 님이나 신부님들이 훨씬 자유로워 보이더라고요. 자기욕구를 한 번도 억누르지
> 않았던 것으로 보이는 남자와 여자는 자유가 아니라 욕망에 점점 얽매이는 것
> 같고요. 그래서 진정한 자유라는 것은, 일정 부분의 절제와 금욕이 따라오는구
> 나, 했어요."
>
> _공지영·지승호 지음, 『괜찮다, 다 괜찮다』, 알마, 2008, 257쪽

 

스님이나 신부님의 얼굴은 어찌 그리 평온해 보이는가. 본인 마음
이 오죽이나 평온하면 다른 사람에게까지 낯빛으로 그 기운이 전해
지는가. 스님은 가발을 씌워놔도 낯빛만으로 스님인 티가 난다. 요
샛말로 포스가 남다른 것이다. 나도 어지간히 낙천주의자라고 자처
하는데, 왜 사람들은 나만 보면 "집에 무슨 일 있냐?"라고 물어 보
는가. 내가 아무리 자유로운 영혼의 소유자인 척, 찧고 까불어 봐야
내 얼굴엔 '난 욕망덩어리예요'라고 빤히 씌어져 있는 것이다.

겉보기에는 종교인들이 세속인들보다 더 자유롭게 살고 있는 것 같지는 않다. 오히려 덜 먹고 덜 쓰고 덜 입고 덜 잔다. 거개의 종교가 절제와 금욕을 구도의 기본 방법론으로 채택하고 있다. 새벽 일찍 일어나 기도를 올리거나 묵상을 한다. 날마다 거르지 않고 틀에 꽉 짜인 자신들만의 의식을 치른다. 아무리 열심히 산다고 자부하는 세속인들도 따라 하기 쉽지 않을 만큼 규칙적인 생활을 한다. 그런데도 그들의 얼굴은 마냥 평온하고 자유로워 보인다.

생각의 자유는 몸의 절제에서 나온다. 지나친 금욕은 좋지 않으나(세상에 '지나쳐서' 좋은 것은 하나도 없다) 일정 부분 절제와 금욕을 체득할 필요가 있다. 뭔가 거창한 말인 것 같지만 사실 별 얘기는 아니다. 삶에 질서를 부여하라는 것이다. 백수라고 해도 하루의 스케줄을 세우고 그걸 실천하라는 것이다. 노느니 염불한다는 말도 있고, 노느니 장독 깬다는 말도 있는데, 염불을 하던 장독을 깨든 매일 규칙적으로 하고 있으면 그저 백수가 아니다.

질서 없는 것은 무질서일 뿐이지 자유가 아니다. 무질서와 자유를 혼동해서는 안 된다. 질서를 통하지 않고는 자유에 접근할 수 없다. 따라서 진정한 자유를 체득하기 위해서는 어느 정도의 몸닦달을 각오해야 한다(몸닦달이란 '몸을 튼튼하게 단련하기 위하여 견디기 어려운 것을 참아가며 받는 몸의 훈련'을 말한다). 절제와 금욕이라는 단어만 들어도 알레르기 반응을 일으키는 사람이라면, 아마도 평생 진정한 자유는 맛보지 못하고 죽을 듯싶다.

고기를 좋아하는 사람은 채식주의자들이 딱해 보인다. "그 맛있는 고기를 먹지 않고 평생을 어떻게 산단 말인가. 채식만 고집하는 것도 일종의 편식이다. 그들의 제한된 식습관이 안쓰럽다." 이렇게 생각한다. 언뜻 보면 고기와 채소 양쪽 다 먹는 부류가 음식에 대해 더 자유로워 보인다. 곰곰이 생각해 보면 그렇지만도 않다. 사람은 고기를 먹지 않고도 충분히 단백질을 공급받을 수 있다. 따라서 육식을 끊지 않는 건 생존과는 무관한 문제다.

고기는 반드시 먹어야 한다는 주장의 속내를 들여다보면, 담배나 커피를 끊지 못하는 사람들의 심정과 다를 바 없다. 잠시잠깐 혀끝에서 느껴지는 말초적 기쁨에 그저 중독되어 있는 것뿐이다. 고기를 먹지 말란 얘기는 아니다. 나도 먹는다. 다만 고기도 담배나 커피처럼 기호식품일 수도 있다는 걸 알고 먹으라는 말이다. 흡연자가 비흡연자에게 "너는 담배를 안 피우지만, 나는 담배를 피우지. 따라서 나는 담배에서 자유로운 몸이야."라고 말하지는 않는다. 오히려 비흡연자가 담배에서 자유로운 상태다. 흡연욕구를 물리침으로써 담배에서 자유로워진 것이다.

이를 음식 일반에 관해 확장해서 생각해도 마찬가지다. 육식을 하지 않는 사람이 육식을 하는 사람보다 오히려 먹을거리에 대한 욕망에서 훨씬 더 자유롭다. 먹고 싶은 걸 마음대로 먹는 게 자유가 아니다. 먹는 것 자체에 초연해지는 게 진정한 자유다. 따라서 제한된 식단만 고집하는 채식주의자야 말로, 고기만 보면 눈이 까뒤집히는 육식예찬자들보다 자유로운 영혼이라고 할 수 있다. 도 닦고 싶은데 방법을 모르겠다는 분은 고기 끊는 일부터 실천해보라.

정리하자. 자유로운 사고는 일정 부분 절제와 금욕에서 나온다. 하고 싶은 일 하고, 먹고 싶은 것 먹고, 자고 싶을 때 자면 생각은 오히려 단순해진다. 아무런 제약을 주지 않고 "네 마음대로 생각해 봐라."라고 주문하면 괜찮은 아이디어가 나올까? 절대 그렇지 않다. 오히려 대단히 식상한 답변이 돌아오기 쉽다. 네 마음대로 생각하라고 하면 누구나 욕망에 충실한 일차원적인 대답이 먼저 떠오르기 때문이다. 남자들한테 "투명인간이 될 수 있다면 가장 먼저 어디를 가고 싶은가." 하고 물어 보라. 여탕이라는 답변이 돌아올 것이다. 늙은 거나 젊은 거나.

# 선택의 범위를
# 제한하라

> 학기말 고사를 치르는 학생들 가운데 추가로 논문을 제출하는 학생에게는 가산점을 주기로 하고 학생들을 두 집단으로 나누었다. A집단 학생들에게는 여섯 가지 주제를 제시하고 하나를 골라 논문을 쓰게 했으며, B집단 학생들에게는 이 여섯 가지 주제를 포함한 서른 가지 주제를 제시했다. 물론 가산점을 원하지 않는 학생은 논문을 쓰지 않아도 되었다. 실험결과 논문을 쓴 학생들의 비율이 B집단보다 A집단에서 월등히 높았다. 그뿐 아니라 중요한 것은 A집단 학생들이 작성한 논문의 질이 B집단의 학생이 작성한 논문보다도 높았다는 점이다.
>
> _이정전, 『우리는 행복한가』, 한길사, 2008, 166쪽

친구들 여럿이 모여 밥을 한 끼 먹으려면 '뭐 먹을까'(또는 '어디에 가서 먹을까')를 두고 30분 넘게 의견조율을 하는 게 예사다. 그렇게 고르고 골라서 마지막에 선택해 찾아간 집이 그나마 만족스러우면 다행인데, 이런 경우는 대개 잘못된 선택으로 끝나는 경우가 많다. 의견 조율하는 과정에서 약간의 스트레스를 받은 데다, 험난한 (?) 결론 도출과정 끝에 결정한 곳이라 기대치가 한껏 높아진 상태에서, 막상 그곳에 도착하니 만족스럽지 못한 것이다.

게다가 많은 선택지를 두고 지나치게 신중한 고민을 하다 보니,

그 과정 중에 이미 지쳐버려서 나중에는 "에이, 아무데나 가자." 하고 낙착되어 버리는 수가 많다. '아무데나'라는 간판을 달고 있는 전국의 많은 식당들은 결국 이러한 소비자 심리를 재미있게 이용한 것이다. 어느 식당으로 들어갈지 결정 못한 채, 먹자골목을 배회하고 있는 일행들이 이런 간판을 보면 어떤 심정이 들겠는가? 나도 이런 식으로 결국 '아무데나'라는 식당을 들어간 경험이 몇 번 있다.

브레인스토밍을 할 때 가장 중요한 규칙은 참가자가 내놓는 어떠한 아이디어도 비판하지 않는 것이다. 하지만 이러한 브레인스토밍의 방법론도 맹점이 있다. 어떠한 아이디어를 내놓아도 괜찮다는 그 점 때문에 그저 시간만 낭비할 위험도 크다. 그러니 브레인스토밍을 할 땐 반드시 일정 정도 제한이 있어야 한다. 자유롭게 생각하되 일정한 울타리를 넘어서지는 말아야 한다는 확고한 지침이 있어야 한다. 그래서 노련한 진행자 없이 브레인스토밍을 진행하면 대부분 배가 산으로 가 버린다. '어디 갈래?'만 한참 되풀이하다 결국 아무데나 가 버리고 만다.

생각을 잘하려면 무엇을 고민하고 무엇을 고민하지 않아도 되는지를 빨리 결정해야 한다. 고민하지 않아도 될 일을 빨리 결정해야, 고민해야 할 문제에 더 많은 시간을 투자할 수 있다. 오랜만에 친구들끼리 모여서 어느 특정한 식당을 가는 게 그렇게 중요한 것은 아니다. 정작 중요한 것은 같이 밥 먹고 수다 떠는 행위 그 자체 아닌가. 우선순위가 분명해지면 망설임이 없어진다. 그저 눈앞에 보이는 식당을 골라 들어가면 그만이다. 그러면 30분을 더 '수다'에 투자할 수 있다.

이정전 교수가 하는 말도 마찬가지다. A집단 학생들이 쓴 논문의 질이 더 높은 것은, 고민하지 않아도 될 문제를 선생이 통제해줌으로써, 진짜 고민해야 할 문제에 대해 더 많은 시간을 투자할 수 있었기 때문이다. 대학교 학부생에게 교수가 원하는 논문은 거창하지 않다. 눈이 휘둥그레질 만한 주제를 제시하고 있는 논문이 아니라, 기본형식을 잘 지키며 꼼꼼히 논리를 전개해 나가고 있는 논문을 원한다. 요컨대 주제 자체는 중요하지 않다. 어떤 주제든 간에 더 많은 시간을 들여 형식, 논리성, 문장 등을 짯짯이 검토한 논문이 더 높은 점수를 받게 된다.

나는 글을 쓸 때에도 이러한 방법을 자주 쓴다. 일단 마음에 드는 인용문 하나를 글머리에 딱 갖다놓는다. 무슨 글을 써야겠다는 계획은 아직 없다. 나는 내가 어떤 글을 쓰게 될지 전혀 모른다. 내가 알고 있는 것은 인용문과 연관된 어떤 글을 쓰게 되리라는 점뿐이다. 그렇게 마음 편하게 생각했더니 글의 첫 문장을 쓰기가 한결 쉬워졌다. 글을 쓸 때 가장 어려운 일이 첫 문장 쓰기다. 할 말이 생각나지 않을 땐, 인용문의 내용을 내 식으로 한 번 더 정리하면서

운을 뗀다. 이처럼 첫 문장을 고민하는 시간이 줄어드니까 훨씬 더
많은 글을 쓸 수 있게 되었다.

제2부

어느 순간 불쑥 찾아오는
아이디어

# 마른 행주는 아무리 쥐어짜도 물이 나오지 않는다

기억은 시의 중요한 질료가 된다. 삼겹살을 구울 때 고기가 익기를 기다리며 젓가락만 들고 있는 사람은 삼겹살의 맛과 냄새만 기억할 수 있을 뿐이다. 하지만 고기를 불판 위에 얹고, 타지 않게 뒤집고, 가스레인지의 불꽃을 조절할 줄 아는 사람은 더 많은 경험을 한 덕분에 더 많은 기억을 소유하게 된다. 그런 사람이 시인이다. 그러니 삼겹살을 먹게 되거든 제발 고기 좀 뒤집어라.

_안도현, 『가슴으로도 쓰고 손끝으로도 써라』, 한겨레출판, 2009, 103쪽

'생각하다'와 '기억하다'는 엄연히 다른 단어이지만, 실질적으로 따지면 큰 차이는 없지 않을까. 즉 무언가를 생각하는 행위는 결국 기억(을 조합)하는 행위가 아닐까. 언뜻 들으면 '생각하다'가 '기억하다'보다 상위개념인 것 같지만, 실은 '생각하다'는 '기억(들)하다'가 아닐까. 상위개념은 하위개념이 없어도 성립한다. '생각하다'가 '기억하다'보다 상위개념이라면, '기억하다' 없이도 '생각하다'가 가능하다는 말이다. 그런데 기억 없이 가능한 생각이 있을까?

물론 '1 더하기 1은 뭐라고 생각하느냐'라고 질문하지 '1 더하기 1은

뭐라고 기억하느냐'라고 질문하지는 않는다. 따라서 생각과 기억은 다르고, '기억하다'와 관련 없는 '생각하다'도 가능하게 느껴질지 모르겠다. 그러나 곰곰이 따져보라. 1 더하기 1은 2라는 너무나 당연해 보이는 답도 특정 약속 안에서의 진리일 뿐이다. 물 한 컵 더하기 물 한 컵은 물 두 컵이지만, 물 한 방울 더하기 물 한 방울은 여전히 물 한 방울이다. 물방울이 합쳐지는 것만 겪어 본(기억에 있는) 사람에겐 1 더하기 1은 1이다. 2라는 건 생각할 수도 이해할 수도 없다.

생각을 잘하려면 기억을 잘해야 한다. 일상의 차원에서, 생각은 기억들을 조합해서 유의미한 결론을 끌어내는 것이기 때문이다. 이때 기억 속에 물방울만 있고 물컵이 없다면, 아무리 열심히 노력해도 2를 생각해낼 수 없다. 극소수의 천재들이나 가능할 뿐이다. 그러니 우리 같은 사람들은 2를 생각해내거나 이해하려면, 일단 물컵을 겪어서 기억 속에 집어넣는 수밖에 없다. 마른 행주는 쥐어짜도 물이 나오지 않는다. 간혹 물이 나오기도 하는데, 그건 행주에서 나온 물이 아니라 손바닥에서 나온 땀이다. 기억자산이 부실하면 땀나도록 생각해야 한다.

젊어 고생은 사서도 하라는 말은, 젊어 경험은 사서도 하라는 말이다. 이왕이면 간접경험보다는 직접경험이면 더 좋겠다. 간접경험은 머리에 새겨지지만 직접경험은 머리와 동시에 몸에도 새겨진다.

이렇게 말하면 아르바이트니 배낭여행이니 어학연수니 봉사활동이니 다소 거창해 보이는 경험부터 생각하기 쉽다. 물론 이런 특별한 경험도 중요하지만, 일상에서의 사소한 경험도 좀 더 적극적으로 겪을 필요가 있다. 안도현 시인의 말처럼, 삼겹살을 구울 때 젓가락만 쪽쪽 빨고 있지 말고 고기 좀 뒤집어 보는 것도 아주 중요한 체험이다.

맛과 냄새만이 삼겹살의 전부가 아니다. 고작 혀끝으로 맛보고 콧속으로 냄새 맡아 본 걸로 삼겹살을 논하는 것은 얼마나 민망한 일인가. 마찬가지로 다운로드 받은 영화를 컴퓨터 모니터로 아무리 많이 봤다고 해도, 그건 제대로 된 영화관람 체험이라고 보기 힘들다. 돈 내고 영화관에 가서 대형스크린을 통해 관람을 해야 비로소 영화 한 편을 체험한 것이다. 지하철 타고 영화관에 가기, 줄 서서 기다리기, 앞사람 머리통 때문에 불편 겪기, 다른 관객들의 울고 웃는 모습 보기, 이런 것들도 다 영화관람 체험에 포함된다.

심지어 이런 부차적인 것들이 오히려 더 머리에 오래 남기도 한다. 10년 전에 어느 동시상영관에서 본 그 영화의 줄거리는 하나도 떠오르지 않지만, 그 극장 화장실에서 나던 지린내는 아직도 코끝에 남아 있는 것이다. 그 영화야 어떤 수단으로든 다시 구해서 볼 수 있겠지만, 그 지린내는 천만금을 준다고 해도 다시 맡을 수 없다. 특정한 시공간이 아니면 겪을 수 없는 그러한 체험을 당대에 실시간으로 느껴 보는 일이 그래서 중요한 것이다.

# 좋은 아이디어는
# 타인의 공감 끌어내는 아이디어

한 해 전에 암으로 투병 중이던 장모님이 돌아가셨다. 나는 맏사위 자격으로 조문객을 맞았다. 내가 보기에 가장 크게 울고 가장 슬퍼한 사람은 같은 건물의 위층에 살던 이웃 아주머니였다. 장모님과 10년 넘게 이웃해 살면서 같이 밥 먹고 차 마시고 시장가고 운동하고 여행 가고 수다 떨고 했던 사람이었다. 그분은 영정 앞에서 거의 실신할 뻔했다. 그분의 슬픔은 함께한 기억을 많이 공유하고 있는 사람의 슬픔이었다. 공통의 기억이 많은 사람은 많이 운다. 울게 하는 것은 그의 죽음이 아니라, 그와 함께 했던 기억이다.

_이승우, 『당신은 이미 소설을 쓰기 시작했다』, 마음산책, 2006, 18쪽

먼 친척보다 이웃사촌이 낫다는 말은 진리다. 낳은 정보다 기른 정이라는 말도 진리다. 핏줄이라는 거 사실 아무것도 아니다. 핏줄이 무섭다는 말에 나는 별로 공감 못한다. 공통의 기억이 훨씬 더 무서운 거다. 오죽하면 '싸우면서 정 든다'는 말도 있겠는가. 싸움도 공통의 기억을 나눠 가지는 일이다. 나쁜 기억도 자꾸 나눠 가지다 보면 정든다. 누가 만들었는지 미운 정이라는 말은 참 절묘하다. 다른 나라 말에도 이런 표현이 있는지 모르겠다.

좋은 아이디어란 타인의 공감을 끌어내는 아이디어다. 내가 목표

로 하는 대상(독자·관객·고객·소비자)의 공감을 얻지 못하면 실패한 아이디어다. 따라서 아이디어를 잘 내려면 타인의 공감을 잘 끌어 내는 법을 익혀야 한다. 그런데 안타깝게도 그런 법은 없다! 화법이나 수사법처럼 약간의 잔재주를 배울 수는 있겠으나, 그야말로 잔재주일 뿐이다. 화법은 심령부흥회의 목사가 최고이고 수사법은 대중소설가가 최고이다. 그러나 그들의 말과 글에서 신뢰와 공감을 느끼게 되는 경우는 드물다. 유창한 언변이나 유려한 미문은 오히려 반감을 주기도 한다.

타인의 공감을 끌어내려면 나와 상대의 공통의 기억을 건드려야 한다. 이건 화법이나 수사법만으로 해결할 수 있는 문제가 아니다. 상대가 겪은 일을 나도 고스란히 겪어야 발언권을 얻을 수 있다. 말이야 무슨 말이든 못하겠는가. 글이야 무슨 글이든 못 쓰겠는가. 그러나 공통의 기억이 없는 사람의 의견은 그 내용이 아무리 타당해도 별로 공감을 얻지 못한다. 사람은 그렇게 철두철미하게 이성적인 사고를 하지 않는다. 코빼기도 안 비치다가 십여 년 만에 갑자기 나타난 먼 친척과 십여 년을 함께 살던 이웃이 당신의 고민에 대해 상반된 의견을 내놓는다면, 당신은 누구의 의견에 더 마음이 쏠리겠는가. 사람 마음은 다 똑같다.

당신은 당신이 목표로 하는 대상(독자·관객·고객·소비자)의 먼 친척이 아닌 이웃이 돼야 한다. 이웃이 되는 데 다른 방법은 없다. 근거리에서 함께 살면서 공통의 기억을 쌓는 것뿐이다. 그런 의미에서 나는 자식을 대안학교에 보내는 것이 탐탁지 않다. 설령 그 아이가 양질의 교육을 받는다고 해도, 그 교육에는 결정적인 요소 하나가 빠지게 된다. 그 또래 아이들이 겪는 평균적인 경험을 공유하지 못하게 되는 것이다. 대안학교를 다닌 아이는 똑똑한 먼 친척이 될 위험성이 크지 않을까? 내게 아이가 있다면 나는 덜 똑똑한 이웃으로 키우고 싶다.

이는 내가 사회의식이나 연대의식이 강한 사람이라서 하는 말이 아니다. 나는 개인주의자이고 현실주의자이고 귀차니스트에 가깝다. 그런 내가 계산기를 두드려 보니 (외국에 이민을 가서 살지 않는 이상) 똑똑한 먼 친척보다는 덜 똑똑한 이웃으로 사는 게 좀 더 즐거울 것 같기 때문이다. 체험이 주는 권위를 확보하고 있어야 말 한마디를 해도 힘이 팍팍 실린다. '무슨 말인가'보다 '누구의 말인가'가 더 중요하게 여겨질 때가 많다. 말할 자격이 부족한 사람의 의견은 그 내용이 아무리 옳아도 똑똑한 먼 친척의 잘난 척으로 치부되기 쉽다.

# '겪어봐서 안다'고
# 섣불리 말하지 마라

복도의 전등은 소리에 반응하여 켜지는데 작은 소리에는 때로 작동이 되지 않았다. 아타이(阿太)는 복도의 전등이 소리에 반응하여 켜진다는 사실을 몰랐다. 하지만 이웃에게 물어보기가 창피했다. 어느 날 저녁, 아타이는 평상시처럼 혼자 복도의 어둠을 더듬으며 집으로 가다가 잘못하여 머리를 벽에 '쾅' 하고 부딪쳤다. 그러자 등이 반짝하고 켜졌다. 복도의 전등이 켜지자 아타이는 신이 난 표정으로 중얼거렸다. "벽에 머리를 부딪쳐야 불이 켜지는구나. 이제야 등을 켜는 방법을 알아냈어!"

_리즈쥔, 유진아 옮김, 『혼자병법』, 비즈니스맵, 2007, 4쪽

직접경험의 맹점을 지적한 예화다. 우리 주위에도 아타이 같은 사람이 꽤 많다. 이런 치들은 "내가 겪어 봐서 아는데 말이야……." 라는 말을 입에 달고 산다. 비슷한 버전으로는 "내가 젊었을 때는 말이야……." "네가 아직 어려서 뭘 모르나 본데……." 등이 있다. 한 마디로 자기는 직접 겪어 봤으니까 그 사태를 잘 안다는 것이다. 물론 이런 말은 옳은 경우도 많다. 그리고 이런 말을 들으면 최대한 존중해야 한다. 무작정 '썩소'를 날릴 일은 아니다. 그러나 지나치게 확신에 찬 그들의 눈빛을 대하면 다소 짠하게 느껴지는 것도 사실

이다.

　UFO를 목격했다거나 임사체험을 했다고 주장하는 사람들이 있다. 그들은 자신이 본 것이 UFO이고, 다녀온 곳이 저승의 문턱이라 굳게 믿고 있다. 왜냐하면…… 자기 눈으로 똑똑히 봤으니까! 누가 미심쩍어하면 화를 낸다. "내가 지금 거짓말하고 있는 것 같아?" 물론 지금 그는 거짓말을 하고 있는 게 아니다. 차라리 거짓말이라면 좋겠지만, 그는 더없이 진지하다. 진심이라서 문제가 더 크다. 일단 자신이 본 것을 믿어 버리면 어떠한 말도 귀에 들어오지 않는다. 직접 겪어 보지도 못한 놈들이 물정도 모르고 딴죽을 건다고 치부해 버린다.

　UFO를 보면 일단 자신의 눈부터 의심해야 한다. 잘못 보았을 가능성에 대해서 철저히 검증해 보아야 한다. 보았다는 행위가 사실이라고 해서 보았던 물체가 UFO가 되는 것은 아니다. 세상엔 수백만 건의 UFO 목격담이 있다. 그중에서 단 하나의 사진이나 동영상도 그것이 외계생명체이거나 그들의 탈것이라는 증거물이 되지는 못하고 있다. 그런 자료가 있다면 분명히 전 지구적인 토픽감이 될 테고 세계 모든 뉴스의 헤드라인을 장식할 터이다. 더도 말고 하나만 있으면 되는데, 그게 없는 것이다. (수백 만 건 중에서 엄밀한 검증을 통과할 만한 자료가 하나도 없다는 건 UFO는 없다는 걸 오히려 반증하고 있는 게 아닐까?)

현대인은 교육의 힘으로 지동설을 알고 있다. 하지만 직접경험만
으로는 지구가 태양 주위를 돌고 있다는 사실을 전혀 감지할 수 없
다. 극소수의 선각자들이나 의문을 가졌지, 나 같은 평범한 인간은
학교에서 지동설을 따로 배우지 않았다면, 죽는 날까지 태양이 지
구 주위를 돌고 있다고 믿었을 것이다. 지금도 나의 직접경험은 천
동설이 옳다고 가르치고 있다. 이 사실에 터럭만큼도 의구심을 가
질 수 없다. 땅은 가만히 있고 해는 움직이고 있는 게 '직접' 눈에
보이니까! 그러나 이러저러한 간접경험으로 내 직접경험이 틀렸음
을 자각하고 있을 뿐이다.

세상에는 겪어 봐야 알게 되는 지식도 있지만, 겪어 봐서 은폐되
는 지식도 있다. 따라서 겪음에 대한 맹신이 때로는 한 사람을 바보
로 만들기도 한다. 체험적 지식에만 붙들려 있어서는 중세적 세계관
을 뛰어넘기 힘들다. 직접경험의 한계를 분명히 인식하고, 책과 같은
다른 미디어를 통해서 간접지식을 계속 보충해야 한다. "내가 겪어
봐서 아는데 말이야……"라는 말을 입에 달고 사는 사람은 저 홀로
중세를 살고 있는 꼴이다. 그의 눈엔 오늘도 해는 뜨고 진다.

# '경험'만이
# '지혜의 어머니'는 아니다

반드시 작가가 직접 전쟁을 겪어야만 전쟁 이야기를 쓸 수 있는 것일까? 남자인 작가가 임신과 출산의 경험을 소설 속에서 여자 화자의 입장으로 묘사한다면? 연쇄 살인범의 생애를 소설로 형상화시키려면 작가는 어떠한 경험을 해야 하는가? 요컨대, 문제는 '그 작가가 무슨 경험을 했는가'라기보다는, '그 경험이 그 작가에게 어떤 의미가 되었나'인 것이다. 좀 더 광범위하게 말하자면, '한 인간은 어떠한 경험으로 인해 그 전과는 다른 인간이 되는가' 혹은 '왜 같은 경험을 해도 인간은 각기 다르게 반응하는가'라는 관점으로 문제에 접근해야 한다는 것이다.

_이신조, 『책의 연인』, 이룸, 2007, 26쪽

옷장에 옷들이 미어터지는데도 입을 게 없다고 푸념하는 사람이 있는가 하면, 몇 벌 가지고도 이리저리 매치해서 맵시 있게 입고 다니는 사람도 있다. 일반적으로는 옷을 많이 가지고 있으면 맵시 있게 옷을 입기에 유리하다. 매치해 볼 가짓수가 많기 때문이다. 그러나 사놓은 옷 가짓수가 많은 사람 중에도 패션 테러리스트는 수두룩하다. 패션 감각이 없다는 것은 속옷, 겉옷, 상의, 하의를 제대로 조화시키지 못함을 말한다. 따로 놓고 보면 다 좋은 셔츠이고 바지이고 잠바인데 조합해서 걸치기만 하면 웬걸 '이장님' 패션이 되어

버리는 것이다.

이를 경험과 지혜에 빗대어 설명할 수 있을 것 같다. 옷이 경험이고 맵시가 지혜다. 아무리 옷가지가 많아도 매치를 잘 못하면 맵시가 나지 않는 것처럼, 아무리 경험이 많아도 조합을 잘 못하면 지혜가 생기지 않는다. 젊어 경험은 사서 하는 것까진 좋은데, 그렇다고 무작정 사기만 해서는 안 된다는 말이다. 옷장이 터져나가도록 옷만 자꾸 사들인다고 해서 패션 감각이 좋아지지는 않는다는 말에 공감하는가? 그렇다면 이것저것 많이 겪었다고 저절로 지혜가 샘솟길 기대하는 것도 이치에 닿지 않는 소리임을 쉽게 이해할 수 있을 터이다.

우리는 하루 일과를 보내며 얼마나 많은 경험을 할까. 물론 어디서부터 어디까지를 '경험'의 한 덩어리로 봐야 할지 정답은 없다. 굉장히 많은 일이 있었던 것도 같고, 반대로 온종일 아무 일이 없었던 것도 같다. 당신이 '오늘 하루 겪은 일에 대해서 모두 쓰시오'라는 시험지를 받아들었다 치자. 몇 줄이나 채울 수 있겠는가. 간신히 대여섯 줄 정도 채운 후에 뒤통수나 긁적거리게 되지 않을까. 그런데 옆 사람을 슬쩍 보니, 그는 무슨 할 말이 그리 많은지 팔이 떨어져라 펜을 놀리고 있다. 한참을 그러고도 감독관을 불러 말한다. "답지 한 장 더 주세요."

비슷비슷한 하루를 보내도 경험을 체감하는 정도는 사람마다 천차만별이다. 하루를 쓸 자리에 1년이나 10년을 넣어도 마찬가지다. 누가 봐도 파란만장한 인생을 산 것 같은 사람도 막상 자서전 한 권을 써 보라고 하면 버거워 할 수 있다. 반면에 평생을 시계추처럼 집과 직장만 단조롭게 왕복한 사람도 얼마든지 통찰력 가득한 에세이집을 써낼 수 있다. 이것은 경험의 양이 반드시 지혜의 양으로 전환되지는 않음을 의미한다. '무슨 경험을 했느냐'가 중요한 게 아니라, '그 경험이 어떤 의미가 있느냐'를 따져 보는 능력이 훨씬 더 중요하다.

경험과 지혜의 관계에 대한 내 생각은 이렇게 정리하려고 한다. 일단 직접경험은 많이 하면 할수록 좋다(옷을 많이 사서 옷장을 채우려고 노력해라). 그러나 직접경험을 지나치게 맹신해서는 안 된다(옷을 많이 사는 것과 옷을 잘 입는 것을 혼동하지 마라). 직접경험의 한계를 분명히 인식하고 간접경험을 꾸준히 보충해라(남들은 어떻게 입고 다니는지 유심히 살펴라). 경험의 풍부함이 아니라 지혜의 풍부함을 추구해라(옷은 사는 게 아니라 입는 게 목적이다).

# 내가 생각하는 게 아니라
# 내 '입장'이 생각하는 것

인간의 사고란 아무래도 경험이나 기호 그리고 처한 입장 등에 따라 좌우되기 쉽다. 예를 들면 비슷한 지적 수준의 사람들을 모아놓고 '한국인 가운데 담배를 좋아하는 사람의 비율이 어느 정도 될까?'라는 질문을 했다고 하자. 이 질문에 대한 답은 흡연자냐 아니냐에 따라 서로 다르게 나타난다. 실제로 행해진 이 실험에서 흡연자들은 높은 숫자를 답하였고 비흡연자들은 낮은 숫자를 답했다고 한다. 이것은 인간의 추론 패턴이 자신의 입장에 따라 간단히 변해버린다는 것을 의미한다.

_와다 히데끼, 이규영 옮김, 『5대 핵심능력으로 나를 리모델링하라』, 글담, 2001, 37~38쪽

내가 생각하는 게 아니라 내 입장이 생각하는 것이다. 그 입장은 경험이나 기호 등으로 이루어져 있다. 내가 담배에 대해 비교적 우호적인 생각을 가지고 있다면, 그것은 내 생각이 아니라 내 안에 있는 흡연자(즉, 니코틴 중독자)의 생각이다. 흡연자 입장에서 보면 세상은 점점 삭막해지고 있다. 흡연자에게 담배는 단순히 기호식품이 아니라 정서적인 어떤 것이다. 그래서 흡연자의 입지가 좁아지고 있는 현실을 일컬어 그들은 '삭막하다'고 표현한다.

흡연자가 줄고 비흡연자가 느는 현상이 사회가 삭막해지는 것과

무슨 관계일까? 같은 기호식품이자 중독물질인 콜라를 담배의 자리에 대신 넣어보라. 콜라를 마시는 사람이 점점 줄어들고 있는 것이 사회가 삭막해지고 있다는 지표인가? 흡연자들 중의 상당수도 콜라에 대해서 부정적인 생각을 가지고 있을 터이다. 그들이 콜라가 사라지는 걸 서운하게 생각할 것 같진 않다. 사회의 천덕꾸러기로 밀려 나고 있는 콜라의 입지에 대한 어느 콜라 중독자의 푸념을 듣는다면 그들도 분명히 어이없어 실소를 터뜨릴 것이다.

이러한 이야기에서 우리는 두 가지 교훈을 끄집어낼 수 있다. 첫째, 어떠한 판단을 하기 전에 자신의 입장에 대해 먼저 인식해야 한다. 내가 생각하는 게 아니라 내 입장이 생각하는 것이므로. 달리 말해 내 입장이 바뀌면 판단도 바뀔 수 있겠구나 하는 점을 늘 염두에 두고 있어야 한다. 둘째, 상대방을 판단하기 전에 상대의 입장에 대해 먼저 고려해야 한다. 그가 생각하는 게 아니라 그의 입장이 생각하는 것이므로. 예컨대 담배 중독자인 당신은 콜라 중독자인 그의 입장도 진지하게 들어줘야 한다. 중독된 대상이 콜라라고 비웃어서는 안 된다. 당신이 담배에 강한 정서적인 집착을 느낀다면, 그도 콜라에 대해 똑같은 심정이란 걸 헤아려야 한다.

"인간의 추론 패턴이 자신의 입장에 따라 간단히 변해버린다."는 사실을 뚜렷이 인식하고 있는 것만으로도 사고력을 유연하게 만드는 데 도움이 된다. 쓸데없는 일에 목소리를 높이는 일도 줄일 수 있다. 술이나 담배에 정서를 한껏 담아서 미화하고 포장하는 일은 개인의 자유다. 그런 생각은 혼자서 속으로 하면서 즐기면 된다. 괜히 사람들 앞에서 목소리를 높일 만한 일은 아니다. 예컨대 "술도 못 마시는 놈이 어떻게 인생을 알겠는가?" 따위의 얘기를 부끄러운 줄도 모르고 넙죽넙죽 내뱉는 인간은 그저 한심할 뿐이다. 이런 인간일수록 "콜라에 밥을 말아서 먹어 본 적 없는 놈은 인생을 논하지 말라."라는 말을 들으면 가장 크게 웃는다.

'재밌는 인간'과 '우스운 인간'은 모두 다른 사람들에게 웃음을 준다는 점에서 공통점이 있다. 그러나 전자와 후자는 결정적인 차이가 있다. 전자는 남들이 자신의 무엇을 보고 웃는지 뚜렷이 알고 있지만, 후자는 남들이 자신의 무엇을 보고 웃는지 전혀 모른다는 점이다. 내 입장이 아닌 상대의 입장을 훤히 파악해야 재밌는 인간이 될 수 있다. 내 입장에선 재밌는 얘기랍시고 해도, 상대의 입장에 대한 이해가 부족한 상태에서 떠들면 자칫 우스운 인간이 될 수도 있다. 우리는 설령 '재밌는 인간'은 못 되더라도 '우스운 인간'은 되지 말아야 한다.

# '지구'인가
# '수구'인가

지구의(地球儀)를 놓고 보면 육지보다는 수면이 훨씬 더 많다. 지구(地球)가 아니라 수구(水球)라야 더 적절한 명칭일 것 같다. 사람들이 육지에 산다고 저희 생각만 해서 지구라 했나보다. 사람이 어족이었다면 물론 수구였을 것이요, 육대주라는 것도 한낱 새나 울고 꽃이나 피었다 지는 무인절도(無人絶島)들이었을 것이다. 여기다 포대(砲臺)를 쌓는 자 누구였으랴. 오직 〈별주부전〉의 세계였을 것을.

_이태준, 『무서록』, 범우사, 1993, 33쪽

바다와 육지의 비율이 7대3이라고 하니 지구가 아니라 수구라는 명칭이 더 옳을 것이다. 그럼에도 지구가 된 것은 순전히 인간이 사는 곳이 육지이기 때문이다. 별다른 가치판단이 들어 있지 않을 것 같은 지구라는 단어에도 이처럼 인간중심주의가 깔려 있다. 그러니 우리가 쓰고 있는 말 중에 알게 모르게 편견이 묻어 있는 표현이 그 밖에도 얼마나 많을 것인가. 성차별, 인종차별, 지역차별, 외모차별, 학벌차별, 직업차별…… 예를 들자면 끝도 없을 것이며, 그런 예들을 일일이 피해 가며 말하려면 약간의 스트레스도 받을 성싶다.

한때 박찬호 선수가 소속된 팀의 월드시리즈 진출 소식이 국내에 전해져 화제가 됐다. 물론 국내 야구팬들의 관심은 박찬호 선수의 등판 여부에 쏠렸다. 그건 그렇고 야구를 모르는 사람은 월드시리즈라는 말을 들으면 당연히 세계대회를 떠올릴 것이다. 그러나 월드시리즈는 "미국 프로야구 아메리칸리그와 내셔널리그의 우승팀 간에 펼치는 챔피언 결정전"이다. 그 뜻을 알고 나면 "아니, 그게 왜 월드시리즈야, 미국시리즈지."라는 의문이 당연히 들 것이다. 실제로 많은 사람들이 '월드시리즈'라는 표현에서 미국의 오만함을 읽어내곤 한다. "미국에서 1등이면 세계에서도 1등이란 말인가?" 하고 비꼬는 목소리가 많다.

야구의 본고장인 미국에서 1등이면 세계에서 1등이라고 해도 그다지 틀린 말은 아니다. 다만 자기들이 스스로 미국시리즈가 아닌 월드시리즈라고 작명해 버리는 발상 자체가 무척 오만하게 느껴진다는 것이다. 권위는 스스로 세우는 것이 아니라 남들이 세워주는 것이다. 자신의 입으로 내세우는 것은 권위가 아니라 권위주의다. 따라서 월드시리즈라는 표현에서 미국의 권위주의가 느껴지는 것은 당연하다. 이에 공감한다면 지구라는 표현에서도 다른 생명체들에 대한 인간의 오만함이 느껴져야 한다. 그러나 과연 그런가. "별것도 아닌 걸 갖고 따지는군그래."라는 반응이 더 많지 않을까.

월드시리즈에 그다지 문제를 못 느끼는 미국인들처럼.

이것이 바로 입장이 생각하는 전형적인 예다. 당신의 입장에선 월드시리즈는 문제가 되지만 지구는 문제가 되지 않는다. 하지만 해양생태학자의 입장에선 월드시리즈보다 지구가 훨씬 더 불편하게 느껴질 수 있다. 만약 그 학자가 지구에서 수구로 명칭을 바꾸자는 운동을 벌인다면 당신은 어떻게 생각할까? 쓸데없는 짓한다고 비웃지 않을까? 당신의 입장에선 지구라는 명칭이 전혀 불편하지도 불만스럽지도 않기 때문이다. "입장 바꿔 생각해 봐."라고 말하지만, 불편함을 느끼거나 불이익을 당하지 않는 한 사람들은 웬만해선 입장 바꿔 생각하지 않는다.

대다수의 사람들은 자신이 직접 당해본 불편함이나 불공정에 대해서만 문제의식을 가진다. 이 말을 알아듣기 쉽게 바꾸면 '사람들은 대개 맞아야 정신 차린다'라는 뜻이다. 소수자나 피해자의 입장에 자신이 포함되어 뼈저리게 고통을 겪어봐야 문제의식이 싹튼다. 미리 입장 바꿔 생각해 보고 대비를 하면 나중에 덜 고생할 텐데, 그 입장에 처하고 나서야 뒤늦게 후회하고 분노하고 세상 탓을 한다. 현재 당신에게 절실히 다가오는 문제에만 너무 매몰되지 마라. 당신의 바깥이나 아래에서 들려오는 목소리에도 쫑긋 귀를 세워라.

# 남의 마음속
# 풍경을 읽어라

사람은 자신이 믿고 싶은 대로 상황을 해석한다. 입장 바꿔 생각하는 능력이 떨어지는 사람일수록 그런 경향이 더 강하다. 회사 사장들 중엔 자신이 직원들과 가족처럼 지낸다고 자랑하는 사람들이 많이 있다. 그의 말은 거짓이 아닐 것이다. 그런데 이러한 상황을 직원들의 입장에서 생각해 보라. 정말 그들이 사장과 가족처럼 지내고 싶을까? 사장은 직원들과 허물없는 사이가 되고 싶어서 주말마다 축구도 하고 등산도 하자고 제안한다. 같이 땀 흘리고 목욕도 하고 맥주도 마시면서 사장이 아닌 아버지나 큰형과 같은 존재가 되고 싶어 한다.

직원들 입장에선, 아버지나 큰형은 이미 집에 있는데 무엇 때문에 회사에까지 나와서 그런 존재를 또 만들고 싶겠는가? 호부호형은 집에서만 해도 충분하다. 직원들 입장에서는 좋은 사장이란 딱 하나뿐이다. 눈앞에 자주 나타나지 않는 사장이다. 직원들에게 사장은 아무리 편하게 생각하려 해도, 편하게 생각할 수 없는 상대다. 직원들에게 사장은 그저 '먹이가 열리는 나무'일 뿐이다. 직원들이 자기 앞에서 손바닥을 비비는 건 '마킹'일 뿐인데, 사장은 또 그걸 눈치 못 채고 자신의 인간성에 매료되어 어리광을 부린다고 생각한다.

아이디어맨이 되려면 내 마음속 풍경을 잘 전달하는 능력도 중요하지만, 그보다 남의 마음속 풍경을 잘 읽어내는 능력이 훨씬 더 중요하다. 자기 말은 청산유수처럼 하는데, 남의 말은 적막강산처럼 듣는 치들이 있다. 이들은 사람을 앞에 두고도 대화를 하지 않고 독백을 한다. 속에 하고 싶은 말은 어찌나 많이 가지고 있는지, 쉼 없이 말을 쏟아낸다. 상대가 입을 가리고 하품을 하는 것도 안 보인다. 그러나 남의 마음속 풍경을 읽어내는 능력이 탁월한 사람은, 상대가 손으로 슬쩍 입만 가려도 '내가 지금 쓸데없이 말이 많구나' 하고 자각한다.

당신이 기막힌 아이디어를 가지고 있다는 사실이 중요한 게 아니다. 그 아이디어가 남들에게 하품을 유발하느냐 아니냐가 더 중요하다. 〈아이디어 하우머치〉라는 텔레비전 프로그램이 있다. 자신이 개발한 아이디어 상품을 경매하는 프로그램이다. 거기에 출연하는 개발자들은 하나같이 자신의 아이디어 상품이 대박 날 거라고 확신에 차 있다. 그래서 수년간 고생해가며, 가족들 속 썩여가며, 그 상품의 개발에 매달린 것이다. 하지만 그 상품들 중 상당수는 나 같은 일반인의 눈에도 '저건 좀 별로네. 뭐 저런 걸 개발하려고 몇 년씩이나 고생했단 말인가'라는 느낌을 준다. 그럼에도 그 개발자들의 눈빛은 안쓰러울 정도로 자신감에 차 있다.

남들이 다 '아니요' 할 때, 혼자서 '예'라고 확신하며 밀어 붙여서 결국 성공한 아이디어맨들의 일화를 우리는 심심찮게 들을 수 있다. 이런 일화가 미디어에 자주 소개되는 이유는, 그 과정이 상당히 드라마틱하기 때문이다. 그러나 '드라마틱하다'라는 말은 뒤집으면 일상적이지 않다는 뜻이다. 당신은 인생을 살아야지 드라마를 찍어서는 안 된다. 자신감에 차 있는 것도 좋지만, 그 전에 현실을 냉철하게 직시할 줄 알아야 한다. 나의 감각(마음속 풍경)과 현실이 얼마나 일치하는지를 끊임없이 의심해야 한다. 고양이의 마킹이라는 행태를 이해하지 못하면, 고양이와 함께 살고 있는 게 아니다. 그저 주인 혼자서 드라마를 찍고 있는 것이다.

# '나는 소비자를 생각한다'
# 고로 나는 존재한다

타인의 꿈 이야기와 고양이 이야기만큼 시시껄렁한 것도 없다. 양쪽 다 두서없
고, 당사자가 생각하는 만큼 재미있지도 않다.

_유미리, 김난주 옮김, 『훔치다, 도망치다, 타다』, 민음사, 2000, 41쪽

창작자들 중에 가장 행복한 케이스는, 창작자는 그저 자신이 좋
아하는 작품을 만들었을 뿐인데, 많은 사람들이 그 작품을 함께
좋아해주는 경우이다. 예를 들어 소설가 신경숙은 100만 부 넘게
팔겠다는 야심으로 『엄마를 부탁해』를 쓰지는 않았을 듯싶다. 그
냥 자기가 쓰고 싶은 걸 썼을 뿐이다. 그런데 많은 독자들이 그녀
의 소설을 좋아해준 것이다. 소설을 쓸 때, 100만 부 팔리는 작가
가 1만 부 팔리는 작가보다 노력을 100배 더 하는 게 아니다. 둘의
노력 정도는 아마 비슷할 것이다. 그런데 판매량에서 100배의 차이

가 나 버리니…….

창작자가 좋아하는 아이디어가 있고, 소비자가 좋아하는 아이디어가 있다. 그 둘 사이의 거리가 좁으면 좁을수록 창작자에게 부와 명성이 따를 것이다. 그런데 창작자의 취향과 소비자의 취향이 한참 멀면 대중적인 사랑은 평생 받아보지 못할 수도 있다. 물론 모든 창작자가 대중적 인기를 염두에 두고 작업을 하지는 않는다. 오늘날 대중적인 인기를 한 몸에 받고 있는 창작자들조차도, 그들 자신은 결코 대중에게 잘 보이기 위해서 창작한다고 생각하지 않는다. 그들의 말은 사실일 것이다. 그저 코드가 마침 일치했을 뿐이라고 보는 게 옳다.

당신은 어느 쪽인가. 어느 쪽에 서고 싶은가. 어느 쪽에 설 것 같은가. 모든 창작자의 고민은 하고 싶은 것과 할 수 있는 것 사이의 괴리감에서 나온다. 마음은 대중적인 사랑을 받고 싶은데 창작을 해보면 소수의 지지만 받을 수 있는 작품이 나온다면 무척 괴로울 것이다. 반대로 소수를 상대로 창작했을 뿐인데 엄청난 대중적 반향을 얻게 되어도 괴롭기는 마찬가지다. 남들이 성공했다고 축하의 인사를 건네오면, 이런 작가들은 오히려 우울해진다. 이렇게 따져 보면, 하고 싶은 것과 할 수 있는 것을 일치시키는 일이 창작자의 가장 큰 숙제인 듯도 하다.

어쨌든 10명을 상대하든 100만 명을 상대하든, 내가 아닌 누군가를 상대한다는 점에서 둘은 같다. 창작이란 바로 내가 아닌 누군가를 상대로 행해지는 작업이다. 오로지 자기만족을 위해서만 창작한다고 말하는 사람은, 일기를 쓰거나 낙서를 하고 있으면서 창작을 하고 있다 착각하고 있거나, 속으로는 누군가의 인정을 갈구하고 있으면서도 겉으로는 안 그런 척 거짓말을 하고 있는 것이다. 당신은 하나의 작품을 만들기 전에, 소수를 위해서든 다수를 위해서든 내가 아닌 누군가를 즐겁게 할 수 있을까를 충분히 고민해야 한다.

지인들의 미니홈피를 들여다보면, 고양이나 아기 사진을 많이 올려놓은 곳이 있다. 어차피 미니홈피는 일기장이므로 그리 해도 상관없다. 그러나 분명히 알아야 할 것은 고양이나 아기 사진은 홈피 방문자에겐 그리 관심을 끌지 못한다는 점이다. "넘흐 귀엽네염."이라고 인사치레를 하기는 하지만 그야말로 말뿐인 경우가 많다. 다른 내용은 없고 계속 고양이나 아기 사진만 올라온다면 방문자들은 갈수록 발길을 끊을 것이다. 아무리 뽀샵질을 해서 예쁘게 꾸며도 고양이나 아기에 관한 얘기라면 관심을 끌기 힘들다. 아니 할 말로 내 새끼도 아니지 않은가.

공개 일기장인 미니홈피에는 내 새끼 얘기만 해도 상관없다. 그러나 창작을 할 때는 미니홈피 꾸미듯이 해선 안 된다. 내 새끼에 대해 진심으로 관심을 가져 줄 사람은 아무리 세상을 탈탈 털어도

10명도 채 되지 않는다. 그 사실을 냉정하게 인정하는 일이 창작을 하기에 앞서 선행돼야 한다. 그러한 인식 없이 그저 나만 좋을 대로 쓰고, 그리고, 만들면 작품이 아니라 일기가 되어 버린다. "나는 소비자를 생각한다. 고로 나는 존재한다." 이것이 창작의 제1명제다. 물론 여기서 소비자란 독자·관객·고객 등을 통칭하는 말이다.

# 왜 징그러운 지렁이나
# 구더기를 물고기 미끼로 쓸까

유통업에서 시작된 말로 알지만, 흔히 고객은 왕이라고 한다. 그런 논리의 연장
선상에서 본다면 학생은 학교도서관에서 왕이다. 미끼 상품 얘기가 나왔으니
말이지만, 내가 학교도서관이란 매장에서 미끼상품으로 재미 본 것 한 가지를
두고 말해보겠다. 그것은 잡지(대부분 월간지)이다. 단행본에는 손을 잘 내밀지 않
는 학생도 잡지에는 쉽게 다가간다는 것을 깨닫자, 나는 잡지의 정기구독을 파
격적으로 늘렸다. 처음엔 선생님들의 추천을 받아서 구독지 목록을 만들었는데
모두 '좋은 잡지'들이었다. 그러나 미끼는 물고기가 좋아하는 것이어야지 낚시꾼
이 좋아하는 것이어선 안 된다. 낚시꾼은 징그럽고 싫더라도 물고기가 좋아하니
까 지렁이나 구더기를 미끼로 쓰는 것이다.

_이혜화, 『책, 꽃만큼 아름답고 밥만큼 소중하다』,
한국출판마케팅연구소, 2007, 84~85쪽

선생님이 좋아하는 책과 학생이 좋아하는 책에는 차이가 있다.
당신이 도서관을 운영하는 선생님의 입장이라면 어떤 책들 위주로
비치해 놓겠는가. 그 전에 우선 당신이 고등학교를 다닐 때, 학교도
서관을 몇 번이나 이용해 보았는지를 떠올려보라. 도서관이 어느
구석에 처박혀 있었는지 기억이나 날지 모르겠다. 왜 도서관을 찾
지 않았을까. 가서 보면 '좋은' 책만 잔뜩 있지 '좋아하는' 책은 없

었기 때문이다. 그러니까 도서관 운영을 담당하는 선생님은 이렇게 생각해야 하지 않을까? '내가 좋아하는 책이 아니라, 학생들이 좋아하는 책을 갖다 놓자!'

학교도서관은 어디까지나 학생들을 위한 공간이다. 따라서 학생들의 발길이 뜸하다면, 그것은 학생들이 그 공간에 별로 애착이 없다는 뜻이다. 즉, 운영자가 운영을 잘못하고 있다는 말이다. '서울대 추천 도서 100선' 같은 책들만 서가에 꽂혀 있으면, 선생님들이나 학부형들 보기엔 좋다. 그러나 정작 학생들의 관심은 끌지 못한다. 운영자는 책에 대한 애착보다 도서관이라는 공간에 대한 애착부터 학생들에게 심어주어야 한다. 학생들이 좋아하는 잡지나 만화책 등도 갖다 놓고, 그 밖에 갖은 수를 써서 일단 학생들을 도서관으로 끌어와야 한다.

종교단체에서 신도를 모으는 방식이 바로 그렇다. 일단 사람들을 교회나 성당이나 절에 오게 한다. 처음엔 종교에 대해서는 일언반구도 하지 않는다. 대신에 먹을 것도 주고, 이야기 상대도 돼주고, 같이 수련회도 가고 그런다. 그러다 보면 차츰 그 집단에 대한 애정이 생기고, 결국에는 그 종교의 교리에 빠지게 되는 것이다. 교리가 마음에 들어서 자발적으로 교회나 성당이나 절의 문턱을 넘는 사람은 드물다. 대부분은 별 생각 없이 동네 친구나 학교 선배를 따라 놀러갔다가, 공간이나 신도들에게서 받은 느낌이 좋아서 머무르게 되는 것이다.

학생들을 책의 신도로 만들기 위해서 도서관 운영자가 최우선으로 생각해야 할 것은 하나뿐이다. 어떻게 해야 학생들을 도서관으로 불러들일 수 있을까! 독서의 장점(교리)을 알리는 일은 나중이다. 도서관에 학생들의 발길이 끊이지 않도록 하는 게 먼저다. 우선순위가 정해졌으니 부차적인 문제로 고민할 필요 없다. 현재 도서관 방문자수가 일일 5명이라면, 일일 500명으로 끌어올리는 데에만 집중하면 된다. 이를 실현하려면 선생님이나 학부형들이 보기에 좋은 책들이 아닌, 학생들이 보고 싶어 환장하는 책들을 구비해 놓아야 한다.

물론 학생들이 좋아하는 책 중엔 운영자의 눈살을 찌푸리게 하는 책들도 분명히 섞여 있을 것이다. 그러나 미끼는 "물고기가 좋아하는 것이어야지 낚시꾼이 좋아하는 것이어선 안 된다."는 사실을 항시 잊지 말아야 한다. 운영자는 '지렁이나 구더기'라서 그 책들이 싫겠지만, 학생들은 '지렁이나 구더기'라서 그 책들에 환장하는 것이다. 이처럼 하나의 아이디어를 구현하기 위해서는, 철저히 소비자를 중심에 놓고 생각할 줄 알아야 한다. 지렁이나 구더기를 보고 물고기와 함께 군침을 흘려 줄 수는 없겠지만, 적어도 그렇게 해보려고 노력은 해야 한다.

# 아이디어와 에러디어는
# 따로 놀지 않는다

소비자는 항상 '자신만의 것'을 원하기 때문에 모두에게 통하는 것을 거부한다. 어느 가수의 신곡이 나왔을 때 그 가수의 열렬한 팬은 그 노래가 히트하지 않길 바라는 경향이 있다. 열광적인 팬이 '이것을 나만의 것으로 하고 싶다'고 생각할 수록 그 곡은 히트한다.

_나카타니 아키히로, 이정현 옮김, 『기획이 보인다』, 현대미디어, 1994, 50쪽

'일반적인 팬'은 자기가 느낀 즐거움을 많은 사람들과 공유하고 싶어 한다. 내가 소개한 가수를 다른 사람들도 좋아해주면 흐뭇해 진다. 일반적인 팬의 이와 같은 심리는, 단순히 자신이 소개한 가수가 더 많이 성공해서 기쁜 게 아니다. 그보다는 남들은 잘 몰랐던 가수를 발굴해서 세상에 알린 데 일조한 나 자신이 자랑스러운 것이다. 성공한 사람들 주변엔 "저 인간 내가 키웠잖아." 하는 치들이 나오게 마련인데, 일반적인 팬의 심리도 그와 비슷하다. 그 가수의 성공이 아니라, 성공할 가수를 일찍 알아 본 자신의 안목에 대한

자부심이 더 크다.

'열렬한 팬'의 심정은 그와는 좀 다르다. 물론 그 가수가 생짜 무명일 때는 사람들이 그 가수의 매력을 더 알아주길 바란다. 진심으로 그 가수가 성공했으면 좋겠다고 생각한다. 그러나 정작 그 가수가 대중적인 인기를 얻게 되면 왠지 모를 서운함을 느낀다. 그 가수를 나 아닌 많은 사람들과 공유해야 한다는 현실에 우울해진다. 팬이라서 기쁘지만 팬이라서 슬프다. 열렬한 팬은 그 가수가 성공하면 오히려 미워하는 마음이 생기기도 한다. 그것은 마치 나의 단짝 친구가 다른 아이들과 다정하게 지내는 모습을 목격했을 때의 심정과 같다.

가수들의 가장 큰 소원은 늙어 꼬부라질 때까지 무대에서 노래를 부르는 것이다. 그런데 그게 가능하려면 열렬한 팬들을 반드시 확보해야 한다. 충성도가 약한 일반적인 팬들만 확보해서는 반짝가수로 그치기 십상이다. 일반적인 팬은 가수의 앨범이 나와도 꼬박꼬박 사지는 않는다. 노래가 좋으면 사고 별로면 사지 않는다. 엄밀히 따지면 이들은 가수의 팬이 아니라 노래의 팬인 것이다. 열렬한 팬은 노래가 아니라 그 가수에 대한 팬이다. 이들에게 좋은 노래와 나쁜 노래는 애초에 따로 있지 않다. 그 가수가 부르면 그게 좋은 노래다.

열렬한 팬을 확보하는 일은 가수와 같은 예술가들만의 고민이 아니다. 제품을 시중에 내놓는 기업의 경우도 똑같은 고민을 한다. 많은 기업들이 제품만 잘 만들면 열렬한 팬을 얻을 수 있을 거라고 착각한다. 물론 반짝이는 아이디어나 제품의 품질로 한 시기를 풍미할 수는 있다. 그러나 거기서 그친다. 충성도 높은 고객을 얻으려면 제품의 팬이 아닌 회사의 팬을 만들어야 한다. 제품의 팬은 다른 좋은 제품이 등장하면 미련 없이 그쪽으로 발길을 돌려 버린다. 그러나 회사의 팬은 다른 회사의 제품으로 쉽게 눈길을 돌리지 않는다.

애플에서 나오는 제품을 구매하는 사람들은 대개 애플이라는 회사의 팬이다. 그런데 삼성에서 나오는 제품을 구매하는 사람들도 삼성이라는 회사의 팬일까? 삼성에서 나오는 제품의 질이 좋아 구매한 사람들은, 다른 회사에서 더 좋은 질의 제품이 나오면 금세 그리로 가 버린다. 그러니까 온전히 제품의 질로 시장의 평가를 받겠다는 생각은 위험하다. 우리 회사에서 1등을 확신하며 제품을 내놓았는데, 다른 회사에서 더 뛰어난 제품을 짜잔 내놓으면 요샛말로 '한 방에 훅 가는' 수가 있다. 제품에만 관심 있는 일반적인 팬은 그만큼 냉정하다.

예술가, 기업가, 운동선수, 학원 강사, 농부, 블로거……. 어느 분야에서 활동하든지 기본적으로 열렬한 팬을 만들겠다는 생각을 가져야 한다. 일반적인 팬을 염두에 두고 있으면 죽도 밥도 안 되는 수가 생긴다. 단순히 아이디어만 좋으면 사람들이 알아줄 거라는 믿음을 가져선 안 된다. 나보다 더 좋은 아이디어를 누군가 내놓으면, 내 아이디어는 에러디어가 되어 버리기 때문이다. 그러나 열렬한 팬이 확보되어 있으면 그런 걱정은 좀 덜 된다. 이들에게 아이디어와 에러디어는 애초에 따로 있지 않다. 내가 내놓으면 그게 아이디어다.

# 시작이 절반,
# 질문이 절반

언어는 질문을 하기 위해 창안되었다. 대답은 투덜대거나 제스처로 할 수 있지만 질문은 반드시 말로 해야 한다. 사람이 사람다운 것은 첫 질문을 던졌던 때부터였다. 사회적 정체는 답이 없어서가 아니라 질문을 할 충동이 없는 데에서 비롯된다.

_에릭 호퍼, 방대수 옮김, 『에릭 호퍼, 길 위의 철학자』, 이다미디어, 2005, 103쪽

(‘시작이 반’이라는 말에 빗대어) ‘질문이 반’이다. 질문이 좋으면 대답도 덩달아 좋아지게 마련이다. 인터뷰의 질은 인터뷰어의 역량에 많이 좌지우지된다. 같은 사람을 인터뷰했는데도, 어떤 인터뷰는 독자의 가려운 부분을 쓱쓱 긁어 주지만, 또 어떤 인터뷰는 변죽만 때려서 독자의 속을 벅벅 긁어 놓는다. 노련한 인터뷰어는 하나의 질문을 던지기 위해 많은 사전 조사를 한다. 그리고 대상자가 어떤 대답을 내놓을지도 대강이나마 이미 알고 있다. 알면서 질문하는 것이다. 훌륭한 인터뷰일수록 인터뷰어가 짜놓은 각본에서

크게 벗어나지 않는다.

　사람들은 흔히 '질문은 누구나 할 수 있지만 대답은 아무나 할 수 없다'고 생각하기 쉽다. 나는 오히려 반대로 생각한다. 대답은 누구나 할 수 있지만 질문은 아무나 할 수 없다! 그만큼 질문을 잘 던지는 능력을 갖추기란 어렵다는 말이다. 강연이 끝나면 항상 강연자가 묻는다. "질문 있으면 질문하세요." 그러나 선뜻 손을 드는 사람은 없다. 강연자에 대한 예의상 뭐라도 물어봐야 할 것 같은데, 할 말이 생각나지 않는다. 장내에 어색한 침묵이 감돈다. 이때 어떤 의협심(?) 강한 자가 손을 번쩍 들고 질문을 한다. 다른 사람들은 안도의 한숨을 내쉰다. 하지만 그 한숨이 탄식으로 바뀌는 데는 얼마 걸리지 않는다. '저 인간 대체 무슨 소릴 하는 거야?'

　질문을 하라고 했더니 자기 얘기를 하기 시작한다. 주위의 분위기가 싸해진 것도 느끼지 못한 채, 자신의 생각에 도취되어 장광설을 늘어놓는다. 한참을 그런 후에 질문이라고 말끝에 내놓는데 이게 또 강연의 주제와는 전혀 동떨어진 생뚱맞은 소리다! 이런 자리에 참석했던 경험이 누구에게나 한 번쯤 있을 법하다. 당신은 청중의 한 사람이었을 수도 있고, 장광설을 늘어놓던 바로 그 사람이었을 수도 있다. 어쨌든 내가 하고 싶은 말은, 이런 자리에서 제대로 된 질문을 던지기는 결코 쉽지 않다는 것이다. 고려해야 할 점이 한두 가지가 아니기 때문이다.

첫째, 질문을 해야지 자기 얘기를 해서는 안 된다. 둘째, 강연 내용과 동떨어진 질문이어서는 안 된다. 셋째, 나 혼자만 궁금해 할 법한 질문이어서는 안 된다. 넷째, 내가 질문을 던짐으로써 다른 청중에게도 도움이 될 수 있는 질문이어야 한다. 다섯째, 핵심만 간단히 추려서 질문해야지 중언부언해서는 안 된다. 여섯째, 강연자를 이겨 보겠다고 허점을 물고 늘어지며 대답하기 난처한 질문을 던져서는 안 된다. 일곱째, 내가 질문을 함으로써 다른 청중의 소중한 시간을 뺏고 있다는 사실을 인식해야 한다. 여덟째, 강연자가 답변 가능한 범위 내의 질문이어야 한다…….

이처럼 하나의 질문을 하는 데에는 상당한 센스가 요구된다. 앞으로 살아갈 시대에는 대답보다는 질문하는 능력이 더욱 더 요구될 것이다. 대답은 인터넷 검색으로도 쉽게 찾을 수 있지만 질문은 그렇지 않다. 각종 정보를 조합만 잘해도 그것은 하나의 대답이 될 수 있다. 그러나 그 조합을 토대로 창의성을 십분 발휘해야만 하나의 질문이 가능하다. 이렇게 비유하면 더 쉽게 이해될 것이다. "수능시험 문제를 풀기가 어렵겠는가, 출제하기가 어렵겠는가." 대답을 아무리 잘해도 질문을 잘할 수 없으면 그는 평생 학생일 뿐이다.

# 오늘 질문이
# '내일의 나' 만든다

이지도어 아이작 라비는 원자시계의 개념을 최초로 발견한 물리학자로 1944년에 노벨상을 탔습니다. 우리가 지금 카 내비게이션을 이용해 편하게 길을 찾아 다니는 것도 바로 이 학자 덕택이지요. 그가 아무도 생각지 못한 핵의 자기 공명 기술을 개발했을 때 기자들이 그 비결을 물었습니다. 어떻게 그런 생각을 해냈느냐고 말이지요. 그때 그는 이렇게 대답했습니다. "내가 어렸을 때 학교에서 돌아오면 어머니는 늘 이렇게 물으셨지요. '얘야, 오늘 공부 시간에는 선생님에게 무슨 질문을 했니?' 그것이 바로 오늘의 나를 있게 한 비결이지요."

_이어령, 「젊음의 탄생」, 생각의나무, 2008, 40쪽

어제의 질문이 오늘의 내 모습을 만든다. 어제 참신한 질문을 했으면 오늘 나는 참신한 인간이 되어 있을 것이고, 어제 진부한 질문을 했으면 오늘 나는 진부한 인간이 되어 있을 것이다. 이때 어제와 오늘의 관계를 오늘과 내일의 관계로 바꿔도 무방하다. 오늘 당신이 어떤 질문을 품고 있느냐에 따라 내일 당신이 어떤 인간이 될지 결정된다. 지금 당신의 머릿속을 가득 채우고 있는 질문은 무엇인가? 그것을 하나의 문장으로 나타낼 수 있는가? 아직도 그러한 문장을 정해놓고 있지 않다면, 지금부터 생각해보라. 그리고 빠른

시일 내에 확정해라.

참고로 내가 인생의 화두(라고 말하기엔 다소 거창하지만)로 삼고 있
는 문장은 이렇다. "어떻게 하면 글을 잘 쓸 수 있을까?" 나는 이러
한 질문을 고등학교 2학년 때 스티븐 킹의 어느 소설을 읽고 최초
로 품었다. 그날 이후로 오늘까지 나는 단 하루도 그 생각을 하지
않은 날이 없다. 과장해서 하는 말이 결코 아니다. 맹세컨대 "어떻
게 하면 글을 잘 쓸 수 있을까?"라는 질문을 오늘까지 단 하루도
잊은 적이 없다. 이런 말하면 경박하게 들릴지 모르겠으나, 나는 정
말로 글을 잘 쓰고 싶어서 미치겠다. 미치고 팔짝 뛰겠다.

물론 내가 원하는 수준에는 아직 절반의 절반에도 도달하지 못
했다. 어쩌면 저세상으로 가기 전에 도달하지 못할 수도 있다. 어쨌
든 내가 하고 싶은 말은 어제의 질문이 오늘의 내 꼬라지를 만들었
다는 점이다. 만약 어제의 질문이 "어떻게 하면 돈을 잘 벌 수 있을
까?"였더라면 오늘의 나는 전혀 다르게 살고 있을 것이다. 마찬가
지로 오늘의 내가 질문을 바꾼다면 내일의 나는 또 다른 인간이 되
어 있을 것이다. 하지만 나는 바꿀 생각이 전혀 없다. 그러니 내일
의 내가 어떤 꼬라지로 살고 있을지는 이미 훤히 보인다. 타임머신
이 따로 필요 없다.

누구나 인생을 행복하게 살고 싶어 한다. 인생을 불행하게 보내
고 싶은 사람은 세상에 아무도 없다. 그런데 왜 우리는 "사는 게 즐

겁다."라고 말하는 사람보다 "사는 게 힘겹다."라고 말하는 사람을 더 자주 만나게 되는 걸까. 그것은 그들이 '내게 행복이란 무엇인 가?'라는 질문을 제대로 자문해본 적이 없기 때문이다. 그들은 다 만 남들이 행복해하는 모습을 보며 막연하게 '나도 저렇게 살면 행 복할 텐데'라고 생각한다. 대학에 입학하면 행복할 텐데, 정원이 딸 린 넓은 집에서 살면 행복할 텐데, 명품 가방 하나 옆구리에 끼고 있으면 행복할 텐데, 대기업에 입사하면 행복할 텐데, 외제 스포츠 카를 몰고 다니면 행복할 텐데…….

이런 것들이 정말로 당신에게 행복을 줄까? 곰곰이 생각해보라. 되곱쳐 고민을 해봐도 대기업에 취직해야 행복해질 것 같으면, 대 기업에 취직하도록 최선을 다해라. 정원 딸린 저택에서 살아야 행 복할 것 같으면, 악착같이 돈을 모아서 하루라도 빨리 그런 집을 얻어라. 되도록 일찍 행복해질 수 있도록 말이다. 나는 지금 당신을 비꼬고 있는 게 아니다. 진심으로 하는 얘기다. 대기업 취직과 정원 딸린 저택이 인생을 행복하게 살기 위한 수단이 아니라 목표라면 열심히 노력해서 얻어내라. 그렇지 않은 사람만 재차 자신에게 질 문을 던져보라.

남들이 아무리 김치를 맛있게 먹어도 내 입맛에 역겨우면 그저 혐오식품일 뿐이다. "한국인이 김치를 못 먹는다는 게 말이 돼?"라 는 소리를 듣기 싫어서 억지로 김치를 좋아하는 척하지 마라. 또는

'나는 김치를 좋아해'라고 스스로 세뇌하지 마라. 이게 멍청한 짓이라는 건 당신도 충분히 동감할 것이다. 그렇다면 '나는 김치를 좋아해'와 '나는 대기업에 취직해야 행복해질 것 같아'는 얼마나 차이가 있을까? '나는 정원 딸린 저택에서 살아야 행복해질 것 같아'와의 차이는? 남들 눈을 의식한 자기세뇌의 결과라는 점에서 하등의 차이도 없지 않을까?

남들이 가지고 있는 공식을 무작정 내 질문에 대입해서는 답을 제대로 찾을 수 없다. 공식을 대입하기 전에 먼저 내 앞에 놓인 질문부터 꼼꼼히 검토해야 한다. 질문을 완전히 이해한 후에 어떤 공식을 쓸지 결정해야 한다. 내 문제를 이해하지 못한 상태라면 남들이 많이 쓴다는 공식을 아무리 대입해도 틀린 답이 나올 공산이 크다. 인생은 수능이 아니다. 전국의 모든 학생이 똑같은 문제지를 받아들고 있는 게 아니다. 인생이라는 시험지엔 백만 개의 다른 문제가 출제되어 있다. 몇 개뿐인 기존의 공식만 믿고 있다간 결국 문제를 못 풀 수도 있다. 그럴 바엔 차라리 기존의 공식은 잊고 내 질문에 적합한 공식을 스스로 만드는 편이 낫다.

# '말하는 벙어리'가
# 되지 마라

언제부턴가 자기주장이 강한 사람들이 불편해졌다. 한때 그들의 모습은 자신감 넘치는 개성으로 보여 부럽기까지 했는데, 나이가 들면서 사람을 바라보는 군더더기 시선이 자꾸 씻겨 나가기 때문일까. 과거엔 그토록 닮고 싶던 이들의 모습에서 그땐 보지 못했던 결함들을 보게 된다. 끊임없이 나는 이래요, 나는 이래요, 하며 자신의 존재를 부각시키는 사람들은 당신은 어떻습니까, 하고 좀처럼 묻지 않는다. 그들의 머릿속을 가득 채우고 있는 존재는 오직 자기 자신뿐인 듯하다.

_조은, 『벼랑에서 살다』, 마음산책, 2001, 14쪽

나도 예전엔 자신감 넘치는 사람이 제법 멋있어 보였다. 똑 부러지게 자기주장을 하는 모습이 부럽기도 했다. 그러나 군더더기 시선이 벗겨졌기 때문인지 요즘은 그저 위태로워 보일 뿐이다. '저러다 사고 치겠네'라는 생각이 드는 사람은 정말로 얼마 못 가서 사고를 친다. 그들 대다수는 말실수로 구설에 오르고, 한동안 홍역을 치른다. '나는 이래요, 나는 이래요' 하다가 자기 말에 도취되어 깜박 분별력을 잃는 것이다. 내 입에 가장 가까운 귀는 내 귀다. 그런데 내 귀에 가장 안 들리는 말이 내 말이다. 내 귀는 내 말에 유독 더 난청이다.

자기 난청 증세를 극복하기란 생각처럼 쉽지 않다. 고백컨대 나도 이 증상에서 자유롭진 않다. 한동안 잠잠하다가도 어느새 병이 도져 있는 자신을 발견한다. 내 귀에 잘 들리면 목소리는 커지지 않는다. 내 귀에 잘 안 들리니까 목소리가 커지는 것이다. 마치 이어폰을 낀 채 말을 할 때와 비슷하다. 내 목소리가 높아졌는지는 주위 사람들의 눈총을 받아야 비로소 깨닫는다. 그나마 옆에서 눈총이라도 주는 사람이 있으면 다행이다. 권력자는 목소리가 아무리 커도 주위의 눈총을 받지 않는다. 이른바 지도층 인사들의 자기 난청이 중증인 것도 그 때문이다. 권력자의 심복들은 대개 마이크 노릇만 하려고 하지, 보청기 노릇은 하려고 하지 않는다.

어떤 말을 할 땐, 항상 그 말을 귀로 들으면서 해라. 나는 화자이면서 동시에 나와 가장 가까운 청자이다. 나한테 들리지 않는 말은 다른 사람들한테도 안 들린다. 물리적으로 소리가 전달되지 않는다는 의미가 아니다. 자기 난청인 상태에서 하는 말들은 대개 헛소리이기 쉽기 때문에, 그 말들이 상대의 가슴속으로 파고들지 못한다는 뜻이다. 결국 아무리 목에 핏대 세우며 떠들어도 내 말을 듣는 사람은 (나를 포함해서) 아무도 없다! 당신 주위에도 이와 같은 '말하는 벙어리'들이 제법 있을 것이다. 자기 난청이 그 증상의 주된 원인임을 알려줘라.

자기 말을 듣는 훈련이 끝나면, 그 다음에 뭘 하나. 당연히 남의 말을 듣는 훈련을 해야 한다. 남의 말을 듣는 훈련을 하라니? 내가 못 듣는 말이 어디 있다고? 그러나 당신은 너무 자신해서는 안 된다. 어쩌면 말하기보다 듣기가 훨씬 어렵다. 말을 잘 못해도 듣는 건 잘 할 수 있지만, 듣는 걸 잘 못하면 말하는 것도 잘 못하게 된다. 물론 여기서 말을 잘하고 못하고는 달변과 눌변을 뜻하는 게 아니다. 눌변이라도 얼마든지 말을 잘 할 수 있다. 그가 상대의 말을 잘 듣고 거기에 적확한 반응을 내놓는다면 말이다. 반면에 아무리 달변이라도 남의 말을 듣는 훈련이 되어 있지 않으면, 결국 말 때문에 봉변을 당하는 수가 반드시 생긴다.

남의 말을 듣는 훈련은 어떻게 할까. 방법은 간단하다. "당신은 어떻습니까?" 하고 묻는 습관을 들이면 된다. 물었으니 그쪽에서는 무슨 말을 할 테고, 물어놓고 듣지 않으면 결례이니 나는 열심히 들을 것이다. 그러다 보면 남의 말을 경청하는 훈련도 되고, 덤으로 생각지도 못한 지식이나 정보를 얻을 수도 있으니 일석이조다. "나는 이래요." 하기 전에 "당신은 어때요?" 하고 먼저 묻는 습관을 들여라. 말실수하는 횟수가 현저히 줄 것이다. 대화를 할 때는 하고 싶은 말을 잘하는 능력보다, 해서는 안 될 말을 잘 참는 능력이 더욱 중요하다.

# 입처럼
# 편식을 하는 귀

방송인 김제동의 말이다. 그의 말처럼, 우리가 다른 사람의 말을 제대로 듣지 못하는 이유는 "이미 내 마음속에는 답이 나와 있는" 상태에서 듣는 경우가 많기 때문이다. 물론 이런 태도가 늘 나쁜 것은 아니다. 매사에 상대방의 반응에 촉각을 곤두세우며 살 수는 없다. 그러면 엄청난 스트레스를 받을 것이다. 그래서 우리는 적어도 일상에서는 관습이나 문화라는 이름의 매뉴얼에 따라 약속된 연기를 하며 살아간다. 예컨대 길을 가다가 발을 밟혔을 때, 상대방은 "죄송합니다."라고 말하고 나는 "괜찮습니다."라고 말하도록 공식화되어 있다.

이럴 땐 상대방의 말을 구태여 귀 기울여 들을 필요 없다. 설령 상대가 "제3한강교"라고 말을 해도 내 귀엔 "죄송합니다."로 들릴 것이다. 이것까지 나를 탓할 수는 없다. 약속된 연기를 하지 않은 상대의 잘못이다. 그러나 일반적인 의미에서 김제동의 말은 새겨들을 만하다. 그만큼 우리는 남의 말을 듣는 기술이나 노력이 부족하다. 상대가 하는 말을 상대의 입장에서 생각해 보고, 그 후에 내 입장에서 생각해 봐야 하는데, 우리는 대개 그 반대로 한다. 요컨대 우리는 자신이 듣고 싶은 대로 남의 말을 듣는다. 듣고 싶은 말만 양쪽 귀로 보듬는다.

입처럼 귀도 편식을 한다. 사람마다 정도의 차이만 있을 뿐이다. 내가 먹고 싶은 대로만 먹으면 몸의 균형이 깨지듯이, 듣고 싶은 대로만 들으면 정신의 균형도 깨진다. 엄마들은 패스트푸드만 찾는 아이들의 건강을 염려한다. 정작 아이들은 대수롭지 않게 생각한다. 지금 당장에는 내 몸에 어떤 심각한 증상을 유발하지 않기 때문이다. 그럴 때 엄마들은 "나이 들면 고생한다."는 말로 깨우치고자 하나, 그런 말을 진지하게 듣는 아이들은 없다. 나중에 커서 식신에 이상신호가 느껴져야 비로소 깨닫게 된다. 귀의 편식도 어렸을 땐 그다지 문제로 느껴지지 않는다. 나중에 커서 꼰대나 꼴통 소리를 듣고서야 뒤늦게 자각하게 된다.

맛있어서 계속 먹게 되는 음식도 있지만, 자꾸 먹다 보니 맛있게 느껴지는 음식도 있다. 만약 첫입에 맛있는 음식만 계속해서 먹었더라면, 우리는 아직도 엄마젖을 먹고 있을 터이다. 우리는 언젠가부터 젖을 떼고 밥을 먹어야 하는 시기를 맞이했고, 처음에는 분명히 엄마젖만큼 밥이 맛있지는 않았을 성싶다. 엄마가 "요거 딱 한 숟갈만 먹자. 옳지 잘 먹는다." 하는 식으로 어르고 달래서 겨우 한두 숟갈 먹이던 시절이 있었기에, 지금의 당신은 밥을 맛있게 먹고 있는 것이다. 처음부터 밥이 맛있어서 여태껏 먹고 있는 게 아니란 말이다.

먹는 입과 마찬가지로 듣는 귀도 훈련이 필요하다. 듣고 싶은 대로만 들어서는 결코 정신적인 성장을 이룰 수 없다. 세상은 엄마처럼 무조건적으로 내 편이 되어주지 않는다. 엄마가 하는 말은 내가 듣고 싶은 대로 들어도 된다. 칭찬이든 욕이든 전부 "너를 사랑한다."라고 들어도 상관없다. 그러나 세상이 내게 하는 말은 있는 그대로 들을 줄 알아야 한다. 칭찬은 칭찬이고 욕은 욕이다. 세상이 하는 말을 내가 듣고 싶은 대로 듣는 것은, 따지고 보면 아무것도 듣지 못하는 것과 다를 바 없다. 더 이상 당신은 '들리는 귀머거리'로 살아서는 안 된다.

# 양쪽 귀는 입보다 높이 달려 있다

'이해하다'라는 뜻의 영어 단어 understand는 풀어 보면 '아래에 서다'라는 뜻이다. 사람을 이해하려면 '아래에 서는' 단계가 반드시 필요하다. 먼저 인사를 건네거나 이름을 불러주는 것, 이야기를 잘 들어 주고, 맞장구를 잘 치는 것이 이에 해당한다. 특히 대화를 나눌 때 '경청'하는 것은 아래에 서기 위한 대표적인 소통의 자세이다.

_최정화, 『14살, 그때 꿈이 나를 움직였다』, 다산에듀, 2008, 117쪽

아래에 서기. 말하기는 쉽지만 실천하기는 결코 쉽지 않다. 당신은 지금껏 살면서 자발적으로 누군가의 아래에 서고 싶었던 적이 몇 번이나 있었나. 여태껏 수천 명의 사람을 만나 왔겠지만, 그중에서 기꺼이 아래에 서고 싶었던 사람은 손에 꼽을 것이다. 그러므로 누군가의 아래에 서기 위해서는 대부분의 경우 의식적으로 노력해야 한다. 딱히 그럴 마음이 없어도 이름을 불러주고 이야기를 들어주고 맞장구를 쳐주어야 한다. 이걸 성격적으로 잘할 수 있는 사람은 그나마 다행이다. 하지만 나처럼 무뚝뚝한 사람에겐 아주 곤혹

스러운 주문이다.

양쪽 귀는 입보다 높이 달려 있다. 따라서 한 계단 내려서야 내 귀가 상대의 입과 같은 높이에 있게 된다. 그 상태에서 들어야 상대의 말이 내 귓구멍으로 들어온다. 아래로 내려서지 않고 같은 높이에 서 있으면, 상대의 말은 내 귓구멍이 아닌 콧구멍으로 들어온다. 그래서 상대가 무슨 말만 하면 '흥!' 하고 콧방귀부터 뀌게 된다. 조물주가 콧구멍은 숨 쉬라고 뚫어 놓았지, 콧방귀 뀌라고 뚫어 놓지는 않았을 성싶다. 우리는 키 작은 꼬맹이 시절엔 남의 말을 귀로 들었다. 나이 먹고 키가 쭉쭉 자라면서 점점 귀가 아닌 코로 듣게 되었다.

공자는 나이 육십을 이순(耳順)이라 했다. 공자 같은 분이나 나이 육십에 말랑말랑한 귀를 가질 수 있다. 거개는 나이를 먹을수록 귀가 딱딱해진다. 당신 주위에 있는 육십 대 분들을 떠올려 보라. 그들이 정말 이순이라고 부를 수 있을 정도로 지혜로워 보이던가. 남들의 말을 귀 기울여 듣던가. 오히려 그 반대의 모습을 더 자주 보게 되지 않던가. 나이 먹고 지식 많고 경험 풍부하다고 자동으로 이순의 경지에 이르는 것은 아니다. 오히려 인생을 레슬링 하듯 치열하게 살아온 사람일수록 레슬링 선수처럼 딱딱한 귀를 가지고 있는 경우가 많다.

벼는 익을수록 고개를 숙인다지만 사람은 익을수록 고개를 쳐든다. 겉으로는 겸손한 척할 수 있지만 속으로는 고개를 빳빳이 쳐든 다. 상대가 나보다 연령이나 지위가 낮거나 지식이나 경험이 부족 하다고 여겨지면 귀는 더욱 더 신속하게 굳어버린다. 상대가 무슨 말을 해도 진지하게 듣지 않는다. 이등병의 말을 경청하는 말년 병 장, 말단 직원의 말을 경청하는 대기업 사장, 갓 입학한 대학생의 말을 경청하는 대학교수……. 한국에서 이런 사람들을 찾기는 결 코 쉽지 않다. 애초에 대화의 파트너로 생각지도 않을 텐데 어찌 경 청을 할 수 있겠는가.

인간이 가진 대부분의 능력은 지식이나 경험의 양에 비례한다. 예외적으로 소통력은 반비례하는 것 같다. 지식과 경험은 우리에 게 타인의 '위에 서는' 법을 가르친다. 따라서 '아래에 서는' 법은 지 식과 경험의 축적이 아닌 다른 방법으로 길러야 한다. 그 방법이 바로 "먼저 인사를 건네거나 이름을 불러주는 것, 이야기를 잘 들 어주고, 맞장구를 잘 치는 것"과 "대화를 나눌 때 '경청'하는 것" 등 이다. 그러고 보니 소통의 출발점은 머리가 아닌 몸이다. 인사를 건 네고, 이름을 불러주고, 귀를 기울이고, 맞장구 쳐주고……. 모두 몸으로 하는 거다.

덧) 오해의 여지가 있을 것 같아 한 마디 보탠다. "understand 는 풀어 보면 '아래에 서다'라는 뜻이다."라는 말은 단순히 파자(破 字)를 해보면 그렇다는 거다. 예컨대 "詩를 풀어보면 말(言)의 사원(寺)이라는 뜻이다."처럼 말이다. 물론 어원을 따져 보면 시(詩)는 사원(寺)과 아무런 관련이 없다. understand도 어원을 따져보면 '아래에 서다'라는 뜻과는 무관하다. 'under'는 라틴어인 'inter' (between)가 변한 말이다. 따라서 누가 understand의 어원이 뭐냐고 물으면 '사이에 서다'라고 답해야 한다. '중립에 서서 양측의 입장을 잘 듣다'라는 의미다.

# 마음이 사라진 몸뚱어리는
# 휘청거리는 바람인형

바쁜 걸 자랑으로 아는 사람들이 있다. 자랑할 게 오죽잖게 없으면 바쁜 걸 자랑할까 싶지만, 살다보면 그런 족속들을 심심찮게 만나게 된다. 물론 그들은 바쁘신 몸인 걸 대놓고 자랑하지는 않는다. 오히려 반대로 짜증("요새 바빠서 죽을 것 같아.")을 내는 경우가 많다. 그런데 그 속내를 들여다보면 짜증이 아니라 자긍이다. 그들의 사고체계 안에선 '바쁘게'가 곧 '열심히'이기 때문이다. 사람은 일단 바쁘게 움직여야 한다는 게 그들의 지론이다. 도대체 왜, 뭐 때문에, 누구를 위해서 그리도 바쁜 건지 고민할 짬도 없을 만큼 그들은 바쁘다.

몸과 마음이 함께 있을 때만 우리는 살아 있는 것이다. 아무리 몸을 바쁘게 움직여도 마음이 사라졌다면 살아 있는 게 아니다. 비유컨대 신장개업한 음식점 앞에서 하릴없이 펄럭거리고 있는 바람인형과 다를 바 없다. 들까불고 있는 바람인형을 보며 "저 녀석처럼 열심히 살아야겠다."라고 말하는 사람이 있을까. 종일토록 쉬지도 못하고 온몸 비틀기를 하고 있는 녀석에게 되레 연민의 정을 느끼게 되지 않을까. 그런데도 세상엔 바람인형처럼 살고 있는 사람들로 넘쳐난다. 왜일까? 남들은 어떨지 몰라도 자신은 바쁠 만하니까 바쁘다고 생각하기 때문이다.

그들은 정말로 불가피해서 바쁘게 살고 있는 걸까? 빼도 박도 못하는 상황이라 어쩔 수 없이 초치기로 인생을 살고 있는 걸까? 나는 그렇지 않다고 생각한다. 그렇게 말하는 사람들 열 명 중에 여덟 명은 남들 눈을 의식해서 바쁘게 살고 있는 경우라고 본다. 요컨대 '나도 남들 사는 것처럼은 살아야 안 되겠냐'라는 생각 때문에 그토록 바쁜 것이다. 물론 여기서 말하는 남들은 자신보다 물질적으로 잘사는 부류를 가리킨다. 예컨대 그들은 텔레비전에서 집을 공개하는 연예인들이 해놓고 사는 정도는 되어야 남들처럼 사는 거라 여긴다.

하지만 세상엔 그런 남들만 있는 게 아니다. 한 모금 마실 깨끗한 물이 없어서 구정물 떠먹고 사는 남들도 있다. 그런 아프리카인들에게 당신의 현재 살고 있는 모습을 보여주면 부러워서 까무러칠지도 모른다. 기왕에 남들 시선을 의식하고 살 거면, 후자를 의식해 보는 건 어떨까? 이처럼 어떤 남들을 의식하느냐에 따라 당신은 전혀 다른 세상을 살 수 있다. 단지 생각을 조금 달리 했을 뿐인데도 못 가진 자에서 순식간에 가진 자로 탈바꿈한다. 당신은 이미 가진 자의 여유를 부릴 수 있을 만큼 재력가다. 당신은 현재를 즐겨도 된다!

인생에서 치러야 하는 대소사 몇 개만 무시해도 당신은 충분히 여유롭게 살 수 있다. 예컨대 결혼식, 중형차, 넓은 집 이렇게 세 개만 인생에서 지워보자. 당신이 하고 있는 고민의 절반은 푸드덕 날아가 버린다. 물론 말처럼 쉽지는 않을 것이다. 내 의지야 굴뚝같지만 남들 눈을 무시하기는 쉽지 않기 때문이다. 그렇다. 결국 남들 눈이 문제다. 당신이 그리 허청거리며 사는 것도 남들 눈 때문이다. 그럴 땐 구정물 마시고 사는 또 다른 남들이 있다는 사실을 떠올리자. 아예 인터넷에서 그런 풍경이 담긴 사진을 다운 받아서 바탕화면으로 깔자.

몸이 바쁠수록 마음 건사를 잘 해라. 잘 있나 수시로 확인하고 점검해라. 되도록이면 덜 바쁜 쪽으로 살아라. 당신은 그저 생각을 조금만 바꿔도 지금보다 절반쯤은 덜 바쁘게 살 수 있다. 덜 바쁘게 살아야 몸과 마음이 온전히 함께한다. 마음이 사라진 몸뚱어리는 휘청거리는 바람인형일 뿐이다. 남들 시선은 너무 의식하지 마

라. 껍데기만 내 거고 그 속의 알맹이는 남들의 걸로 채워지게 된다. 내 마음이 도려빠진 자리에 남들의 마음이 들어앉게 된다. 이럴 때 입에서 흘러나오는 "열심히 살아야겠다."는 웬걸 내 음성이 아니다.

# 당신은 '자유시간'을
# 날마다 한 시간쯤 가지는가

홀로 있을 때 우리는 비로소 게으름에서 벗어나게 된다. 진정한 의미의 게으름은 아무것도 하지 않고 빈둥빈둥 놀고 있음을 말하는 것이 아니라 그저 일에 매달려서, 그저 바쁘고 분주하여서 자신을 들여다보는 혼자만의 시간을 갖지 못하는 것을 가리키고 있는 것이다.

_최인호, 「사람들 사이에 섬이 있다」, 서적포, 1991, 17쪽

게으름의 정의를 사전에서 찾으면 "행동이 느리고 움직이거나 일하기를 싫어하는 태도나 버릇"이라고 나온다. 하지만 사전적 정의가 반드시 옳다고 할 수는 없다. 뒤집어 생각해보라. 행동이 빠르고 움직이거나 일하기를 좋아하면, 그는 게으르지 않은 사람일까? 나는 그렇지 않다고 생각한다. 오히려 게으르기 때문에 바쁜 경우도 많다. 흔히 머리가 나쁘면 몸이 고생한다고 말하는데, 이것은 생각을 게을리 하면 몸이 바빠진다는 뜻이다. 그래서 겉보기에는 굉장히 열심히 사는 것 같아도 막상 그 삶의 질을 들여다보면 의외

로 게으른 족속들이 많다.

현대사회는 점점 우리가 말초적 자극에만 반응하며 살도록 유도하고 있다. 정치가나 마케터는 국민이나 소비자가 생각하게 되는 걸 가장 두려워한다. 그들은 이 사회가 군대훈련소처럼 굴러가길 원한다. 손가락 하나만 까딱 해도 우리가 '좌로 굴러 우로 굴러' 하게끔 만드는 게 그들의 목표다. 훈련소에서는 훈련병이 눈뜨고 있는 시간엔 쉴 틈을 주지 않고 굴린다. 쉬는 시간을 주면 훈련병의 생각이 많아지기 때문이다. 군대가 제일 경계하는 것이 생각 많은 군인이다. 생각할 짬을 주지 않는 가장 효과적인 방법이 끊임없이 몸을 굴리는 것이다.

훈련병에게 생각할 시간을 주지 않도록 군대훈련소에서 쓰는 다른 방법도 있다. 바로 훈련병 혼자만 있는 시간이나 공간을 주지 않는 것이다. 훈련병에겐 하루 24시간 중에 홀로 있는 시간이 단 1분도 주어지지 않는다. 훈련병은 화장실도 혼자서 못 간다. 반드시 전우조라고 해서 3명이 함께 움직여야 한다. 물론 훈련소는 특수한 환경이기 때문에 홀로 내버려두는 시간을 주지 않는 것이 옳은 선택일지도 모른다. 혼자 있는 훈련병이 하게 될 생각이란 대부분 꿀꿀한 것일 테고, 그러다 보면 자살이나 탈영으로 이어질 위험이 크기 때문이다.

사회에 나와서까지 훈련병처럼 지내서야 되겠는가. 백이면 백 모두 그러길 원치 않는다고 답할 것이다. 그런데 곰곰이 생각해 보면 훈련병이나 당신이나 사는 모양새에 큰 차이 없을 수도 있다. 다만 운신의 폭이 조금 더 넓다는 것을 제외하면, 당신은 훈련병보다 더 주체적으로 살고 있다고 자신할 수 있나? 그렇다고 대답하려면 당신은 두 가지 조건을 충족해야 한다. 첫째, 아무 일도 하지 않는 시간을 하루에 한 시간 정도 확보하고 있나. 둘째, 누구와도 함께 있지 않고 혼자만 있는 시간을 하루에 한 시간 정도 확보하고 있나.

당신은 "그렇다"라고 대답할지도 모르겠다. 아무리 바쁘게 살아도 하루에 한 시간쯤은 누구나 자유시간이 있지 않느냐고 말이다. 그렇다면 내가 다시 묻겠다. 그 자유시간 동안 당신은 무얼 하는가? 당신은 이렇게 대답할 것이다. 텔레비전도 보고 인터넷도 하고 운동도 하고 음악도 듣고 친구도 만나고 책도 읽고……. 이런 대답이 나온다면 당신은 내 질문을 잘못 이해한 것이다. 내가 말하는 '아무 일도 하지 않는 시간'은 문자 그대로 '아무 일도 하지 않는 시간'이다. 예컨대 꼼짝 않고 소파에 가만히 엉덩이 붙이고 앉아 있는 시간을 말한다.

물론 이럴 때 둘째 조건도 함께 충족해야 한다. 즉, 그 소파엔 반드시 당신 혼자 앉아 있어야 한다. 사람뿐만 아니라 텔레비전이나 음악 소리도 일절 들리지 않아야 한다. 휴대폰과 컴퓨터도 꺼져 있어야 한다. 요컨대 어떤 소리도 들리지 않는 공간에서 아무 일도 하지 않고 가만히 앉아 있는 시간이 내가 말하는 자유시간이다. 당신은 이런 자유시간을 날마다 한 시간쯤 확보하고 있는가 말이다. 이번에는 "그렇다"라고 대답하기 힘들 것이다. 왜일까? 당신이 하루에 한 시간을 낼 수 없을 만큼 바빠서일까? 아니다. 텔레비전도 보고 인터넷도 하고 운동도 하고 음악도 듣고 친구도 만나고 책도 읽고…… 하면서 그 시간을 써버렸기 때문이다.

그렇다면 그 자유시간에는 뭘 해야 할까? 생각을 해야 한다! 소파에 앉든 가부좌 틀고 앉든, 눈을 감고 있든 뜨고 있든, 어쨌든 엉덩이 붙이고 앉아서 생각을 해야 한다! 그렇다고 자유연상을 한답시고 막연하게 이 생각 저 생각하지 말고, 한 가지 주제를 정해놓고 그에 대해서 깊이 생각해야 한다. 연필과 노트를 옆에 두고 골똘히 생각을 해서 떠오른 것들을 메모한다. 한 시간 동안 겨우 한 단어밖에 떠오르지 않을 수도 있다. 심지어 아무 생각도 떠오르지 않을 수도 있다. 그래도 낙심할 필요는 없다. 내일은 떠오르겠지 기대하며 자리를 일어서면 된다.

이렇게 보내는 날이 적어도 한 달에 20일 정도는 되어야 한다. 아무 일도 하지 않고, 누구의 방해도 받지 않고, 온전히 생각에만 투자하는 시간이 한 달에 20시간은 되어야 한다는 말이다. 이 시간을 확보하고 있지 못하다면, 딱 잘라 말해서 인생을 제대로 살고 있는 게 아니다. 당신은 "나는 한 달에 20시간을 투자할 정도로 여유가 없다."라고 항변할 수도 있다. 이는 변명에 불과하다. 휴대폰과 인터넷에 쏟는 시간만 모아도 한 달에 20시간은 충분히 된다. 우리 주위엔 휴대폰과 인터넷을 전우조 삼아 24시간을 함께 하는 훈련병들이 꽤 많다.

# 창문 밖을 바라보는
# 시간을 늘려라

그저 창문 밖을 바라보고 있지만, 그게 그날 하는 일 중에서 가장 힘든 일이라는 사실을 사람들에게 이해시키는 건 정말 어렵죠. 사실은 그런 적도 많아요. 여기 이렇게 앉아서 생각만 하는 겁니다. 그것도 엄청나게 일하는 거예요. 하지만 그러다가 문이 열리는 소리가 들리면 잽싸게 펜을 잡고서 종이 위에다 뭔가를 그려요. 그러면 사람들은 내가 빈둥거린다고 생각하지 않거든요.

_몬티 슐츠·바나비 콘라드 엮음, 김연수 옮김,
『스누피의 글쓰기 완전정복』, 한문화, 2006, 34쪽

당신은 위의 인용문을 읽으면서 피식 웃었을 법하다. 누구나 살면서 비슷한 경험을 한 번쯤은 하지 않았을까 싶다. 사람들은 "펜을 잡고서 종이 위에다 뭔가를 그"리고 있어야 만화가가 일을 하고 있다고 생각한다. "창문 밖을 바라보고 있"으면 빈둥거린다고 생각한다. 이는 창조력을 발휘해야 하는 직업에 종사하는 모든 사람이 공통적으로 받는 오해다. 사람들은 직업적 특성은 고려하지 않은 채 일단 바쁘게 움직여야 성실한 사람으로 평가하는 경향이 있다. 가만히 앉아서 생각하는 것도 "엄청나게 일하는 거"라고 말했다간

비웃음만 돌아오기 쉽다.

회사 사장들 중엔 모든 일을 자기 손으로 직접 하는 사람들이 있다. 커피도 자기 손으로 타고 복사도 자기 손으로 한다. 고무장갑 끼고 직원 화장실을 청소하는 사장도 있다. 이는 인간적으로 보면 대단히 칭송받을 만한 일이다. 그 사장도 그런 평가를 받는 데에서 삶의 보람을 느낄지도 모른다. 요컨대 근면과 성실이 몸에 밴 사장임을 어필하고 싶어 한다. 그러나 근면과 성실이 사장이 갖춰야 할 최우선 덕목은 아니다. 역할분담으로 봤을 때 사장은 회사의 뇌에 해당하는 직책이다. 커피 타기와 복사하기는 뇌의 주요한 임무가 아니다.

부지런한 뇌는 생각하는 뇌다. 사장은 생각에 '올인'해야 하는 직책이다. 잡무에 신경 쓰지 말고 생각에 집중하라고 비서까지 붙여 주는 것이다. 생각은 남들 눈에 보이지 않는다. 위궤양이나 원형탈모증과 같은 구체적인 증상을 내보이지 않는 이상 사장이 얼마나 열심히 생각하는지 측정할 길이 없다. 그래서 사장은 복사실을 들락날락거리고 고무장갑 끼고 화장실 청소하겠다고 덤빈다. 이것은 "창문 밖을 바라보고 있"으면 빈둥거린다고 오해 받을까 봐 "종이 위에다 뭔가를 그려"대고 있는 만화가의 심리와 크게 다르지 않다. 남들 눈에는 일을 하고 있는 것처럼 보이지만 실제로는 정작 해야 할 일을 미루고 있는 것이다. 직무유기다.

창문 밖을 바라보는 시간을 늘려야 한다. 그렇게 평소에 생각을 가다듬고 정리해 두어야 한다. 요즘처럼 디지털화가 빠르게 진행되고 있는 시대에는 더욱 그렇다. 사람들과 직접 몸을 부딪치는 일은 날이 갈수록 줄고 있다. 심지어 안방에서 모든 수입과 지출을 해결할 수도 있게 되었다. 실제로 그런 족속들이 증가하고 있는 추세다. 이제 우리는 몸은 천리 밖에 따로 두고 머리와 머리끼리만 만나는 일에 제법 익숙하다. 몸으로 할 수 있는 일은 개인적인 차원으로 축소되고 있고, 머리로(즉 말이나 글로) 하는 일은 사회적인 차원으로 확장되고 있다.

여담이지만 나는 2009년에 어쭙잖게 글쓰기에 관한 책을 한 권 냈다. 내가 그 책을 내기 위해서 한 일은 그저 글을 써서 블로그에 올린 것뿐이다. 그 외엔 출판사 사장님과 이메일 몇 통 교환하고, 우편으로 보내온 (출판사에서 편집한) 원고를 검토해서 우편으로 되돌려 보낸 일밖에 없다. 전화 한 통 나누지 않았다. 나는 지금도 출판사 사장님이 어떻게 생겼는지 나이는 얼마나 되신 분인지 전혀 모른다. 내가 책을 내기 위해 몸으로 직접 부딪쳐서 한 일은 아무것도 없다. 그리고 이런 일화는 요즈막엔 딱히 참신한 얘깃거리도 못 된다.

# 내게 맞는
# '삼매'를 찾아라

삼매(三昧)는 본시 불교에서 나온 말로, 산스크리트(梵語)의 '삼아디'를 한자로 음사(音寫)한 것이다. '삼'은 '함께', '아'는 '가까이', '디'는 '둔다'의 뜻이 있어, 결국 마음을 '한 곳에 모아둔다', 곧 집중(集中)시킨다는 뜻이 된다.

_이응백, 『아름다운 우리말을 찾아서』, 현대실학사, 2001, 12쪽

불가의 스님이나 사바의 속인이나 바른 지혜를 얻고 싶거나 대상을 올바르게 파악하기 위해 취하는 방법론은 같다. 요컨대 골똘히 생각한다. 그렇게 하나의 주제를 붙들고 골몰하는 상태를 불가에선 '삼매에 들었다'고 하고, 속세에선 '생각에 빠졌다'고 한다. 물론 포즈의 차이는 있겠다. 스님이 가부좌 틀고 면벽을 할 때, 당신은 에어컨 틀고 면모니터(?)를 하고 있을 법하다. 그러나 마음을 한곳에 모아두고 있다는 점에서 본질적인 차이는 없다. 몰입을 할 때 자세는 중요치 않다. 몰입의 상태를 얼마나 깊이, 자주, 오래 유지

하느냐만 중요하다.

　나는 누워 있는 걸 좋아한다. 누워서 생각하기를 좋아한다. 나는 하려고만 들면 온종일 누워만 지낼 수 있다. 그런데 이게 남들 보기엔 참 모양새가 좋지 않다. 하다못해 앉아만 있어도 한결 덜 게을러 보일 것이다. 하지만 나는 앉아서는 단 30분도 생각에 집중할 수 없다. 좀이 쑤셔서 견딜 수가 없다. 차라리 실외로 나가 걷는 게 백번 낫다. 나는 걷는 것도 좋아한다. 걸으며 생각하기도 좋아한다. 나는 언제나 누워 있거나 아니면 걷고 있다. 앉아 있는 일은 거의 없다. 심지어 책도 누워서 읽거나 걸으면서 읽지 앉아서는 읽지 못한다. 천성이자 습관이다.

　물론 나도 서너 시간씩 책상 앞에 죽치고 앉아 있게 되길 바란다. 그렇다면 좀 더 많은 양의 글을 쓸 수 있게 될 것이 분명하기 때문이다. 마음은 지금도 굴뚝같다. 그러나 10년을 훈련해도 결국은 습관으로 몸에 붙이지 못했다. 내 의지가 그만큼 박약한 탓도 있겠으나, 모든 일이 의지만 가지고는 해결되지 않는다는 사실도 자명하다. 그러니 내게 글 쓰는 시간을 늘릴 수 있는 방책은 누워 있는 시간을 늘리는 것뿐이다. 걸으면서 생각할 수는 있으나 글을 쓸 수는 없으니, 결국은 노트를 머리맡에 두고 모로 누워 지내는 시간을 늘려야만 하는 것이다.

　앞서 말했듯이 이게 참 남들 눈에는 볼꼴사납기 그지없다. 어른들 말씀이 밥 먹고 바로 누우면 소가 된다던데, 나는 밥술 딱 놓자마자 내 방으로 와서 드러눕는다. 그러나 아직 나를 한우라고 부르는 사람은 없으므로 소가 되지는 않은 모양이다. 어쨌든 내가 이런 나의 치부(?)를 까밝히는 이유는 자신에게 맞는 몰입법을 찾으라고 말하기 위해서다. 어느 시간, 어느 장소, 어느 자세에서 창조력이 극대화되는지를 점검해 보라. 만약 여태껏 당신의 창조력이 제대로 발휘되지 않았다면, 그 원인은 의외로 아주 사소한 부분에서 찾을 수도 있기 때문이다.

예컨대 당신은 작가가 되길 원한다. 그래서 직장에서 돌아오면 매일 꾸준히 책상 앞에 앉는다. 하루도 빼먹지 않고 이렇게 열심히 하면 분명히 좋은 결과가 있으리라 기대한다. 그러나 몇 달 혹은 몇 년을 그렇게 노력했건만 그 효과는 미미하다. 날마다 한두 시간씩 책상 앞에 쩍말없이 붙어 있는데, 생산되는 원고는 양과 질에서 모두 신통찮다. 이럴 땐 자신의 방법론에 대해 체크해 볼 필요가 있다. 혹시나 당신은 아침형 인간이 아닐까? 퇴근 후에 녹초가 된 상태에서 글을 쓸 게 아니라, 일찍 자고 일찍 일어나서 아침에 글을 써 보면 어떨까?

이처럼 하루에 똑같은 작업시간을 투여해도 어느 시간이냐에 따라 결과가 획기적으로 달라질 수 있다. 거기에 어느 장소와 어떤 자세까지 점검해서 자신에게 꼭 맞는 상황을 연출하는 것도 필요하다. 집보다는 공공장소(이를 테면 커피전문점)에서 더욱 몰입이 잘 될 수도 있고, 책상 앞보다는 푹신한 소파에 앉아 있어야 더욱 더 집중이 잘 될 수도 있다. 더불어 어떤 펜이나 노트를 쓰느냐 하는 문제도 무시해선 안 된다. 이런 사소한 것들에 대해서 고민하는 것은 전혀 사소한 일이 아니다. 펜 하나만 마음에 들어도 몰입도는 확연히 달라진다.

# '아이디어'만이
# 살 길이다

> 하루 24시간. 잠자는 시간 빼고 나머지 시간은 어떻게 흘러가나. 주시하고 들여다보라. 대부분 잡스러운 일들에 휘둘리거나, 무엇을 하는지 제대로 자각하지도 못한 채 소모되기 일쑤다. 요컨대 온전하게 집중하는 시간은 지극히 짧다. 하지만 짧은 동안의 집중, 그것이 하루에 의미를 부여한다. 집중하는 시간의 길고 짧음에 따라 인생의 가치도 달라진다. 집중하지 못하는 인생, 고작 소모되는 인생일 뿐이다.
>
> _박상우, 『반짝이는 것은 모두 혼자다』, 하늘연못, 2003, 152쪽

인생에서 성공(목적하는 바를 이룸)하기 위해서는 보편적으로 따라야 할 매뉴얼이 있다. 그것은 바로 '집중해야 할 시기에 집중하기'이다. 뒤집어 말하면, 집중해야 할 시기에 집중하지 못하면 그 사람은 목적하는 바를 이루기가 무척 어려워진다. 예컨대 대입을 바라는 고등학생이라면, 3학년에 가장 집중력을 발휘해서 공부해야 한다. 더 세분하자면 3학년 2학기, 좀 더 세분하자면 수능시험 열흘 전에 집중력이 최고조에 달해야 한다. 그런데 이때 슬럼프가 찾아오거나 마음이 더펄거리면 좋은 성적을 바라기 힘들어진다. 이는

모든 분야에 적용되는 철칙이다.

인생의 매순간을 열심히 살 수는 없다. 그래서도 안 된다. 반드시 강약의 템포를 조절해가며 살아야 한다. 이런 템포를 얼마나 잘 조절하느냐에 따라 인생의 질이 달라진다. 운동선수의 모든 스케줄은 경기 당일에 최상의 컨디션과 기량을 갖출 수 있도록 짜인다. 몸을 그런 상태로 만들기 위해서는 준비기간 내내 하드트레이닝만 할 수 없다. 인간의 체력에는 한계가 있으므로 컨디션은 스케줄에 따라서 서서히 끌어올리게 된다. 초기에는 기초체력을 기르는 데 중점을 두고, 경기일이 다가오면 실전을 방불케 하는 하드트레이닝을 집중적으로 실시한다.

따지고 보면 인생을 통틀어 집중력을 발휘해야 하는 시기는 그리 길지 않다. 변곡점이 되는 지점에 이르렀을 때 얼마나 몰입했느냐에 따라 그래프는 상승곡선 혹은 하향곡선으로 그려지게 되는 것이다. 당신도 돌이켜보면, '그땐 내가 좀 더 집중했어야 됐는데'라고 후회가 되는 특정한 시점이 있을 터이다. 그러나 지나간 시간은 돌이킬 수 없으니 어쩔 수 없다. 앞으로 그런 시기에 부닥뜨리면 전력을 다하겠다는 속다짐을 할 밖에. 아무튼 당신이 분명히 기억해 두어야 할 것은 "집중하지 못하는 인생, 고작 소모되는 인생일 뿐"이라는 점이다.

인생에서 집중력을 발휘해야 하는 특정한 시기가 있는 것처럼,

하루에도 그러한 시간이 있다. 따라서 하루 일과를 성공적으로 보냈는지는, 집중력을 발휘해야 할 시간에 그만큼 충실히 몰입을 했는지에 달려 있다. 종일 잡스러운 일들에 휘둘려 터덕거려 놓고도 보람찬 하루를 보냈다고 착각하는 사람들이 많다. 항상 분주한 사람들이 있다. 그들은 뭔가를 끊임없이 하고 있다. 그러나 하나의 주제를 정해두고 생각에 빠지는(삼매에 드는) 시간을 갖지 않으면, 그 하루는 공친 것이나 다름없다. "짧은 동안의 집중, 그것이 하루에 의미를 부여"하기 때문이다.

하루에 한 시간은 화두를 붙들고 집중하는 시간을 가져라. 물론 이때의 화두는 여러 의미일 수 있는데, 지금 우리의 화두는 아이디어다. 어떻게 하면 양질의 아이디어를 꾸준히 생각해내고 가시적인 성과로 구현할 수 있는지에 대해 날마다 한 시간씩은 고민해야 한다. 한 시간의 몰입을 실천했으면, 나머지 스물세 시간을 망쳤더라도 그날은 성공적으로 보낸 것이다. 반대로 이러한 한 시간을 갖지 못했다면, 아무리 열심히 보냈더라도 그날 하루는 망친 것이다. 자신은 너무 바빠서 하루에 한 시간을 내기 힘들다는 사람들도 있다. 모르고 하는 소리다. 하루에 한 시간은 누구나 낼 수 있다. 당신의 하루에도 분명히 숨어 있는 한 시간이 있다.

# 대표적인
# '시간의 불모지'는 새벽

나는 새벽에 일어나 두 시간 정도 글 쓰는 일에 몰두하는데, 이 시간은 아주 소중한 시간이다. 아무도 나를 찾지 않는 시간이기 때문에 이 시간대를 선택했다. 나는 시간의 불모지를 내게 불하했다. 그리고 가장 귀중한 나만의 시간대로 만들었다. 마치 모두가 버린 시간의 밭을 일궈낸 듯한 기분이 들었다. 아마 찾아내지 못했다면 영원히 잠 속에 묻혀버릴 뻔한 보물 같은 땅이었다. 하루 시간의 10퍼센트에도 미치지 못하는 이 두 시간이 거의 변하지 않는 내 작업시간이다. 이 시간을 제외한 나머지 시간은 늘 가족과 친구들에게 우선적으로 열려 있다.

_구본형, 『마흔세 살에 다시 시작하다』, 휴머니스트, 2007, 138쪽

자신의 하루일과를 곱새겨 보라. 당신에겐 "나는 이 순간엔 정말 몰입한다."라고 말할 수 있는 특정한 시간대가 있는가. 없다면 만들어서 규칙적으로 지키려고 노력해라. 앞서 말했듯이 적어도 한 시간은 되어야 한다. 일과시간 틈틈이 생기는 10~20분씩의 자투리 시간을 재주껏 이용하는 것도 중요하다. 하지만 자투리시간의 활용에는 분명히 한계가 있다. 좀 더 능동적으로 시간의 불모지를 찾아내서 농경지로 개간해야 한다. 자투리땅엔 기껏해야 상추나 심을 수 있다. 상추만 뜯어먹고 살 수는 없잖은가. 당신에겐 농사를

지을 땅이 필요하다.

대표적인 시간의 불모지는 새벽이다. 평소보다 한 시간 일찍 일어나서 그 불모의 땅을 경작해 볼 마음은 없는가. 새벽의 한 시간은 저녁의 두 시간보다도 기름진 땅이다. 대다수의 사람들은 이 땅을 꿈나라에 곱다시 바치고 있다. 창조적인 생활을 즐기고 싶은 사람은 이 땅에 주목할 필요가 있다. 이왕 농사지을 바엔 양질의 땅에서 지으면 작황이 더 좋을 것 아닌가. 같은 노력을 같은 시간만큼 투입하고도 생산량이 다르다면, 그것은 토질의 차이 때문이다. 그런데 어떻게 한 시간 일찍 일어나나? 답은 싱겁다. 한 시간 일찍 자면 된다.

이러한 농경지를 갖고 사는 사람과 그렇지 못한 사람의 차이는 엄청나다. 이 둘은 전혀 다른 범주의 인간이다. 비유컨대 농경민과 유목민이다. 우리는 마땅히 농경민의 삶을 동경해야 한다. 세간에 퍼져 있는 오해와는 다르게, 창조적인 직업에 종사하려면 유목민이 아닌 농경민의 삶을 추구해야 한다. 디지털이니 유비쿼터스니 하는 말들을 주워섬기며 폴짝폴짝 뛰어다닐 생각은 아예 하지 마라. 여담이지만 언제부턴가 노마드니 유목민이니 하는 단어가 유행어처럼 쓰이고 있는데, 나는 이런 표현을 상용하는 사람들을 맞갖잖게 여긴다.

물론 새벽시간이 반드시 모든 사람에게 효과적인 것은 아니다.

체질이나 기질에 따라 야간에 더 집중이 잘 되는 사람도 있다. 어디선가 주워들은 바로는 저혈압인 사람은 아침에 일찍 눈을 뜨기 무척 힘들다고 한다. 당연히 머리도 무겁고 잘 안 돌아갈 것이다. 이런 사람은 굳이 억지로 아침형 인간이 되려고 애쓰지 마라. 다른 시간대에 숨어 있는 시간의 불모지를 찾으면 된다. 중요한 것은 새벽이냐 오후냐 야간이냐가 아니다. 자신이 정한 그 시간대를 매일 사수해나가는 것이 중요하다. 하루의 모든 스케줄이 그 시간대를 중심으로 돌아가야 한다.

나도 아침형 인간은 아니다. 시도해 보았는데 잘 안 되었다. 나는 자정부터 2시까지 집중이 잘된다. 왠지 이 시간대가 마음에 들었다. 나는 야간형 인간인 셈이다. 그런데 대다수의 사람은 이 시간대엔 피곤하고 잠이 쏟아진다. 나도 마찬가지다. 그래서 내가 택한 방법은 저녁시간대를 포기하는 것이었다. 저녁시간은 어영부영하다 보면 흘러가 버리기 십상이다. 나는 저녁을 먹고 나면 책 좀 읽다가 9시 땡 하면 잔다. 그리고 10시 조금 넘어서 일어난다. 그렇게 했더니 자정부터 두 시간 동안을 보물 같은 땅으로 일궈낼 수 있게 되었다.

# 아이디어는
# 요술쟁이다

어렵고 복잡한 문제에 부닥쳤을 때 우리는 깊은 생각에 잠긴다. 그러나 그 생각이라는 것이 거미줄처럼 계속 이어지는 것이 아니다. 오히려 꼬리에 꼬리를 무는 생각은 잡념이나 집착에 가까워서 냉정한 결론에 도달하는 데 방해가 되기도 한다. 유럽 쪽의 대학 연구소에서 발표한 연구 실험 결과가 있다. 복잡한 문제를 주고 한 팀은 계속 그에 대해 생각하게 하고, 다른 한 팀은 그 문제를 잊고 삼십 분 동안 체스게임에 열중하도록 한 후 결론을 말하도록 했다. 그랬더니 체스게임을 한 팀이 올바른 결론에 더 가까이 도달했다. 아주 복잡한 문제는 우리의 의식으로부터 벗어날 때 무의식 속에서 더 잘 처리된다는 사실을 보여주는 실험 결과이다.

_이남호, 『일요일의 마음』, 생각의나무, 2007, 147쪽

인터넷 게시판을 통해 논쟁이라는 게 벌어질 때가 왕왕 있다. 논쟁을 하는 당사자들은 제각기 지식과 말발을 총동원하여 상대를 무릎 꿇리려 안간힘을 쓴다. 심지어 며칠에 걸쳐 전쟁을 한다. 지기 싫은 건 피차 마찬가지라 끝장을 봐야 직성이 풀리겠다는 식이다. 그러다보니 이미 논의의 본질은 안드로메다로 날아가 버린 지 오래인데도 맞붙들고 하릴없이 댓글을 주고받는다. 논쟁에 몰입이 되어 여러 날을 제대로 못 자고 못 먹으며 깐엔 논리력 대결을 벌인다. 게시판을 지켜보던 구경꾼들의 시선은 양쪽에 모두 싸늘해졌는데

도 말이다.

구경꾼들은 냉정하다. 영양가 있는 논쟁인지 무의미한 말장난인지 금세 알아챈다. 정작 논쟁에 뛰어든 당사자들은 세상에 없이 심각하지만, 팔짱 끼고 지켜보는 입장에선 그저 안쓰러울 뿐이다. 이것은 바둑을 두는 사람보다 옆에서 훈수를 두는 사람의 눈에 판세가 더 잘 보이는 것과 같은 이치다. 논쟁이든 바둑이든 한창 몰입한 상태에선 되레 시야가 좁아지기 다반사다. 반드시 이겨야 한다는 갈급한 마음에 시한부 눈 뜬 장님이 되어 버린다. 쉽게 생각해도 되는 문제를 꼬고 또 꽈서 어렵게 만들어 버리는 것이다. 몰입하려다 매몰된 꼴이다.

아이디어란 게 참으로 요물이다. 내가 책상 앞에 앉아 열심히 쥐어짜낸 99개보다 회의 도중에 누군가가 장난처럼 툭 던진 1개가 더 좋은 아이디어인 경우가 허다하다. 억울하겠지만 이는 어쩔 수 없는 현실이다. 시험공부는 노력과 점수가 대체로 비례한다. 공부를 하나도 안 하고 장난치듯 시험을 쳐서 전교 1등을 할 수는 없다. 뒤집어 말하면, 노력을 하면 누구라도 전교 1등을 할 수 있다는 얘기다. 남들이 10의 노력을 들일 때 내가 100의 노력을 들이면 충분히 가능하다. 그러나 아이디어의 세계는 그렇지 않다. 10이 100을 이기는 일도 제법 있다.

좋은 아이디어는 '작심'이 아니라 '방심'한 상태에서 나오는 일이 적잖다. 왜 그런지 이유까지는 알 길이 없으나, 현실이 그렇다는 것은 누구나 경험으로 알고 있다. 손톱을 물어뜯고 머리를 쥐어뜯으며 고민할 때는 죽어라 풀리지 않던 문제가, 지하철 안에서 '멍 때리고' 있을 때 스르륵 답이 떠오르지 않던가! 아르키메데스가 유레카를 외쳤던 때가 그런 방심의 상태였으리라. 해결책에 골몰하다 잠시 피로를 풀려고 목욕탕에 갔다가 머릿속의 알전구가 뽕 켜진 것이다. 뉴턴이 사과나무 아래에서 만유인력을 발견했을 때도 역시나 방심의 상태였으리라.

아이디어맨이 되려면 몰입의 기술뿐 아니라 방심의 기술도 체득해야 한다. 그러니까 우리는 능동적인 방심, 체계적인 방심, 효과적인 방심을 강구해야 한다. 무작정 가만히 넋을 놓고 있는 것과는 차원이 다른 창조적인 방심을 고민해야 한다. 예컨대 당신은 매일 헬스센터에 운동하러 다닌다고 치자. 이럴 땐 몰입의 시간을 먼저 한 시간 가진 후에 운동하러 가보길 권한다. 물론 운동하러 가서까지 몰입의 상태를 유지할 필요는 없다. 그저 능동적으로 방심의 상태를 만들고 운동에 심취하면 된다. 그런데 이상하게 아이디어가 마구 샘솟을 것이다.

몰입 이후에 방심의 상태를 가져라! 이것이 방심의 기술에 관한 일반론이다. 위 인용문처럼 복잡한 문제 다음에 체스게임이어야 한다는 말이다. 당신의 일상을 되돌아보라. 혹시 체스게임 다음에 복잡한 문제 패턴으로 살고 있지는 않은가. 이것은 방심의 시간을 맹탕으로 만드는 나쁜 생활패턴이다. 우리는 인생 대부분의 시간을 방심의 상태로 보낸다(대표적인 방심의 상태는 바로 잠자고 있을 때다!). 방심의 상태를 허투루 흘려보낸다는 것은 인생을 잘못 살고 있다는 의미일 수도 있다. 내 말을 농담으로 듣지 말길 바란다. 창조적인 방심을 고민하면 할수록 유레카를 외칠 기회는 점점 더 많이 찾아오게 된다.

# 아이디어 낚아채는 눈은 '가자미 눈'

천문학자들은 육안으로 볼 수 있는 가장 작은 별의 위치를 탐지하는 데 특별한 방법을 써왔다고 한다. 그들은 정면으로 바라보면서 그런 별들을 찾는 것이 아니라 곁눈질을 통해 찾아낸다. 망막의 가장자리는 시야는 뚜렷하지 않지만 어두운 빛에 가장 민감하게 반응하기 때문이다. 에디슨도 마찬가지로 곁눈질을 통해 알아낸 것을 절대 놓치는 법이 없었다. 무언가에 아무리 집중하고 있어도 말이다. 그는 이런 정신의 흐트러짐을 창의력을 발휘하는 또 다른 원천으로 삼았다.

_앨런 액슬로드, 이민주 옮김, 『상상력이 경쟁력이다』, 토네이도, 2008, 124쪽

스승이 유독 예뻐하는 학생이 있다. 사장이 유독 의지하는 직원이 있다. 선배가 유독 좋아하는 후배가 있다. 이들의 공통점은 눈치가 무진장 빠르다는 거다. 스승이, 사장이, 선배가 지나가는 말로 "그거 고쳤으면 좋겠다."라고 하면 그들은 칼같이 고친다. 두 번 다시 같은 실수를 반복하지 않는다. 이게 꼭 뭔가 거창한 일에 관한 이야기가 아니다. 아니, 오히려 정말로 하찮은 지적들을 실천에 옮기고 있는 모습이 더 감동을 주는 법이다. '아, 저 녀석이 내 말을 콧구멍으로 듣고 있지 않구나' 하고 눈여겨보게 된다. 사람 마음이

다 그렇다.

선생이 학생들에게 보고서 제출을 요구한다. 언제까지 어디로 제출할 것. 분량은 얼마큼 이상을 넘기지 말 것. 글자 크기와 줄 간격과 여백은 어떻게 처리할 것. 겉표지는 붙이지 말 것. 어떠한 글씨체로 쓸 것. 이러한 내용은 넣고 저러한 내용은 뺄 것. 자, 이에 부합하는 보고서는 과연 몇 개나 들어올까. 늦게 제출한 놈, 분량 초과한 놈, 줄 간격과 여백을 지 맘대로 지정한 놈, 겉표지 붙여서 거기다 리본까지 묶은 놈, 돋움으로 쓰라고 했더니 굴림으로 쓴 놈, 넣으라는 내용은 빼고 빼라는 내용은 넣은 놈……. 조건에 부합하는 보고서는 극소수다.

눈치 빠른 극소수의 학생만이 이런 사소한 부분들을 지키는 일의 중요성을 인식한다. 하나를 보면 열을 안다고, 이런 학생이 제출한 보고서가 대개 내용도 좋다. 설령 내용이 나빠도 선생 눈엔 좋아 보일 수밖에 없다. 예쁜 짓을 하면 예쁨 받는 건 당연하다. 나 같아도 이런 눈치 빠른 학생에게 더 호감이 갈 성싶다. 이러니저러니 해도 사람은 일단 눈치가 빨라야 한다. 눈치가 빠르다는 것은 달리 말하면 '센스가 좋다'는 것이다. 남들은 허투루 듣거나 보는 것들을 놓치지 않고 감지한 후, 이를 자신에게 유리하게 이용할 줄 안다는 말이다.

우리말 '눈치'에는 다소 부정적인 뉘앙스도 묻어 있다. '눈치가 빠르다'는 말에는 칭찬과 비꼼의 함의가 미묘하게 엇섞여 있다. 하지만 반칙이나 부정행위 등으로 연결되지만 않는다면 눈치는 빠를수록 좋은 것이다. 눈치가 빠르다는 건 그만큼 관찰력이 좋다는 뜻이니까. 남들 눈엔 보이지 않는 것들이 이들 눈엔 훤히 보인다. 시선의 깊이에 대해서는 장담할 수 없어도, 시선의 폭만은 확실히 넓다. 정면을 응시하는 집중력은 떨어질지 몰라도, "곁눈질을 통해 알아낸 것을 절대 놓치는 법"은 없다. 창의적인 인물들은 대개 이런 '가자미' 눈이다.

몰입은 창의력의 주요 원천임에 틀림없다. 그러나 "정신의 흐트러짐을 창의력을 발휘하는 또 다른 원천"으로 삼는 방법도 분명히 고민해야 한다. 재차 말하지만 우리는 인생 대부분을 작심이 아닌 방심, 즉 흐트러짐의 상태로 보낸다. 이처럼 긴긴 시간 동안 무수한 아이디어들이 우리의 눈앞에 (부르지도 않았는데!) 유령처럼 스르륵 나타났다 사라진다. 이러한 아이디어들을 포착하기 위해 필요한 건 집중력이 아니라 관찰력, 그중에서도 곁눈질하는 능력이다. 유령들은 곁눈질로 봐야 제대로 보인다. 내 말 못 믿겠으면 지금 오른쪽으로 곁눈질해 보라.

# 좋은 아이디어는
# '헛짓'에서 나온다

나는 점집을 찾아다니는 사람들을 이해하지 못한다. 좋게 말해
서 '이해하지 못한다'이지, 나쁘게 말하면 좀 멍청하게 여긴다. 물론
내 인생이 아니므로 참견하지는 않는다. 인생을 약간 멍청하게 사
는 것도 나쁘지는 않다. 내가 하는 짓들 중에도 그들 눈으로 보면
멍청한 짓이 좀 많을 텐가. 내가 아무리 멍청한 짓을 하고 있어도
남들에게 태클이 들어오면 분명 화가 날 것이다. 아, 그냥 내비 둬
유. 이렇게 살다 죽게. 그러니 나도 그들이 하는 멍청한 짓에 태클
을 걸지 않는다. 그들의 사고방식을 이해해서가 아니라, 내 사고방

식에 간섭 받기 싫어서다.

어쨌든 백번 양보(?)하여 운명이니 팔자니 하는 것들이 있다 치자. 그들이 옳았다고 하자. 점을 치면 미래를 알 수 있다고 가정해보자. 그렇다고 점집 문턱을 들랑거리는 사람들이 내 눈에 덜 멍청하게 보이지는 않을 것이다. 오히려 예전보다 곱절로 더 멍청하게 보일 수도 있다. 영화 한 편을 보더라도 그 전에 스포일링 당하면 기분이 좋지 않은데, 하물며 인생을 스포일링 당하는 일이 뭐 그리도 좋다고! 누가 쫓아다니며 알려 주려고 해도 기를 쓰고 피해야 할 판국에, 시간과 돈까지 써가며 제 발로 점쟁이들을 찾아간다는 건 얼마나 한심한 노릇인가.

결과를 미리 알고 남은 인생을 사는 건 참으로 끔찍하다. 점이니 사주니 하는 것들이 엉터리라는 사실은 되레 우리에게 축복이다. 그게 정말로 맞았으면 어쩔 뻔했나. 쓰기 전에 이미 결론이 나와 있는 소설을 쓰는 것은 문학이 아니라 노동인 것처럼, 살아보기도 전에 벌써 결과가 나와 있는 삶을 사는 것도 인생이 아니라 노동이다. 따라서 삶을 노동에서 구원해주는 인생의 그 '예측불가능성'에 우리는 큰절이라도 올려야 한다. 앞날에 관해서는 백퍼센트 '아는 게 병, 모르는 게 약'이다. 인생을 스스로 통제하기에는 분명한 한계가 있다.

아이디어의 세계도 마찬가지다. 하나의 주제를 놓고 고민하다보면, 그 주제와는 조금 엇나가는 쪽으로 자신도 모르게 흘러갈 때가 있다. 처음엔 A라는 문제를 놓고 골몰하고 있었는데, 나중에 보니 B라는 문제에 천착하고 있는 자신의 모습을 발견할 때가 있다. 애초에 전혀 계획에 없던 일이라 처음엔 다소 당황스럽겠지만, 이럴 땐 과감하게 B라는 문제를 좀 더 파고들 필요도 있다. '내가 지금 무슨 헛짓을 하고 있는 거지?' 하고 서둘러 A로 돌아가지 말라는 거다. 이른바 세기의 발견 중 상당수가 이런 헛짓에서 나왔다는 데 주목하자.

"자기가 뭘 하려는지 너무도 잘 알고 있는 사람들이 나는 가끔 무섭다."라는 말에 공감이 되지 않는다면 아이디어맨으로서는 자질이 좀 부족한 사람이 아닐까 싶다. 물론 이런 사람들은 자신의 통제력 안에서 벌어지는 일은 능수능란하게 처리한다. 학생으로 치면 모범생 스타일이다. 이들은 자신의 인생 계획이 분명하고, 그에 따른 스케줄 관리도 알아서 잘한다. 이런 학생들이 결국은 사회적으로 높은 지위에 오르고 성공한다. 문제는 본인의 계획대로 인생이 굴러가주면 다행인데, 약간이라도 돌발변수가 생기면 급격히 무너져버린다는 것이다.

아이디어는 자신이 지금 어디서 뭘 하고 있는지 모른 채 헤매고 있을 때 불쑥 나타나는 수가 많다. 잘 통제된 상태에서는 정제된 생각밖에 나오지 않을 공산이 크다. 정제된 생각이란 남들도 다 할 수 있는 생각, 즉 상투적인 생각이다. 따라서 "애초에 하려고 했던 일은 어디론가 날아가 버리고 생각지도 않던 엉뚱한 일"에 매달리고 있더라도 자괴감을 느끼지는 마라. 오히려 '지금이 기회다!' 하고 회심의 미소를 지을 일이다. 마음이 가는 대로 끝까지 한번 따라가 보라. 소풍날 보물찾기에서 1등 상품은 가장 엉뚱한 곳에 숨겨져 있다.

# 어느 순간
# 불쑥 찾아오는 아이디어

인생에서 매우 중요하고 결정적인 어떤 일이 바람에 날리는 풀씨처럼 사소하고 우연한 사건으로부터, 간혹 사건 같지도 않은 사건으로부터 비롯된다는 것은 놀랍고도 즐거운 일이다. 조그만 실지렁이 한 마리를 미끼로 매달아 깊은 바다에서 거대한 고래를 낚아 올리는 것처럼.

_박정석, 『하우스』, 웅진지식하우스, 2007, 27쪽

언뜻 생각하면 필연이 99이고 우연이 1인 것 같다. 그러나 인생을 찬찬히 들여다보면 우연이 99이고 필연이 1이라는 사실을 깨닫게 될 것이다. 즉 우리의 인생은 우연의 영향을 압도적으로 더 많이 받는다. 물론 무인도에서 평생 혼자 살면 필연의 영역으로 자신의 인생을 더 채울 수도 있겠다. 그러나 우리는 살면서 최소한 수천 명과 직간접적으로 관계를 맺고 있다. 그 수천 개의 필연이 서로 부딪친다고 생각해보라. 아무리 내 인생을 재주껏 통제해보려고 한들 그리 쉽게 내 맘대로 되지 않는다. 얽히고설킨 수천 개의 필연은

결국 우연이다.

　예컨대 이런 거다. 어느 직장에 자리 하나가 비어 있다. 내겐 그 자리에 취직할 수 있는 실력과 경력이 충분하다. 거긴 누가 봐도 내 자리다. 문제는 '거긴 누가 봐도 내 자리'라고 말할 자격을 갖춘 사람이 나 말고도 150명쯤 더 있다는 거다. 이쯤 되면 제비뽑기나 다를 바 없다. 나 혼자 있을 땐 필연이지만, 필연이 150개가 엉켜버리면 우연이 되어버리는 것이다. 그나마 이런 경우는 '복불복'이기라도 하지. 마침 핀둥핀둥 놀고 있던 그 회사 고위급 간부의 자제가 '거긴 누가 봐도 내 자리'라고 호기심을 보이는 순간……제비도 못 뽑아보고 게임 끝이다.

　자신의 인생을 스스로 통제할 수 있다는 착각은 빨리 버리는 것이 좋다. 우리가 스스로 통제할 수 있는 부분은, 기껏해야 점심때 짬뽕을 먹을까 자장면을 먹을까 결정하는 정도다. 점심메뉴를 고르는 차원을 넘어서면, 그때부터는 내 통제력을 벗어나 우연의 지배를 더 강력하게 받게 되는 것이다. 열심히 노력하면 뜻을 이룰 수 있으리라는 기대는 조금만 가져라. 뜻을 이루지 못했을 때 크게 실망하지 않을 정도로만 가져야 한다. 노력해도 끝내 이룰 수 없는 일도 있다는 것을 깨닫는 순간 당신은 비로소 아이에서 어른으로 성장한 것이다.

　인생이 우연의 비빔밥이라고 해서 비관주의에 빠지란 소리는 아니다. 오히려 그 반대다. 인생은 우연의 비빔밥이므로 낙관주의자가 되라는 말이다. 인생에서 몇 번의 기회는 누구에게나 반드시 공평하게 찾아온다. 그 기회는 대개 "바람에 날리는 풀씨처럼 사소하고 우연한 사건"으로 우리 앞에 모습을 드러낸다. 문제는 "사건 같지도 않은 사건"으로 나타나는 경우가 많아서, 자칫 보지 못하고 지나쳐버리기 쉽다는 점이다. 인생은 타이밍이라는 말을 허투루 듣지 마라. 기회가 왔을 때 움켜쥘 수 있느냐 없느냐에 따라 인생의 판도는 많이 달라진다.

우리는 '우연'이 가져다주는 기회를 움켜쥘 준비를 평소에 하고 있어야 한다. 기회는 불시에 찾아들기 때문에 일상에서 만반의 준비를 하고 있지 않으면, 애써 찾아와도 어쩔 도리 없이 놓아줄 수밖에 없는 경우가 생겨버린다. 뒤늦게 땅을 치고 후회해본들 무슨 소용이 있나. 예컨대 작가 지망생에겐 누구에게나 책을 낼 기회가 찾아온다. 요즘 같은 인터넷 시대에는 두말할 나위도 없다. 왜 자신에게는 책을 낼 기회가 오지 않느냐고 탓하지 마라. 당신이 고민해야 할 일은 그저 기회가 왔을 때 출판 가능한(!) 원고가 준비되어 있느냐 하는 것뿐이다.

아이디어의 세계에서도 마찬가지다. 아이디어는 불시에 찾아든다. 이때 대다수의 사람들은 그 아이디어를 못 보고 지나쳐 버린다. 또는 보고도 외면해 버린다. 그 아이디어를 구현해낼 능력이 못

되기 때문이다. 그리고 나중에 남들이 그 아이디어를 구현해서 생산물을 내놓으면 그제야 "저건 나도 생각했던 건데!"라며 뒷북을 친다. 평소에 관련지식을 쌓고, 컴퓨터 프로그램을 배우고, 필요한 장비를 갖추고, 도움을 받을 수 있는 사람과 안면을 터놓아라. 언제 어느 때라도 아이디어가 찾아오면 바로 그 자리에서 작업에 착수할 수 있도록.

제3부

아이디어가
에러디어에게,
에러디어가
아이디어에게

# 시스템 안에서 자라난
# 아이디어 따먹기

성호 이익 선생은 '질서(疾書)'란 제목을 붙인 책을 여러 편 남겼다. 질서는 말 그
대로 빨리 쓴다는 뜻이다. 가까운 곳에 필기구를 놓아두고 그때그때 생각이 떠
오를 때마다 즉시 기록으로 남겨 여러 권의 책이 되었다. 깨달음은 섬광과 같다.
반짝 떠올라 보석처럼 명멸하다가 순식간에 광휘를 거둔다. 이 '번쩍하는 황홀
한 순간'을 어찌해야 잡아 가둘 수 있을까?

_정민, 『스승의 옥편』, 마음산책, 2007, 96쪽

나는 앞선 몇 편의 글에서 아이디어는 방심의 상태에 있을 때 불
시에 찾아오는 경우가 많다고 말했다. 물론 이때의 방심은 창조적
방심이다. 평소에 꾸준히 관련지식을 쌓고 고민도 많이 해서 머릿
속은 아이디어를 떠올리기 위한 작심으로 꽉 차 있어야 한다. 그러
다 보면 어느 날 예기치 않은 방심의 순간에 아이디어가 당신의 눈
앞에 제 발로 나타날 것이다. 우연한 만남의 순간은 대개 엉뚱한
장소에서 일어난다. 목욕탕, 사과나무 아래, 잠자리, 산책로, 식당,
영화관, 지하철, 화장실…… 요컨대 사무실이나 작업실은 아니다.

따라서 메모하기의 중요성을 강조하지 않을 수 없다. 단적으로 말해서 메모(그리고 노트정리)를 하지 않는 자는 아이디어맨으로서 실격이다. 아이디어맨들은 모두 메모하기의 고수들이다. 그들은 각자 자기만의 메모론(論)을 갖고 있을 정도로 메모에 능하다. 어쩌면 이들이 아이디어맨이 될 수 있었던 것도 그들의 지능이 아니라 메모하는 방법론 덕분일지도 모른다. 프로와 아마추어의 차이는 일정한 시스템을 갖추고 일을 하느냐 아니냐 하는 점에서 갈린다. 아마추어는 한두 번은 프로를 뛰어넘는 기발함을 발휘할 수 있다. 그러나 아이디어를 만들어내는 일정한 방법론을 갖고 있지 못하므로 장기전으로 갈수록 밑천의 고갈로 헐떡이게 된다.

메모를 단순히 '잊지 않기 위해 기록한다'는 차원으로만 생각해선 안 된다. 좀 더 효율적이고 체계적으로 관리할 필요가 있다. 자신에게 꼭 맞는 메모하기와 그 관리법을 찾아서 능숙해지도록 노력해야 한다. 그런데 이는 개개인의 생활습관이나 몸담고 있는 직업의 특성에 따라 달라지므로 섣불리 일반론을 제시할 수는 없다.

나는 지난 십여 년간 시중에 출간된 메모관련 서적들을 모두 찾아 읽었다. 그러나 하나의 메모론을 도출해낸다는 것은 불가능하다는 사실만 깨달았을 뿐이다. 그 이유는 성격·기질·습관이 저마다 천차만별이기 때문이다. A라는 저자가 주장하는 방법론이 아무리 그럴 듯하게 들려도 내겐 전혀 맞지 않을 수 있다.

나도 내게 맞는 메모법과 노트정리법을 찾은 것은 최근 1~2년 사이의 일이다. 근년에 와서야 비로소 '아, 이제 뭔가 체계가 잡히는 느낌이다' 하고 확신을 가지게 되었다. 수년간 자질구레한 시행착오를 반복하면서 얻어낸 나만의 방법론이다. 내 어쭙잖은 메모법이나 노트정리법을 이 자리를 빌려 소개한들 독자에게 얼마나 도움이 될지는 의문이다. 게다가 내겐 나의 방법론을 고스란히 전달할 능력이 없다. 그것은 '암묵지'에 가깝기 때문이다. 이러한 방법이 왜 좋고 저러한 방법이 왜 나쁜지 글로써 설득할 재주가 내겐 없다. 그런 내용들도 결국엔 지극히 주관적인 견해일 뿐이라는 데에 생각이 미치면 굳이 소개할 필요를 못 느낀다.

나는 몇몇 글을 통해 메모에 관한 일반론에 대해서만 살피고 넘어가고자 한다. 세세한 메모의 기술은 각자가 알아서 만들어나가도록 하자. 처음부터 잘할 수는 없다. 적어도 3년 정도는 시행착오를 겪을 각오를 해야 한다. 하긴 단번에 완성하면 무슨 재미가 있나. 자신만의 스타일을 만들어나가는 재미라는 것도 느껴보자. 재차 강조하지만 체계적인 메모법과 노트정리법을 갖추는 일은 아주 중요하다. 닥치는 대로 머리를 쥐어짜내는 것은 아마추어의 발상법이다. 프로는 시스템을 갖춰놓고 그 안에서 스스로 자라난 아이디어를 따먹는다.

# 아이디어 잊기 위해
# 하는 메모

쪽지는 좋거나 멋진 어떤 생각이 날 때마다, 길을 가다 걸음을 멈추고라도, 즉시 적어두는 습관이 좋다. 집으로 돌아갈 때까지 머릿속에 담아두려고 하면 자칫 잊어버리기도 하지만, 일단 입 안에 들어간 밥을 삼켜야 다시 한 숟가락 더 퍼넣을 자리가 생겨나듯, 머릿속에 담아둔 내용이 자꾸 뱅뱅 돌면서 제자리걸음을 하면, 한두 가지 먼저 떠오른 생각들이 자꾸만 발에 걸려 더 이상 새로운 구상이 전진하거나 발전하지 못한다. 그것은 실제로 종이에 담지 않고 머릿속에서 문장을 계속 써나가려고 하는 헛수고와 같다.

_안정효, 「글쓰기 만보」, 모멘토, 2006, 318쪽

우리가 메모를 해야 하는 이유는 간단하다. 그것은 떠오른 생각을 잊어버리기 위해서다. 쪽지에 적어놓고 마음 편히 잊으라는 것이다. 하나를 잊어야 또 다른 생각을 불러들일 수 있다. 하나의 생각에 붙들려 있으면 애써 찾아온 다른 아이디어가 빈자리를 찾지 못하고 돌아가 버린다. 만약 당신이 버스를 타고 가다가 하나의 아이디어가 떠올랐다고 하자. 그런데 메모지도 볼펜도 없다. 그렇다면 당신은 버스에서 내릴 때까지 그 아이디어를 붙들어 두려고 고생을 좀 해야 할 것이다. 그나마도 자칫하면 외우고 있던 게 한순

간에 날아가 버리기도 한다.

대개 어떤 아이디어가 떠오르면, 뒤이어 그와 연관된 생각들이 꼬리에 꼬리를 물고 이어지는 경우가 다반사다. 줄줄줄 쏟아져 들어오는 것이다. 이럴 때 메모를 할 수 없으면 생각을 연쇄적으로 이어나갈 수가 없다. 최대한 많이 암기를 해두려고 해도, 이렇게 찾아온 아이디어는 간밤의 꿈처럼 재빨리 기억에서 사라지는 특징이 있다. 그 순간 기록해 두지 않으면 절대 나중에 똑같이 기억을 재생할 수 없다. 아무리 생생한 꿈도 잠이 깬 그 자리에서는 또렷이 기억나지만, 그날 오후만 돼도 기억에서 가물거리는 것과 마찬가지다. 모르긴 몰라도 우리의 뇌가 아이디어를 떠올리고 있을 때는 꿈을 꾸고 있는 상태와 비슷하지 않나 싶다.

블로그를 운영하고 있는 분들은 다들 경험해 보셨을 것이다. 글을 올리기 위해 입력창을 열고 30분 동안 신들린 듯이 내용을 적어나간다. 그런데 글 올리기 버튼을 누르는 순간 에러가 나서 내용이 모두 날아가 버렸다! 이럴 때의 허탈감은 이루 말할 수 없다. 왜 허탈감을 느낄까? 두 번 다시는 똑같은 글을 재생할 수 없기 때문이다. 기억력이 좋은 사람은 90퍼센트까지는 다시 복원해낼 수 있을지도 모른다. 그러나 이상하게 두 번째로 쓴 글은 첫 번째 글만큼 생기가 느껴지지 않는다. 미처 복원되지 못한 10퍼센트에 그 글이 애초에 품고 있던 활기가 들어 있었던 것이다. 순간의 선택으로 적힌 10퍼센트가 글의 힘을 좌우하는 경우가 많다.

하나의 아이디어가 떠올랐을 때 그걸 즉석에서 떠오르는 그대로 가감 없이 메모지에 담아두는 일은 굉장히 중요하다. '아이디어의 기본적인 얼개만 기억해 두었다가 나중에 정리하면 되겠지' 하고 생각해서는 절대로 안 된다. 물론 나중에 대강의 내용은 생각해낼 수도 있다. 그러나 아무리 기억력이 좋은 사람도 90퍼센트까지밖에 복원 못 한다. 애초의 아이디어가 품고 있던 핵심가치는 복원되지 않은 10퍼센트에 있는데! 중요한 글을 블로그에 올리려다 날려먹고 다시 써본 사람은 다시는 섣불리 블로그 입력창에다 글을 쓰지 않는다. 워드프로그램에 써서 저장한 후 카피해서 블로그에 올린다. 이처럼 모든 종류의 아이디어는 최초의 원형을 보존하기 위해 노력해야 한다. 한번 푸드덕 날아가 버리면 그걸로 '아듀'라는 생각을 가져야 한다.

한편 내가 이렇게 즉석에서의 메모를 강조해도, 대다수의 사람들은 (공감은 할지언정) 실행에 옮기지는 않을 듯하다. 언제 어디서나 펜과 메모지를 휴대한다는 것은 무척이나 귀찮기 때문이다. 그런 분들은 휴대폰 메모장을 활용하길 조언한다. 사실 펜과 메모지보다 휴대폰 메모장이 휴대도 더 쉽고 메모를 하기도 더 쉽다. 휴대폰의 가장 큰 장점은 한손으로 입력이 가능하다는 것이다. 한손으로 버스 손잡이를 잡고 서서도 얼마든지 메모를 할 수 있다. 요즘은 나도 실외에 있을 땐 펜과 메모지보다는 휴대폰 메모장을 더 많이 활용한다.

이 글을 마치려다 생각나는 것이 있어서 한 마디만 더 보탠다. 거의 10년쯤 전의 일이다. 버스를 타고 학교에 가던 나는 어떤 기막힌 아이디어가 떠올랐다. 그래서 잊기 전에 메모를 하기 위해 가방에서 서둘러 수첩과 펜을 꺼내들었다. 버스 안은 만원이었고 나는 어느 좌석의 옆에 바짝 붙어 서 있었다. 그렇게 뭔가를 적어나가기 시작했다. 그때 버스가 갑자기 급정거를 했다. 양손에 수첩과 펜을 들고 있던 나는 중심을 잃었고, 반사적으로 펜을 든 오른손을 좌석의 어깨부분에 뚫어놓은 손잡이 쪽으로 뻗었다. 그 순간 하마터면 내 손에 들려 있던 펜이 앉아 있던 여학생의 눈을 찌를 뻔했다. 나는 지금도 자칫 한 여학생을 실명시킬 뻔했던 그 순간을 생각하면 등허리에 식은땀이 괸다. 그 이후론 버스 안에서 절대로 펜을 꺼내들지 않는다.

이 글을 읽고 있는 분들께도 당부를 드린다. 특히 학생들은 새겨듣길 바란다. 버스 안에서 공부하는 건 좋은데, 책이나 노트는 꺼내도 펜을 꺼내어 들진 마시길. 급정거와 같은 돌발 상황이 벌어지면 펜을 들고 있는 손이 무슨 짓을 저지를지 모른다. 서 있거나 앉아 있거나 크게 다르지 않다. 남의 눈을 찌르느냐 내 눈을 찌르느냐의 차이만 있을 뿐이다.

# 잠자리 머리맡에 메모수첩을 두어라

강렬한 꿈 때문에 잠에서 깨는 일은 나에게 가끔 있는 일이다. 의미가 있는 꿈이라고 느껴질 때, 기억에서 사라지기 전에 그 내용을 얼른 종이에 적기도 한다 (그렇게 해서 쓰게 된 소설도 있다). 때로는 시의 한두 행이 정확한 문장의 형태로 떠오르기도 한다. 이를테면 이런 식이다. 꿈속에서 나는 책을 펼쳤는데, 어떤 구절이 눈에 들어온다. 깨는 순간 깨닫는다. 아, 내가 꿈에 쓴 글이구나. 더러는 '아흔아홉 번째 낙타'라든가 '청동빛 우물을 메운다'처럼 요령부득인 문장들이지만 때로는 좀 더 생각을 펼쳐 가면 시가 될 수 있는 문장들을 만나기도 한다.

_한강, 「가만가만 부르는 노래」, 비채, 2007, 28쪽

인간은 하루의 3분의 1을 잠으로 소비한다. 그렇다고 잠자는 시간이 아까워서 수면시간까지 줄여가며 열심히 살라고 권하고 싶은 마음은 없다. 나 자신이 그렇게 살아오지 않았고 앞으로도 그렇게 살 생각은 전혀 없기 때문이다. 자격이 없어서라도 열심히 살라는 말은 차마 못하겠다. 내 좌우명이 '아홉심히만 살자'이다. '열심히'에서 '일심히'를 빼고 '아홉심히'만 살자는 뜻이다. 사실 이 말의 속뜻은 '열심히 산다는 게 도대체 뭘까?'라는 질문이다. 사람들이 "저 사람은 참 열심히 살아."라고 칭송할 때의 그 '열심히'의 정체가

과연 뭐냐는 거다.

일단 잠에 관해서만 한정해서 보자면, 우리는 적게 자는 사람을 열심히 산다고 한다. 잠자는 시간과 성실성은 철저히 반비례한다. 어찌되었든 일단 적게 자는 사람한테 사회는 부지런하다는 칭송을 보낸다. 이는 수면시간을 순전히 소비의 관점에서만 보기 때문이다. 그러고 보니 나도 앞 단락에서 '잠으로 소비한다'라는 표현을 썼다. 이처럼 잠에 대한 편견에서 나도 자유롭지는 않다. 그러나 잠자는 시간이야 말로 진정한 생산의 시간이다. 다만 잠이 생산해내는 것들은 본질적이고 심층적인 영역에 속하기 때문에 (즉 피부에 와닿지 않아서) 그 중요성을 제대로 실감하지 못하는 것뿐이다. 공기나 물의 소중함이 평소에는 간과되는 것처럼.

잠으로 보내는 시간도 엄연히 인생의 일부이다. 우리가 평생 잠으로 보내는 시간은 줄잡아도 20년이다. 그 기간 동안 무수한 일들이 일어난다. 그러나 무슨 일들이 일어나는지 정확하게 알지 못하고 그와 더불어 사람들의 관심도 부족하다. 당신은 자는 동안 일어나는 일에 대해서 얼마나 관심을 가져 보았나. 아마 딱히 대답할 말이 없을 것이다. 이제부터라도 생각을 좀 바꿔보는 게 어떨까? 특히 아이디어맨이 되길 원하는 분들은 좀 더 적극적으로 수면시간에 대해 흥미를 가질 필요가 있다. 그곳에 당신의 창의력이 그야말로 잠자고 있다!

그렇다고 어떠한 '생산'을 위해서 수면시간에 특정한 조작을 가하라는 건 아니다. 간혹 그런 분들도 있는데, 나는 반대다. 예컨대 영어 공부한답시고 밤새도록 녹음된 영어문장을 반복해서 귓가에 틀어놓고 자는 분들이 있다. 아주 효과가 없지는 않겠지만, 그만큼 잃어버리는 것도 많은 나쁜 방법이다. 이는 마치 양계장에서 닭들에게 알 많이 낳으라고 24시간 불을 켜두는 것과 같은 짓이다. 한밤의 수면시간을 대낮의 활동시간처럼 쓰겠다는 발상은 결코 내가 말하는 '생산'이 아니다. 혹시 내 말을 그렇게 알아들은 분들이 있다면 명백히 오해다.

가장 생산적인 잠은 어떠한 방해도 받지 않고 푹 자는 잠이다. 다음날 아침에 알람에 의지하지 않고 저절로 눈이 번쩍 뜨였다면 푹 잔 것이다. 이런 잠을 자고 나야, 잠자는 동안에도 본질적인 생산을 많이 했고, 일과시간에도 일상적인 생산을 많이 할 수 있다. 따라서 잠을 줄이면 두 마리 토끼를 잡으려다 두 마리 다 놓치는 결과를 낳게 된다. 눈앞에 시험을 앞둔 수험생이라면 모를까 그 외의 분들은 잠을 줄여가면서 뭘 이뤄보겠다는 생각은 하지 마시길 바란다. 아예 베갯잇에다 小貪大失(소탐대실) 네 글자를 수놓아두는 것도 괜찮겠다.

잠은 충분히 푹 자라. 그 대신 하나만 약속해라. 바로 머리맡에 펜과 수첩을 놓아두는 것이다. 그냥 놓아두기만 하라. 그러면 반드시 쓰게 된다. 억지로 수첩을 채우겠다는 강박은 가지지 않는 것이 좋다. 그리고 그럴 필요도 없다. 여러 아이디어들이 저절로 떠오를 테니까. 떠오르는 생각을 그냥 있는 그대로 적어놓기만 하면 된다. 단어가 떠오르면 단어를 쓰고 문장이 떠오르면 문장을 써라. 그림이 떠오르면 그림을 그리고 멜로디가 떠오르면 악보를 그려라. 뭐든 상관없다. 억지로 떠올리려고 하지 말고 떠오르는 걸 그냥 받아 적어놓고 푹 자라.

결과에는 너무 욕심을 내지 마라. 때에 따라서는 일주일에 단어 하나, 한 달에 문장 한 줄밖에 쓰지 못할 수도 있다. 그래도 상관없다. 머리맡에 항상 수첩과 펜을 두는 것만 잊지 않으면 된다. 다시 강조하지만 우리가 잠으로 보내는 시간은 최소 20년이다. 잠들기 전 30분과 잠에서 깬 후 30분까지 합치면 이 기간은 몇 년 더 길어진다. 즉 우리는 인생의 3분의 1은 하릴없이 이부자리 혹은 침실에서 보낸다는 말이다. 이는 어쩌면 직장에서 보내는 시간보다 더 긴 시간일 수 있다. 직장에서는 은퇴를 해도 이부자리에서는 죽는 날까지 은퇴도 못한다.

그 긴긴 시간 동안 수십 수백 가지의 아이디어가 떠오른다. 애써 떠올리는 게 아니라 그냥 저절로 떠오른다. 손 안 대고 코 푸는 격이라고 해도 과언이 아니다. 한 달에 겨우 한 페이지밖에 메모를 못했다고 도중에 중단하지 마라. 한 달에 한 페이지라도 그걸 20년 동안 지속하면 240페이지가 된다. 로또복권 살 생각하지 말고 수첩 하나 사서 머리맡에 평생 두기나 해라. 이 수첩이 바로 당신에게 로또에 맞먹는 행운을 가져다 줄 것이다. 그런데 내가 이렇게까지 힘주어 말해도 실천하지 않는 분들이 있다. 나는 그들을 바보라 부르겠다.

　나는 지난해에 책을 한 권 냈다. 『그러니까 당신도 써라』라는 제목의 책이다. 나는 이 제목을 잠자리에서 떠올렸다. 그리고 수첩에 적어두었다. 이 제목을 떠올린 순간 나는 이미 책의 절반을 쓴 것이나 마찬가지였다. 어설프게나마 책 한 권으로 꾸릴 수 있겠다는 확신이 섰다. 그래서 나는 말 그대로 졸지에 작가가 되었다. 나는 십여 년 전부터 작가가 되길 희망했으나 방법은 몰랐다. 그렇다고 조바심을 내거나 하지는 않았다. 일이 되려고 하면 이처럼 졸지에 된다는 것을 어렴풋이 깨닫고 있었기 때문이다. 그 기회가 바로 잠자리의 메모 한 줄로 찾아왔다.

# 단계적으로 관리하는
# 노트가 아이디어 살린다

베토벤은 그 유명한 갈기머리나 야성적이고 낭만적인 이미지와는 어울리지 않게, 상당히 잘 정돈된 사람이었다. 그는 모든 것을 노트에 저장해두었는데 노트는 다시 아이디어의 발달단계에 따라 세 개로 나뉘었다. 대략적인 아이디어를 기록해두는 노트, 그 아이디어들을 발전시켜놓은 노트, 완성된 아이디어들이 기록된 노트. 마치 자신이 그 아이디어의 처음과 중간과 마지막 단계를 미리 인식하고 있었던 것처럼.

_트와일라 타프, 노진선 옮김, 『천재들의 창조적 습관』,
문예출판사, 2006[2판1쇄], 124쪽

　

노트는 단계적으로 관리해야 한다. 쪽지에 한 메모, 휴대폰 메모장에 한 메모, 잠자리 머리맡의 수첩에다 한 메모 등은 1차 노트다. 머릿속에 떠오르는 아이디어들을 즉석에서 가감 없이 옮기는 것을 목표로 하는 노트다. 이렇게 중구난방 기록된 1차 노트들을 모아, 중요한 내용들만 추려서 따로 마련된 노트에 옮겨 적은 게 2차 노트다. 2차 노트를 작성할 땐 1차 노트의 내용을 그대로 옮겨 적지만 말고, 몇 글자라도 생각을 덧붙이려고 노력해야 한다. 이렇게 만들어진 2차 노트의 내용도 불어나면, 여기서 중요한 내용들만 다시 추려서 3차 노트를 만든다. 3차 노트는 일반적인 노트가 아닌 컴퓨터 워드파일의 형태로 만드는 것이 좋다.

　3차 노트를 워드파일의 형태로 만들어 놓아야 하는 이유는 여러 가지다. 첫째 찾기 기능을 활용할 수 있다. 일반 노트에다 기록해 두면 원하는 내용을 즉석에서 찾기 힘들다. 경우에 따라선 노트를 모조리 뒤져야 하는 난감한 상황에 처하게도 된다. 둘째 잘라내기나 복사하기 기능을 활용할 수 있다. 3차 노트까지 오다보면 연관 있는 내용들이 서로 뭉쳐달라고 아우성을 친다. 이때 손쉽게 한 자리에 묶어둘 수 있다(이게 3차 노트의 핵심이다). 셋째 요즘엔 대부분의 작업을 컴퓨터에서 하므로 파일의 형태로 만들어 놓으면 시간이 절약된다.

　내가 지금 이 글을 비교적 수월하게 쓰고 있는 것도 3차 노트인 워드파일에 수천 개의 관련 메모가 들어 있기 때문이다. 나는 『아이디어 에러디어』를 쓰기 위해 100개의 인용문이 필요하다. 이게 다 3차 노트인 컴퓨터파일에 저장되어 있다. 나는 찾기에 키워드를 입력하고 필요한 인용문을 1초 만에 찾아낸다. 게다가 연관된 내용들을 한 자리에 같이 묶어두기 때문에, 하나만 찾으면 그와 관련 있는 내용들도 금방 찾을 수 있다. 그렇게 찾아낸 인용문들을 선별해서 원하는 순서대로 배치한 다음에 그 사이에 내 코멘트를 채워 넣으면 끝!

나는 이러한 과정을 거쳐 완성된 글을 한 편씩 한 편씩 차례대로 블로그에 올린다. 블로그에 올린 원고가 나의 최종원고이다. 따라서 블로그는 내게 4차 노트인 셈이다. 나는 이렇게 1차부터 4차까지의 과정을 거쳐 내 아이디어를 구현하는 시스템을 갖추고 있다. 물론 당신도 반드시 나와 같은 과정을 따르라는 말은 하지 않겠다. 나는 4차로 끝나지만, 당신은 3차로 끝날 수도 있고, 5차까지 갈 수도 있다. 어쨌든 반드시 단계적으로 노트를 관리하라는 게 내가 하고 싶은 말의 핵심이다. (어련히 알아서 하겠으나) 한 마디 덧붙이고 싶은 말은, 컴퓨터파일은 관리를 철저히 해야 한다. 최소한 세 군데에는 분산해서 백업하자.

# 99개는 '에러디어',
# 1개만 '아이디어'

한때의 착상은 떠오른 그 순간에는 그야말로 멋지고 훌륭하게 느껴진다. 하지만 그것은 생나무 같은 아이디어다. 빨리 수분을 뽑아내지 않으면 안 된다. 메모를 해둔다. 글로 기록해두면 안심이 된다. 안심을 하면 잊어버리기 쉽다. 한참 재워두었다가 다시 들여다본다. 겨우 열흘에서 2주일 정도밖에 지나지 않았는데 벌써 시들어가는 것이 있다. 이런 것을 왜 힘들여 써두었을까, 하고 고개를 갸웃거린다. 시간의 풍화가 진행된 것이다.

_도야마 시게히코, 양윤옥 옮김, 『사고 정리학』, 뜨인돌, 2009, 60쪽

메모를 하는 그 순간에는 모든 아이디어들이 중요하게 여겨진다. 길을 가다가도 밥을 먹다가도 자려고 누웠다가도 하던 동작을 멈추고 애써 메모를 한다는 건, 그 아이디어의 어떤 부분이 나를 강하게 자극했기 때문이다. 쓰지 않고는 못 배기도록 만들었기 때문이다. 그렇다면 내가 메모한 그 숱한 내용은 하나같이 내게 꼭 필요한 알짜들이어야 할 것이다. 실상은 전혀 그렇지 못하다. 메모해 둔 내용 중에서 내게 실질적인 도움을 주는 아이디어는 100분의 1 정도밖에 되지 않는다. 결국 99개는 에러디어이고 1개만 아이디어라

는 말이다.

지금 당신이 하는 메모가 1년 후에도 당신에게 중요할 확률은 지극히 적다. 3년 후면 더 말할 것도 없다. 지금 해놓은 100개의 메모 중에 1개만 살아남는다고 보면 된다. 여러 이유가 있겠으나 가장 큰 이유는 트렌드의 변화다. 열심히 자료조사를 하고 메모도 짯짯이 해놓을 당시에만 해도 첨단의 내용이었건만, 3년만 지나도 식은 죽 같은 정보가 돼버리기 일쑤다. 예컨대 몇 년 전까지만 해도 '책만 읽는 바보, 간서치(看書痴), 이덕무' 뭐 이런 내용들에 관해서 메모해두면 써먹을 수 있었는데, 이제는 정보로서의 가치가 현저히 떨어진다. 다른 글쟁이들이 지겹도록 우려먹었다. 지금은 이덕무에 관해서는 아무리 잘 써도 '뒷북'이다.

얼떨결에 반짝 떠오른 아이디어를 적은 수동적인 메모든, 자료조사나 연구를 통한 능동적인 메모든 결국 시간이 지나면 대부분의 가치는 점점 떨어진다. 쉽게 말해 쓰레기가 된다. 시간의 풍화를 견뎌내는 아이디어는 극히 드물다. 그래서 내가 하고 싶은 말이 무엇인지 짐작하겠는가? 그것은 바로 '메모는 너무 열심히 하지 말라'는 거다. 지금 당신이 하고 있는 메모의 99퍼센트는 쓰레기다. 그러니 너무 공들이지 말고 설렁설렁 가벼운 마음으로 하라는 거다. 메모 초보자들의 특징이 노트정리에 너무 열과 성의를 쏟는다는 점이다. 내가 누차 강조하지만, 열심히 하면 오래 못 한다! 메모는 평생 해야 할 일이다. 낙서하듯 편한 마음으로 해라.

이 색깔 저 색깔 바꿔가며 글자를 쓰거나, 자를 대고 밑줄을 긋거나, 틀린 글자는 화이트로 지우는 등의 허튼짓은 하지 말길 바란다. 그래 봤자 3년만 지나면 99개는 쓰레기가 된다. 억지로 지저분하게 쓸 필요는 없지만, 애써 깔끔하게 정리할 필요는 더욱 없다. 남들이 몰라 봐도 상관없다. 지렁이처럼 기어가든 갈매기처럼 날아가든 자신만 알아볼 수 있으면 된다. 나도 노트정리에 관해서는 일종의 결벽증 같은 것이 있었는데, 이거 고치느라 오랫동안 애를 많이 먹었다. 내게는 첫 장만 쓰고 버려 둔 노트가 책장에 열댓 권이나 꽂혀 있다.

1차 노트는 낙서장이라고 생각하고 아무 거나 막 적어라. 1차 노트를 너무 깔끔하게 적으려고 들면 메모하는 습관은 평생 못 들인다. 1차 노트 한 권이 꽉 채워져서 그걸 2차 노트로 옮겨 적을 땐 주의할 점이 있다. 1차 노트가 채워진 시점에서 적어도 한두 달 후에 2차 노트로 옮기라는 것이다. '시간의 풍화'가 진행되도록 1차 노트를 한 구석에 얌전히 쟁여놓아라. 이 기간 동안엔 절대로 노트를 들춰봐선 안 된다. 그렇게 해서 내용이 가물가물해질 때쯤 꺼내어 필요한 것들만 2차 노트에 옮겨 적어라. 3차, 4차 노트도 마찬가지다.

# 창의성에
# 단물 뿌리는 독서

독서는 우리의 창의성을 가동시켜 준다. 반드시 적절한 것을 골라 읽고 있을 때
뿐 아니라, 어느 때고, 독서는 글 쓰는 이의 창의성을 기계 돌리듯 가동시켜 준
다. 말하자면 '발동을 걸어준다.' 글 쓰는 이의 머리는 계속 가동되고 있어야 한
다. 도스토예프스키의 말을 빌리면 "글을 쓰고 있지 않을 때 내가 무엇을 하는
지 궁금할 것이다. 그야, 글을 읽는다. 나는 글을 많이 읽는다. 글은 내게 기이
한 작용을 한다. 읽은 지 몇 년 된 것이라도 다시 읽게 되면 내 속에서 싱싱한 힘
이 솟아남을 안다. 책의 심장부를 꿰뚫고 들어가서 통째로 움켜쥐면, 거기에서
새로운 확신이 생기기 시작한다."

_헤이즈 B. 제이콥스, 김병원 옮김, 『논픽션 쓰는 법』, 보성사, 1987, 36쪽

창의성에 발동을 거는 가장 손쉬운 방법은 독서다. 독서 외에 무
엇이 있단 말인가? 혹시라도 더 간편하고 효과적인 방법을 알고 계
신 분은 나한테도 알려주시기 바란다. 게다가 독서가 다른 방법론
보다 더 매력적인 이유는 인종, 성별, 나이, 직종을 불문하고 모든
사람들에게 보편적으로 유익하다는 점이다. 내게 해결해야 할 문
제가 있다. 그 문제를 해결하기 위해 도대체 무얼 해야 할지 깜깜절
벽이다. 주위에 누구 하나 조언을 해줄 만한 사람도 없다. 이러한
상황에서 내가 취할 수 있는 선택은 관련서적을 찾아 읽는 것뿐이

다. 만국 공통이다.

누구나 책을 읽을 수 있지만 아무나 책을 읽지는 않는다. 책은 사람을 차별하지 않는데, 사람은 책을 차별한다. 다른 나라 사정까지는 모르겠지만, 한국에서 책을 '불가촉천민' 취급하는 사람은 적어도 국민의 70퍼센트는 되지 않나 싶다. 다시 말해 한 달에 책을 한 권도 읽지 않는 사람이 그 정도는 되지 않겠느냔 말이다. 독서는 이미 마이너 장르다. 출판계에서 초대박 베스트셀러로 인정되는 부수가 고작 백만 권이다. 영화계에서 이에 준하는 관객 수가 천만 명인 것과 비교해 보라. 『1Q84』라는 제목을 제대로 읽을 수 있는 사람이 몇 명이나 될까.

창조적이라는 평가를 받는 인물들, 혹은 이 시대의 오피니언 리더들은 모두 독서가다. 이들 중엔 독서'광'들도 심심찮게 있다. 이들이 책에 미쳐 버린 이유는, 책에서 실질적인 도움을 많이 받기 때문이다. 단순히 책 읽는 동안의 쾌락만을 위해서 독서를 하는 것은 아니란 말이다. 순간의 쾌락을 위한 오락거리는 지천으로 널려 있다. 이런 오락거리들에선 시간과 돈을 잠깐의 즐거움과 맞바꾼다는 그 이상의 의미를 찾기 힘들다. 독서는 다르다. 책을 읽느라 투자한 시간과 돈은 반드시 시간과 돈의 형태로 이익을 되돌려준다.

되곱쳐 생각해도 독서는 남는 장사다. 특히 창조력을 많이 요구하는 직종에 종사하는 사람에겐 더욱 독서가 요구된다. 그리고 대부분의 직종은 창조력을 요구한다. 떡볶이 가게 하나를 차리더라도 (남는 장사를 하기 위해선) 많은 아이디어가 필요하다. 그 아이디어들을 모두 어디에서 얻을 것인가. 일차적으로는 잘되는 떡볶이 가게를 돌아다니며 맛을 보고 그 가게만의 노하우도 염탐하리라. 그러나 이런 기본적인 시장조사만 가지고는 한계가 있다. 이런 식의 접근은 나 말고도 수많은 창업 지망자가 쓰는 방법이다. 변별력이 떨어진다.

다른 가게들과 차별화된 독창적인 떡볶이 가게를 차리길 희망하는 사람은 책에서 답을 찾아야 한다. 거듭 말하지만 그게 가장 손쉬운 방법이기 때문이다. 그렇다면 이때 어떤 종류의 책을 읽어야 하나. 인터넷 서점이나 동네 도서관 홈페이지에 들어가서 '떡볶이'로 검색해서 나온 책들을 찾아 읽으면 될까. 물론 이것은 당연히 해야 한다. 그러나 이에 그친다면 이는 시장조사 하러 떡볶이 가게를 돌아다니는 것과 다를 바 없다. 사람에게서 직접 듣느냐 책을 통해서 전해 듣느냐의 차이뿐, 실질적으로 얻게 되는 힌트는 별다른 차이가 없다.

정말로 독창적인 아이디어를 얻고 싶으면 떡볶이와는 전혀 무관한 책들을 100권쯤 쌓아놓고 읽어나가야 한다. 예컨대 위에서 거론한 『1Q84』('일큐팔사'라고 읽는다)라는 무라카미 하루키의 소설도 괜찮다. 이 세상에서 떡볶이 가게를 차리기 위해 『1Q84』를 읽는 사람은 당신밖에 없을 것이다. 말을 바꾸면 당신은 이 책을 읽음으로써 떡볶이와 관련해 세상에서 하나뿐인 아이디어를 떠올릴 수도 있다는 말이다. 사람들의 머리는 대개 거기서 거기다. 남들 다 하는 시장조사, 남들 다 읽는 책만 읽어서는 참신한 아이디어가 떠오르길 기대하기 힘들다.

내 말은 농담도 아니고 거짓말도 아니다. 지금 나에게 『1Q84』를 읽고 떡볶이 가게를 차리는 데 도움이 될 만한 힌트를 10가지만 추려보라고 하면 추릴 수 있다. 여기서 키워드를 떡볶이가 아닌 다른 모든 단어로 바꿔도 마찬가지다. 모든 상황에 적용이 가능하다는 말이다. 가전제품을 만드는 회사에 다니는 사람도 신제품에 관한 영감을 얻을 수 있다. 새로운 스타일을 구상 중인 의상 디자이너도 패션에 관한 착상을 얻을 수 있다. 효과적인 교수법을 고민하고 있는 선생님도 이 책에서 자극을 받을 수 있다. 얻고자 하는 마음만 있으면 된다.

아무 것도 없는 허공에다 손을 허우적거려 봐야 뭔가를 뚝딱 만들어낼 수는 없다. 마술사들이 모자에서 비둘기를 꺼낼 때 그는 즉석에서 비둘기를 만들어낸 게 아니다. 어딘가 다른 곳에 숨겨 두었던 비둘기를 관객들 몰래 모자 속으로 옮겨놓은 것뿐이다. 기발한 아이디어들의 대다수가 이 비둘기 마술과 같은 눈속임에 지나지 않는다. 없던 걸 갑자기 만들어내는 게 아니라, 어딘가에 있던 걸 남들 눈에 들키지 않고 내가 원하는 곳에 갖다 놓는 것뿐이다.
이때 들키지 않는 가장 좋은 방법은 누구도 예상치 못할 곳에서 가
져오는 것이다.

# 책을 읽어
# 관련지식을 듬뿍 쌓아라

나는 일에 좀 무관심한 어떤 카피라이터에게 광고와 관련된 책 중에 무슨 책을 읽었는지 물어보았다. 그는 읽은 책이 없다고 대답했다. 그는 직관에 의존하는 것을 더 좋아한다고 했다. 나는 다시 물었다. "만약 오늘 저녁 담낭을 제거하는 수술을 받아야 한다고 합시다. 당신은 해부학 서적을 통해 담낭이 어디 있는지 아는 의사에게 수술을 받겠습니까, 아니면 직관에 의존해서 수술하는 의사에게 맡기겠습니까? 우리의 고객들이 당신의 직관에 몇 백만 달러를 쏟아 부으려 할까요?"

_데이비드 오길비, 최경남 옮김, 『광고 불변의 법칙』, 거름, 2004, 33쪽

어느 분야를 막론하고 이제 주먹구구식 발상과 상술로는 소비자의 지갑에서 천 원짜리 한 장 빼내오기 힘들다. 소비자가 생산자의 머리 꼭대기에 앉아 있는 시대다. 조금이라도 비위에 맞지 않으면 소비자는 냉정하게 등을 돌려버린다. 10퍼센트의 블루오션을 제외하면 대부분의 분야는 레드오션이다. 피 터지게 경쟁한다. 연구에 연구를 거듭하지 않으면 살아남지 못한다. 하다못해 길거리 포장마차도 어설프게 차려놓으면 손님이 들지 않는다. 나는 길거리에서 떡볶이와 어묵을 많이 사먹는 편이다. 그래서 유심히 보는데, 최근

몇 년 사이에 완전히 바뀐 풍토가 있다. 어묵에 찍어 먹는 간장은 이제 각자 먹을 만큼만 덜어서 먹게 되었다는 것이다.

얼마 전까지만 해도 간장그릇 하나에 모든 손님들이 침 묻은 어묵을 담갔다 뺐다 했다. 그게 '포장마차 문화'인 것처럼 그야말로 포장이 되기도 했다. 그런 모습을 보고 "비위가 상한다."라고 말하기 위해서는 상당한 용기가 필요했다. 심지어 결벽증 환자로 매도되었다. "포장마차가 원래 그런 데잖아. 그게 싫으면 비싼 음식점에 가서 사 먹어."라고 핀잔이 돌아오기 일쑤였다. 누구의 시각이 옳은지 그른지를 따지자는 게 아니다. 사실 양쪽 모두 일리가 있다. 아무튼 종전엔 이처럼 혐오와 옹호의 시선이 분명히 갈렸다. 하지만 요즘은 간장그릇 하나를 모든 손님들이 공유하는 모습을 두고 "그게 포장마차 문화야."라고 옹호할 사람은 없을 듯싶다.

소비자의 눈은 갈수록 높아진다. 그렇게 높아진 눈은 다시는 낮아지지 않는다. 〈디워〉를 보고 〈아바타〉를 볼 순 있어도, 〈아바타〉를 보고 〈디워〉를 볼 순 없다. 뒷걸음치길 원하는 소비자는 세상에 없다. 그러므로 생산자도 그에 발맞추려면 한 발짝이라도 무조건 앞으로 나아가야 한다. 그 자리에 머무르며 현상유지만 해도 만족한다는 마음가짐도 버려야 한다. 내가 제자리에 있는 동안에 다른 사람들이 전진을 해버리면 결국 나는 뒤에 남겨진 꼴이 된다. 나의 게으름이 아니라 남들의 부지런함에 의해 타의적으로 도태되기도 하는 것이다. 이발소가 역사의 뒤안길로 사라지게 된 건 이발사들의 퇴진이 아니라 미용사들의 약진 때문이다.

남들과 경쟁하지 않는 법은 간단하다. 블루오션에서 놀면 된다. 문제는 그곳이 도대체 어디에 있느냐는 거다. 블루오션은 어디까지나 결과론적인 이야기다. 내가 뛰어든 곳이 블루오션인지 단순히 무인지경(無人之境)인지 미리 알 수 있는 방법은 없다. 그곳이 블루오션이라서 성공한 게 아니라, 내가 성공을 해야 비로소 남들이 그곳을 블루오션이라고 부른다. 지금 이 순간에도 수많은 사람들이 블루오션이라고 철석같이 믿고 무인지경에서 헤매고 있다. 그리고 설령 내가 발견한 곳이 블루오션이라고 치자. 그곳을 언제까지나 내가 독점할 수 있을까? 블루오션이라고 입소문이 나기 시작하면 얼마 못가서 그곳은 레드오션으로 변한다.

아이디어가 필요한 직종에 종사하는 사람은 모두 레드오션에서 헤엄치고 있다고 보면 된다. 그리고 대다수의 직종은 아이디어를 필요로 한다. 부정하고 싶은 마음은 간절하나, 우리는 너나없이 경쟁구도에서 살아가고 있다. 의지와 상관없이 내 이름이 경쟁구도의 명단에 올라가 있다. 이발사들 중에 미용사들과 경쟁하고 싶은 사람은 별로 없을 것이다. 하지만 머리통의 수는 한정되어 있고 가위손의 수는 증가하니까 울며 겨자 먹기로 경쟁구도에 합류할 수밖에 없다. 그렇게 상대평가의 시스템 안에 들어오면 가만히 있어도 꼴찌를 할 수 있다. 내가 70점을 맞아도 남들이 모두 90점을 맞으면 나는 빵점을 맞은 거나 마찬가지가 되어버린다.

자신이 몸담고 있는 분야의 지식을 꾸준히 쌓아야 한다. 현재 가지고 있는 실력과 직관만 믿고 있다가는 3년도 못가서 벽에 부닥치게 될 것이다. 대략 3년을 주기로 자신을 업그레이드한다는 계획을 가지고 있어야 한다. 그렇게 하면 남들보다 앞서게 될 것이라는 장담은 못하겠다. 그러나 적어도 남들보다 뒤처지진 않을 거라고 확신한다. 뒤처지지만 않으면 일단 그 분야에서 발붙이고 지내면서 후일을 도모할 수나 있지, 한번 뒤처지면 아예 그 동네를 떠야 한다. 그렇다면 지식은 어떻게 쌓나? 기본적인 방법은 관련서적을 읽는 것이다. 당신이 속한 분야의 사람들이 어떤 책을 읽는지 유심히 살펴보라. 믿을 만한 사람에게 책 추천을 부탁하라.

# 외부충격을 주는
# 가장 손쉬운 수단은 '책'

에머슨은 "지혜로운 사람은 많은 것을 아는 자가 아니라 쓸모 있는 것을 아는 자"라고 했다. 이 진리는 책에도 적용된다. 많은 책을 읽는 것만이 능사가 아니다. 자기에게 쓸모 있는 책을 제대로 정독하는 것이야말로 지혜의 첩경이다. 그런데 좋은 책인지, 쓸모 있는 책인지는 대체 어떻게 판단한단 말인가. 결국 많은 책을 읽어 보는 수밖에 없다. 쓸모 있는 책, 좋은 책을 고르는 탁월한 안목은 '많이, 그리고 골고루' 읽지 않고는 생겨나지 않기 때문이다. 다독의 비효율성은 다독이 효율적이지 못하다고 단언할 만큼 많은 책을 읽어본 사람만 주장할 수 있다. 아무리 강력한 엔진도 일정량의 연료가 채워지지 않는 한 움직이지 못하는 법 아닌가. "다양한 책을 읽지 않는 사람을 경계하라."는 디즈데일리의 말을 곱씹어 볼 필요가 있다.

_임사라, 『내 아이를 책의 바다로 이끄는 법』, 비룡소, 2009, 20쪽

언젠가 영화감독 장진이 쓴 칼럼을 읽은 적 있다. 그 글에서 장진 감독은 영화학도들에게 '남의 영화 많이 보지 말라'고 조언했다. 사실 이러한 충고가 그리 새삼스럽지는 않다. 비슷한 버전이 다른 예술 분야에도 이미 있어 왔다. 남의 소설 많이 읽지 마라, 남의 그림 많이 보지 마라, 남의 음악 많이 듣지 마라……. 이들 주장의 요지는 '남의 작품을 많이 접하면 내가 갖고 있는 개성이 죽는다'

는 것이다. 언뜻 들으면 상당히 그럴 듯하다. 그러나 나는 이런 관점에 고개를 가로젓고 싶다. 가장 큰 이유는 개성에 대한 내 생각이 다르기 때문이다.

개성이란 이미 만들어진 어떤 것이 아니라, 앞으로 만들어 나가야 할 어떤 것이다. 나는 아직 나의 개성이 뭔지 모르겠다. 설령 현재 내가 어떤 개성을 획득하고 있더라도, 나는 지금의 내 모습이 전혀 만족스럽지 않다. 인격적으로 더 성숙하고 싶고, 기술적으로 더 발전하고 싶다. 아마 이 글을 읽고 있는 모든 분들이 내 마음과 같을 것이다. 그런데 성숙과 발전은 지금까지 내 안에 가지고 있는 것만 되새김질해서는 이룰 수 없다. 백 번의 되새김질보다 한 번의 외부충격이 훨씬 더 성숙과 발전에 도움이 될 때가 많다. 개성은 외부에서 온다.

외부충격의 가장 손쉬운 수단이 책이다. 책의 진정한 용도는 킬링타임(killing time)이 아니라 킬링마인(killing mine)이다. 지금껏 가지고 있던 나의 것을 죽여주는 책이야 말로 내가 반드시 읽어야 할 필독서다. 그런데 이런 쓸모 있는 책은 쉽게 발견하기 힘들다. 쓸모 없는 책 99권을 읽어야 비로소 쓸모 있는 책 1권을 만날 수 있다. "많은 책을 읽는 것만이 능사가 아니"라는 건 누구나 알고 있다. 그러나 많은 책을 읽지 않고 숙독할 만한 책만 쏙쏙 골라내기는 불가능하다. 결국엔 다독을 해야 한다는 결론으로 되돌아오게 된다.

물론 나는 다독의 위험성에 대해서도 누구보다 잘 알고 있다. 나야말로 다독의 수혜자이기도 하지만 피해자이기도 하기 때문이다. 이 자리에서 구구절절 다 까밝힐 순 없지만, 다독은 내게서 많은 것을 앗아갔다. 그러나 다독이 내게 가져다 준 것을 생각하면, 여전히 나는 다독을 옹호할 수밖에 없다. 복잡하게 생각할 것도 없이, 내가 지금 이 글을 쓸 수 있는 것도 순전히 많은 책을 읽었기 때문이다. 적은 책을 깊이 읽으면 훌륭한 수신자는 될 수 있다. 하지만 많은 책을 두루 읽지 않으면 자신의 의견을 세상에 제출하는 발신자는 될 수 없다.

　일단 되도록 많이 읽어라. 그렇게 권수를 불려 나가야 이른바 양질전화의 법칙이 일어난다. 영어 원서 10권을 달달 외운다고 영어를 잘하게 되는 건 아니다. 아무리 좋은 책이라도 10권만 읽고는 영어의 '영'자도 꺼낼 수 없다. 차라리 한 번 읽고 내용을 까먹더라도 1000권을 읽는 편이 낫지 않을까? 내 주장에 공감한다면 당신도 다독파가 되어보라. 요즘 미디어에서 흔히 등장하는 발신자들의 대다수가 다독파라는 사실도 잊지 마라. 어떤 미디어도 독서량이 적은 사람에게 발신자가 될 기회를 주지 않는다. 당신은 칼럼을 통해 '책 많이 읽지 마라' 하고 주장할 수 있다. 그러나 그 칼럼을 청탁 받기 위해선 많은 책을 읽어야 한다.

# 고기도 먹어본 놈이
# 잘 먹는다

많이 읽고 싶은데 읽을 책이 없다는 사람이 있다. 평소에 거의 글을 읽지 않았기 때문에 읽고 싶거나 읽어야 할 책이 눈에 띄지 않아서 하는 소리이다. 무엇을 좀 아는 사람이라야 자기가 얼마나 모르는지도 알 수 있듯이, 읽은 게 있어야 읽고 싶은 책들이 눈에 들어온다. 읽을 책이 마땅치 않은 사람은 쉬워 보이거나 조금이라도 내용이 친숙한 책부터 시작해서 기본 독서량을 채우는 것이 좋다. 읽고픈 욕망에 불을 붙일 불쏘시개를 먼저 마련하면서 읽는 습관을 들이라는 얘기다. 그러다 보면 어느 사이엔가 읽어보고 싶은, 아니 읽지 않고는 못 배길 책들이 많아서 걱정인 때가 오게 마련이다.

_최시한, 「고치고 더한 수필로 배우는 글 읽기」, 문학과지성사, 2001, 54~55쪽

'고기도 먹어본 놈이 잘 먹는다'라는 말이 있다. 이 문장을 다르게 풀어서 쓰면 이렇다. '처음 고기를 먹을 때는 맛도 모르고 먹는다. 엄마가 숟가락 위에 올려주니까 그냥 먹는다. 그런데 자꾸 먹다 보니 고기가 점점 맛있게 느껴진다. 이젠 고기반찬 없으면 밥을 못 먹는다'. 이때 고기가 들어갈 자리엔 모든 먹을거리가 들어갈 수 있다. 예컨대 당근이 그렇다. '당근도 먹어본 놈이 잘 먹는다'라고 말해도 된다. 어렸을 때 당근을 못 먹었던 사람은 커서도 꺼리는 경우가 많다. 이런 편식습관을 고치고 싶으면 지금부터라도 억지로 당

근을 조금씩 먹어야 한다. 다른 방법은 없다. 처음엔 다소 속이 거북할 테지만 참고 먹다보면 먹을 만해진다.

더 적절한 예가 생각났다. 바로 우유다. 당신 주위엔 이렇게 말하는 분들이 많을 것이다. "난 체질적으로 우유를 마시면 설사가 좔좔 나온단 말이야." 그러나 이렇게 말하는 분들 중 상당수는 체질이 아니라 심리적인 이유로 설사를 하는 것이다.

우리 아버지가 그랬다. 3년 전까지만 해도 우유라면 고개를 설레설레 흔드는 분이었다. 실제로 우유를 마시면 설사가 직방으로 나왔다. 그러나 그걸 참고 몇 차례 더 드시더니 그 이후로는 설사를 하지 않는다. 체질적으로 우유를 못 마시는 게 아니었던 것이다. 젊은이들 중엔 우유를 못 마시는 사람이 드물다. 대부분 나이 드신분들이 우유를 못 마신다. 어렸을 때 마셔보지 못했기 때문이다.

책이라고 뭐가 다를까. 책도 읽어본 놈이 잘 읽는다. 어렸을 때 조금씩이라도 읽어본 사람이 커서도 책을 읽는다. 물론 커서 철드는경우도 긴혹 있으나 일반적인 예는 아니다. 어려서 책을 안 읽던 사람이 어느 날 갑자기 책을 읽으면 설사만 좔좔 쏟고 만다. 그러고는생각한다. "역시 나는 체질적으로 책이 안 맞아!" 이는 착각이거나자기기만이다. 체질이 아니라 심리의 문제라는 사실을 인식하고 묵묵히 읽어나가자.

"그래, 지금은 솔직히 좀 버겁다. 하지만 이런 상태가 그리 오래 가진 않을 것이다. 내가 자전거를 어떻게 배웠던가를 돌이켜보자. 처음엔 타고 움직이는 건 고사하고, 앉아 있는 것조차 버겁지 않았던가. 안장에 적응이 되지 않아서 며칠 동안 똥꼬만 찢어지게 아프지 않았던가. 근데 지금은 양손을 놓고도 탈 수 있다."

당신이 독서 초보라면 일단 초보를 벗어나는 일이 급선무다. 초짜에게 방법론을 전수하는 일은 아무런 의미가 없다. 칼질도 못하는 견습생에게 어느 셰프가 요리를 가르쳐 주겠는가. 견습생이 해야 하는 일은 무척 간단하다. 칼질만 계속 연습하는 것이다. 요리라는 단어는 아직 머릿속에 떠올리지도 말고 주야장천 칼질만 연습하면 된다. 그런데 칼질을 배우는 데는 왕도가 없다. 세상의 어느 누구도 오이 10개만 깎아 칼질에 능숙해질 수는 없다. 100개를 깎으면 조금 감이 오고, 1000개를 깎으면 자신감이 붙고, 10000개를 깎으면 비로소 능숙해진다. 이렇게 해서 초보 딱지가 떨어져야 비로소 요리를 논할 준비가 갖춰지게 된다.

독서 초짜들도 일단 읽는 양을 불리기만 해라. 다른 건 고민할 필요 없다. 사치다. '내가 지금 독서를 제대로 하고 있는 걸까? 더 나은 방법론은 없을까? 이 책들은 내게 얼마나 도움이 될까? 어느 번역가의 번역본으로 읽어야 할까?' 이런 걱정은 아직 당신의 몫이 아니다. 누군가는 이렇게 반문할 수도 있다. "한 권을 읽더라도 꼼꼼하게 정독하는 게 낫지 않을까요? 그렇게 닥치는 대로 읽으면 머릿속에 하나도 남는 게 없을 텐데요." 일리 있는 말이다. 내가 독서 초보들에게 권하는 이런 과정은 엄밀히 말하면 독서를 하라는 게 아니다. 독서를 하기 위한 준비시간을 일정기간 가지라는 것이다. 요리가 아니라 칼질부터 연습하라는 말이다.

뒤집어 말하면, 평소에 요리에 관심이 없던 사람은 칼질부터 조금씩 연습하면 좋다. 그렇게 칼질이 내 손에 익고, 식재료를 내가 마음먹은 모양으로 썰거나 도려내거나 깎아낼 줄 알게 되면, 갑자기 요리를 하고 싶은 마음이 샘솟게 된다. 요리 관련 블로그에 들어가게 되고, 요리채널을 보게 되고, 마트에서 생닭을 집어올리고 있는 자신을 발견하게 된다. 이러한 원리는 모든 분야의 초심자들에게 적용된다. 내가 권하는 '닥치고 다독'에도 이러한 의미가 담겨 있다. 책의 질은 일단 따지지 말고 (따질 능력도 안 되면서!) 양을 불려나가기만 하자. 1차 목표는 100권이다. 양을 채우는 게 유일한 목표이므로 쉽고 얇은 책들을 집어라.

# 당신의 책꽂이가
# 곧 당신의 개성이다

> 미국의 패권화는 도저히 인정할 수 없지만 정말 부러운 점 중에 하나는 도서관
> 이 많다는 것이다. 내가 살던 곳은 뉴욕에서는 중류층의 동네였는데도 불구하
> 고 훌륭한 도서관이 두 개나 있었다. '동네도서관'임에도 철학이나 종교에서 음
> 악이나 오락에 이르기까지 귀한 책들이 완벽하게 구비되어 있었다. 그것도 세계
> 각국의 다양한 언어의 책으로. 우리나라도 지역주민들이 쉽게 이용할 수 있는
> 도서관이 보충되어야 한다. 백화점이나 마트를 가듯이 가깝고 쉽게 찾을 수 있
> 는 도서관이 많이 생겨야 한다.
>
> _한대수, 「영원한 록의 신화 비틀스, 살아있는 포크의 전설 밥 딜런」,
> 숨비소리, 2005, 4쪽

불쏘시개를 마련하고 싶어도 주머니 사정이 넉넉지 않아 망설이
는 분들은 동네도서관을 적극 이용하시길 권한다. 처음부터 의욕
이 앞서서 책을 마구 사들이지는 마라. 냉정하게 말해서 지금 당신
에겐 소장용 책을 고를 만한 안목이 없다. 초반에 너무 열심히 책
을 사들이면 나중에 정말 소장해야 될 책을 사야 할 때 소심해지
게 된다. 지금 당신이 책 100만 원어치를 구입한다고 치자. 그 책들
은 대부분 1년만 지나면 활용가치가 없어지기 쉽다. 1년 후의 당신
이 후회하며 "도대체 내가 이 책은 왜 산 거야?" 할 만한 책들이 책

꽂이의 10분의 9를 차지하게 된다. 돈도 돈이지만 공간도 문제 아닌가. 그러므로 초보들은 일단 도서관을 이용하는 게 좋다.

동네도서관을 "백화점이나 마트를 가듯이" 자주 가야 한다. 적어도 일주일에 한 번은 도서관을 찾아야 한다. 도서관마다 다르지만 보통 한 번에 세 권에서 다섯 권까지 대출할 수 있다. 그러면 최소한 세 권은 매주 내 손에 쥐어진다는 뜻이다. 일주일에 세 권씩 읽으면 1년에 백오십 권은 읽을 수 있다는 계산이 나온다. 이렇게 1년 정도는 불쏘시개를 마련한다는 기분으로 도서관을 꾸준히 다녀보라. 여기에서 유념할 점이 있다. 당신은 일주일 동안 세 권을 다 못 읽을 것이다. 나와 내기해도 좋다. 당신은 빌린 책들을 다 못 읽는다. 그래도 상관없다. 책의 표지를 익히고 목차만 읽고 반납해도 괜찮다. 그 정도만 해도 큰 소득이다.

중요한 것은 빌린 책들을 완독하느냐가 아니다. 매주 한 번씩 도서관에 가서 책을 빌리는 행위 그 자체가 중요하다. 지금은 평생 도서관을 들락거리기 위한 습관을 들이는 단계다. 평생 어쩌고 하니까 대단히 거창한 말 같지만, 당신은 마트를 평생 다니지 않는가. 마트에 장보러 갈 때 필요한 물건만 딱딱 사기는 쉽지 않다. 그 자리에서는 꼭 필요할 것 같아 사들고 왔지만, 막상 집에 와서 보면 '이걸 왜 샀지?' 싶은 물건이 있다. 초보일수록 불필요한 물건을 많이 구입하기 일쑤다. 마트에서 장을 보는 데도 베테랑이 있듯이 도서관에서 책을 빌리는 데도 숙련가가 있다. 이런 기술을 단숨에 익힐 방법은 없다. 많이 다녀봐야만 터득할 수 있다.

책을 고르는 기술을 빨리 습득하는 것도 좋지만은 않다. 도서관을 다녀야 하는 이유는 바로 의외의 책들과 안면을 트기 위해서다. 만약 책을 인터넷 서점 등에서 사서만 본다면 의외의 책과 만날 수 있는 확률은 그만큼 적어진다. 책 한 권 구입할 때마다 만 원짜리 한 장이 획 날아가는 꼴이니 선택에 신중을 기할 수밖에 없다. 그래서 대개 안전한 선택, 즉 베스트셀러나 주류 미디어에서 소개하는 책들만 자꾸 읽게 된다. 그런데 이런 책들만 읽으면 독서를 통해서 나만의 독특한 시각을 만들어 나가기 힘들다. 오히려 그나마 책을 읽기 전에 가지고 있던 개성이 사라질 수도 있다. 주류적 가치를 내면화하여 두루뭉수리가 되어버리는 것이다.

창의력은 한 마디로 다르게 생각하기다. 여기서 '다르게'란 '남들과 다르게'를 뜻한다. 남들과 다르게 생각하는 훈련에 가장 좋은 방법이 남들과 다른 책을 읽는 것이다. 무작정 '자 지금부터 남들과 다르게 생각해 봐야지'라고 마음먹는다고 갑자기 남들과 다른 생각을 할 수 있게 되는 게 아니다. 주류적 가치에 의문부호를 던지는 책들을 찾아 읽는 일이 우선이다. 그런데 이런 책들은 대개 베스트셀러도 아니고 주류 미디어에 자주 소개되지도 않는다. 당신이 인터넷 서점을 통해서 이런 책들을 구입할 확률은 거의 없다.

그래서 도서관의 서가를 서성거리며 무작위로 책을 골라 보는 일이 중요한 것이다. 돈이 들지 않으니까 책 선택에 부담을 느끼지 않아도 된다. 읽어보고 아니다 싶으면 다음 주에 반납해 버리면 그만이다.

이렇게 여러 번의 실패를 맛보는 와중에 빙고를 외치게 될 때 그 기쁨은 이루 말할 수 없다. '아니, 이렇게 훌륭한 작가를 내가 여태껏 모르고 살았단 말인가?' 하고 가슴 두근거리는 경험을 한 번이라도 하게 되면, 그날부터 당신은 도서관 마니아가 된다. 마치 금맥을 찾는 광부의 눈으로 서가를 뒤지고 다니게 될 것이다. 그리고 무명 저자의 책을 손에 드는 일에 대한 두려움이나 거부감도 눈 녹듯이 사라지게 된다. 바로 이런 시점에 도달했을 때 비로소 책을 구입하기 시작해야 한다. 당신 스스로 찾아낸 '나만의 저자'가 쓴 책들을 위주로 책꽂이를 채워 나가라. 당신의 책꽂이가 곧 당신의 개성이다. 책꽂이에 베스트셀러만 꽂혀 있는 사람이 창의적인 부류일 확률은 거의 없다. 대단히 상투적인 인간일 공산이 더 크다.

# 가장 냉정하고 공정한
# 도서평론가는 '시간'

책도 시장에서는 하나의 '상품'에 불과하다. 그럼에도 불구하고 책은 자본의 논리로만 움직이지는 않는다. 왜냐하면 책은 지적·정신적 재부를 담은 상품이기 때문이다. 지적 가치가 떨어지는 책이 자본력 있는 출판사의 광고로 한때 베스트셀러가 될 수는 있지만, 시간의 엄정한 심판을 뛰어넘어 지속적으로 독자의 선택을 받을 수는 없다. 그러므로 책을 선택하는 데 자신이 없는 사람은 시간의 검증을 받은 책을 선택하는 것이 현명한 방법이다.

_박민영, 『책 읽는 책』, 지식의숲, 2005, 139쪽

독서수준이 높아질수록 베스트셀러에 대한 관심은 멀어지게 된다. 베스트셀러가 책의 질과는 대체로 무관하다는 것을 차츰 깨닫게 되기 때문이다. 책꽂이에 베스트셀러만 꽂혀 있다면, 아무리 책들이 책장을 꽉꽉 채우고 있어도 그 사람을 독서가라고 불러주긴 힘들 것 같다. 독서가는커녕 오히려 "나는 독서수준이 낮아요." 하고 광고만 하는 꼴이 되기 십상이다. 그래서 자신의 서재 사진을 찍어 블로그에 올리는 일은 되도록 삼가야 한다. 자신이 자랑스레 내보이고 있는 서가의 풍경이 누군가의 비웃음을 사게 될 수도 있

다. 유명 메이커의 신상품으로만 온몸을 휘감고 있는 사람이 되레 패션 테러리스트라는 조롱을 듣게 되는 것처럼.

베스트셀러보다는 스테디셀러 위주로 독서를 해야 한다. 미디어의 검증보다는 시간의 검증이 훨씬 더 믿음직스럽다. 미디어는 그 속성상 거짓말을 많이 할 수밖에 없다. 여기서 거짓말이라는 게 꼭 대중을 속인다는 뜻은 아니다. 미디어는 '속이지 않고 거짓말하기' 에 능수능란한 집단이다. 미디어가 굳이 티를 팍팍 내가면서 대중을 속일 필요는 없다. 때로는 침묵 때로는 과장을 하는 수법이면 충분하다. 미디어가 침묵하면 대단한 사건도 사소한 사건이 되고, 미디어가 과장하면 작은 사건도 큰 사건이 된다. 책도 마찬가지다. 요즈막에 미디어에 오르내리고 있는 책들 중에도 미디어의 침묵이나 과장에 의한 잡석(雜石)이 꽤 섞여 있다. 그러나 시간의 선택을 받은 책들은 대체로 믿을 만하다. 시간은 고의로 침묵하거나 과장하지 않는다.

거창하게 스테디셀러뿐 아니라, 일반적으로 모든 책은 시간의 검증을 받아 어느 정도 걸러진 상태에서 읽는 게 좋다. 출간된 지 최소한 6개월은 지난 책들을 위주로 읽어라. 출간된 지 6개월 미만인 책들은 아예 독서의 대상에서 빼는 것도 한 방법이다. 이러한 책들은 수첩에 제목을 적어 놓는 것만으로 충분하다. 신간에 대한 관심의 끈은 놓지 않되, 관심이 가는 책들은 제목만 기록해 놓고 6개월 정도 묵혀라. 이렇게 읽고 싶은 책의 목록을 작성해놓고 기다리면, 즉 시간의 검증을 거치게 되면, 상당수는 굳이 안 읽어도 되는 책이라는 게 드러난다. 설령 다독을 하겠다고 마음을 먹더라도 시간의 검증이라는 최소한의 제한규칙은 갖고 있도록 하자.

제 아무리 다독가라도 출간된 책의 0.000001퍼센트도 못 읽고 죽는다. 게다가 시간이 흐를수록 이 퍼센티지는 점점 더 낮아지기만 할 뿐이다. 한 사람이 하루에 읽을 수 있는 책의 양보다 훨씬 많은 신간들이 날마다 쏟아져 나오고 있기 때문이다. 그러니 아무리 다독을 하더라도 생뚱맞고 터무니없는 책까지 모두 읽을 여유는 없다. 그런데 내가 가진 한 줌의 지식과 정보로는 그토록 많은 책들 중에서 옥석을 가리기 쉽지 않다. 선별은 차치하고 일별하기도 벅차다. 따라서 "시간의 엄정한 심판"을 거친 책들만 골라서 읽어도 선택의 부담은 크게 줄일 수 있다. 시간처럼 냉정하고 공정한 도서평론가는 세상에 없다. 사람은 못 믿어도 시간은 믿어라.

# 무엇이 '인풋'이며,
# 무엇이 '아웃풋'인가

> 교양을 쌓은 사람들은 안다. 불행하게도 교양을 쌓지 않은 사람들은 모르고 있으나, 교양인들은 교양이란 무엇보다 우선 '오리엔테이션'의 문제라는 것을 알고 있다. 교양을 쌓았다는 것은 이런 저런 책을 읽었다는 것이 아니라 그것들 전체 속에서 길을 잃지 않을 줄 안다는 것, 즉 그것들이 하나의 앙상블을 이루고 있다는 것을 알고, 각각의 요소를 다른 요소들과의 관계 속에 놓을 수 있다는 것이다. 이 경우 내부는 외부보다 덜 중요하다. 혹은, 책의 내부는 바로 책의 외부요, 각각의 책에서 중요한 것은 나란히 있는 책들이라고 할 수도 있을 것이다.
>
> _피에르 바야르, 김병욱 옮김, 『읽지 않은 책에 대해서 말하는 법』,
> 여름언덕, 2008, 31쪽

한 권의 책을 손에 들면 처음부터 끝까지 읽어야 한다는 강박을 가진 분들이 많다. 물론 이런 독서법이 나쁜 것은 아니다. 독서가 자신의 인생에서 취미 이상의 의미를 차지하지 않는 분들은 굳이 많은 책을 읽으려고 욕심 부리지 않아도 된다.

독서를 아이디어 발상을 위한 수단의 하나로 삼겠다는 분들은 조금 다른 독서법이 필요하다. 손에 잡은 모든 책을 완독하면서 동시에 많은 책을 다독하기는 어렵다. 따라서 일단 다독을 자신의 독서 패턴으로 결정했다면 완독에 대한 집착부터 버려야 한다. 책은 처음부터 읽지 않아도 되고, 끝까지 읽지 않아도 된다. 소설과 같은 종류의 책이 아니라면 전체 분량의 3분의 1 정도만 읽어도 족하다.

영화는 상영시간이 일괄적으로 정해져 있다. 90분짜리 영화를 보려면 모든 관객이 더도 덜도 말고 90분을 스크린 앞에 꼼짝없이 앉아 있어야 한다. 책은 개인이 읽는 속도를 마음대로 조절할 수 있다. 1시간 만에 읽건 10시간 만에 읽건 읽는 사람 마음이다. 자신의 독서목적이나 이해력 정도에 맞게 얼마든지 페이스 조절이 가능하다. 따라서 다독을 목표로 삼는다면 책 한 권을 붙들고 있는 시간을 되도록이면 줄여야 한다. 평소에 3시간 걸리는 책은 1시간 만에 끝내야 한다. 그렇다고 속독을 따로 배울 필요는 없다. 독서의 달인들은 속독능력을 갖추고 있는 게 아니다. 그들이 많은 책을 빨리 읽는 것은 '발췌독'을 하기 때문이다.

어떻게 보면 반칙인 것도 같다. '책을 그렇게 많이 읽는다더니 결국 한 권을 끝까지 다 읽는 게 아니었어? 그런 식이면 나도 날마다 10권은 읽겠네' 하고 심사가 뒤틀릴 법도 하다. 실제로 독서의 달인들이 취미로 책읽기를 즐기는 일반 독자보다 책 읽는 시간이 그리 더 길지는 않다. 비슷하거나 오히려 적을 수도 있다. 그런데도 그들은 책에 관한 이야기라면 모르는 게 없는 것 같다. 이처럼 그들이 책에 관해 박식함을 자랑할 수 있는 이유는, 역설적이게도 책을 너무 열심히 읽지 않기 때문이다. 독서의 달인들은 일단 책을 많이 확보한 후 필요한 부분만 골라서 찔끔찔끔 읽는다. 때로는 300쪽짜리 책을 30쪽도 안 읽고 "다 읽었다."라고 한다.

거짓말을 한 것일까? 아니다. 다만 책의 핵심을 잘 찾아내 읽었을 뿐이다. 대부분의 책에서 핵심은 전체 분량의 10분의 1도 되지 않는다. 이 부분을 찾아내 읽으면 책을 처음부터 끝까지 통독하는 것보다 저자의 메시지를 더욱 명확하게 파악할 수 있다. 책을 잘 읽기 위해선 안 읽어도 되는 부분을 잘 추려낼 수 있어야 한다. 그 사람이 어떤 부분을 안 읽고 넘어가는지를 보면 그가 얼마나 독서를 잘하는 사람인지 쉽게 드러난다. 물론 이러한 능력이 단기간에 생기는 것은 아니다. 일반적인 독자들도 생각을 조금만 바꾸면 얼마든지 습득 가능한 기술이다. 약간의 훈련은 필요하지만, 그리 따라 하기 어려운 방법은 아니다.

훈련방법은 간단하다. 사실 훈련이라고 이름 붙이기도 멋쩍다. 먼저 세 권의 책을 준비해라. 그 책들은 되도록 서로 관련이 있는 책이면 좋다. 그리고 그냥 읽어나가면 된다. 다만 시간제한이 있다. 이것이 포인트다. 시간을 제한하고 읽어라. 휴대폰 알람을 1시간 30분 후에 울리도록 맞춰 놓고 읽어라. 30분에 한 번씩 (총 3번) 울리도록 맞춰놓아도 좋다. 당신은 이제부터 무조건 1시간 30분 안에 세 권의 책을 읽어야 한다. 이 훈련의 골자는 책의 분량에 맞춰 시간계획을 세우는 게 아니라 시간의 거푸집을 미리 짜놓고 그

속에 책을 부어넣는다는 것이다. 당신은 강한 저항감을 느낄 수도 있다. 그렇게 해서 한 권이라도 제대로 읽을 수 있을까?

물론 한 권을 제대로 읽지 못한다. 그러나 한번 뒤집어 생각해보라. 도대체 왜 한 권을 제대로 읽어야 하는가? 누가 그러라고 시켰나? 신문이나 잡지를 읽을 때 당신은 완독을 하는가? 관심이 가는 분야의 기사만 읽고 버리지 않는가? 「씨네21」을 사면 처음부터 끝까지 다 읽나? 설렁설렁 넘기면서 관심이 있는 내용만 읽지 않는가? 그렇다고 내가 그 잡지를 읽지 않은 것인가? 아니다. 나는 분명히 그 잡지를 읽었다. 책도 마찬가지다. 일단 목차를 살핀 후 책장을 넘겨가면서 흥미가 느껴지는 챕터만 집중해서 읽고 넘어가면 그만이다. 그렇게 30분에 한 권씩 읽어서 1시간 30분 동안에 세 권을 읽으면 되는 것이다. 자, 이제 당신은 세 권의 책을 읽었다.

30분에 한 권을 읽든, 3시간에 한 권을 읽든, 1년 후에 머릿속에 남아 있는 정보량엔 별다른 차이가 없다. 예컨대 1년 전에 말콤 글래드웰의 『아웃라이어』를 읽은 두 사람이 있다 치자. A는 30분 동안 주요 부분만 읽었고, B는 3시간 걸려서 완독했다. 이 둘에게 책의 내용 중에 기억에 남아 있는 부분이 뭐냐고 물어보라. 둘 다 '1만 시간의 법칙' 정도만 기억하고 있을 뿐이다. 그 부분이 이 책에서 가장 인상적인 내용이기 때문이다. 책을 읽은 지 얼마 되지 않았을 때는 B가 더 많은 것을 기억하고 있었겠지만, 겨우 1년만 지나도 격차가 현저히 줄어든다. 세월이 흐르면 독서에 투자한 시간과는 무관하게 크게 한 덩어리만 기억에 남는다.

남들이 3시간 걸려서 한 권 읽을 때, 당신은 권당 30분씩 할애해서 여섯 권을 읽어보라는 것이다. 그러면 1년 후엔 당신의 기억에 여섯 덩어리가 남게 된다. 아이디어맨이 되기 위해서는 머릿속에 이런 덩어리들을 많이 확보해야 한다. 세월이 흐르면 남는 건 질이 아니라 양이다. 이렇게 머릿속에 쌓인 양이 결국은 질로 전환된다. 이를 일컬어 이른바 '양질전화의 법칙'이라고 하는 것이다. 책 한 권에서 너무 많은 걸 얻으려고 하지 말고, 하나만 얻겠다는 생각을 가져라. 10개를 얻으려고 애써 봤자, 어차피 세월이 흐르면 하나밖에 기억에 남지 않는다. 한 권의 책에서 하나를 얻으면 과감하게 다른 책으로 넘어가라.

한 권의 책에서 하나를 얻으면 다른 책으로 바로 넘어가도 되는 이유는 또 있다. 같은 분야의 책은 서로 중복되는 내용이 많다. 저홀로 외따로이 서 있는 책은 세상에 한 권도 없다. 따라서 A라는 책에서 대충 넘어갔던 부분이 B라는 책의 가장 핵심 내용일 수 있다. 이런 식으로 Z까지 읽어 나간 뒤 다시 A라는 책을 손에 들면, 그 책의 내용이 이미 내 머릿속에 몽땅 들어와 있다는 사실을 발견하게 될 것이다. A를 정독해서 A의 내용을 이해하는 것과, B부터 Z까지 읽어서 A를 결과적으로 이해하게 되는 것의 차이는 크다. A

만 읽어서는 이 책이 가지고 있는 오류나 한계에 대해서 제대로 파악할 수 없다. A만 읽었을 때는 대단히 훌륭한 책인 줄 알았는데, B부터 Z까지 읽고 나면 A의 내용이 상당히 초라하게 느껴질 수도 있는 것이다.

　다독을 하지 않는다면 책과 책 사이의 위계나 관계를 파악할 수 없다. 다독이 선행되지 않은 상태에서 정독부터 시작하면 안 된다. A라는 책을 3년 동안 들이팠는데, 정작 그 책에는 무수한 오류가 포함되어 있었다면 어떡할 것인가? 시간낭비는 제쳐두고 잘못된 정보와 지식을 머릿속에 '인풋'했으니 잘못된 아이디어가 '아웃풋' 될 것 아닌가. 생각하면 아찔한 일이다. 책을 읽지 않은 사람보다 더 위험한 사람은 책을 한 권만 읽은 사람이다. "교양이란 무엇보다 우선 오리엔테이션의 문제"라는 사실을 유념해야 한다. 수박 겉핥기라도 다양한 책을 읽어서 방향감각을 먼저 익혀두지 않으면, 아무리 소수의 책에 통달해도 교양인은 될 수 없다.

# 책꽂이는
# 책들이 사는 아파트

내가 다독을 강조한다고 해서 정독을 하지 말라는 뜻은 아니다.
다독의 주요목적 중에 하나는 정독할 만한 책을 스스로 찾아내는
것이다. 강조점은 스스로에 찍힌다. 정독할 만한 책은 함부로 골라
서는 안 된다. 미디어에서 상찬한 책이라고 해서, 지인이 '강추'하는
책이라고 해서, '서울대 추천도서 100선'이라고 해서, 내가 정독할
만한 책이 될 수는 없다. 어디까지나 다독을 통해서 내가 직접 고
른 책만이 정독할 만한 가치가 있다. 장담하건대 이렇게 스스로 골
라잡은 책들은 저들이 추천한 책들과는 상당한*거리가 있을 것이

다. 남들의 추천만 받아서는 결코 읽지 못했을 책들을 내 정독리스트에 포함시키는 게 다독의 궁극적인 목표다.

당신의 책꽂이에는 정독하는 책들 위주로 꽂혀 있어야 한다. 이렇게 엄선된 책들을 평생 동안 반복해서 읽어야 한다. 적어도 "해마다 한 번씩"은 읽을 책들만 책꽂이에 남기고, 나머지 책들은 주기적으로 처분(나눠 주거나 버리거나)하는 것이 좋다. 간혹 책을 버리지 못하는 분들이 있는데, 그게 꼭 책을 아끼는 태도는 아닌 것 같다. 책꽂이는 책들이 묻히는 공동묘지가 아니다. 책꽂이는 책들이 사는 아파트 단지다. 들어오는 책이 있으면 나가는 책도 있어야 한다. 사람 사는 동네와 다를 바 없다. 토박이 책과 뜨내기 책을 구분하여, 전자가 편하게 지낼 수 있는 책꽂이가 되도록 관리해야 한다. 뜨내기들이 책꽂이에서 활개 치도록 방치해선 안 된다.

독서광엔 두 부류가 있다. 다양한 책을 끊임없이 읽는 사람과 같은 책을 반복해서 읽는 사람. 내가 느끼기엔 전자가 후자보다 압도적으로 더 많은 것 같다. 요컨대 독서광들 중에서도 한 번 읽은 책을 다시 집어 드는 사람은 드물다는 말이다. 나는 이렇게 앞만 쳐다보고 내달리는 독서법은 좋지 않다고 생각한다. 독서시간의 일정 부분은 반드시 읽었던 책을 다시 읽는 것에 할애해야 한다. 책을 읽을 때 우리는 책과 대화한다. 그런데 새로운 책은 손님이고 읽었던 책은 친구다. 손님과 속 깊은 대화를 나눌 수는 없다. 하지만 친구와 대화할 때는 나의 깊은 속내가 좀 더 적나라하게 드러난다. 나도 몰랐던 내 본질이 표면으로 떠오른다.

다독을 통해 해마다 10명의 친구를 사귀도록 하라. 다시 말해 10년 동안 100명의 친구를 사귀는 걸 목표로 독서를 해야 한다. 제 아무리 많은 책을 가지고 있어도 친구 같은 책 100권을 따로 구분해서 관리하고 있지 않다면, 당신의 독서습관엔 문제가 있는 것이다. 반면에 책꽂이에 달랑 100권만 꽂혀 있어도, 그 책들이 모두 친구라면 당신은 지금껏 성공적인 독서를 해왔다고 자부해도 괜찮다. 물론 이때의 친구는 다독을 통해 엄선된, 적어도 10번 이상 읽은(읽을) 책을 말한다. 친구를 보면 그 사람을 알 수 있듯이, 친구 같은 책들로 채워진 책꽂이를 봐도 그 사람에 대해 어느 정도 알 수 있다. 지금 당장 자신의 책꽂이를 점검해 보라.

# 독서는
# 사람을 '성숙'시킨다

독서와 '성숙'이라는 말은 묘한 연관성을 가지고 있다. 어느 정도 나이가 들 때까지 어떤 작품을 읽지 못하는 경우가 있다. 좋은 술과는 달리 좋은 책은 나이를 먹지 않는다. 좋은 책들이 책장 속에서 우리를 기다리는 동안 우리들이 나이를 먹는 것이다. 그런 책들을 읽어도 될 만큼 성숙했다고 판단이 되면 우리는 다시 시도를 한다. 그럴 때 두 가지 결과를 예상할 수 있다. 다시 읽었더니 그제서야 이해할 수 있게 되는 경우와 또다시 실패를 하게 되는 경우이다. 다시 실패했을 때 우리는 또다시 시도해 볼 수도 있겠고, 아니면 그대로 포기하는 수도 있겠다. 하지만 분명한 것은 독자가 토마스 만의 『마의 산』을 끝까지 읽을 수 없다 하더라도 그건 작가의 잘못이 아니라는 사실이다.

_다니엘 페낙, 문영훈 옮김, 『소설처럼』, 산호, 1995, 211쪽

나는 20대 초반에 A라는 작가를 좋아했다. 상상력도 기발하고 필력도 괜찮다고 느꼈다. 그가 출간하는 책은 실시간으로 사서 읽었다. 신문이나 잡지 등에 기고한 짤막한 칼럼도 빼먹지 않고 스크랩했다. 십여 년이 흐른 지금, 나는 그 작가를 전혀 좋아하지 않는다. 그 작가를 좋아했던 한때의 내 모습을 떠올리면 얼굴이 화끈거리기까지 한다. 신간이 출간되었다는 소식이 들려와도 그다지 읽

고 싶은 마음이 동하지 않는다. 이제 그의 기발함은 사고의 깊이 없음을 커버하기 위한 화장술로 보이고, 감탄을 자아내던 필력도 '나도 그 정도는 쓰겠다'라는 생각이 들 정도로 만만하게 느껴진다. A는 내게 더 이상 흠모나 동경의 대상이 아니다.

그렇다고 해서 그 잘못이 A에게 있는 것은 아니다. 그는 그저 자신의 역량 내에서 작품활동을 하고 있을 뿐이다. 지금도 대중적인 인기는 굳건하다. 변한 건 내 취향이다. 사실은 성숙이라는 표현을 쓰고 싶은데, 이 단어를 내 입으로 말하기가 멋쩍어서 취향이라고 썼다. 아무튼 나이를 먹고 경험(인생+독서)이 쌓임에 따라 A는 내 취향에서 멀어져 버렸다. A보다 내 취향에 부합하는 작가를 한 다스 넘게 알게 되었으니, 굳이 그의 책으로 손을 뻗을 까닭이 없어진 것이다. 이처럼 취향은 변한다. 한때 좋아했던 작가에게서 마음이 떠나기도 하고, 예전엔 그 진가를 미처 몰랐던 작가가 언제부턴가 내 마음속에 큰 자리를 차지하게 되기도 한다.

일정한 시차를 두고 같은 책을 여러 번 읽으려고 시도해볼 필요가 있다. 한 번 읽고 지금의 내 마음에 들지 않는다고 해서 1년 후(또는 10년 후)의 내게도 마음에 들지 말라는 법은 없으니 말이다. 내 경우를 얘기하자면, 지금의 나와 10년 전의 나가 좋아하는 책들의 리스트를 100권만 꼽아보면, 비슷한 취향에 속하는 책은 끽해야 10권 정도나 되지 않을까 싶다. 그만큼 10년 사이에 나는 많이 바뀌었다. 10년 전의 나와 지금의 나는 (적어도 취향 면에서만 본다면) 완전히 다른 사람이라고 할 수 있다. 10년 전의 나는 지금의 내가 이러저러한 책들을 끼고 살게 될 줄은 전혀 상상도 못했다. 뒤집어 말하면, 지금의 나는 10년 후의 나가 어떤 책들과 찐한 스킨십을 하며 살고 있을지 전혀 짐작도 할 수 없다.

기껏 한 번밖에 읽지 않은 책(과 그 책을 쓴 작가)에 대해 섣부른 평가를 내리지 마라. 적어도 삼세번은 기회를 줘야 한다. 3년 정도의 시차를 두고, 읽었던 책에 다시 도전해보라. 당신이 3년 전에 어떤 책들을 읽었는지 떠올려보라. 그중에서 재차 도전해보고 싶은 책을 골라 읽어보자. 처음부터 끝까지 읽을 필요는 없다. 읽을 만한지 아닌지는 몇 페이지만 읽어도 판별할 수 있다. 여전히 흥미가 느껴지지 않는다면 손에서 놓아도 괜찮다. 억지로 읽을 필요 없다. 다시 3년 후를 기약하며 책꽂이에 꽂아두거나 도서관에 반납하면 그만이다. 그런데 어떤 책들은 예전과는 전혀 다르게 당신의 혼을 쏙 빼놓을 것이다. 이런 경험을 심심찮게 할 수 있기 때문에, 한 번 읽었던 책에 시차를 두고 다시 도전해야 하는 것이다.

어떤 책이 내 친구가 되느냐 아니냐는, 그 책의 내용 못지않게, 그 책과 내가 언제 만났느냐 하는 점도 굉장히 중요하게 작용한다. 사회에서 만났으면 절친한 사이가 되었을 텐데, 군대에서 만났기 때문에 철천지원수처럼 되어버린 그런 놈이, 군대를 다녀온 사람이라면 누구나 한 명쯤 떠오를 것이다. 책도 그와 마찬가지인 것이다. 내가 어떤 책에 대해서 좋은 인상이나 나쁜 인상을 가지게 된 것은, 그 책 자체의 장점이나 단점 때문이 아니라, 그 책을 읽었던 시기나 상황 때문일 경우가 상당히 많다. 한때 잠깐 만났다고 해서 그 사람의 진가를 제대로 알 수 없는 것처럼, 겨우 한 번 읽은 것 가지고 그 책의 가치를 섣불리 재단해서는 안 된다.

# 책과 개별적으로 만나
# 이 세상을 깨쳐라

> 요즘 아이들은 책읽기를 '별난 취미'로 여기는 모양이다. 책을 좋아하는 친구 딸이 있는데 학교에서는 교과서 외의 책을 절대 읽지 않는다고 한다. 쉬는 시간에 소설책을 읽다가는 급우들에게 별난 애 취급을 받기 때문이다. 묘한 일이다. 옛날에 비하면 요즘 애들은 훨씬 더 자유와 개성을 존중 받으며 살 텐데 훨씬 더 집단적이다. 누가 별난 것도 못 보아내고, 자기가 별나 보이는 걸 굉장히 무서워한다. 그게 다 책과 개별적으로 대면해서 세상을 깨치지 않고, 인터넷이란 집단 신경망에 제 어린 두뇌를 맡긴 탓이다.
>
> _황인숙, 『일일일락』, 마음산책, 2007, 101쪽

어디까지나 나 다음이 우리여야 한다. 나와 우리가 충돌했을 때 '나'가 보호받을 수 있는 사회가 진정한 공동체사회다. 따라서 공동체주의를 제대로 실현하고 있는 사회일수록 역설적으로 개인주의 성향의 구성원들이 살기 편하다. 반대로 '우리'의 논리에 눌려 나가 위축되는 사회는 공동체주의가 아닌 집단주의로 묶인 사회다. 공동체주의와 집단주의는 얼핏 비슷한 의미 같지만, 그 밑에는 정반대의 발상이 깔려 있다. 나가 있어야 우리도 있을 수 있다는 생각과, 우리가 있어야 나도 있을 수 있다는 생각. 그러므로 나를 어떻

게 취급하는지를 들여다보면 그 사회가 공동체주의 사회인지 집단주의 사회인지 쉽게 파악할 수 있다.

그렇다면 한국사회는 어디에 속할까? 당신은 국가로부터 보호받고 있다는 안도감을 많이 갖고 사는가, 여차하면 내팽개쳐질 수도 있다는 불안감을 많이 안고 사는가? 후자에 속하는 사람들이 압도적으로 더 많지 않나 싶다. 한국은 대단히 집단주의적인 사회다. 우리라는 테두리 안에 속한 사람에 대해서는 그보다 따뜻할 수 없지만, 그 바깥의 사람에 대해서 대단히 냉정하다. "뭉치면 살고 흩어지면 죽는다."는 말은 적어도 한국사회 내에서는 진리다. 우리는 일단 뭉치면 살게끔 되어 있다. "우리가 남이가." 하면서 서로서로 잘 돌봐준다. 그러나 그 뭉텅이의 바깥으로 뛰쳐나가는 사람은 배신자로 간주하여 처절한 응징을 가한다.

요즘 아이들이라고 해서 사정은 크게 다르지 않아 보인다. "옛날에 비하면 요즘 애들은 훨씬 더 자유와 개성을 존중 받으며 살 텐데 훨씬 더 집단적이다."라는 황인숙 시인의 지적에 정색하고 아니라고 대답하기는 힘들다. 아이들을 그렇게 만든 주범으로 인터넷을 지목해도 그리 애먼 소리는 아니다. 인터넷시대가 되면서 뜻 맞는 사람들끼리 모여 하나의 집단을 이루는 일은 무척이나 쉬워졌다. 예컨대 내가 비틀스 팬이라고 치자. 예전 같으면 내가 어디 가서 비틀스 팬들을 떼거리로 만날 수 있겠는가. 기껏해야 학교나 동네 친구들 몇몇이 모일 뿐이다. 그러나 지금은 팬카페에 가입만 하면 수천 명의 우리를 한꺼번에 만날 수 있다.

흩어져 있을 때는 몰랐는데, 이처럼 일정한 규모를 가진 집단을 이루게 되면 반드시 그 힘을 과시하고 싶어지는 게 사람 심리다. 자신이 속한 집단에 누군가 조금이라도 싫은 소리를 하면 곧바로 처절한 응징에 들어간다. 그 사람이 한 말을 냉정하게 따져볼 생각은 하지 못하고 일단 집단 논리에 따른다. 설령 자신이 속한 집단과 의견이 달라도 그저 침묵해 버린다. 독자적인 목소리를 냈다간 배신자로 낙인찍혀 쫓겨나야 하기 때문이다. 그러니까 유년기부터 "인터넷이란 집단 신경망에 제 어린 두뇌를 맡긴" 채 성장한 세대는 (굳이 '세대론'을 들먹이지 않더라도) 이전 세대와는 다른 정신구조를 가지게 되지 않을까? 아무리 어처구니없는 이유에서라도 일단 집단을 이루면 누구도 쉽게 못 건드린다는 걸 어릴 적부터 체화하지 않을까?

인터넷은 집단적 매체다. 얼핏 보면 개인에게 많은 자유가 주어진 공간처럼 보이지만, 오히려 그로 인해서 편 가르기가 심하고, 자신의 편이 아닌 개인이나 집단에게는 무관심하거나 나아가서 적대적이다. 반면에 책은 개별적 매체다. 책을 읽는 시간은 온전히 나 혼자 있는 시간이다. 여럿이서 함께 책 하나를 놓고 읽을 순 없다. 물론 여럿이 둘러앉은 채 한 사람이 낭독을 할 수도 있겠으나, 이는 독서가 아니라 연극에 가깝다. 독서의 정수는 묵독이다. 책을 읽는 순간 그 공간엔 나와 책뿐이다. 아무리 복잡한 버스 안에서도 책을 펼쳐드는 순간 그곳은 나 혼자뿐인 다락방 같은 공간으로 변한다. 반면에 한밤중에 내 방에 나 혼자 있어도 인터넷에 접속 중이라면 그 공간은 사람들로 북적거리는 시내 한복판과 다를 바 없다.

독서가 별난 취미로 받아들여지는 이런 분위기 속에서는 개성 있는 인물들의 출현을 기대하기 힘들다. 물론 인터넷 공간에도 개성 있는 인물들이 심심찮게 등장하고 있지만, 그들 중 대다수는 개성이 아니라 단순히 끼 있는 사람들이다. 요즈막엔 끼와 개성을 동일한 의미로 사용하고 있다. 하지만 진정한 개성은 내면적이고 심층적인 어떤 것이라서 쉽게 겉으로 드러나지 않는다. 머리 염색하고 혓바닥 피어싱하고 아이폰 들고 다닌다고 개성 있는 인간은 아니다. 외려 남들 다 갖고 싶어 하는 아이폰 따위엔 관심도 없고, 그런 물건 치렁치렁 들고 다니는 걸 머쓱해 할 줄 아는 부류가 한층 더 깊이 있는 개성의 소유자 아닐까? 그리고 이러한 생각의 소유자들은 대개 "책과 개별적으로 대면해서" 세상을 깨친 사람들이다.

# 블로그는 스스로 깐
# '디지털 멍석'

> 문명의 탄생과 함께 시작된 글쓰기의 역사는 이제 5천 년 역사를 헤아리고 있
> 다. 실로 유구한 역사와 전통이다. 이런 의미에서 글쓰기는 가장 '아날로그적'
> 인 작업에 속한다고 할 수 있다. 흥미로운 것은 최근 인터넷이 보편화된 이후 역
> 설적으로 글쓰기가 더 중요해지고 있다는 사실이다. 전자우편, 홈페이지, 블로
> 그 등 누구나 일상적으로 글을 쓰는, 또는 쓰고 싶어 하는 환경에 놓여 있는 것
> 이다. 멀지 않은 미래에 사회적 성공의 기준 또는 잣대의 하나로 '글쓰기 지수
> WQ: Writing Quotient'가 등장하는 날이 올 것이라는 전망도 나오고 있다.
>
> _박상익, 『번역은 반역인가』, 푸른역사, 2006, 125쪽

내게 아무리 기가 막힌 아이디어가 있어도, 그걸 다른 사람에게 전달하지 못하면 에러디어일 뿐이다. 핵심(본질)만 쥐고 있으면 언젠가 세상에 저절로 알려질 거라는 생각은 지나친 낙관이다. 당신이 입을 꾹 다물고 있으면 아무도 먼저 다가와 당신에게 관심을 주지 않는다. 물론 세상엔 순전히 자기만족을 위해서만 창조력을 발휘하는 사람들도 있다. 당신의 목표도 그런 방향이라면 굳이 자기 피아르(PR)에 관심을 가질 필요 없다. 그러나 속에선 인정욕구가 들끓고 있으면서 겉으론 자기 피아르에 무관심한 척하는 것은 솔

직하지 못한 태도다. 자신의 아이디어를 남들에게 인정받고 싶은 욕구가 있으면 스스로 나서서 멍석을 깔아야 한다.

인터넷 시대에 가장 보편적인 멍석은 두말할 필요도 없이 블로그다. 다시 말해 블로그는 스스로 깐 '디지털 멍석'이다. 창조적인 작업을 꾸준히 지속하고 싶은 사람은 누구라도 블로그를 운영해야 한다는 게 내 생각이다. 사람 마음이라는 게 그렇다. 평소에 사진에 전혀 관심이 없던 사람도 디지털 카메라 하나가 생기면 괜스레 사진을 찍고 싶어진다. 평소에 노래에 전혀 관심이 없던 사람도 마이크가 손에 쥐어지면 은근히 노래를 부르고 싶어진다. 어떤 도구가 내 손에 쥐어지면 그 도구를 써보고 싶어지는 게 일반적인 사람 심리다. 마찬가지 이유로, 블로그를 개설하면 그 속에 자신만의 무언가를 채우고 싶은 마음이 자연스럽게 샘솟는다.

블로그의 가장 큰 장점은 즉각적인 피드백이다. 이거 정말 무시할 수 없다. 책 한 권을 쓴다고 가정했을 때, 그 모든 내용을 처음부터 끝까지 다 완성한 후 세상에 내놓으려면 대단한 인내심이 필요하다. 훈련된 작가라면 그 기다림에 익숙할 수 있겠으나, 처음 책을 쓰려는 사람은 이게 여간 고통스럽지 않다. 하지만 블로그 독자들로부터 실시간으로 피드백을 받으면 작업을 지속할 수 있는 힘도 얻고, 배가 옳은 방향으로 가고 있는지 아닌지에 대한 판단도 할 수 있다. 설령 블로그 독자들과 직접적으로 의견을 주고받지 않아도 도움이 많이 된다. 낯모를 누군가 실시간으로 내 게시물을 보고 있다는 사실만으로도 이미 많은 자극과 격려가 된다.

블로그의 또 다른 장점은 운영자에게 업데이트에 대한 부담감을 준다는 것이다. 부담감이라고 해서 창조활동에 무조건 나쁜 영향만 끼치는 건 아니다. 오히려 적절한 압박감은 창조생활에 많은 도움을 준다. 세상에 나와 있는 수많은 예술작품들 중에 상당수가 경제적, 시간적, 심리적 압박감 속에서 탄생했다. 모든 것이 갖춰진 상태에서 생산된 작품들이 오히려 예외적인 경우에 속하지 않나 싶다. 자발적으로 적절한 압박감과 긴장감을 부여하기 위해서는 블로그만 한 매체도 없다. 전업작가들이 말하는 일종의 '마감효과'를 체험할 수 있다. 졸린 눈을 비벼가며 밤늦은 시간에 글을 쓰고 있는 지금의 내가 딱 그런 상태다. 블로그 업데이트를 3일 동안 하지 못했다는 심리적 압박감이 기어이 나를 모니터 앞에 붙들고 있는 것이다.

여태껏 블로그가 없는 분들은 지금 당장 개설해라. 이미 만들었지만 무관심 속에 방치해 두었던 분들은 먼지를 털어내고 다시 훈김을 불어넣어라. 노래하고 춤출 수 있는 디지털 멍석을 만드는 거다. 아이디어맨에게 블로그는 선택이 아니라 필수다. 이러한 블로그를 운영하기 위해선 글쓰기 능력을 갖추어야 한다. 자기 피아르의 대표적 수단은 말하기와 글쓰기다. 블로그를 꾸려 나가기 위해선 말을 잘하는 능력은 그다지 필요 없지만, 글을 잘 쓰는 능력은 반드시 필요하다. 블로그 방문자의 팔 할은 낯선 사람들이다. 그들을 상대하기 위해선 글쓰기 지수(WQ)를 높여야 한다. 자, 글을 잘 쓰려면 무엇을 어떻게 연습해야 하나?

# 글은 '뇌'와
# '손가락'의 합작품이다

펜을 집어들고 빈 종이를 마주보는 순간, 우리는 자기도 모르게 조리에 맞는 글,
제대로 된 글을 써야 한다는 강박관념에 시달린다. 이것은 물론 학습된 것이다.
고등학교 국어 시간에 선생님은 이렇게 가르쳤다. 글을 쓰려면 먼저 주제를 정
한 후, 쓰고자 하는 것을 미리 머릿속으로 정리하라고. 그래서 나는 자리에 앉
아 몇 시간이고 생각을 하곤 했는데, 생각하는 거라면 물론 자신이 있었다. 그
러나 막상 글을 쓰려면 기껏해야 몇 줄밖에 쓰지 못했다.

_로버타 진 브라이언트, 송영조 옮김, 『누구나 글을 잘 쓸 수 있다』,
예담출판사, 2004, 77쪽

사람들이 글쓰기를 두려워하는 것은 "조리에 맞는 글" 혹은 "제
대로 된 글"을 써야 한다는 강박관념을 글을 쓰기도 전에 미리부터
가지기 때문이다. 이런 걱정은 대강이라도 초고를 써 놓은 후에 해
도 된다. 지면에(혹은 화면에) 올린 초고를 눈으로 보면서 조리에 맞
는지 아닌지 검토해야지, 머릿속에서 검토를 끝낸 후에 지면에(혹
은 화면에) 글로 옮기겠다는 생각을 가져서는 안 된다. 선천적으로
두뇌가 좋거나 고도로 훈련된 필자가 아니고서야 머릿속에서 내용
을 완성한 후에 일필휘지로 글을 써내려갈 수는 없다. 글쓰기 초보

들은 이런 일필휘지에 대한 환상부터 버려야 한다. 일필은 글쓰기의 도착점이 아니라 출발점이다.

학창시절에 보면 꼭 공부 못하는 애들이 준비동작이 길다. 공부 스케줄도 누구보다 꼼꼼히 세운다. 그러나 공부할 준비를 하느라 정작 공부할 시간이 없다. 그렇게 모든 준비를 완벽하게 마치고 났더니 시험날짜가 내일이다! 허겁지겁 그때부터 공부해 봐야 좋은 성적을 받긴 힘들다. 공부의 가장 큰 적(敵)은 놀고 싶은 마음이 아니다. 오히려 공부를 잘해 보려는 강한 의욕이 실제 공부하는 데 가장 큰 암초가 되기도 한다. 의욕이 강하기 때문에 그만큼 실패해서는 안 된다는 강박을 가질 수밖에 없고, 그러다보니 사전준비에 너무 많은 시간을 쏟게 된다. 공부를 잘하는 법은 간단하다. 내일부터가 아니라 지금부터 공부를 시작하면 된다.

글쓰기도 마찬가지다. 누군가 내게 "난 지금 생각하고 있어."라고 말한다면, 나는 그 말을 "난 지금 쓰지 않고 있어."라고 이해하겠다. 이렇게 단언할 수 있는 까닭은, 내가 바로 생각은 무진장 많은, 그러나 생각에 심취해서 글은 쓰지 않는, 그런 사람이었기 때문이다. 지금 당장 써야 하는 이유는 한 가지였으나, 지금 당장 쓰지 않아도 되는 이유는 아흔아홉 가지였다. 하지만 머릿속에 들어 있는 100점짜리 생각은 지면 위에 옮겨놓은 10점짜리 글보다도 내게 도움을 주지 않았다. 내 머릿속에만 있는 아이디어는 흡사 내 눈에만 보이는 유령과 같다. 내가 아무리 있다고 주장을 해도 다른 사람들의 눈에 보이지 않으면 결국 없는 것과 마찬가지다.

생각은 생각이고 글은 글이다. 무척이나 당연한 사실임에도 많은 사람들이 이를 깨닫지 못하고 있다. 작가들이 털어놓는 경험담을 들어보라. 처음에 품었던 생각이 가감 없이 글로 옮겨진다고 말하는 작가는 거의 없다. 대다수의 작가들은 생각을 글로 옮기는 과정에서 수많은 변형이 일어난다고 증언한다. 심지어 '그리고'를 쓸 자리에 '그러나'를 씀으로써 글이 애초에 품었던 생각과는 정반대로 나아가기도 한다. 이 말은 무엇을 뜻하는가? 글을 직접 써보기 전에는 어떤 결과물이 나올지 예측할 수 없다는 거다. 당신의 선입견과는 달리 글은 너무도 쉽게 생각을 부정한다. 뇌가 '그리고'를 쓰라고 지시해도 손가락이 '그러나'를 써버린다.

생각은 뇌의 작품이다. 글은 뇌와 손가락의 합작품이다. 뇌도 사유하지만 손가락도 사유한다. 웃지 마시라. 농담 아니다. 손끝에는 뇌가 결코 가지지 못한 수많은 현장경험이 녹아 있다. 우리의 일상에서 많은 일들이 뇌까지 전해지지 않고 손끝에서 전결(專決)된다. 무슨 말인고 하니, 손가락도 독자적인 판단력을 갖추고 있다는 거다. 손가락을 단순히 뇌의 부하직원 정도로 여겨서는 안 된다. 다른 분야는 잘 모르겠으나 적어도 글쓰기에 한해서 말하자면, 뇌와 손가락은 대등하게 파트너십을 유지하고 있다. 부하직원이 아니라

동료직원이다. 때로는 뇌가 손가락을 이끌지만, 그에 못지않게 손가락이 뇌를 이끌기도 하는 것이다.

# 글의 질은
# 숱한 연습에서 나온다

생전 요리라고는 해본 적 없는 사람이 어떠한 계기로 처음 찌개를 끓였다. 그런데 그 찌개의 맛이 기가 막히게 좋다. 찌개를 먹어본 사람들이 하나같이 맛있다고 난리다. 그는 우쭐한 마음에 이렇게 생각한다. '역시 난 요리에 재능이 있는 거야. 안 해서 그렇지 막상 마음먹고 하면 잘할 수 있다니까'. 자신감에 찬 그는 며칠 후에 다시 찌개를 끓여 내놓았다. 이번엔 사람들의 반응이 영 별로다. 한 숟갈 떠먹자마자 바로 인상들을 찌푸린다. 맛없다고 대놓고 말하는 사람은 없지만, 그들의 표정엔 '그 찌개 참 맛 없네'라고 쓰여 있다. 결국 식사시간 내내 그 찌개냄비는 사람들의 외면을 받으며 식탁 위에 덩그러니 놓여 있게 된다.

이와 비슷한 경험을 누구나 한 번쯤은 가지고 있을 것이다. 난생 처음 해보는 일인데 자신도 놀랄 정도로 잘해 버린다. 그런데 야속하게도 두 번째 할 땐 처음처럼 그렇게 잘 안 된다. 난생 처음 끓인 라면은 기가 막히게 맛있는데, 두 번째 끓인 라면은 기가 막힐 정도로 맛없다. 이럴 때 우리는 뒤늦게 깨닫는다. "아, 처음에 끓인 라면은 우연히 잘 끓인 거였구나." 어쨌든 그렇게 해서 몇 차례 더 계속 라면을 끓여 본다. 세 번째는 또 먹을 만하다. 네 번째도 괜찮다. 그런데 다섯 번째는 영 못 먹겠다. 여섯 번째는 그럭저럭. 일곱 번째는 웩……. 요컨대 라면 맛이 끓일 때마다 달라진다. 어떨 땐 먹을 만하지만 어떨 땐 영 못 먹을 정도다.

분야를 막론하고, 잘할 때는 아주 잘하지만 못할 때는 정말 못한다는 것은 결국 못한다는 뜻과 같다. 그가 이뤄낸 결과는 실력보다는 운에 의해 더 많은 부분이 결정된다는 것이니까. 한 분야에 오랫동안 몸담은 숙련가들은 그처럼 들쑥날쑥한 결과를 내놓지 않는다. 설령 100점짜리 결과물은 자주 못 내놓더라도 80점 이하의 결과물은 절대 내놓지 않는다. 중식요리사한테 양식요리를 만들라고 하거나, 양식요리사한테 한식요리를 만들라고 해도, 어찌 되었든 그들은 결국 먹을 만한 80점짜리 요리는 만들어낸다. 모든 요리에서 공통으로 요구되는 기본기를 체득하고 있으면 어떤 상황과 맞닥뜨려도 일정 수준 이상의 결과물은 만들어낼 수 있다.

그 80점까지 도달하는 일은 연습의 양으로 밖에 극복할 수 없다. 질로는 어찌해 볼 도리가 없다. 단기간에 칼질을 능수능란하게 만들어주는 속성코스가 있나? 일류호텔 주방장에게 원포인트 레슨을 받으면 동네 요리학원에서 배울 때보다 칼질에 능숙해지는 시간이 훨씬 더 단축되나? 아니다. 칼질에 능숙해지려면 일정한 양의 칼질을 자신의 손으로 직접 연습을 해보는 수밖에 없다. 남들보다 더 빨리 칼질에 능숙해지고 싶으면? 남들보다 많이 칼질을 해보는 것 외에 다른 방법은 없다. 남들이 하루에 오이 10개 깎을 때, 나는 20개 깎으면 된다. 80점까지는 철저하게 연습의 양으로 실력 차가 난다. 이는 세상의 모든 분야에 통용되는 법칙이다.

글쓰기라고 다르지 않다. 자신의 글쓰기 수준이 80점대를 넘지 않는다고 생각하면 일단 글의 질에 대해서는 생각하지 마라. 양을 어떻게 하면 많이 불릴 수 있는가만 고민해라. 남들이 글 10편 쓸 때, 나는 20편 쓰겠다고 마음먹어라. 남들이 집중해서 글 10편 쓸 때, 당신은 조금 덜 집중하더라도 빠른 시간 내에 20편 정도를 완성해라. 내가 이렇게 말하는 이유는 (기분 나쁘게 듣지 않길 바란다) 당신이 현재 써내는 글은 이러나저러나 어차피 쓰레기이기 때문이다. 당신이 혼신의 힘을 다해 쓰든, 설렁설렁 쓰든 80점은 못 넘긴다는 거다. 그러니 당신이 지금 써내는 글 한 편 한 편에 대해서 너무 애착을 갖지 말고 쭉쭉 팍팍 써 나가라.

물론 간혹 100점짜리 글이 나올 수도 있다. 문제는 그 다음엔 50점짜리 글이 나온다는 거다. 연습의 양이 선행되지 않은 모든 일은 이처럼 들쑥날쑥한 결과를 초래한다. 볼링에만 애버리지 개념이 있는 게 아니다. 필력에도 애버리지가 있다. 볼링에서 애버리지를 높이려면 볼링을 많이 쳐보는 수밖에 없듯이, 필력의 애버리지를 높이려면 글을 많이 써보는 수밖에 없다. 이렇게 양이 뒷받침된 필력을 갖고 있어야 100편의 글을 써도 100편 모두 고른 수준을 보인다. 연습의 양을 통해 애버리지를 일단 끌어올리면 웬만해서는 다시 떨어지지 않는다. 어쩌다 한 번 100점 맞는 것은 큰 의미 없다. 애버리지 80점을 꾸준히 유지하는 게 더 중요하다.

# 쑥도 삼밭에선
# 곧게 자란다

> 좋은 글은 노력하면 쓸 수 있다. 마치 사람이 좋은 사람이 되려고 노력하면 될
> 수 있는 것과 같은 이치다. 자기가 좋은 글이라고 생각하는 글을 많이 읽다보면
> 자연스럽게 자기도 그런 좋은 글을 쓸 수 있게 된다. '삼밭에 쑥대'라는 속담이
> 있다. 쑥은 원래 곧게 자랄 능력이 없지만 천성이 곧게 자라는 삼과 함께 자라면
> 쑥도 곧게 자라게 된다는 뜻이다. 좋은 글만 읽는 사람은 틀림없이 좋은 글을
> 쓸 수 있게 된다. 무릇 좋은 글을 쓰고자 하는 사람은 좋은 글을 부지런히 읽을
> 일이다.
>
> _남영신, 『문장비평』, 한마당, 2000, 20~21쪽

글을 잘 쓰기 위해서는 많이 써보는 수밖에 없다. 그러나 무작정
많이 쓴다고 반드시 잘 쓰게 되는 것은 또 아니다. 글을 잘 쓴다는
것은 상대적으로 잘 쓴다는 것이다. 그러므로 남들은 어떤 식으로
글을 쓰고 있는지, 지금껏 세상엔 어떤 결과물들이 나와 있는지,
호평을 받는 글과 악평을 받는 글은 어떤 특징을 가지고 있는지 등
에 대해 아무런 지식도 없이 글을 쓰면, 설령 100편의 습작을 하더
라도 필력은 결코 늘지 않는다. 잘 쓴 글과 못 쓴 글에 대한 자기 나
름의 감식안이 없으면 자신이 쓴 글에 대한 냉철한 평가도 내릴 수

없다. 자신의 글에 대해 냉정한 자평을 할 수 없으면 결국 자뻑에 빠져 똥인지 된장인지 구분도 못하게 된다.

평생 된장찌개를 먹어본 적 없는 사람에게 된장찌개를 끓이라고 시켜보라. 그가 제대로 된장찌개를 끓여낼 거라는 믿음이 가는가? 잘 끓인 된장찌개에 대한 개념(혹은 경험) 자체가 없는데 어떻게 끓일 수 있겠는가. 그렇다면 된장찌개를 잘 끓이기 위해서 이 사람에게 가장 시급한 일은 무엇인가? 그렇다. 일단 잘 끓인 된장찌개의 맛부터 보는 것이다. 그 맛을 머릿속에 잘 새겨두어야 한다. 그 다음에 뭘 끓여도 끓여야 하는 것이다. 그렇지 않고 무작정 '자, 지금부터 100번 정도만 끓여 보면 결국 맛있는 된장찌개를 끓일 수 있게 될 거야'라는 식으로는, 100번이 아니라 1000번을 끓여도 잘 끓인 된장찌개를 만들 수 없다.

우리가 남의 글을 부지런히 찾아 읽어야 하는 까닭, 단순히 정보를 내 머릿속에 집어넣기 위해서가 아니다. 그보다는 남의 글을 읽고 피부에 닭살이 쫙 돋는 경험을 하기 위해서 우리는 남의 글을 읽어야 한다. 활자매체만이 줄 수 있는 고유한 감동을 느껴보는 것이 중요하다. 그저 정보를 얻기 위해서라면 굳이 활자매체를 통할 필요가 없다. 남의 이야기를 듣거나 다큐멘터리를 보거나 아니면 직접 체험하면 된다. 그러나 이런 경험만 가지고는 글을 잘 쓸 수 없다. 생각을 잘하게 되거나 말을 잘하게 될 수 있을지는 모르겠다.

그러나 글을 잘 쓰게 될 수 있다고는 결코 장담 못한다. 글쓰기는 생각하기나 말하기와는 족보가 다르다.

글을 잘 써보려는 사람에게 독서는 간접경험이 아니라 직접경험이다. 독서를 간접경험이라고 생각하는 사람은 글을 잘 쓸 수 없다. 뭔가 대단히 착각하고 있는 것이다. 된장찌개를 잘 끓이고 싶은 사람이 남이 끓인 된장찌개를 먹어보는 것이 간접경험인가? 더없이 소중한 직접경험이다. 마찬가지로 글을 잘 쓰고 싶은 사람에게 독서는 반드시 필요한 직접경험이다. 남의 글을 읽고서 온몸에 소름이 돋는 경험을 해본 적 없는 사람은 글쓰기에 관한 기본적인 직접경험을 아직 못한 것이나 마찬가지다. 그러한 경험의 부족은 그 사람이 쓴 글에 고스란히 드러난다. 본인은 죽었다 깨어나도 모르겠지만 눈 밝은 독자는 척 보면 알아차린다.

좋은 글을 쓰고 싶은가? 그러면 좋은 글을 부지런히 찾아서 읽어라. 그저 읽기만 하지 말고 베껴 써보기도 해라. 기억하고 싶은 문장이나 내 글을 쓸 때 써 먹고 싶은 유용한 표현은 따로 노트에 모아라. 더 나아가 보이스리코더에 녹음해서 심심할 때 계속 들어라. 남들 음악 들을 때 당신은 자기 목소리로 녹음한 글들을 들어라. 이렇게 해서 좋은 글 100편 정도가 머릿속에 꽉 차 있도록 만들어라. 학창시절에 통 암기법이라는 공부법에 대해서 들어보셨을 것이다. 요컨대 글 한 편을 처음부터 끝까지 달달 외우는 공부법을 말한다. 그걸 해보라는 것이다. 쑥도 삼밭에선 곧게 자란다지 않는가. 당신의 머릿속을 삼밭으로 만들어라.

# 정확한 글이 좋은 글이다

정확한 글은 올바른 낱말, 정확한 용어, 적확한 표현에서 시작된다. 우리말에 "어 다르고 아 다르다."는 속담이 있듯이 미묘한 낱말 차이에도 의미는 전혀 달라진다. 미국 작가 마크 트웨인은 "거의 정확한 낱말과 정확한 낱말의 차이점은 진짜 번갯불과 반딧불만큼 엄청나게 다르다."고 말했다. 잘못된 단어 선택은 의미 전달에 심각한 장애를 준다.

_배정근, 『저널리즘 글쓰기』, 커뮤니케이션북스, 2007, 48쪽

좋은 글을 쓰고자 하는 사람은 좋은 글을 부지런히 읽어야 한다. 이에 대해 당신도 크게 다른 생각을 가지고 있진 않을 것이다. 그런데 당신은 여기서 한 가지 의문이 생길 수 있다. "도대체 좋은 글이란 어떤 글을 말하는 것인가?" 하고 말이다. 사실 이 질문에 대해 똑 부러진 대답을 내놓기는 상당히 어렵다. 그것은 마치 "도대체 좋은 사람이란 어떤 사람을 말하는 것인가?"와 같은 종류의 질문이기 때문이다. 좋은 사람에 대한 평가는 개개인의 경험이나 가치판단 기준에 따라 다를 수밖에 없다. 이명박은 좋은 사람인가 나쁜

사람인가? 노무현은 좋은 사람이었나 나쁜 사람이었나? 평가자의 기준에 따라 그 결과는 극과 극을 오갈 수 있다.

좋은 글에 대한 평가도 마찬가지다. 내가 좋다고 생각하는 글과 당신이 좋다고 생각하는 글은 상당히 다를 수 있다. 당신이 극찬하는 작가를 나는 경멸할지도 모른다. 내가 치켜세우는 작가를 당신은 시큰둥하게 여길지도 모른다. 따라서 누군가 내게 "좋은 글을 쓰려면 좋은 글을 읽으라고 하셨죠? 그러니 좋은 글 좀 추천해주세요."라고 말하면 나는 다소 난감함을 느낄 것이다. 실제로 이런 일은 내게 심심찮게 일어난다. 내가 정말 좋은 책이라고 '강추'했건만 그 책을 읽은 사람들의 반응은 대체로 뜨뜻미지근했다. 반대의 경우도 있다. 누군가 입에 침이 마르게 칭찬해서 일부러 어렵게 찾아 읽었건만, '눈만 버렸다'고 생각한 적도 꽤 있다.

그렇다면 좋은 글이란 그저 상대적인 의미일 수밖에 없고, 각자가 마음에 드는 글을 좋은 글이라고 해버리면 되는 것일까? 아니다. 분명 대다수의 사람들이 공통적으로 인정할 만한 좋은 글의 요건이 있다. 그것은 바로 정확한 글이다. 다음과 같이 반문하는 분들도 있을 법하다. "우리 조카나 할머니는 문법이나 맞춤법을 잘 모르지만 그들이 쓴 글을 읽고 감동을 느낄 때가 많은데, 그런 글들도 충분히 좋은 글 아닌가요?" 맞다. 그러나 우리는 그런 글들을 읽을 때 코흘리개 혹은 늙으신네의 글임을 충분히 감안하고 읽지 않는가? 당신은 어느 쪽에도 속하지 않는다. 당신은 적어도 최근에 의무교육을 마친 평균적인 지성인이다. 따라서 단지 글의 내용만 좋으면 그만 아니냐는 생각으로 글을 써선 안 된다. 내용뿐 아니라 형식에서도 교양인에 걸맞은 모습을 보여줘야 좋은 글을 썼다고 인정을 받을 수 있는 것이다.

정확한 글을 쓰려고 노력해라. 이것은 좋은 글을 쓰기 위한 필수 코스다. 다른 종류의 노력은 언제 어떤 식으로 효과를 보게 되는지 다소 막연하다. 예컨대 독서가 좋은 글에 미치는 영향은 분명하나 실시간으로 내게 실감이 팍팍 전해지진 않는다. 최소 몇 년 단위의 시간이 흐른 뒤에야 비로소 '아 도움이 되는구나' 하고 느낀다. 정확한 글을 쓰기 위한 노력은 짧은 기간 내에 효과를 즉시 체감할 수 있다. 좋은 글은 단기간에 갑자기 쓸 수 없다. 석 달 전에는 나쁜 글을 썼는데 지금은 좋은 글을 쓴다는 건 있을 수 없는 일이다. 석 달 사이에 글의 내용이 확 좋아질 수는 없다. 그러나 석 달 전에는 부정확한 글을 썼는데 지금은 정확한 글을 쓴다는 건 충분히 가능한 일이다. 석 달쯤 연습하면 글의 형식은 눈에 띄게 좋아진다.

이처럼 "올바른 낱말, 정확한 용어, 적확한 표현"을 쓰려는 노력을 게을리 해선 안 되는 가장 큰 이유는 "잘못된 단어 선택은 의미 전달에 심각한 장애를" 주기도 하기 때문이다. 사소한 실수 하나가 치명적인 결과를 초래할 수 있다. 예컨대 내가 어제 읽은 어느 번역소설에는 다음과 같은 문장이 있다. "사모님은 약간 남자다운 성격을 지니고 있어, 언제라도 식탁에서 K에게 내 얘기를 밝힐 수 있는 상황이었네." 자, 이 문장의 어디가 틀렸는가? 아무리 눈 씻고 찾아봐도 모르겠다는 분들은 좀 더 문장공부에 분발하셔야겠다. 정답은 '남자다운'이다. '남자 같은'이라고 써야 정확한 문장이 된다. 사모님한테 '남자다운'이라는 표현을 쓸 순 없다.

내가 이런 지적을 하면 혹자는 이렇게 말할 것이다. "에이, 그 정도 실수는 누구나 하지 않나? '남자다운'이라고 썼다고 누가 사모님을 남자라고 생각하겠어? 뜻만 통하면 되는 거지 뭐." 나도 어느 정도는 그렇게 생각한다. 이런 사소한 실수를 들먹이며 굳이 번역자에게 면박을 주고 싶은 마음은 없다. 내가 말하고 싶은 요지는 이거다. 만약에 내가 저 번역자이고, 이런 지적을 누군가로부터 받는다면 나는 부끄러울 것 같다. 불필요한 지적을 더는 받지 않도록 신경 쓸 것 같다. 나는 당신도 그런 마음을 가지길 바라는 것이다. '남자 같은'과 '남자다운'은 "번갯불과 반딧불만큼 엄청나게 다르다"는 걸 느껴주었으면 한다.

# 글 '장식'이 도가 지나치면
# 글 '가식'이 된다

사람들은 무엇을 가리거나 돋보이게 하기 위해 장식을 단다. 어느 쪽이든 다른 사람의 시선을 의식하는 건 마찬가지다. 시선이 닿지 않는 곳에 장식을 달지 않는 건 그 때문이다. 그런데 장식이 제구실을 하지 못할 때가 많다. 가릴 것을 돋보이게 하거나 돋보이게 할 것을 가리는 식이다. 어울리지 않는 장식은 하지 않는 편이 낫다. 그런데도 사람들은 장식을 하지 않으면 가려지지 않거나 돋보이지 않을까 불안해서 무언가를 붙인다. 무언가를 붙임으로써 때때로 가려져야 할 것이 돋보이고 돋보여야 할 것이 가려진다는 걸 깨닫지 못하는 것이다.

_이승우, 『한낮의 시선』, 이룸, 2009, 58~59쪽

많은 여자들이 얼굴의 무언가를 "가리거나 돋보이게 하기 위해" 화장을 한다. 주근깨나 잡티는 가려주고 콧대나 입술은 돋보이게 해주는 게 화장의 기본이다. 그런데 모든 여자들이 화장에 능숙한 것은 아니다. 누구 말마따나 '화장을 글로 배워서' 그런지, 화장을 못하는 여자들도 상당히 많다. 그들은 다음과 같은 놀림의 말을 자주 듣는다. "네가 가부키 배우냐." "쥐 잡아 먹었냐." "화장을 해야지 분장을 했구나." 등등. 예쁘게 보이려고 한 화장이 오히려 굴욕을 안기는 꼴이다. 그래서 화장에 소질이나 취미가 없는 사람은

아예 화장을 하지 않거나 최소한의 기초적인 화장만 하는 게 낫다. 제구실을 못할 화장은 차라리 안 하느니만 못하다.

이는 글을 쓸 때에도 명심해야 될 사항이다. 글쓰기에도 어느 정도 화장술은 필요하다. 그러나 지나친 화장이 상대에게 거부감을 일으키듯이 지나친 미문(美文)도 독자의 속을 메스껍게 만든다. 화장(문장) 그 자체를 예술의 경지로 끌어올린 극소수의 대가들을 제외하고 말이다. 따라서 이제 갓 글쓰기에 입문한 초심자들은 화장에 대해서는 아예 머릿속에서 지워버리는 편이 낫다. 일단 세수부터 깨끗이 하고 다녀라. 즉, 정확한 문장을 쓰려는 노력부터 기울여라. 뽀득뽀득 세수만 깔끔하게 해도 얼굴에서 광이 나듯이, 또박또박 문장만 정확하게 써도 글에서 빛이 난다. 민낯에 자신이 있으면 굳이 화장술은 따로 배울 필요가 없어진다.

그럼에도 찍어 바르고 싶은 욕구가 완전히 사라지는 건 아닐 것이다. 때와 장소에 따라서는 화장을 하고 싶은 경우도 생긴다. 이럴 때 유념해야 할 것은 절제다. 지나친 과욕 때문에 화장의 수준을 넘어 분장까지 가버려서는 안 된다. 예쁘게 보이고 싶은 욕구와 화장의 강도는 비례하는 경향이 있다. 인생에서 가장 화장을 두껍게 하는 때는 결혼하는 날일 것이다. 오죽하면 신부화장이라는 말까지 있겠는가. 그러나 좋게 말해서 신부화장이지 나쁘게 말하면 그냥 떡칠인 경우가 많다. 나는 신부들이 왜 그렇게 천편일률적인 화장법을 고수하는지 이해할 수가 없다. 전혀 예뻐 보이지도 않고 원래 예쁜 얼굴조차 가려버리는 그런 떡칠을 말이다.

평소에 화장을 떡칠하고 다니면, 나중에는 화장을 안 하면 집 앞 슈퍼에도 못가는 지경까지 되고 만다. 남들이 자신의 맨얼굴을 보면 실망할 거라고 지레짐작하기 때문이다. 글을 쓸 때에도 똑같은 일이 일어난다. 평소에 문장을 쓸 때 멋을 잔뜩 부리길 좋아하면, 나중에는 멋을 안 부린 글은 아예 남들에게 내놓질 못하게 된다. 쉬운 문장과 간단한 표현만으로 글을 쓰면 혹시 사람들이 내 수준을 얕잡아보지 않을까 걱정이 들기 때문이다. 그러다보니 글에다 자꾸만 떡칠을 하게 되는 것이다. 글쓴이의 원래 얼굴이 어떻게 생겼는지 보이지 않을 정도로 두껍게 화장이 된 글은 결코 좋은 글이 아니다. 장식이 도가 지나치면 가식이 된다.

글쓰기 초보들은 꾸밈없는 글을 쓰는 게 전략적으로도 옳다. 아예 대놓고 맨얼굴을 보여주는 것이다. '그래, 나 이렇게 생겼어. 솔직히 예쁜 얼굴은 아냐. 하지만 나름대로 개성은 있지 않니?' 이런 느낌을 독자에게 주는 것이 좋다. 이게 왜 전략적으로 옳은 선택이냐 하면, 본인이 아무리 숨기려고 해도 초보에게선 어쩔 수 없이 초보 티가 나기 때문이다.

길거리를 다니다 보면 엄마 화장품 몰래 찍어 바르고 나온 여고생들이 보인다. 딱 보인다. 그런데 그들은 자신의 화장이 유치하게 보인다는 걸 모른다. 백날 끼리끼리 모여서 화장을 고쳐주고 해봤자, 그 수준이 그 수준이기 때문에 얼굴에 '나는 고딩이로소이다' 하고 드러날 수밖에 없는 것이다.

# 글에서
# '허영기'를 지워라

글에서 허영기를 지우는 요령은 의외로 쉽다. 세상살이와 인생살이 전반에 대해 자기가 알고 있는 것이 보잘것없다는 사실을 솔직하게 인정하고, 자신이 분명히 아는 것만 진술하게 풀어가는 자세가 그것이다. 그러려면 우선 자기가 정확하게 숙지하고 있는 어휘만을 구사해야 한다(공연히 문자 속을 드러낸답시고 어려운 관념어, 이를테면 '존재·이율배반·상황·개념' 같은 단어들을 쓰는 걸 적극적으로 피해야 한다는 소리다). 또한 기다란 문장은 가능한 한 삼가야 옳다. '~했는데·~하지만·~했으나' 같은 종속절이 앞서는 복문은 대체로 그 뒤의 주절과 싸우고 있어서 의미가 뿔뿔이 겉돌기 쉽다.

_김원우, 「문장의 요체는 무엇인가」, 「산책자의 눈길」, 강, 2008, 44쪽

모르는 것은 죄가 아니다. 물론 대통령이 '-습니다'를 모르고 국무총리가 '731부대'를 모르는 것은 죄다. 공인으로서의 지위를 감안했을 때 당연히 알아야 할 것을 모르고 있기 때문에 죄다. 그들이 내놓는 글 한 줄이나 말 한 마디는 순전히 자신만의 것이 아니다. 그저 약간 창피함을 느끼고 넘어가면 되는 문제가 아니다. 자기네들이 그토록 중시하는 국격(國格)을 떨어뜨렸으므로 그에 걸맞은 책임을 지고 비판도 감내해야 한다. 그들이 공인의 신분이 아니라면 그런 걸 몰랐다고 크게 비난 받을 일은 아니다. 동네 복덕방

아저씨가 '-습니다'를 틀리거나 김밥천국 아주머니가 '731부대'를 모른다고 해서 누가 비난을 하겠는가?

모르는 것은 배워서 알면 된다. 다음부터 틀리지 않으면 된다. 그러나 모르는 것을 아는 척하는 건 누구든지 죄다. 대통령이든 복덕방 아저씨든 마찬가지다. 잘 모르면 그냥 모른다고 하면 된다. 그런데 "나는 모른다."라고 입을 떼기가 생각만큼 쉽지는 않다. 진짜로 가난한 사람이 "나는 가난하다."라고 말하기 어려운 것과 마찬가지다. 간혹 언론에 나와서 "가난은 부끄러운 게 아닙니다."라고 말하는 분들이 있다. 이런 분들은 딱 두 부류다. 실제로 가난이 뭔지 잘 모르거나, 예전에는 가난했으나 지금은 가난하지 않은 분들이다. 현재 찢어지게 가난한 사람이 방송에 나와서 이런 얘기하는 거 나는 못 들어봤다. 지식(혹은 상식)의 가난도 마찬가지다.

미디어에 등장해 "책 많이 읽지 마라."라고 말하는 분들 중에서 책 적게 읽은 사람을 본 적이 있는가? 자기들은 엄청 읽어놓고 남들에겐 많이 읽지 않아도 된다고 한다. 그보다는 먼저 성실한 생활인이 되라고 말한다. 참으로 멋진 말씀이고 옳은 말씀이다. 너무 옳은 얘기라 반박의 여지도 없다. 나는 그 말을 부정하거나 냉소하고 싶은 마음이 없다. 나도 백퍼센트 공감하니까. 그러나 만약 어디에 가서 그런 소리를 떠들 수 있는 위치에 도달하고 싶으면, 역설적으로 당신은 책을 많이 읽어야 한다. 아주 많이 읽어야 한다. 물질적인 가난도 정신적인 가난도 그 상태를 벗어난 사람만이 자신 있게 입에 올릴 수 있다. 약간 부당해 보이지만 그게 현실이다. 현재 가난하거나 지식이 없는 상태에서 그와 같은 주장을 하려면 상당한 용기가 필요하다.

이야기가 조금 옆으로 샜는데, 내가 하고 싶은 말의 요지는 이거다. 가난이 죄가 아니듯 무지도 죄가 아니다. 막상 내가 그러한 처지에 놓여 있으면, 현재 내 상태를 남 앞에 있는 그대로 솔직하게 내보이기 쉽지 않다. 아무도 비웃는 사람이 없는데 괜한 자격지심에 혼자서 부끄럽다. 그래서 자꾸 자신을 필요 이상으로 포장하게 된다. 주머니엔 백 원밖에 없으면서, 만 원이 있는 것처럼 행동한다. 남들은 이미 당신의 행색을 보고 '저 사람은 만 원이 있을 사람이 아니다'라는 걸 눈치 채고 있는데도, 자기 혼자서 허세를 부리고 있는 것이다.

누군가 당신의 가난을 비웃으면 그건 그 사람이 천박한 것이다. 가난은 비웃음거리가 될 수 없다. 하지만 가난을 감추려고 허세를 부리면 그건 당신이 천박한 것이다. 허세는 비웃음거리가 될 수 있다.

이를 글쓰기와 관련지어 생각해도 마찬가지 결론에 도달한다. 글쓰기에 관한 한 당신은 아직 가난하다. 그냥 가난한 것도 아니고 찢어지게 가난하다. 주머니에 백 원밖에 없다. 그런데 그걸 남들에게 보이기 싫어서 자꾸 만 원이 있는 것처럼 글을 써댄다. 처음 몇 번은 남들 눈을 속일 수 있다. 이래저래 거짓말로 둘러댈 수 있다. 그러나 결국 얼마 못 가서 당신의 밑천은 드러나게 되어 있다. 그러고 나면 사람들은 당신의 글에서 허세만 보게 될 것이다. 무슨 글을 쓰든 아무도 당신의 글을 진지하게 읽지 않을 것이다. 당신은 경험도 부족하고, 독서량도 부족하고, 습작량도 부족하다. 요컨대 가난하다. 그러면 그에 걸맞은 '가난한' 글을 써야 한다. '가난한'이라는 표현이 어색하게 들리면 '검소한'으로 바꾸자. 당신은 '검소한' 글을 써야 한다.

# 내가
# '쓸 수 있는 글'부터 쓰자

> 가능하면 대작을 쓰는 것을 피하도록 하게. 아무리 뛰어난 사람, 재능과 탁월한 노력을 겸비한 사람이라 할지라도 대작 앞에서는 고생하는 법이기 때문이네. 나도 그런 식으로 고통을 겪었기 때문에 그것이 얼마나 해를 끼치는지 알고 있네. 그로 인해 얼마나 많은 것들이 수포로 돌아가 버렸던가! 내가 잘해낼 수 있는 것만 착실히 했더라면 백 권의 책이라도 썼을 텐데 말이야.
>
> _요한 페터 에커만, 장희창 옮김, 『괴테와의 대화1』, 민음사, 2008, 56쪽

쓰는 사람의 관점으로 봤을 때 글에는 두 종류가 있다. 내가 쓰고 싶은 글과 내가 쓸 수 있는 글. 쓰고 싶은 글이 곧 쓸 수 있는 글이라면 얼마나 좋을까. 하지만 이런 행복한 경우는 그다지 흔치 않다. 대다수의 사람들은 쓰고 싶은 글과 쓸 수 있는 글이 좀 다르다. 그래서 괴롭다.

나도 마찬가지다. 나의 최종 목표는 소설가다. 그런데 십여 년 공부했건만 아직 변변한 소설을 써내지 못하고 있다. 딱 잘라 말해서 소설을 쓰기 위한 내 역량이 부족하기 때문이다. 그래도 다행인 건

내 역량이 부족하다는 걸 나 스스로 알고 있다는 점이다. 다시 말해서 나는 비교적 주제 파악을 잘하고 있다. 내게 소설가는 오늘내일에 이룰 수 있는 꿈이 아닌 것이다.

내가 쓰고 싶은 글은 소설이지만 현재의 나는 소설을 쓸 수 없다. 그렇다고 언제까지나 괴로워하며 습작의 나날을 보내고 있을 수만도 없다. 그렇게 이미 10년 정도를 보냈다. 앞으로 10년을 더 보내야 할지, 20년을 더 보내야 할지 그마저도 확실치 않다. 쓰고 싶지만 쓸 수 없는 괴로움을 나는 누구보다 잘 알고 있다. 이러다가 소설은 고사하고 글쓰기와도 완전히 결별하게 될지도 모른다. 그야말로 정나미가 뚝 떨어져서 말이다. 실제 많은 문청들이 이런 이유로 서른이 넘어가면서 글쓰기 자체를 놓아버린다. 그리고 글쓰기와는 무관한 직업전선으로 뛰어든다. "나도 한 때는 글 좀 썼지." 하고 술자리에서 푸념하는 게 고작이다.

그 어떠한 경우라도 글쓰기에서 완전히 끈을 놓아서는 안 된다. 누군가 내게 먹고사는 문제 때문에 글쓰기를 포기했다고 말을 하면, 그는 내게서 구박이나 실컷 듣게 될 것이다. 그가 내게 바란 것은 따뜻한 위로의 말 한 마디였겠지만 나는 그를 위로하고픈 마음이 조금도 없다. 그 사람이 내게 위로의 말을 듣는다면 이유는 단하나다. 내가 그에게 별로 관심도 애정도 없기 때문이다. 그냥 인사치레용 말인 거다. 내가 아끼는 사람이 그런 소리를 하면 나는 아마 화를 낼 것이다. 그런 엄살 피우지 말라고. 추잡하게 변명하지 말라고. 당신이 무슨 일을 하든지 하루에 30분 정도는 글을 쓸 시간을 낼 수 있다. 어딘가 강제수용소에 갇혀서 노역에 동원되고 있지 않는 한 그 정도 시간은 누구나 할애할 수 있다.

그럼에도 그들이 직업전선에 뛰어듦과 동시에 펜을 놓아버린 이유는 무엇일까? 그 속내를 들여다보면 먹고사는 문제와 직접적인 관련이 없다는 사실을 알게 된다. 그저 펜을 놓기 위한 하나의 구실이 마침 직업이라는 형태로 나타났을 뿐인 거다. 가뜩이나 울고 싶었는데 직업이란 놈이 나타나서 뺨을 때려준 거다. 그런데 왜 그들은 울고 싶었을까? 그것은 바로 쓰고 싶은 글을 쓸 역량이 자신에게 부족하다는 걸 깨달았기 때문이다. 직업이 생긴 것과는 무관하고, 그저 잘 쓰고 싶은데 잘 안 써지기 때문에 포기를 한 것이다. 쓰고 싶은 글을 잘 쓸 수 있어 봐라. 잠잘 시간 줄이고 코피 펑펑 쏟아가면서도 글쓰기를 멈추지 않을 것이다.

그렇다면 오늘도 여전히 펜을 쥐고 있으려면 어떻게 해야 하나? 답은 나왔다. 쓰고 싶은 글이 아니라 쓸 수 있는 글부터 써야 한다. 나를 예로 들면, 내가 쓰고 싶은 글은 소설이다. 그런데 지금 내가 쓰고 있는 이 글은 소설이 아니다. 이 글을 뭐라고 불러야 좋을지 모르겠으나, 소설이 아닌 것만은 확실하다. 내가 지금 이런 글을 쓰고 있는 까닭은 지극히 간단하다. 지금의 내가 쓸 수 있는 글이기 때문이다. 이렇게 해서라도 나는 글쓰기를 여전히 지속하고 있다. 제법 즐기면서 쓰고 있다. 누구든지 자신이 잘하는 걸 할 때 즐겁고 신바람이 난다. 그리고 잘하는 걸 할 때 자신이 가진 능력의 최대치를 발휘할 수 있다. 지금 이 글엔 내가 현재 보여줄 수 있는 내 필력의 최대치가 담겨 있다. 소설로는 이만큼을 보여줄 수 없다.

# '필력'보다
# 더 중요한 것은 '활력'

글 쓰는 것에 대해 내가 알고 있는 것 중 하나는 다음과 같다. 매번 즉시 그것을 모두 써 버리고, 뽐어내고, 이용하고, 없애 버리라. 책의 나중 부분이나 다른 책을 위해 좋아 보이는 것을 남겨두지 말라. 나중에 더 좋은 곳을 위해 뭔가를 남겨두려는 충동은 그것을 지금 다 써먹으라는 신호이다. 나중에는 더 많은 것이, 더 좋은 것이 나타날 것이다. 이것들은 샘물처럼 뒤에서부터, 아래로부터 가득 차오를 것이다. 마찬가지로 알게 된 것을 혼자만 간직하려는 충동은 수치스러운 일일 뿐만 아니라 파괴적인 일이기도 하다. 아낌없이 공짜로 푹푹 나눠주지 않으면 결국 본인에게도 손해이다. 나중에 금고를 열어보면 재만 남아 있을 것이다.

_애니 딜러드, 이미선 옮김, 『창조적 글쓰기』, 공존, 2008, 111쪽

필력은 근력과 비슷하다. 쓰지 않으면 점점 더 힘이 떨어진다. 언뜻 생각하기에는 힘을 안 쓰고 모아서 한 방에 터뜨리면 큰 힘을 발휘할 것 같지만 실제로는 그렇지 않다. 두 다리가 멀쩡하던 사람도 3년만 휠체어를 타고 다니면 다시 걸을 수 없게 될지도 모른다. 근육은 쓰지 않고 내버려 두면 쪼그라든다. 그 상태가 오래 지속되면 아예 재생 불가능한 지경이 된다. 필력도 마찬가지다. 내공을 모

은답시고 글은 안 쓰고 준비만 열심히 하는 분들이 있다. "지금은 글을 쓸 때가 아니라 준비를 해야 할 때야." 그러고는 나중에 한 방을 보여주겠노라 호기를 부린다. 이런 분들은 뭔가 착각을 하고 있다. 필력의 특성을 잘못 이해하고 있는 것이다.

현재 당신의 관심을 끄는 소재나, 자신이 잘 쓸 수 있는 주제가 있으면, 나중으로 미루지 말고 지금 당장 붙들고 글을 써라. 쓸 수 있겠다는 자신감이 51퍼센트만 넘으면 지체하지 말고 써라. 실력을 조금 더 쌓은 다음에 쓰겠다는 생각은 버려라. 그렇게 생각하면 평생 글 못 쓴다. 그놈의 실력은 어떻게 쌓을 참인가. 필력은 글을 쓰지 않고는 기를 수 없다. 그렇다면 지금 쓰고 싶은 글은 놔두고 연습용 글을 따로 더 쓰겠다는 말인가? 왜 그래야 하는가? 지금 쓰고 싶은 걸 그냥 쓰면 된다. 쓰고 싶은 걸 쓰면서 연습도 겸하는 것이다. 당신의 기대와 달리 나중에 쓴다고 해서 반드시 지금보다 더 좋은 글이 나올 거란 보장도 없다.

좋은 글은 필력만 가지고 평가할 수 없다. 필력보다 더 중요한 것은 활력이다. 필력이 아무리 뛰어나도 활력이 없으면 그 글은 죽은 글이다. 20대가 쓸 수 있는 글이 있고 40대가 쓸 수 있는 글이 있다. 필력이 뛰어난 40대가 쓴 글보다 활력이 넘치는 20대가 쓴 글이 더 높은 평가를 받는 경우가 많다. 그 시기를 놓쳐버리면 안 되는 글들이 있다. 시간은 되돌릴 수 없으므로 일단 쓰지 못하고 지나가 버리면 그걸로 끝이다. 김승옥이 「무진기행」을 스물네 살 때 썼다. 이 단편소설을 묵혀두었다가 마흔네 살 때 썼으면 더 좋은 단편이 되었을까? 대다수의 사람들은 그리 생각하지 않을 것이다. 「무진기행」은 이십 대에 썼어야만 하는 작품이다.

「무진기행」을 마흔네 살에 쓰려고 해서는 안 되었던 이유는 또 있다. 1941년생인 김승옥은 1981년 이후로 절필을 했기 때문이다. 그는 1980년에 광주항쟁이라는 사회적 충격과 1981년에 종교적 계시를 받는 개인적 체험 등을 겪으며 집필의욕을 잃어버린다. 그러므로 「무진기행」을 마흔 살 이후에 쓰려고 미뤄뒀더라면 결국 그 소설은 세상에 나오지 못했을 것이다. 스물네 살의 김승옥은 마흔네 살의 김승옥이 펜을 놓게 되리라는 걸 꿈에도 상상하지 못했을 터이다. 이처럼 인생은 앞날을 예측할 수가 없다. 20년 후는 고사하고 2년 후의 내 모습도 상상이 잘 안 된다. 그러니 지금 쓰고 싶은 글이 있으면 지금 쓰는 게 가장 좋다.

그렇게 지금 써 버리면 나중에는 어떡하느냐고? 걱정도 병이다. 그때가 되면 또 그때에 걸맞은 소재나 주제가 떠오를 테니 미리부터 걱정하지 마라. 물론 나도 사실 '쪼끔' 걱정이 되기는 한다. 지금으로선 『아이디어 에러디어』를 끝내고 나면 무엇을 더 쓸 수 있을지 깜깜절벽이다. 이것이 끝은 아닐까 하는 두려움도 있다. 그러나 이런 기분은 요전번에 『그러니까 당신도 써라』를 쓸 때도 똑같이 느꼈다. 그 전에 〈내일을 향해 써라〉나 〈묻지마 맞춤법〉을 블로그에 연재할 때도 마찬가지였다. 하지만 지금의 나는 어떤가? 이렇게 뭔가를 계속해서 끼적이고 있다. 이러한 경험으로 보건대 앞으로도 나는 분명히 계속 글을 쓸 수 있으리라 믿는다. 미리 걱정해서 뒷날을 위해 지식을 비축해두지 않는다. 지금 아는 건 지금 다 써먹는다.

# 독자를
# 배려하는 글을 쓰라

> 아파트 1층에서 엘리베이터에 탄 후 문을 닫으려고 하는데 20미터쯤 앞에서 사람이 걸어오는 것이 보였다. 함께 타고 가려고 기다렸더니 "먼저 가세요."라고 한다. 기다리게 하는 것이 미안해서 한 말이겠거니 생각하고 계속 기다렸다. 그러나 그 사람은 엘리베이터 옆 계단을 통해 걸어서 올라가는 것이 아닌가? 2층 또는 3층에 사는 사람이다. 이때 "먼저 가세요."라고 말하지 않고 "2층에 살아요."라고 말했다면 나는 문을 닫고 올라갔을 것이다.
>
> _한완현, 『돈 되는 번역 돈 안 되는 번역』, 와이엘북, 2009, 223쪽

말하기나 글쓰기를 할 때 가장 유념해야 할 사항이 있다. '내가 무엇을 말하느냐가 중요한 것이 아니라 상대가 무엇을 듣느냐가 중요하다'. 언뜻 생각하면 그게 그거 아니냐고 반문할 수 있다. 그렇지 않다. 화자의 의도와 청자의 해석이 엇갈리는 일은 비일비재하다. 화자가 자신의 생각을 에둘러서 말하지 않았음에도 그런 일은 빈번히 일어난다. 엘리베이터 앞에서 "먼저 가세요."라고 말한 사람은 속에 다른 의도를 품고 있던 게 아니다. 자기는 2층에 사니까 엘리베이터 안 탄다는 말을 있는 그대로 한 거다. 상대를 골탕 먹이려

고 한 게 아니다. 그렇지만 상대도 자기 입장에서 있는 그대로 받아들였다. 그 결과 두 사람 사이에 혼선이 빚어졌다.

"먼저 가세요."와 "2층에 살아요."의 차이는 아주 크다. 일견 사소해 보이지만 사소한 차이가 결코 아니다. 우리는 당연히 후자의 태도를 몸에 새겨야 한다. 말을 할 때나 글을 쓸 땐 항상 듣거나 읽는 사람의 입장을 먼저 고려해야 한다. 요컨대 서비스 정신으로 똘똘 뭉쳐 있어야 한다. 특히 말을 할 때보다 글을 쓸 때 훨씬 더 세심하게 상대를 배려해야 한다. 우리가 말을 할 때는 표정이나 제스처도 함께 전달되므로 오해의 소지가 덜하다. 그러나 써놓은 글만 읽어서는 글쓴이가 농담을 하고 있는 건지 진담을 하고 있는 건지조차 헷갈릴 때가 많다. 글에서 표정이나 제스처까지 보여줄 수 있으면 오해의 소지는 훨씬 줄어들 것이다.

세상에 오해 받아도 좋은 글은 딱 한 부류밖에 없다. 문학이다. 그 중에서도 대표적으로 소설이 그렇다. 소설은 군이 독자가 작가의 의도에 따라 읽어낼 필요 없다. 조금 과장해서 말하면 그저 제 마음대로 읽어도 그만이다. 100명이 읽고 100가지 독법이 나와도 작가를 탓할 일이 아니다. 오히려 작가는 더 뿌듯하게 생각할 수도 있다. 메시지가 너무 선명하면 삼류소설로 취급 받는다. 그러나 그 외의 글들, 예컨대 칼럼은 그렇지 않다. 칼럼을 100명이 읽고 100가지 독법이 나온다면 그 이유는 단 하나다. 글쓴이가 글을 잘못 쓴 것이다.

제대로 썼다면 100명이 읽어도 하나의 독법이 나와야 한다. 누가 봐도 글의 논지가 분명해야 한다.

소설가 지망생이 아닌 사람들은 모두 논지가 분명한 글을 써야한다. 내 말에 공감하지 않는 분들은 없을 것이다. 그러나 많은 사람들은 그렇게 글을 쓰고 있지 않다. 왜 그럴까? "먼저 가세요." 식으로 글을 쓰기 때문이다. "먼저 가세요." 식으로 글을 쓰면 제아무리 논지가 뚜렷한 글을 써도 글 쓴 본인에게만 뚜렷해 보일 뿐이다. 음치는 자신이 노래를 못 부른다는 걸 스스로 깨닫지 못한다. 남들이 뭐라고 하면 그제야 '아, 내가 노래를 못 부르는구나' 하고 알게 된다. 글치도 마찬가지다. 누가 봐도 엉터리 글인데 정작 본인만 모른다. 음치를 고치려면 일단 그 사람의 목소리를 녹음해서 들려줘야 한다. 남의 입장이 되어 자기 목소리를 듣고 현재 자신의 상태를 판단할 줄 알아야 한다. 글치의 치료법도 다르지 않다.

글치를 탈출하기 위해서는 자신의 글을 남의 눈으로 읽는 연습부터 해야 한다. 가슴에 손을 얹고 말해보라. 지금껏 당신이 쓴 글을 남의 눈으로 읽어보려고 시도해 본 적 있는가? 당신의 글이 가진 장점은 무엇이고 단점은 무엇인가? 버릇처럼 자주 쓰는 표현은 무엇이고 절대로 쓰지 않는 표현은 무엇인가? 물론 처음부터 파악하기는 쉽지 않을 것이다. 자신의 단점을 스스로 짚어내기가 그리 간단한 일은 아니다. 아무튼 내가 하고 싶은 말의 요지는, 그러한 마음가짐을 평소에 가지고 글을 써야 한다는 것이다. 무작정 글을 쉽게 쓰라는 뜻은 아니다. 쉽게 쓰든 어렵게 쓰든 자신이 얼마나 독자를 배려하며 쓰고 있는지 매순간 자문해보라. 나는 당신이 "먼 저 가세요."가 아니라 "2층에 살아요."와 같은 글을 쓰길 진심으로 바란다.

제4부

아이디어로 가는 디딤돌
'에러'

# 내 손금에도
# 아이디어가 있다

영화배우 문소리의 말이다. 갓 상경한 애처럼 버스 창밖만 열심히 보고 있는 이십 대 초반의 문소리가 머릿속에 그려진다. 누군가에겐 늘 똑같은 거리이건만 또 다른 누군가에겐 그 거리가 날마다 새롭게 느껴진다는 사실이 흥미롭다. 당신은 어느 부류에 속하는가. 버스를 타면 창밖의 풍경을 즐겁게 내다보는 쪽인가, 자리에 앉자마자 눈을 감고 잠을 청하는 쪽인가. 나로 말할 것 같으면 전자다. 나는 버스 타는 걸 무척 좋아한다. 굳이 시외로 나가는 관광버스일 필요는 없다. 내가 원하는 건 낯설고 신기한 풍경이 아니다.

나는 낯익은 풍경 속에서 낯선 장면들을 보는 게 더 좋다. 그래서 심심할 땐 시내버스 타고 도시를 한 바퀴 돈다.

나는 여행을 좋아하지 않는다. 내 평생에 여행이라고는 해본 적이 없다. 학창시절에 수학여행 간 것 빼고. 내가 여행을 좋아하지 않는 이유는 굳이 여행을 할 필요를 못 느끼기 때문이다. 비싼 돈 들여서 이리저리 구경 다닐 까닭이 없다. 남들이 중국 만리장성이나 파리 에펠탑 보고 느끼는 감흥을 나는 동네 뒷골목이나 집 근처의 앞산을 어슬렁거리며 느낀다. 조금 더 사치(?)를 부리고 싶으면 교통카드 들고 시내버스에 오르면 그만이다. 날마다 같은 코스를 왕복한다고 해도 전혀 지루할 틈이 없다. 차창 밖 풍경은 단 하루도 같은 날이 없다. 나는 학창시절에도 버스가 되도록 늦게 학교에 도착하길 바랐다. 너무 일찍 도착하면 버스비가 아까웠다.

우리는 흔히 반복되는 일상이라는 표현을 쓴다. 그러나 엄밀히 말해서 일상은 결코 반복되지 않는다. 당신의 인생에서 어느 하루와 똑같은 다른 하루는 존재하지 않는다. 어제와 같은 오늘, 오늘과 같은 내일은 있을 수 없다. 그런데도 사람들은 하루하루가 똑같은 일상이라고 푸념한다. 하지만 문소리 같은 사람들은 그렇게 느끼지 않는다. 그들이라고 해서 딱히 하루가 남들보다 더 다이내믹하게 흘러가진 않을 것이다. 다만 그들은 외부에서 들어오는 자그마한 자극을 남들보다 더 크게 받아들일 뿐이다. 감수성이 풍부하다는 건 작은 걸 크게, 사소한 걸 중요하게 받아들일 줄 안다는 뜻이다. 일상을 대하는 태도에서 감수성의 정도가 드러난다.

도사는 우주를 논하고 시인은 일상을 논한다. 도사가 많은 세상은 좋은 세상이 아니다. 시인이 많은 세상이 좋은 세상이다. 시는 머리로 쓰는 게 아니다. 눈과 귀로 쓴다. 주위에 빤히 있지만 남들은 보지 못하는 것들을 보이도록 만드는 게 시인의 역할이다. "이건 정말 제가 처음 발견한 건데요. 왼쪽 손바닥을 펴보세요. 사람의 손금엔 '시'라고 쓰여 있어요." 시인 함민복의 말이다.

정말 그런지 왼쪽 손바닥을 펴보라. 지금껏 수천만 명의 사람들이 수천 번 자신의 왼쪽 손바닥을 들여다보았을 것이다. 그런데도 거기에 시가 쓰여 있다는 걸 아무도 보지 못했다. 그런데 함민복 시인은 거기에 시가 쓰여 있는 걸 본다. 이것은 두 가지를 의미한다.

첫째, 시인은 역시 남다르구나! 둘째, 시인은 누구나 될 수 있는 거구나! 왼쪽 손바닥에서 시를 보는 일은 누구나 할 수 있다. 시인은 먼저 보는 자이다. 함민복이 아니었더라도 언젠가는 왼쪽 손바닥에서 시를 발견한 사람이 나타났을 것이다. 다만 함민복이 가장 먼저 보고 그것을 세상에 알렸을 뿐이다. 지금 누군가 나타나서 "왼쪽 손바닥에 '시'라고 쓰여 있어요."라고 말해도 소용없다. 함 시인이 이미 공표하고 인증도장을 받아버렸기 때문이다. 1등만 기억하는 더러운 세상이라고 억울해하더라도 소용없다. 실제로 시의 세계에서는 1등만 기억한다. 그 대신에 진입장벽이 무척 낮다. 세 살부터 여든 살까지 차별이 없다. 먼저 발견하면 1등이다.

# '백수' 눈에만 보이는
# '백수'들

함민복 시인이 왼쪽 손바닥에서 시를 발견할 수 있었던 가장 주
된 이유는 그가 시인이었기 때문이다. 그가 정치인이나 과학자 혹
은 회사원처럼 시와 무관한 직업에 종사하는 사람이었다면 손바닥
을 백날 들여다봐도 시가 보이지 않았을 공산이 크다. 그가 시인이
었기 때문에 자기 몸을 비롯한 주위의 모든 사물이 시와 관련해 보
이는 것이다. 여기서 얻을 수 있는 힌트! 시를 쓰려면 먼저 시인이
되어야 한다. 시를 써야 시인이 되는 게 아니라 시인이 되어야 시를
쓸 수 있다는 말이다. 혹시 시인 지망생이 이 글을 읽고 있다면 내

말을 새겨듣길 바란다. 자신을 시인 지망생이라고 생각하지 마라. 당신은 이미 시인이다. 시인이어야 한다.

오래 전에 읽은 무라카미 하루키의 에세이 중에 이런 내용이 있다. 자기가 고등학생이었을 때 길거리는 고등학생들로 그득했다. 어디를 가도 세상은 고등학생들로 차고 넘쳤다. 그러나 성인이 된 후에는 길거리에서 도통 고등학생들을 볼 수 없게 되었다. 그 많던 고등학생은 다 어디로 간 것일까? 정확히는 기억나지 않지만 대강 그런 내용이다. 꽤 공감이 가는 얘기가 아닌가? 단순히 고등학생 때와 활동시간과 생활반경이 달라져서만은 아닐 것이다. 그저 고등학생이라는 존재에 대해서 관심이 없어졌기 때문에 그들이 내 시야에서 사라져버린 것이다. 그들은 여전히 오늘도 당신의 곁을 스쳐 지나가고 있다. 그런데도 도무지 보이질 않는다.

고등학생 눈엔 세상이 교복 입은 고등학생들로 그득 차 있다. 회사원 눈엔 세상이 넥타이짜리 회사원들로 그득 차 있다. 백수 눈엔 세상이 추리닝 바람의 백수들로 그득 차 있다. 뒤집어 말할 수도 있다. 고등학생 눈엔 회사원들이 보이지 않는다. 회사원 눈엔 백수들이 보이지 않는다. 백수 눈엔 고등학생들이 보이지 않는다. 따로 의식하지 않으면 우리는 자신이 속한 계급이나 관심사에 따라 극히 제한적인 시야로 재단된 세상을 본다. 다시 말해 '내가 지금 회사원의 눈으로 세상을 보고 있구나'라는 자각이 없으면 세상이 정말 회사원들로 그득하다는 생각을 갖게 된다. 세상이 마치 회사원들을 중심으로 돌아가고 있는 듯한 착각에 빠지게 된다.

우리는 성별, 나이, 학력, 직업 등으로 잘려진 세상의 특정 단면만 보며 살아가고 있다. 시야를 넓혀 사방팔면을 두루 살피며 산다는 건 말처럼 쉽지 않다. 창의적인 삶을 살고자 하는 사람들은 일면적인 시각에서 탈피하려고 애써야 한다. 먼저 회사원의 눈으로 세상을 보고 있는 자신을 자각하고, 그 다음엔 회사원의 눈이 아닌 다른 시각(예를 들면 '백수의 눈')으로 세상을 보려는 노력이 이어져야 한다. 날마다 같은 시간에 같은 버스를 타고 같은 코스를 거쳐 회사로 출근한다고 가정해보자. 첫째 날은 회사원의 눈으로 둘째 날은 백수의 눈으로 셋째 날은 시인의 눈으로 차창 밖을 내다보라. 그래도 창밖 풍경이 매일 똑같아 보일까?

어디에 초점을 맞춰서 보느냐에 따라 세상은 당신에게 전혀 다른 얼굴을 내민다. 인용문처럼 '하얀 말' 게임을 해 보면 그 사실이 금세 드러난다. 당신은 지금껏 출퇴근길에 말(馬)을 본 적이 있는가? 아마 기억이 나지 않을 것이다. 우스꽝스러운 일인 것 같지만 내일부터 시험 삼아 차창 밖을 내다보며 하얀 말을 찾아보라. "도심 한복판에서 말을 찾으라니? 장난하냐?"라고 반문할 분들도 있을 법하다. 그러나 나는 지금 농담을 하고 있는 게 아니다. 당신이 하얀 말을 찾겠다고 마음만 먹으면 당신은 정말로 하얀 말을 찾을 수 있다. 살아 있는 진짜 말이 아니더라도 며칠 내에 반드시 하얀 말을 발견하게 될 것이다. 나와 내기를 해도 좋다.

# 아이디어는 먼저 침 묻히고
# 도장 찍으면 임자

> 일상의 자잘한 일이나 사물, 자잘한 흔적을 우리는 얼마나 사소하게 생각하는
> 가. 눈여겨보지 못한 작고 하찮은 것들, 내 어깨를 만지는 아이의 여린 손과 흰
> 쌀밥 위 눈물 같은 흑미, 내가 자주 마시는 원두커피 하며, 무거운 가방과 나를
> 실어 나르는 자전거와 핸들에 녹슨 흔적이 몸에 들어오면 견딜 수 없이 서러워
> 져. 이렇게 하찮은 것이 모여 삶을 이루고, 나라는 하찮은 사람을 따뜻하고 정
> 감 있는 사람으로 만들어간다. 어쩌면 가장 일상적인 것이 가장 매혹적인 것임
> 을 깨달을 때, 삶이 다시 보인다.
>
> _신현림, 『아! 인생찬란 유구무언』, 문학동네, 2004, 169쪽

"남의 떡이 더 커 보인다."라는 속담이 있다. 똑같은 떡이라도 다
른 사람의 떡이 내 떡보다 더 크고 맛있어 보이는 게 인간 심리다.
그 말은 뒤집어보면 이렇게도 생각할 수 있다. 지금 당신이 갖고 있
는 떡을 누군가는 굉장히 크게 보고 있다는 사실. 우리는 남의 떡
이 크게 보이는 것만 생각하지 내 떡이 누군가에게 크게 보일 수도
있다는 건 잊고 산다. 나부터도 그렇다. 나는 눈이 나쁘기 때문에
시력이 좋은 사람을 무척 부러워한다. 그러나 앞이 아예 보이지 않
는 사람은 안경만 쓰면 생활에 불편함이 없는 나를 아주 부러워할

것이다. 내가 시력 좋은 사람에게 느끼는 감정의 백만 배는 더 절실하게 나를 부러워하지 않을까 싶다.

남들이 뭘 갖고 있는지에 대한 관찰의 시간은 좀 줄이고, 내가 뭘 갖고 있는지에 대한 성찰의 시간을 좀 늘리자. 관찰은 선택이고 성찰은 필수다. 성찰이 없으면 관찰도 할 수 없다. 눈만 뜨고 무작정 쳐다본다고 관찰이 이뤄지는 것은 아니다. 관찰의 대상에는 아무런 의미가 없다. 물컵을 하나 놓고 사흘 밤낮을 쳐다보라. 물컵이 당신에게 뭔가를 말해주지는 않는다. 하지만 시인들은 다르다. 물컵을 소재로 3박 4일을 떠들 수 있다. 그런데 엄밀히 말해 그들은 물컵에 대해 떠드는 게 아니다. 물컵이 상기시키는 자기 내면의 심상에 대해서 떠드는 것이다. 결국 관찰을 잘하려면 성찰을 통해 자신의 내면부터 풍성하게 가꿔야 한다는 얘기다.

성찰의 결핍을 관찰로 메우려고 하면 반드시 부작용이 생긴다. 신기한 물건, 자극적인 말장난, 이국적인 풍경, 거대한 프로젝트를 통하지 않으면 참신한 아이디어가 떠오르지 않게 된다. 그렇게 물량주의에 익숙해져 버리면 웬만한 자극은 자극으로 느껴지지도 않는다. 시내버스를 타면 저절로 눈이 감긴다. 눈 감고 에펠탑과 만리장성을 생각한다. 그곳에 가면 쌈박한 영감을 얻을 수 있을 것 같다며 아쉬워한다. 그러나 그 옆에서 앉아 있는 문소리 같은 사람은 창밖을 열심히 내다보며 자극도 받고 즐거움도 느끼고 있다. 옆 사람은 앉은자리에서 이미 하고 있는 경험을 굳이 시간과 돈을 써가며 여기가 아닌 어딘가에서 하려는 태도는 안쓰럽다.

당신은 이미 많은 것을 봤다. 다만 그것을 아이디어로 가공하지 못하고 있을 뿐이다. 요즘 눈에 띄는 텔레비전 광고가 있다. '엄마는 여자보다 강하다'라는 내용을 담고 있는 상업광고다. 아주 심플한 내용이다. 한 젊은 주부가 있다. 남편과 있을 때는 수박 한 덩어리를 못 들어서 끙끙대며 남편에게 어리광을 피운다. 그러나 남편이 없을 때는 아이를 태운 유모차도 번쩍 들고 아파트 계단을 오르내린다. 이 광고를 보면서 많은 사람이 공감했을 법하다. 왜 공감을 하는가? '나도 저런 상황을 본 적 있어'라고 생각하기 때문이다. 당신이 '기발하다'라고 느끼는 광고들의 내용은 대부분 당신의 경험 속에도 이미 들어 있다. 어떻게 보면 당신은 아이디어를 뺏겼다. 아이디어의 세계에서는 먼저 발견한 놈이 침 묻히고 도장 찍으면 임자다.

훌륭한 아이디어는 모두 기본에 충실한 아이디어다. 삶의 기본은 일상이다. 일상에만 충실해도 당신은 대단한 아이디어맨이 될 수 있다. 세계 유수의 광고제에서 상 받은 작품들을 인터넷에서 찾아보라. 중학생도 생각해낼 수 있는 아이디어로 이루어져 있다. 당신도 중학교는 나왔을 테니 이미 세계광고제를 석권할 수 있는 경험은 충분하다. 차고 넘친다. 경험이 모자라서 아이디어가 팍팍 솟지 않는 것은 아니라는 말이다. 그런데도 자꾸 신기한 것 거창한 것 남다른 것을 쫓아서 허송세월하겠는가? 오히려 낯익은 것 사소한 것 내 안의 것을 차분히 곱새겨보는 것이 창의력엔 훨씬 더 도움이 된다. 일상에 매혹되지 않으면 누구도 매혹할 수 없다.

# 유행을 좇아
# 공부하지 마라

공부는 시간이 남아서 하는 것이 아니다. 시간을 내어서 하는 것이 공부다. 시
간은 언제나 넉넉하지 않지만, 또 내려고 들면 나오는 것이 시간이다. 공부라는
것은 남이 다해놓은 것을 읽고 외우는 것이 아니다. 무언가 궁금해서 의문을 일
으켜서 혼자 궁리하고 연구하는 것이 공부다. 이렇게 궁리와 연구라고 말하면
또 도리질을 칠 사람이 적지 않을 것이다. 그건 전문가나 하는 일이 아니냐고 말
이다. 하지만 복잡하게 생각할 필요가 없다. 공부거리는 주변에 넘쳐난다. 일상
에서 얼마든지 찾을 수 있다.

_강명관, 「일상을 공부하는 법」, 「시비를 던지다」, 한겨레출판, 2009, 221~222쪽

공부라는 말을 들으면 가슴이 떨리는 사람이 있고 치가 떨리는
사람이 있다. 학창시절에 공부깨나 했던 모범생들 중에도 공부에
치를 떠는 사람이 꽤 있다. 그들에게 공부란 안정된 미래를 위한 투
자개념으로, 어쩔 수 없이 열심히 해야 하는 대상이었을 뿐이다.
남 말하는 것 같아도, 사실 우리들 대다수가 지금껏 그런 심정으
로 공부를 해왔다. 지금도 하고 있다. 영어 공부하는 게 좋아서 토
익 책 들고 다니는 사람이 얼마나 되겠나. 사법시험 준비하는 사람
이 "나는 시험 패스 같은 거 안 해도 좋아. 법전 공부하면서 쏠쏠

한 재미를 느낀 것만으로도 족해."라고 말할 사람이 얼마나 되겠나. 그렇게 말했다간 미쳤다고 손가락질이나 받기 쉽다.

　우리는 지금껏 목적이 아닌 수단으로서의 공부만 하며 살아왔다. 다른 이유나 목적 없이 공부 그 자체의 즐거움 때문에 공부를 하고 있는 사람은 드물다. 당신 주위를 둘러보라. 부모, 형제, 친구, 직장동료 중에 돈벌이와는 무관한 공부에 푹 빠져 사는 사람이 얼마나 있나. 공부를 열심히 하고 있는 사람들은 대부분 직업과 관련된 공부가 전부다. 아침 일찍 일어나 영어학원을 다니는 사람 중에 그저 공부가 즐거워서 다니는 사람이 몇 명이나 있겠나. 스펙을 쌓기 위해서 어쩔 수 없이 새벽잠 아껴가며 다니고 있을 뿐이다. 영어가 필요한 직장에 다니다가 필요 없는 직장으로 자리를 옮기게 되면, 그는 당장 영어학원을 그만둘 것이다.

　살면서 졸업장이나 자격증을 따기 위한 공부만 해본 사람은 엄밀히 말해 진짜 공부는 한 번도 해보지 않은 것이다. 진짜 공부는 순수한 호기심의 차원에서 출발한다. 그 공부의 성과로 과외의 이득을 얻고 아니고는 중요치 않다. 얻으면 좋지만 얻지 않아도 상관없다. 그저 하나 둘씩 지식이 쌓여가는 것만으로도 마냥 즐겁다. 설령 그 지식이 세상의 시선에는 아무짝에 쓸모없어 보여도 말이다. 예컨대 나는 러시아어를 공부하고 있다. 그런데 나는 러시아어를 어디다 써먹어야겠다는 생각이 전혀 없다. 그저 언어를 공부하는 게 좋아서 조금씩 익히고 있을 뿐이다. 나는 공부하는 그 순간이 즐거워서 교재를 펼쳐드는 것이지, 다른 목적은 일절 없다.

만약 언어를 익혀서 인생에 실질적인 보탬이 되길 원한다면, 러시아어를 익힐 시간에 차라리 영어를 더 집중적으로 공부하는 게 이득일 것이다. 실리주의의 관점에서 보면 나는 시간을 무척 헤프게 낭비하고 있는 것처럼 보일지도 모른다. 그러나 남들 눈에만 그렇게 보일 뿐이지 실제로 나는 실리를 충분히 챙기고 있다.

내게 실리는 쾌락이다. 결국 인생의 승자는 기쁨의 시간을 자주 그리고 오래 경험한 사람이 아니겠는가. 남들이 미래의 기쁨을 위해 현재의 시간을 영어에 투자할 때, 나는 러시아어를 공부하면서 이 순간 바로 기쁨을 느낀다. 미래를 위한 공부도 당연히 중요하다. 그러나 그런 공부만 해선 안 된다. 현재도 엄연히 삶이다. 지금껏 당신은 내일의 나를 위한 공부만 해왔다. 이제부터 오늘의 나도 좀 챙겨야 하지 않을까?

일상에서 공부거리를 찾아라. 요즘 유행하는 게 무엇인지는 관심 꺼라. 오늘 유행은 내일 되면 바뀐다. 유행을 좇아 하는 공부야 말로 시간낭비다. 의미도 없고 재미도 없다. 커피가 유행하면 커피 공부하고 와인이 유행하면 와인 공부하는 사람들이 있다. 그런 사람은 또 요즘엔 막걸리가 유행하니까 막걸리 공부한다고 덤빈다. 그런데 이 사람은 커피도 와인도 막걸리도 별로 좋아하지 않는다. 싫어하는 건 아닌데 딱히 가슴 설레게 좋아하는 것도 아니다. 이런 건 진짜로 공부하는 게 아니다. 공부하는 척하면서 남들 뒤꽁무니만 졸졸 따라다니고 있는 것이다. 그러고는 자신에게 면죄부를 준다. "내가 얼마나 열심히 공부하는지 아니? 나도 노력하고 있어."

공부는 열심히 해야 하는 대상이 아니다. 공부에 빠져 있는 사람은 열심히 공부하지 않는다. 그냥 푹 빠져서 지낼 뿐이다. 커피도 와인도 막걸리도 별로 좋아하지 않는 사람은 아무리 열심히 공부해도 거기에 푹 빠져 지내는 사람을 당해내지 못한다. 뭐든지 열심히 한다고 능사가 아니다. 자신이 정말로 좋아하는 분야나 주제에 대해서 공부해야 한다. 나 같으면 커피도 와인도 막걸리도 아닌 떡볶이를 공부해야 한다. 나는 떡볶이라면 환장한다. 이틀에 한 번 꼴로 떡볶이를 먹는다. 눈앞에 떡볶이 접시가 놓여 있으면 저절로 '아빠 미소'가 지어진다. 나는 언젠가 떡볶이 가게를 꼭 해보고 싶다. 망해도 상관없다. 한다는 그 자체가 중요하다.

내일의 나가 아닌 오늘의 나에게 즐거운 것, 떠올리면 가슴이 설레고 '아빠 미소'가 지어지는 것, 공부의 성과에 초연할 수 있는 것, 남들이 그건 돈 안 된다고 말리더라도 기어이 하고 싶은 것, 쫄딱 망해도 상관없는 것. 그런 주제를 찾아 공부해야 한다.

# 공부의 뿌리는
## '암기'

앞선 글의 인용문에서 부산대 한문학과 강명관 교수는 이렇게 말했다. "공부라는 것은 남이 다해놓은 것을 읽고 외우는 것이 아니다." 그러나 그의 말을 곧이곧대로 받아들여선 안 된다. 그는 그동안 한국교육이 지나치게 주입식교육에 쏠려 있었음을 비판한 것이다. 지금까지 한국에서는 시키는 것만 잘하고 외우라는 것만 잘 외우면 우등생이 될 수 있었다. 그런 탓에 우리는 스스로 찾아서 공부하는 능력은 기르지 못했다. 그런 얘기를 하고 싶었을 것이다. 나도 암기에 지나치게 편중된 교육방식엔 문제가 있다고 생각한다.

그렇지만 "창의력과 암기력을 적(敵)으로 간주하는 경향"도 반드시 옳지만은 않다. 암기력은 창의력의 후원군이 될 수 있다.

암기 없는 공부란 있을 수 없다. 암기를 회피하며 공부를 할 수는 없다. 머리에 지식을 넣는 암기든 몸에 기술을 넣는 암기든 마찬가지다. 언어를 배우는 원리와 수영을 배우는 원리는 같다. 장기기억이나 근육기억에 지식이나 정보를 새겨 넣으면 공부가 된 것이고 그렇지 않으면 안 된 것이다. 하다못해 당신이 문자메시지를 자유자재로 쓰고 있는 것도 암기의 산물이다. 제대로 외운 사람은 말하는 속도와 얼추 비슷하게 메시지를 작성할 수 있다. 제대로 못 외운 사람은 한 문장 완성하는 데 1분쯤 걸린다. 휴대폰 자판의 위치 외우는 데 무슨 특별한 비법 같은 것은 없다. 그냥 자주 써서 외우는 수밖에 없다. 암기에 왕도는 없다.

언어를 놓고 조금 더 얘기해 보자. 어느 학자에 따르면 어휘는 크게 이해어휘와 활용어휘로 나뉜다. 둘을 간단히 구분하자면 이렇다. 이해어휘는 남들이 써놓은 글을 보고 그 뜻을 이해할 수 있는 어휘다. 반면에 활용어휘는 내가 직접 써 먹을 수 있는 어휘다. 당신은 신문칼럼을 읽거나 텔레비전 뉴스를 보는 데 큰 불편은 없을 것이다. 이해어휘는 제법 풍부하기 때문이다. 그렇지만 시사와 관련해 당신의 생각을 블로그에 올리려고 하면 도무지 표현이 떠오르지 않아 진땀을 흘릴 것이다. 활용어휘가 부족하기 때문이다. 언어를 암기하는 것은 활용어휘의 양을 늘리는 것이다. 이해어휘의 양을 늘리는 것은 엄밀한 의미에서 암기가 아니다.

작가 지망생이라면 활용어휘를 늘리려고 노력해야 한다. 그것이 작가가 되기 위한 최선의 공부 방법이다. 그런데 무작정 다독을 한다고 활용어휘가 느는 것은 아니다. 이해어휘가 잔뜩 늘어날 뿐이다. 이해어휘의 양은 작가 지망생에게 큰 의미 없다. 뜻을 알고 있는 단어 10000개보다 직접 쓸 수 있는 단어 100개가 그에게는 더 도움이 된다. 활용어휘를 늘리는 가장 단순하고도 정직한 방법이 암기다. 물론 따로 의식하지 않아도 활용어휘는 늘어난다. 이는 모든 사람이 마찬가지다. 그렇지만 시간이 너무 오래 걸린다. 작가 지망생은 다른 사람들보다는 더 능동적으로 노력해야 한다. 막연하게 세월이 흘러 활용어휘가 늘기를 기다려선 안 된다.

필사를 하라는 것도 바로 활용어휘를 늘리기 위해서다. 이해어휘를 늘리기 위해서라면 오히려 필사는 시간낭비일 뿐이다. 책 한 권을 필사하는 시간이면 책 열 권을 읽을 수 있다. 이해어휘는 책을 읽는 양에 비례한다. 활용어휘는 그렇지 않다. 한 권이라도 숙고하고 곱씹으며 읽고 손으로 베껴 써보기도 해야 장기기억과 근육기억에 어휘가 저장된다. 이렇게 저장된 활용어휘가 작가에겐 가장 소중한 장사 밑천이다. 물론 밑천이 부족해도 장사는 할 수 있다. 그러나 둘 중 하나를 선택하라고 하면 누구나 든든한 밑천을 갖고 장사를 하고 싶을 것이다. 당신이 블로그에 글을 올릴 때 원하는 표현이 제꺽제꺽 떠올라주면 얼마나 좋겠나!

암기는 모든 분야의 지망생에게 꼭 필요한 공부방법이다. 지식이든 기술이든 내 것이 되기 위해서는 장기기억에 반드시 집어넣어야 한다. 어떻게 하면 칼질을 잘하는지 아는 것과 칼질을 직접 잘하는 것은 엄연히 다르다. 요리사 지망생은 당연히 칼질을 직접 잘해야 한다. 어떻게 하면 잘할 수 있는지 설명은 못해도 된다. 칼질은 근육에 새겨진 기억으로 하는 것이지 머리에 새겨진 기억으로 하는 게 아니다. 결국 칼질은 손목으로 암기할 수밖에 없다. 이러한 과정을 달리 건너 뛸 방법은 없다. 단기간에 속성으로 익힐 수도 없다. 그러므로 칼질에 좀처럼 취미가 붙지 않는 요리사 지망생은 실력 향상이 더딜 수밖에 없다. 칼질은 모든 요리의 기본인데 그걸 마스터하지 못하면 무슨 요리인들 제대로 하겠는가. 뭘 썰어놔도 모양이 안 나는데.

공부의 기본은 암기다. 암기는 동서양을 막론하고 수천 년간 인류가 채택해온 가장 보편적인 공부법이다. 세련되고 깔끔하고 군더더기 없다. 마치 암기가 창의력에 해가 된다는 듯이 여기는 것은 큰 착각이다. "노하우가 아니라 노웨어가 중요한 시대"라는 말은 세상의 모든 지망생들에겐 전혀 도움이 되지 않는다. 초심자들은 일단 노웨어에 관심 끄고 노하우부터 익혀야 한다. 도마 앞에서 칼질 연습해야 할 사람이 인터넷에 들어가 최고급 독일제 식칼이나 찾고 있다면 얼마나 한심한가. 노웨어는 먼저 노하우부터 습득한 후에 관심을 가져도 늦지 않다. 어차피 노하우가 없으면 노웨어도 없다. 눈만 뜨고 있다고 다 보이는 게 아니다.

# 말만 많은 '윤똑똑이'가
# 되지 않으려면?

양을 기르는 사람이 텔레비전에 나와서 자기는 독서를 매우 좋아해서 양 우리에 책을 가득 채워놓았다고 말한다. 그렇지만 그는 여전히 독학자에 불과하다는 것이다. 독학한 사람과 정규적인 공부를 한 사람과의 차이를 그는 이렇게 설정한다. 독학자는 자기가 좋아하는 것을 배웠다. 그의 교양은 자기 자신의 인격의 한계 내로 제한되어 있다. 반대로 정규교육을 받은 사람은 모든 것을 골고루 다 배우지 않으면 안 된다. 그의 장점은 엄청난 것이다. 왜냐하면 우선 보기에 자신으로서는 별 흥미도 없는 지식들을, 나아가서는 싫어하는 지식들 또한 습득해야 한다는 것은 더할 수 없을 만큼 중요한 마음의 양식이 되기 때문이다.

_미셸 투르니에, 김화영 옮김, 『외면일기』, 현대문학, 2004, 286쪽

　　사람들은 독학자에 대한 환상을 가지고 있다. 따로 스승의 지도를 받지 않고 스스로 계획하고 실천하며 공부를 한다는 게 멋있어 보이기도 하고 대단해 보이기도 한다. 실제로 독학자들 중엔 혼자 공부해서 하나의 경지에 오른 사람들도 제법 있다. 그러나 그 과정을 들여다보면 남모르는 몇 곱절의 고통이 있었을 것이다. 간단한 의문조차 풀 수 없어서 전전긍긍해야 했던 순간이 한두 번이 아니었을 테니까. '독학자의 길을 다른 사람에게도 권하겠느냐'고 물으면 그들은 십중팔구 고개를 저을 성싶다. 훌륭한 스승 밑에서 체계

적으로 배우길 권할 듯하다. 독학을 해본 사람치고 독학을 권하는 사람은 없다. 독학은 차선책일 뿐이지 최선책은 아니다.

영화나 드라마를 보면 대개 독학자들을 미화한다. 그 반대의 경우는 거의 없다. 항상 주인공은 산속에서 혼자 수련하거나, 길거리에서 배움을 얻는다. 마음은 따뜻하고 인간미가 넘친다. 반면에 주인공과 대립관계에 있는 상대는 정통 엘리트 코스를 밟은 실력자다. 대개 차가운 인상과 그에 걸맞은 냉정한 사고력을 가진 피도 눈물도 없는 인간으로 그려진다. 하지만 이는 극적인 재미를 위한 장치일 뿐이지 실제로 엘리트 코스를 밟는 것과 인간성은 별다른 관련이 없다. 주인공을 미화하려고 대립관계인 인물에게 악역의 특성을 부여했을 뿐이다. 어쨌든 이런 영화나 드라마를 보면서 우리는 알게 모르게 독학에 대한 환상을 주입받는다.

물론 독학에도 장점이 있다. 자기 스스로 스케줄을 짜서 공부를 할 수 있다. 익히고 싶은 것만 익히고, 익히기 싫은 것은 익히지 않아도 된다. 그러나 이러한 독학의 장점은 뒤집으면 고스란히 단점이 되기도 한다. 웬만한 의지력을 갖고 있지 않고서야 스스로 공부계획표를 짜고 그에 따라 꼬박꼬박 실천해 나가기는 어렵다. 누군가 스케줄을 통제해 주면 오히려 그 안에서 더 자유롭게 공부에만 매진할 수 있다. 더 큰 문제는, 하기 싫은 것은 하지 않아도 된다는 점이다. 예를 들어 영어공부를 한다고 치자. 누구든 자신이 흥미를 느끼고 잘하는 방식으로 공부를 하려는 경향이 있다. 독해에 자신 있으면 독해만 하려고 한다. 작문연습을 해야 할 시간인데도 하릴없이 독해만 붙들고 있다. 작문은 힘들고 재미도 없어서 자꾸만 미루게 된다.

작가 지망생들이 흔히 저지르는 실수가 있다. 습작은 하지 않고 독서만 끊임없이 하는 것이다. 독서도 분명히 창작에 도움이 되지만 작가 지망생에게 더 중요한 것은 습작이다. 그런데 습작은 힘들기 때문에 자꾸만 회피하고 대신에 손쉬운 독서에만 몰두한다. 이때의 독서는 창작을 위한 공부가 아니라 습작을 회피하기 위한 꼼수다. 영어공부를 할 때 작문연습이 힘드니까 독해연습만 계속 붙들고 있는 것과 같은 심리다. 이게 바로 독학의 최대 단점이다. 공부에 균형이 무너지는 것이다. 정작 해야 할 부분은 손을 놓고, 그다지 중요하지 않은 부분에는 지나치게 많은 시간을 투자한다. 그 결과 실력은 없고 말만 많은 윤똑똑이가 된다.

독학자들 중에는 도사가 많다. 자신이 중요하다고 생각한 문제가 남들에게도 중요한 문제일 거라고 철석같이 믿고 있다. 심지어 해당분야에서는 이미 한물 간 얘기를 마치 독창적인 발견인 것처럼 뒤늦게 들고 나와서 떠들어댄다. "그거 이미 다 논의가 끝난 얘기예요."라고 말해줘도 도무지 믿질 못한다. 어느 학자의 말을 빌리자면 이런 사람은 '주관적 독창성'에 빠져 있는 것이다. 독학자들 중엔 이처럼 주관적 독창성에 빠진 사람이 굉장히 많다. 실컷 공부를 했는데 결국 그것이 시간낭비로 귀결된다면 얼마나 허무한 일인가. 당신도 독학을 하고 있는 처지라면 주관적 독창성에 빠지지 않도록 늘 경계해야 할 것이다.

# 아이디어 절반은
# 몸에서 나온다

> 나이가 들어갈수록, 나는 내가 사유의 주체가 아니라 내 육체가 사유의 주체라
> 는 생각에 더 깊이 사로잡힌다. 내가 추상적으로 그리고 합리적으로 사유한다
> 고 믿고 있었을 때, 내 육체는 아무런 저항도 하지 않았다. 그러나 그 저항은 나
> 이가 들수록 강해져 이제는 내가 추상적으로 그리고 합리적으로 사유했다는
> 것을 나 자신도 믿을 수가 없다. 내 사유의 주체는 내 육체이다. 내 육체의 슬픔
> 과 괴로움, 즐거움과 환희를 이해해야 나는 내 사유를 이해할 수 있다. 나는 내
> 사유의 주체가 아니라 내 사유의 보지자이다.
>
> _김현, 『행복한 책읽기』, 문학과지성사, 2004[초판21쇄], 95~96쪽

생각의 절반은 머리에서 나오고 나머지 절반은 몸통에서 나온다. 그만큼 육체의 상태는 생각에 많은 영향을 미친다. 배고프면 우울해지고 배부르면 행복해진다. 간밤에 자신을 우울함의 끝으로 몰아갔던 고민거리도 한숨 푹 자고 나면 거짓말처럼 사라진다. 이처럼 인간은 복잡한 듯하면서도 단순한 동물이다. 그러므로 현재 자신이 품고 있는 생각이나 감정의 출처가 어디인지를 따져보는 일은 무척 중요하다. 배고파서 생긴 부정적인 생각은 뱃속에 음식을 넣어주면 금세 긍정적으로 바뀐다. 먹는 일뿐 아니라 싸는 일도 마

찬가지다. 화장실 들어갈 때와 나올 때 다르다는 속담도 있잖은가. 뱃속에 똥이 차 있으면 세상은 지옥이고 비우면 천국이다.

흔히 공부는 체력싸움이라고 한다. 아이디어의 세계도 마찬가지다. 머리싸움은 결국 체력싸움이 되는 수가 많다. 능력이 비슷한 두 경쟁자가 있다 치자. A는 사나흘 밤을 새워도 하루만 푹 쉬면 피로가 해소되는 사람이고, B는 하루만 밤을 새워도 사나흘 맥을 못 추는 사람이다. 처음엔 두 사람의 격차가 거의 없어도 세월이 흐르면 실력 차이가 벌어질 수밖에 없다. A가 B보다 더 많은 시간을 투자하고 연구할 테니 말이다. 그런데 A는 자신이 열심히 노력했다고 생각하지 않을 수 있다. A에게 며칠 밤을 새우는 건 식은 죽 먹기이기 때문이다. 그는 그저 즐기며 일에 몰두했을 뿐이다. 오히려 B가 스스로 열심히 했다고 생각할 수 있다. B에게 하룻밤을 새운다는 것은 죽을 만큼 힘든 육체적 고통을 감내해야 하는 일이기 때문이다.

정신과 육체는 밀접한 관계다. 떼려야 뗄 수 없다. 그걸 인식하지 못하면 당신은 단지 정신력이 부족해서 남들보다 뒤처지는 거라고 생각하기 쉽다. 곰곰이 따져보면 부족한 것은 정신력이 아니라 체력인 경우가 많다. 하룻밤 새워놓고 죽을 만큼 노력했다고 자위할 게 아니라, 하룻밤 정도는 어렵잖게 새울 수 있는 체력을 만드는 게 여러모로 낫지 않을까? 내 말에 수긍한다면 당신에게 지금 필요한 것은 책상 앞에 앉아 있는 시간을 늘리는 게 아니다. 운동화 신고 밖으로 나가 체력단련부터 해야 한다. 몸부터 만들라는 말이다. 운동하는 시간을 아껴서는 안 된다. 운동하는 시간을 아끼면 결국엔 작업하는 시간도 줄어든다.

만성적인 편두통이나 위장장애 혹은 불면증 등을 가지고 있는 사람은 창작이고 뭐고 일단 몸에 붙어 있는 질병부터 떨어내야 한다. 그런데 창작자라면 질병 한두 가지는 몸에 붙이고 사는 게 당연하다는 듯이 말하는 사람들이 있다. 더 나아가 그것을 하나의 훈장처럼 얘기하는 사람들이 있다. 예컨대 소설가 이외수는 엎드려 글을 쓰는 버릇 때문에 허리가 고장 났다고 한다. 원고지를 너무 가까이 들여다보는 버릇 때문에 왼쪽 눈의 수정체가 파괴되었다고도 한다. 소설가 김훈도 비슷한 소리를 한다. 소설 쓰느라 힘들어서 어금니가 몇 대 나갔단다. 그렇게 쓴 소설의 인세를 받아서 빠진 어금니 해 넣었단다. 당신은 이런 얘기가 어떻게 들리는가?

나는 당신이 이런 일화를 듣고 "감동 쫙 먹었어요!" 하는 부류가 아니길 바란다. 그들이 들려준 일화에서 끌어올 수 있는 교훈은 단 하나다. 몸에 나쁜 습관은 빨리 고치라는 것이다. 엎드려서 쓰다가 허리에 이상이 느껴지면 지체 없이 앉아서 쓰는 자세로 바꿔라. 어금니가 아프면 초기에 치과에 가서 치료를 받아라. 미련하게 뭉그적거리면서 병을 더 키우지 마라. 몸에 문제가 생겨서 창작행위에 방해가 되는 일이 없도록 날마다 꾸준히 운동해서 최상의 컨디션을 유지해라. 작품을 규칙적으로 생산해내려면 몸을 기계처럼 만들어야 한다. 관리소홀로 얻게 된 질병을 '예술혼'의 한 징표인 양 과장하지 마라. 제스처는 언제나 낯간지러운 법이다.

# 많이 걷는 자
# =많이 생각하는 자

> 날숨과 들숨에 집중하고, 발과 다리를 거쳐 골반을 통해 전달되는 몸의 리듬에
> 온전히 몰입하면, 서로 어긋나 딴 세계를 헤매던 몸과 영혼이 존재 안에서 화해
> 하고 합일하는 걸 느낀다. 나는 걸음에 집중하며 걸었을 뿐인데, 세계는 잃어버
> 린 삶의 리듬을 되돌려준다. 현자들은 이렇게 말한다. "말할 때는 오로지 말 속
> 으로 들어가라, 걸을 때는 걷는 그 자체가 되어라, 죽을 때는 죽음이 되어라."
> 나는 걸을 때 대체로 뭔가에 대한 깊은 생각에 빠진다. 걷기와 숙고는 잘 어울
> 리는 한 쌍이다.
>
> _장석주, 『취서만필』, 평단, 2009, 283쪽

 

누구나 사람을 판단할 때 적용하는 자신만의 독특한 기준이 있
을 터이다. 예컨대 나는 자장면 한 그릇을 태연하게 배달시켜서 먹
는 사람을 그리 좋아하지 않는다. 그것이 딱히 잘못되었다는 것은
아니다. 하지만 나는 그런 사람을 볼 때마다 다소 섬세하지 못하다
는 인상을 받는다. 요컨대 좋은 인상은 아니다. 일종의 편견이겠지
만 그런 느낌이 절로 든다. 반면에 걷기를 좋아하는 사람(특히 여자)
에 대해서는 일단 호감부터 가지고 본다. "저는 독서를 좋아해요."
라는 말보다 "저는 걷는 걸 좋아해요."라고 말하는 여자에게 훨씬

더 호감을 느낀다. "저는 세상에서 걷는 게 제일 싫어요."라고 말하는 여자에 대해서는 …… '노코멘트' 하겠다.

나도 "걷기와 숙고는 잘 어울리는 한 쌍"이라고 생각한다. 나만 그런 건지 모르겠으나 어딘가에 가만히 앉아 있을 때보다는 어딘가를 걷고 있을 때 생각이 더 많아진다. 그리고 생각에 더 쉽게 몰입이 된다. 나는 일주일에 사나흘은 시간을 내어 산책을 한다. 두 시간쯤 무작정 걷는다. 딱히 코스가 정해져 있진 않다. 그날 상황에 따라 결정한다. 앞산을 오를 때도 있고 뒷산을 오를 때도 있다. 대로변을 걸을 때도 있고 골목길을 걸을 때도 있다. 아무튼 집에서 멀어지는 방향으로 한 시간쯤 걸어간 다음에 다시 한 시간쯤 걸려 집으로 돌아온다. 생각거리를 머릿속에 넣고 산책을 나서면 돌아올 때쯤 되어서 얼추 정리가 되고 가닥이 잡힌다.

예전에는 호주머니에 수첩과 볼펜을 넣고 산책을 나섰지만 요즘은 그러지 않는다. 길을 가다가 멈춰 서서 수첩을 꺼내 뭔가를 끼적이는 행동은 직접 해보면 상당히 남세스럽다. 보이스리코더를 갖고 다녀보기도 했는데 이건 훨씬 더 민망하다. 그러나 걱정할 건 없다. 휴대폰을 가지고 다니면 되니까. 길거리에서 휴대폰을 만지작거리고 있어도 이상하게 쳐다볼 사람은 없다. 메모를 하면 문자 보내는 줄 알 테고, 녹음을 하면 통화하는 줄 알 테니까. 아이디어맨들에 겐 신의 선물이나 마찬가지다. 그렇게 신이 주신 선물을 호주머니

에 넣고 산책을 나서보라. 이때 코스를 선택하는 데는 약간의 기술
이 필요하다. 산책의 목적에 따라 코스는 달라진다.

참신한 아이디어를 떠올리기 위해서는 낯선 길을 선택하는 것이
좋다. 낯선 도로, 낯선 골목, 낯선 건물이 있는 쪽으로 발길을 옮겨
보라. 누구든지 낯선 풍경 속에 들어서면 약간의 흥분과 함께 긴장
감을 느낀다. 예민해진 신경이 모든 시청각적 정보를 민감하게 받
아들인다. 이런 상태일 때 새로운 아이디어가 많이 떠오를 수 있다.
반면에 이미 품고 있던 아이디어를 정리하기 위해선 익숙한 길을
선택하는 것이 좋다. 누구든지 익숙한 풍경 속에 들어서면 마음의
안정감을 느낀다. 생각을 차분히 정리하려면 눈과 귀가 외부로 향
해서는 안 된다. 자신의 내면을 향해야 한다. 지금 어딘가를 걷고
있다는 생각이 들지 않을 정도로 익숙한 길이어야 한다.

음악 듣기를 좋아하는 사람은 귀에 이어폰을 꽂고 걸어도 좋다.
음악을 들으며 걸으면 힘이 덜 드는 게 사실이다. 물론 이때 음악의
선곡도 산책의 목적에 맞아야 한다. 단순히 기분전환을 위한 산책
이라면 댄스곡처럼 신나는 노래를 들어도 좋다. 처음 듣는 최신곡
도 괜찮다. 하지만 생각에 잠기기 위한 산책이라면 단조롭고 차분
한 연주곡을 듣는 게 좋다. 귀에 낯선 최신곡은 좋지 않으며 수백
번 들어서 귀에 착 달라붙어 있는 친숙한 곡이어야 한다. 한 마디
덧붙이자면 볼륨은 너무 크게 키워서 듣지 마라. 자칫하면 교통사

고가 날 수 있다. 대로변보다 인도와 차도의 구분이 없는 이면도로
가 훨씬 더 위험하다. 뒤에서 갑자기 차나 오토바이가 나타나 스치
듯 지나가는 아찔한 경우가 많다. 치이거나 발을 밟히지 않도록 정
말로(!) 조심해야 한다.

# 걷다 보면 꿩도 잡고
# 알도 주을 수 있다

요즘 버스와 지하철을 이용해 출·퇴근하는 사람 중에는 자신을 '양심적 운전면허 거부자'라고 일컫는 이들이 꽤 있습니다. 마음만 먹으면 개인 자동차를 소유하고 운전을 할 수 있지만, 자동차 문명이 초래하는 여러 가지 문제점을 염두에 두고 운전면허를 따는 대신 대중교통을 이용하는 것을 가리키는 말입니다. 물론 사상이나 종교에 따른 신념 때문에 병역을 거부하는 사람을 가리켜 '양심적 병역 거부자'라고 부르는 데서 따온 말입니다.

_강양구, 『세 바퀴로 가는 과학 자전거』, 뿌리와이파리, 2006, 138쪽

걷기는 몸에도 좋고 정신에도 좋다. 음식으로 치면 필수 영양소가 골고루 담긴 '완전식품'이다. 걷기를 밥 먹듯이 하면 그보다 더 좋은 보약이 없다. 신경안정제, 혈압강하제, 두통약, 항우울제, 수면제, 소화제, 변비약……. 앞으로 과학이 아무리 발달해도 이러한 효능들을 하나의 캡슐에 담은 만능 약이 나올 수는 없으리라. 성분들끼리 충돌해서 부작용을 일으킬 수 있으니까. 그러나 걷기에는 부작용이 없다. 관절에 무리가 될 정도로 지나치게 많이 걷지만 않으면 되는데, 대다수의 생활인들은 그런 걱정을 굳이 할 필요가

없다. 발품을 파는 직업에 종사하지 않고서야 너무 적게 걸어서 문제이지 많이 걸어서 문제가 될 일은 거의 없다.

많은 예술가들이 걷기를 예찬하는 글을 썼다. 걷기를 혐오하는 글은 못 읽어봤다. 그 정도면 걷기는 예술가들의 전폭적인 지지를 받고 있다고 봐도 무방할 것이다. 달리 말해 예술가의 자질 중 하나는 걷기를 좋아하는 것이라고 봐도 크게 비약은 아닐 성싶다. 그것은 걷기가 체력단련뿐 아니라 정신수양에도 큰 도움이 된다는 것을 뜻한다. 많은 건강유지법 중에서 걷기가 그들에게 유독 사랑을 받는 이유도 바로 그 때문이다. 걷다가 걷다가 걷다가 보면 꿩도 잡고 알도 주을 수 있다는 사실을 그들은 깨달았던 것이다. 예술가 지망생들은 일단 좀 많이 걸어라. 내 말이 다소 황당하게 들릴지도 모르겠으나 이것은 나의 실질적인 조언이다.

나는 당신이 하루빨리 당신의 차와 이혼하길 바란다. 굳이 "자동차 문명이 초래하는 여러 가지 문제점을 염두에 두고" 하는 말은 아니다. 그건 다른 차원에서 논의해야 할 문제다. 나는 창작을 생활화하고 싶은 사람에게 자가용은 득보다 실이 많다는 걸 말하고 싶을 뿐이다. 가장 큰 문제가 바로 걷기의 즐거움을 빼앗아간다는 점이다. 걷는 시간과 생각하는 시간은 비례한다. 많이 걷는 자가 많이 생각하는 자다. 출퇴근길에 대중교통을 이용하면 미흡하나마 일단 걷는 시간을 늘릴 수 있다. 게다가 그 과정에서 우연히 보거나 듣게 되는 정보량도 상당히 많다. 아무 것도 아닌 것 같은 사소한 경험이 실은 창의력에 대단히 큰 원동력이 된다.

인터넷에서 연재되고 있는 많은 일상다반사 유형의 만화작품들을 보라. 대부분 이런 과정에서 얻은 에피소드로 채워져 있다. 길에서 만난 노숙자, 지하철 안에서 목격한 변태, 도를 아십니까, 길 잃은 고양이, 배꼽 잡게 만드는 음식점 간판, 대판 싸우고 있는 남녀, 길바닥에 떨어져 있는 천 원짜리, 카페에서 흘러나오는 낯선 음악, 좌판을 벌이고 앉은 할머니, 버스 안에서 우연히 마주친 첫사랑……. 이런 경험이 차곡차곡 쌓여 만화가 되고 광고가 되고 드라마가 되는 것이다. 그러니까 당신이 만화가나 CF감독 혹은 드라마 작가를 꿈꾼다면 일단 차부터 버리라는 말이다. 걷다가 걷다가 걷다가 보면 아이디어가 스스로 나를 찾아온다.

한편 대중교통을 이용하면 얻을 수 있는 이점이 하나 더 있다. 버스나 지하철 안에서는 공부를 할 수 있다. 책을 읽어도 일 년에 50권은 거뜬히 읽을 수 있다. 사람에 따라서 조금 다르겠지만, 버스나 지하철 안에서 책을 읽으면 책상 앞에 앉아서 읽을 때보다 훨씬 더 집중이 잘된다. 너무 조용한 내 방보다 약간 웅성거리는 사람들 속에서 집중이 더 잘되는 것이다. 나는 순전히 책을 읽기 위해 일부러 버스를 타기도 한다. 집 앞에서 아무 버스나 집어타고 종점까지 갔다가 다시 그 버스를 타고 집으로 돌아온다. 보통 4시간 정도 걸리는데, 버스에서 내릴 때 나는 책을 한 권 다 읽은 상태가 된다. 이런 짓은 여름에 하면 좋다. 버스에서 에어컨을 빵빵하게 틀어주기 때문이다. 이번 여름에는 버스를 '이동식 공부방'으로 이용해보라.

# 나에 대한
# '의심'에서 출발하라

> 최면을 건 상태에서 '앞으로 십 분 후에 창문을 여십시오'라는 메시지를 주입하면 많은 경우 그 사람은 깨어나서 실제로 십 분 후에 창문을 엽니다. 그에게 왜 창문을 열었냐고 물으면 '방이 너무 더워서'라거나 '공기가 탁한 것 같아서'와 같은 대답을 합니다. 자신의 행동이, 무의식적 수준까지 주입된 타인의 지시에 따른 것이 아니라 자유의지에 의한 행동이라고 믿고 있는 것입니다.
>
> _정혜신, 『마음 미술관』, 문학동네, 2007, 127쪽

 

최면에 걸린 사람은 자신이 최면에 걸렸다는 사실을 자각할 수 없다. 설령 최면술사가 "당신이 창문을 열도록 제가 최면을 걸었습니다."라고 알려줘도 선뜻 믿지 못한다. "농담 마세요. 저는 정말 공기가 탁한 것 같아서 열었단 말예요."라며 펄쩍 뛸 것이다. 그의 입장에서 그 말은 백퍼센트 참말이다. 목에 칼이 들어와도 거짓말이 아니다. 자신은 틀림없이 자유의지로 창문을 열었으니까. 아무리 말로 설명해도 그가 현재 최면에 걸린 상태임을 인정하도록 만들 수는 없다. 그를 설득할 수 있는 방법은 단 하나다. 최면을 거는 과

정을 녹화해서 보여주는 것이다. 그러면 비로소 인정할 수밖에 없다. 머릿속으론 여전히 반신반의하겠지만.

인간은 누구나 최면에 걸린다. 그것이 뜻하는 바는 무엇인가. 인간에겐 의식의 세계와는 다른 무의식의 세계가 존재한다는 것이다. 그 무의식은 의식에 지대한 영향을 미친다. 따라서 무의식의 세계를 간과한 채 의식의 세계를 논할 수는 없다. 그것은 바다를 한 번도 본 적 없는 사람이 배를 만들겠다고 덤비는 것과 같다. 실용적이고 튼튼한 배를 만들려면 먼저 바다가 어떤 곳인지 알아야 한다. 바다가 어떤 곳인지 자세히 알면 알수록 배의 설계도 또한 가장 합리적이고 군더더기 없는 형태로 그릴 수 있다. 무의식과 의식의 관계도 마찬가지다. 자신의 무의식에 대해 많이 알게 될수록 더욱 정교한 의식세계를 구축할 수 있다.

합리적 사고는 자신에 대한 의심에서 출발한다. 외부에서 들어오는 정보가 아닌 내부에 이미 가지고 있는 정보들을 먼저 검토해야 한다. 그러한 정보들이 어떤 과정을 거쳐 내 속으로 들어오게 되었는지를 추적해야 한다. 그러면 당신이 지금 가지고 있는 어떤 주관이, 대단히 많은 필터링을 거쳐 자리를 잡게 되었다는 사실을 알게 된다. 국적, 성별, 나이, 학력, 재산 정도, 가정환경, 친구관계, 종교 유무, 건강상태 …… 등의 체를 통과해야 하나의 주관이 자리를 잡을 수 있다. 이는 무엇을 뜻하는가. 당신은 스스로 자부하는 것처럼 그렇게 보편적이고 중립적인 사고의 소유자가 아니라는 말이다. 당신은 대단히 편협한 사람이다.

자신은 (그리고 모든 인간은) 어쩔 수 없이 편견덩어리일 수밖에 없다는 전제를 항상 염두에 두고 어떤 판단을 내려야 한다. 그래야 말이나 행동에서 실수를 줄일 수 있다. 자신이 하고 싶은 말을 잘 하는 것보다, 해서는 안 될 말을 잘 참는 것이 더 중요하다. 결국 교양이란 해서는 안 될 말을 참아내는 능력을 말한다. 어떤 사람이 교양인인지 아닌지를 판별하려면, 그가 어떤 말을 하는지에 주목하지 말고, 그가 어떤 말을 하지 않는지에 주목해야 한다. 멋지고 옳은 소리는 조금만 훈련하면 누구나 어렵잖게 할 수 있다. 그러나 그 소리가 내 주둥이를 통과해서 나와도 되는지를 분별할 수 있으려면 많은 훈련이 필요하다.

자신이 현재 최면에 걸린 상태라는 것을 인정하기는 쉽지 않다. 자존심도 상한다. 그러나 여러 정황으로 봤을 때 우리는 누군가에 의해 주입된 특정 가치관들을 마치 내가 원래 가지고 있었던 것처럼 여기며 살아가고 있다. 그걸 인정하는 일에서 합리적인 사고는 시작된다. 자유의지라는 표현은 어쩌면 자기기만일지도 모른다는 생각은 당신을 혼란으로 밀어 넣을 수도 있다. 그 혼란이 바로 제정신으로 살고 있다는 증거다. 제정신이란 의심하는 정신이다. 의심 중에서 가장 고차원의 의심이 자기의심이다. 월드컵 축구 보면서 우는 분들이 있다. 지면 졌다고 울고 이기면 이겼다고 운다. 그 눈물은 정말 자유의지로 흘린 눈물일까? 상업매체들이 '앞으로 90분 후에 눈물을 흘리세요' 하고 최면을 걸어놓은 것은 아닐까?

# 가장 믿을 만한
# '팩트'는 '책'

압도적 다수의 사람들은 자유의지에 바탕을 두고 자기 의견이나 입장을 결정한다고 아무런 의심 없이 생각하고 있다. 마치 자신의 의지로 별 필요도 없는 상품을 즐겁게 사들이고, 인터뷰를 하면 열에 아홉은 100% 자기 자신의 의견이라도 되는 양 TV 앵커나 신문의 논조를 그대로 되뇐다. 그리고 선거라도 있으면, 자신이나 자신과 같은 처지의 사람들의 이해에 분명히 반하는 정책을 추진하는 정당인데도 그 정당에 표를 던지기도 한다. 아무도 이것이 정보조작의 결과라는 것을 조금도 의심하려 들지 않는다.

_요네하라 마리, 이언숙 옮김, 『대단한 책』, 마음산책, 2007, 534쪽

 

정보에는 반드시 생산자나 전달자의 의도가 들어가게 되어 있다. 흔히 "팩트를 보라."고 하지만 그럴 때조차 제시한 정보가 가치중립적인 경우는 드물다. 엄밀히 말하면 팩트라는 것은 없다고 볼 수 있다. 우리가 흔히 팩트 운운할 때는 의견이 갈릴 때다. 의견이 일치할 땐 "팩트를 보라."는 말 자체를 안 한다. 말할 필요가 없기 때문이다. 예컨대 지구가 태양 주위를 도는 것은 팩트다. 그걸 의심하는 현대인은 아무도 없다. 이처럼 명명백백한 사실에 대해선 팩트라는 표현 자체를 쓰지 않는다. 일상에서 팩트라는 단어를 입에 올

릴 때는 특정정보를 자기 의견의 근거로 삼을 때뿐이다. 그렇게 의도에 따라 취사선택된 정보가 과연 팩트일까?

정보조작이라는 말을 들으면 흔히 거짓말을 떠올린다. 그러나 정보조작을 위해 거짓말을 하는 경우는 오히려 드물다. 거짓말했다가 들통 나면 도덕적으로 치명상을 입게 되기 때문이다. 그래서 많은 정보 발신자들은 없는 정보를 날조하는 대신 있는 정보를 가공한다. 가공의 대표적 방법이 선택과 배제다. 입맛에 맞는 정보만 취하고 그렇지 않은 정보는 버리는 것이다. 거기다 축소와 과장의 기술도 동원된다. 자신에게 불리한 정보의 가치는 평가절하하고 유리한 정보의 가치는 과대평가한다. 이런 과정을 거친 정보를 팩트라고 부르는 건 무척 민망한 일이다. 그러니 누군가와 논쟁할 때 팩트라는 표현은 되도록 쓰지 않는 게 좋다.

조작되지 않은 정보는 없다는 걸 항상 유념하고 있어야 한다. 정보를 팩트로 착각하지 말라는 거다. "신문에서 읽었어." "텔레비전에서 봤어." "인터넷에 떴던데." 등과 같은 말로 자기주장의 근거를 삼을 땐 무척 신중해야 한다. 그나마 정보의 출처를 밝히면 자기 발언의 책임은 다소 덜 수 있다. 뒤탈이 생겨도 빠져나갈 구멍이 있다. 문제는 특정한 매체의 관점을 마치 자기 생각인 것처럼 말할 때가 많다는 것이다. 그런데 가만히 생각해보면 당신이 지금 알고 있는 정보들은 대부분 매체를 통해 듣게 된 간접정보다. 예컨대 '천안

함 사건'과 관련해서 당신이 직접 알아낸 정보가 하나라도 있는가? 하나에서 열까지 매체들이 걸러서 제공한 정보들이다. 자사의 입장에 따라 선택, 배제, 축소, 과장을 동원해서 가공한 정보들인 것이다.

누군가의 마이크나 확성기 노릇을 한다는 건 나쁜 일이 아니다. 정보 발신자가 아닌 전달자의 역할도 중요하다. 다만 전달하고 있으면서 발신하고 있다고 착각하진 말라는 거다. 당신이 지금 가지고 있는 어떤 확신들 중 상당수가 대단히 허약한 기반 위에 위태롭게 서 있다. 근거를 물어보면 기껏해야 뉴스에서 들었다, 인터넷에서 카더라 정도의 대답밖에 내놓을 게 없으면서 확신에 찬 목소리로 핏대를 세운다. 술자리에서 정치가 어떻느니 경제가 저떻느니 큰 목소리로 떠드는 사람치고 정치나 경제에 대해 식견이 높은 사람은 드물다. 목소리의 크기와 정보량은 반비례하는 경향이 있다. 가지고 있는 정보량이 많을수록 입은 무거워지는 법이다.

사실 '발신'과 '전달'의 명확한 구분은 불가능하다. 어디서부터가 내 의견이고 어디까지가 남의 의견인지 명확하게 선을 그을 수는 없다. 그래도 어느 정도 기준점은 가지고 있어야 한다. 적어도 뉴스나 신문이나 인터넷에서 본 것만 가지고 내 의견의 근거로 삼기엔 미흡하다는 건 인정해야 한다.

현재로선 가장 신뢰할 만한 매체는 책이다. 팩트에 가까운 정제된 정보를 얻고 싶으면 책을 읽는 게 지금으로선 최선이다. 이때 자신의 생각을 뒷받침할 만한 책만 읽어서는 안 된다. 자신의 입장과 정반대에 서 있는 책도 읽어야 한다. 요컨대 자신을 불편하게 만드는 책도 읽어야 한다. 사람은 불편함을 느껴야 비로소 생각이 많아진다. 내 편인 책만 읽어서는 다섯 수레를 읽어도 생각이 많아지지 않는다. 말만 많아질 뿐이다.

# 텔레비전 바깥에도
# 세상은 있다

우리는 사실상 중요하지 않은 것들을 너무 많이 알고 있다. 텔레비전에 나오기 때문이다. 그리고 결과적으로 그것들은 우리에게 중요해진다. 왜? 텔레비전에 나오니까! 그러나 정작 중요하게 생각해야 할 것들(국가유산이나 문화, 전통 등)에 관해서는 놀라울 정도로 무지하다. 아무도 그런 것들에 관심을 가져야 한다고 말해주지 않았기 때문이다. 타당성은 사람들에게 환영받는다. 그리고 텔레비전을 통해서 보면 아주 모호하고 하찮은 것조차 타당하게 보인다.

_프랭크 런츠, 이화신·채은진 옮김, 『먹히는 말』, 쌤앤파커스, 2007, 129쪽

텔레비전은 권위를 가지고 있다. 예전보다는 좀 덜하지만 대중은 여전히 텔레비전이 걸러낸 정보라면 일단 신뢰하는 경향이 있다. 물론 텔레비전은 어느 정도 믿을 만한 매체다. 터무니없는 엉터리 정보를 내보내는 경우는 드물다. 그런 '방송사고'를 치면 제작진은 징계를 받는다. 따라서 대체로 이 시대 교양의 범위에서 크게 벗어난 얘기는 흘러나오지 않는다. 좋게 말하면 그렇고 나쁘게 말하면 고만고만한 내용으로 가득하다. 시청자에게 상상력을 요구하는 프로그램은 거의 없다. 대개 그들이 시청자에게 요구하는 것은 흡수

력이다. 내가 엄선한 재료로 맛있게 요리를 할 테니 너(시청자)는 반찬투정 말고 그저 떠먹기만 하라는 거다.

엄선된 재료로 차려진 밥상을 받는 것이 나쁘지만은 않다. 오히려 고마워해야 할 부분도 있다. 날마다 스스로 식단을 짜고 밥을 지어먹기는 얼마나 귀찮은 일인가. 더구나 나는 요리 실력도 꽝이니 말이다. 때가 되면 알아서 딱딱 밥상을 차려 내 앞에 갖다 주니 얼마나 좋은가. 나는 그저 '리모컨질' 하며 골라서 먹기만 하면 된다. 운 좋으면 내가 정말로 원하던 음식을 먹을 수 있다. 그렇지 못하더라도 몸에 아주 나쁜 불량식품을 먹게 되는 건 또 아니다. 케이블 방송에선 눈살을 찌푸리게 하는 선정적인 내용들도 나오지만, 실세계의 선정성에 비하면 양호한 편이다. (한국의) 텔레비전 속 세상은 아직까지는 상식적이고 건전한 편이라고 볼 수 있다.

텔레비전을 바보상자라고 부르는 것은 너무 단선적인 평가다. 특정한 매체를 두고 바보라고 말하는 자는 그 자신이 바보다. 어떻게 활용하느냐에 따라 텔레비전도 얼마든지 유용하게 쓸 수 있다.

책도 잘못 활용하면 사람을 바보로 만든다. 텔레비전이 딱히 책보다 사람을 더 바보로 만든다고 볼 순 없다. 책은 읽지 않고 텔레비전만 보면 부모들은 아이를 혼낸다. 그러나 책만 보고 텔레비전을 보지 않으면 그렇지 않다. "녀석아, 책만 보지 말고 텔레비전도 좀 봐라."라고 권하는 부모가 얼마나 될까. 재미있는 것은 텔레비전에 대한 사람들의 이율배반적인 태도다. 아이들에겐 바보상자라고 말하지만, 정작 본인들은 텔레비전을 꽤 신뢰한다. 텔레비전에서 들은 얘기를 화제로 삼아 곧잘 떠들어댄다. 바보의 말을 옮기는 셈이다.

만약 텔레비전을 문제 삼는다면, 내 생각에는 그 매체가 전하는 내용들이 너무 상식에 얽매어 있다는 점을 꼽고 싶다. 폭력성이나 선정성은 본질적인 문제가 아니다. 인터넷만 들어가면 그보다 더 폭력적이고 선정적인 장면을 너무나 쉽게 접할 수 있다. 책이나 영화도 텔레비전보다는 훨씬 더 폭력적이고 선정적인 내용이 많다. 영화나 소설에선 등장인물이 욕을 해도 드라마에선 욕을 못 한다. 기껏해야 '이 자식이!' 정도다. '이 새끼가!'라고 말하게 하려면 제작진이 대단한 용기를 내야 한다. 그 이상의 욕설은 당연히 할 수 없다. 대중의 우려와 달리 텔레비전은 상당히 점잖은 매체다. 어른들은 텔레비전이 아이들을 망쳐놓을까 걱정한다. 그러나 아이들이 텔레비전에 나오는 인물들처럼만 자라면 그보다 더 유순한 인간이 될 수 없을 것이다.

텔레비전의 진짜 문제는 지나치게 상식적이라는 점이다. 당대의 주류적 가치에 가장 민감하게 반응하는 매체가 바로 텔레비전이다. 주류에서 조금이라도 벗어난 생각들은 발붙일 자리가 없다. 바로 철퇴를 맞는다. 검열기관, 광고주, 언론의 눈치를 보지 않을 수 없다. 그러다보니 시청자의 상상력을 자극할 만한 신선한 시도가 잘 이뤄지지 않는다. 최근 어느 드라마에서 젊은 두 남자의 동성애를 다루어 화제가 되고 있는데, 이런 얘기는 영화나 소설 쪽에서는 이미 한물 간 소재다. 누군가 동성애를 주제로 소설을 쓴다면 너무 안일한 선택이라는 비난을 받을 수도 있다. 그런데 텔레비전 드라마에서는 이 정도만 다뤄도 파격이 되고 만다.

텔레비전만 본다고 바보가 되는 건 아니다. 오히려 너무 번듯한 인간이 될까봐 걱정이다. 물론 여기서 말하는 번듯한 인간은 부정적인 의미다. 상상력 부족한 인간을 점잖게 표현한 것이다. 상상력이 풍부해지려면 진짜 파격을 맛봐야 한다. 그런데 눈을 씻고 보더라도 텔레비전에서는 파격적인 정보들을 접할 수 없다. 그래서 평소에 텔레비전이라는 매체에만 의존해서 정보를 습득하는 사람은 남자끼리 포옹하는 장면만 봐도 기분이 언짢아진다. 하지만 책이나 영화 같은 다른 매체를 통해 정보를 얻는 사람에겐 그런 내용은 파격은커녕 상투적일 뿐이다. 이 두 사람 중에서 누가 더 생각의 폭이 넓을지는 굳이 말할 필요가 없을 것이다.

텔레비전에서 그어놓은 가이드라인을 내면화하지마라. 그 매체는 극히 제한적이고 보수적이고 상식적인 주제만 다룬다는 사실을 명심하라. 그래야 텔레비전에 속지 않는다. 텔레비전에서 정말 중요하게 다루는 문제가 반드시 당신에게 중요한 문제는 아니다. 방송 제작자들과 계급적 지위가 비슷한 사람들(고학력, 고소득, 중산층)에게 만 심각한 문제를 계급이 다른 당신이 덩달아 고민할 필요는 없다. 선거에서 계급투표가 이뤄지지 않는 원인 중 하나도 사람들이 텔 레비전의 시선을 내면화했기 때문이다. 저학력, 저소득, 빈민층 사 람들이 한나라당 아니면 민주당을 찍는 이유도 그들이 텔레비전을 통해서만 세상을 보기 때문이다. 텔레비전에서는 언제나 한나라당 과 민주당이 투덕투덕하는 소식을 가장 비중 있게 전한다. 자신의 계급적 관점으로 봐서는 분명히 시답잖은 싸움인데 텔레비전에서 중요하다고 하니까 그저 중요한 줄로만 안다.

# '생각하는 사람'이
# 되어라

18세기 프랑스의 교육철학자 콩도르세는 사람을 '생각하는 사람'과 '믿는 사
람'으로 나누었다. 이는 다시 말해 '근대적 인간'과 '중세적 인간'으로 나눈 것인
데, 이를 다시 내 식대로 적용해 보면 '내 생각은 어떻게 내 것이 되었나?'를 물
을 줄 아는 사람과 그렇지 않은 사람으로 나눌 수 있다. 왜냐하면, '내 생각은
어떻게 내 것이 되었나?'라고 물을 때 자기 생각을 바꿀 가능성이 그나마 열리
지만, 그렇지 않을 때에는 자기 생각을 바꿀 가능성이 없는, 지금 갖고 있는 '생
각을 믿는' 사람으로 남기 때문이다.

_홍세화, 『생각의 좌표』, 한겨레출판, 2009, 18쪽

우리는 흔히 일관성을 예찬한다. 처음과 끝이 같은 사람을 훌륭
한 사람으로 간주한다. 그러나 이런 평가가 언제나 옳은 것은 아니
다. 때에 따라서는 처음과 끝이 다른 사람을 훌륭한 사람으로 봐
야 할 때도 있다. 생각을 유지하는 것보다는 수정하는 데 더 많은
용기가 필요하기 때문이다. 생각에도 관성의 법칙이 적용된다. 어
떤 생각이 한쪽으로 이미 움직이고 있으면 계속 그쪽으로 움직이
고 싶어 한다. 그 생각을 멈춰 세우거나 더 나아가 반대방향으로
움직이게끔 하려면 많은 정신적 에너지가 소모된다.

나는 지금껏 주관이 뚜렷한 사람은 제법 많이 봐왔다. 그러나 자신의 생각이 틀렸을 때 그걸 깔끔하게 인정하는 사람은 그리 많이 못 봤다. 나라고 뭐가 다르겠나. 내가 틀린 소리를 한 걸 속으로는 인정하면서도 겉으로는 합리화하려고 최대한 노력한다. 어떻게든 그 순간의 창피함을 모면하려고 애쓴다. 그렇게 말이 꼬리에 꼬리를 물다보면 결국 감정싸움으로 치닫게 된다. 애초에 잘못했다고 한 마디만 했으면 아무것도 아닐 문제가 걷잡을 수 없이 커져 버린다.

이런 어처구니없는 경험이 당신에게도 있을 것이다. 그런데 다시는 이런 바보 같은 짓을 하지 않겠노라 다짐해도, 어느 순간 또 같은 상황에 놓여 있는 자신을 발견하게 되니까 답답한 노릇이다. 그래도 나 같은 경우엔 나이가 들수록 그 빈도가 좀 줄어들고 있기는 하다. 예전엔 연간 5회 정도였다면 요즘엔 2회 정도?

지금 내가 갖고 있는 생각의 일정 부분은 틀렸을 공산이 크다. 어떠한 부분이 틀렸고 어떠한 부분이 옳은지는 모르겠으나, 틀린 부분이 있다는 것은 분명하다. 그걸 어떻게 아느냐고? 10년 전의 나를 떠올려 보면 알 수 있다. 10년 전의 나와 지금의 나는 많은 부분에서 생각의 차이가 난다. 지금의 나는 10년 전의 나보다는 좀 더 현명해졌다고 여긴다. 그때 진지하게 품고 있던 생각들 중에서 지금 돌이켜보면 우스꽝스러운 것들이 많다. 얼굴이 화끈거린다. 이를 뒤집어 생각해보자. 10년 후의 내가 지금의 나를 돌이켜보면 어떤 생각을 할까? 분명히 지금 내가 진지하게 품고 있는 생각들 중에서 상당부분을 어이없어 할 것이다.

현재 갖고 있는 생각의 절반은 10년 후에 바뀐다. 그 10년 후에 갖게 될 생각의 절반은 20년 후에 바뀐다. 이처럼 생각은 계속 바뀐다. 바뀌어야 생각이다. 세월이 흘러도 안 바뀌면 그건 믿음이다. 성격이나 기질 혹은 자라난 환경에 따라 생각이 많은 사람이 있고 믿음이 더 강한 사람이 있다. 당신은 '생각하는 사람'인가 '믿는 사람'인가. 나는 생각하는 사람이다. 좀체 어떤 대상이나 현상을 믿지 않는다. 그래서 믿는 사람들을 대하면 자연스럽게 속에서 거부감이 생긴다. 예컨대 이번 초파일에 절에다 등(燈)을 다느니 마느니 하는 얘기를 진지하게 나누고 있는 가족들을 보고 있으면 짜증이 확 치민다. 가족의 평화를 위해 내색하지 않으려고 하지만, 가끔은 못 참고 폭발하기도 한다. "그럴 돈 있으면 불우이웃돕기나 해!"

나는 당신이 생각하는 사람이 되길 바란다. 그렇다고 믿는 사람이 나쁘다고 말하는 건 절대 아니다. 다만 믿는 사람이라면 성숙한 믿음을 가진 사람이 되길 바란다. 그렇다면 성숙한 믿음은 어떻게 가질 수 있을까? 믿음에 믿음을 더하면 성숙한 믿음이 될까? 그렇지 않다. 믿음에 믿음을 더하면 맹목적 믿음이 될 뿐이다. 믿음에 회의를 더해야 성숙한 믿음이 된다. 고민과 반성과 숙고 끝에 갖게 되는 믿음이 성숙한 믿음이다. 사실 이런 성숙한 믿음을 가진 사람은 얼핏 보면 '믿는 사람'인 것 같지만, 그 속내는 최고의 경지에 이른 '생각하는 사람'이다. 하나의 성숙한 믿음을 내 안에 품기 위해 수많은 시간을 들여 생각하고 또 생각했을 테니까.

# '어차피'라는 말을
# 입에 쉽게 올리지 마라

'어차피'라는 단어를 입버릇처럼 쓰는 사람들이 있다. 그들 중 상
당수는 자신이 인생의 쓴맛과 단맛을 충분히 맛봤고 그 결과 세상
돌아가는 원리도 제법 꿰고 있다고 자부하는 부류다. 요컨대 자기
가 세상을 겪어보니까 '어차피' 안 되는 일(놈)은 안 되더라는 것이
다. 그러니까 괜히 용쓰지 말고 튀지 말고 나서지 말라고 그들은 충
고한다. "그래 봐야 너만 바보 돼." 그런데 그들이 정말로 세상을 A부
터 Z까지 겪어봤을까? 기껏해야 ABC 정도 겪어놓고 XYZ까지 겪
었다고 착각에 빠져 있는 것은 아닐까? 나는 그렇다고 본다. 도대

체 어느 인간이 A부터 Z까지 겪었노라고 자신 있게 말할 수 있단 말인가. '어차피'라는 말은 쉽게 입에 올려서는 안 된다.

물론 '어차피'도 훌륭한 삶의 태도일 수 있다. 그런 관점을 가졌을 때 행복과 위안을 느낀다면 그렇게 사는 것도 나쁘지 않다. 문제는 그런 확신이 자신의 주관에 의해 싹튼 것이 아닌 경우가 많다는 점이다. 다시 말해 그들이 되뇌는 '어차피'가 실은 누군가(주로 지배자들)에 의해 주입된 세뇌의 결과인 경우가 많다는 것이다. 대표적인 예가 바로 "어차피 자본주의 사회인데……." 같은 말이다. 그 생각이 정말 자본주의에 대해 오랫동안 공부하고 검토해서 내린 결론일까? 그렇다면 자본주의가 아닌 다른 사회경제 체제에 대한 그들의 생각은 무엇인가? 이런 질문들을 하면 그들 중 십중팔구는 할 말이 없을 것이다. 우리는 대부분 자본주의에 대해 그다지 깊은 성찰을 하며 살지는 않는다. 또한 자본주의 바깥에서 살아본 경험도 없다. 대한민국 국민의 대다수는 평생을 자본주의라는 우물 안에 갇혀서 살다가 죽는 개구리들일 뿐이다.

어떠한 체제든 지배자들은 현재의 상태가 현실적으로 최고이자 최선이라고 강조한다. 체제의 종류와 무관하게 지배자들은 기득권을 누리며 이미 행복하게 살고 있다. 그들이 스스로 나서서 체제를 바꾸려고 할 까닭이 없다. 그들이 원하는 것은 현 체제를 어떻게 해서든 오랫동안 끌고 가는 것뿐이다. 그래야 자신들이 계속해서 높은 자리에 머물 수 있기 때문이다. 그들이 가장 싫어하는 것이 변화다. 잘나가는 놈에게 변화란 결국 못나가는 놈과의 자리바꿈일 뿐이니까. 그들은 어떻게 해서든 변화를 막기 위해 국민들을 세뇌한다. 그들이 시행하는 최면술의 궁극적인 목표가 바로 국민들의 입에서 '어차피'가 나오도록 만드는 것이다. 자본주의 체제의 지배자들은 당신의 입에서 "어차피 자본주의 사회인데……."라는 말이 나오길 가장 바란다.

정신이 아닌 물질에 더 높은 가치를 두게 만드는 것도 자본주의 체제의 지배자들이 대중을 세뇌하는 대표적인 방법이다. 쉽게 말하면 돈독이 오르도록 만드는 것이다. 그들은 왜 대중에게 돈독을 주입하려고 애쓰는가? 그래야 대중을 통제하기가 수월해지기 때문이다. 그들이 대중보다 압도적으로 우위를 점할 수 있는 부분은 돈밖에 없다. 정신적으로 그들이 대중보다 더 우위에 서 있다고 보기는 힘들다. 돈만 보면 파블로프의 개처럼 반사적으로 침을 흘리게 만들어 놓아야 대중을 자신들의 입맛대로 주무르기 쉽다. 인생의 의미와 목적을 외식, 아파트, 차 같은 것에 두는 사람들이 많아질수록 지배자들은 흐뭇한 미소를 짓는다.

'평범한 사람'이 되지 마라. 주체적인 가치관을 가진 사람이 되어라. 그러기 위해서는 가치의 우선순위부터 정해야 한다. 수단적 가치를 목적적 가치보다 더 우위에 놓고 살고 있지는 않은지 점검해

보라. 그런 전도된 가치관이 자신의 의지가 아니라 지배자들에 의해 계획적으로 내게 주입되지는 않았을지 생각해보라. 나는 언제부터 외식, 아파트, 차밖에 생각할 줄 모르는 인간이 되었던가. 나는 언제부터 집값과 주식에 관한 얘기밖에 할 줄 모르는 인간이 되었던가. 10년 전의 나와 지금의 나를 비교해보라. 10년 전의 내게 지금의 나 같은 인간은 경멸의 대상이 아니었던가. 그런데 어째서 나는 현재의 모습으로 살게 되었는가.

# 내가 벗어야
# 남들도 벗는다

나는 생각한다. 꼭 피를 흘리고 누군가를 다치게 해야 삶이 끔찍해지는 것은 아니다. 삶은 자기가 주인일 수 없을 때 가장 끔찍한 현실이 된다. 사회가, 타인의 시선이 우리를 온전히 자기 자신으로 살아갈 수 없도록 옭아매고 있다. 어쩌면 우리는 그렇게 사는 것이 정상이라고 스스로를 달래가며 억지로 그 기준에 우리를 끼워 맞추며 살고 있는지도 모른다.

_이하영, 『조제는 언제나 그 책을 읽었다』, 웅진지식하우스, 2008, 49~50쪽

아이와 어른이 길을 가다가 꽈당 넘어진다. 그런데 일어선 후 그들의 행동은 크게 차이가 난다. 어떻게 다를까? 아이는 일단 자기 몸부터 살핀다. 무르팍이나 팔꿈치가 깨졌는지 아닌지를 먼저 살핀다. 그 다음에 자기가 넘어진 걸 본 사람이 있는지·없는지 살핀다. 어른은 정확히 그 반대로 행동한다. 넘어졌다 일어서면서 먼저 주위부터 살핀다. 그리고 안 아픈 척하면서 일단 그 자리를 뜬다. 그 다음에 사람이 없는 곳으로 가서 자기 몸을 살핀다. 깨진 무르팍과 핏방울이 맺힌 팔꿈치를 뒤늦게 확인한다. 요컨대 아이는 일

단 자기 몸이 아픈 게 먼저고 다음이 타인의 시선이다. 어른은 남의 눈이 먼저고 다음이 내 몸의 아픔이다.

나이를 먹고 사회적 지위가 높아질수록 사람들은 자의 반 타의 반 자신을 타인의 시선에 옭아맨다. 내가 원하는 내 모습보다 타인이 원하는 내 모습으로 살아가게 되는 경우가 흔하다. 다른 사람의 시선을 철저히 무시하고 자신의 생각과 소신에 따라 사는 사람은 드물다. 그렇게 살도록 사회가 호락호락 내버려두지 않는다. 끊임없이 스트레스를 준다. 예를 들어 서른 살이 넘어가면서 미혼자들은 언제 결혼하느냐는 질문을 수도 없이 받게 된다. 오늘날 한국사회에서 서른 넘으면 결혼을 생각해야 하는 게 정상이고 독신을 고려하는 것은 비정상으로 간주된다. 이른바 노총각 노처녀는 텔레비전 드라마에서 웃음을 유발하는 단골소재로 등장한다. 나는 '독신=행복'이라는 가치관을 전파하는 드라마를 본 기억이 없다. 대개 '독신=궁상'이다.

정상이 아닌 비정상의 범주에 들 때 우리는 사회적 압력을 받는다. 자신이 비정상에 속하게 되었을 때 사람들의 반응은 대체로 엇비슷하다. 정상이 되기 위해서 자신의 생각을 고쳐먹거나 행동을 뜯어고치려고 한다. 자신을 비정상으로 몰아가는 세상이 비정상일 뿐이라고 생각하는 사람은 흔치 않다. 그나마 젊을 때는 호기롭게 대응하는데 나이가 들수록 자신감을 점점 상실해 간다. 물론 세월의 흐름에 따라 생각이 바뀌는 것은 지극히 자연스러운 현상이다. 20대 초반에는 독신으로 살겠다고 결심했다가 30대 초반에는 결혼을 해야겠다고 생각을 바꾸는 게 이상한 일은 아니다. 문제는 왜 생각을 바꾸게 되었는지를 분명히 알아야 한다는 점이다. 내 주관으로 결혼에 대한 생각을 바꾼 것인지, 아니면 사회적 압력에 끝내 굴복한 것인지.

내가 정말 주체적으로 살고 있는가를 끊임없이 되물으며 살아야 한다. "삶은 자기가 주인일 수 없을 때 가장 끔찍한 현실"이 되기 때문이다. 인생에서 중요하다고 생각되는 것들의 우선순위는 개개인이 모두 다를 것이다. 그런데 성인이 되면서 서로서로 비슷해져 버린다. 왜 그래야 하는지 이유도 모른 채 어느새 다른 사람들이 가는 길을 그저 뒤따라가고 있는 자신을 발견하게 된다. 정신 차리고 보니 공무원시험 준비하고 있고, 사법시험 공부하고 있고, 대기업에 입사원서를 넣고 있다. 원래 그게 꿈이었다면 무슨 문제겠는가. 늙어 꼬부라질 때까지 도전해서라도 꼭 합격하라고 응원하겠다. 하지만 현실은 그게 아니다. "그렇게 사는 것이 정상이라고 스스로를 달래가며 억지로 그 기준에 우리를 끼워 맞추며 살고" 있을 뿐인 경우가 많다.

옷이 몸에 맞지 않으면 옷을 벗으면 된다. 아주 간단한 해법이다. 그런데 많은 사람들이 그 옷을 쉽게 벗지 못하고 있다. 남들은 다

입고 있는데 나만 벗고 있으면 손가락질을 받지 않을까 걱정이 되어서다. 하는 수 없이 옷에다 몸을 최대한 맞춰 보려고 노력한다. 숨통도 조이고 가슴도 답답하지만 일단 창피함은 모면할 수 있으니까 그걸로 만족한다. 그런데 가만히 보면 누가 먼저 그 옷을 입자고 제안한 사람인지 알 수가 없다. 나는 그를 보고 옷을 벗지 못하고 있는데, 그는 나를 보고 옷을 벗지 못하고 있는 것이다! 일시에 다 함께 훌훌 벗으면 가장 좋겠지만, 그런 일은 현실에선 일어나기 힘들다. 누군가 용기를 내어 먼저 벗어야 비로소 다른 사람들도 하나둘씩 벗기 시작한다. 다시 말해 당신이 먼저 벗어야 누군가도 당신을 보고 벗는다.

# '과정'이 좋아야
# '결과'도 좋다

> 이기는 야구는 승수(勝數)를 따진다면, 지지 않는 야구는 패수(敗數)를 따진다. 승수만 따지다 보면 자칫 패수관리에 허술하게 되어 기껏 벌어놓은 것을 다 까먹을 수도 있다. 반면 패수관리를 잘하면 승수는 자연스럽게 쌓인다. 지지 않는 야구는 과정을 중요시한다. 결과에만 집착하다보면 과정이 헝클어져 프로야구 같은 장기 레이스에서는 치명적이다. 과정이야 어떻든 이기는 것에 집중하는, 이기는 야구가 빠지는 함정이다. 과정을 중요시하면 꾸준한 전력을 유지하면서 장기 레이스를 마칠 수 있다.
>
> _김성근 지음·박태욱 말꾸밈, 『꼴찌를 일등으로』, 자음과모음, 2009, 235쪽

모든 스포츠가 그러하듯이, 단기전에서는 결과가 과정을 배반할 수 있다. 단판승부로 겨룬다면 리그 최하위 팀도 최상위 팀을 꺾을 가능성이 충분히 있다. 그러나 많은 경기를 치러서 승점을 쌓아가는 방식이라면 최하위 팀은 결코 최상위 팀을 이길 수 없다. 이른바 클래스는 장기전을 치러 보면 고스란히 드러난다. 비슷한 레벨의 팀들끼리 엎치락뒤치락 순위싸움을 할 뿐 꼴찌가 일등이 되는 일은 거의 없다. 간혹 이변이 일어난다면, 그것은 그 꼴찌 팀이 이전과는 전혀 다른 팀으로 바뀌었기 때문이다. 즉 클래스가 높아진

것이다. 그러한 변화는 단기간엔 절대 일어나지 않는다. 다년간 노력해야 어느 시점부터 클래스가 높아져 있게 된다. 클래스는 끌어올리기 무척 어렵지만, 일단 끌어올려 놓으면 쉽게 다시 떨어지지 않는다.

감독과 선수들이 일차적으로 신경 써야 하는 것은 팀의 수준을 끌어올리는 일이다. 경기에서 이기느냐 지느냐에 일희일비할 게 아니라, 선수들의 실력을 높이는 데 주력하면 승수는 자연스럽게 쌓이게 된다. 반면에 팀의 실력 향상이 아닌 그저 경기를 이기는 데 주력하면 반드시 문제가 나타나게 된다. 시즌 초반에는 팀이 가진 실력보다 더 좋은 성적을 낼 수 있을지 몰라도, 그런 성적을 한 시즌 내내 유지할 수는 없다. 오히려 "과정이 헝클어져" 팀이 평소에 가지고 있던 실력보다 더 나쁜 결과를 초래하게 된다. '과정이 나빠도 결과가 좋으면 그만'이라는 말은 장기 레이스에서는 어림없다. 말의 의미를 떠나서 말 자체가 되지 않는다. 다시 말해서 과정이 나쁜데 결과가 좋게 나오는 일은 일어나지 않는다. 과정이 좋아야 결과도 좋다.

직업으로든 취미로든 평생 창조적인 작업을 해보려는 사람도 마찬가지다. 결과물 하나하나에 연연하지 말고 기본실력 자체를 높이겠다는 마음가짐이 필요하다. 예컨대 소설가 지망생이라면 등단이 목표가 아니라 필력을 얼마나 높일 수 있느냐에 초점을 맞춰서 습작을 해야 한다. 등단은 꼭 필력으로만 되는 게 아니다. 평소에 소설을 읽지도 않고 써본 적은 더더욱 없는 사람이 재미 삼아서 끼적인 원고가 신춘문예에 당선되는 일은 드물지 않다. 등단을 위해 오랫동안 준비해 온 지망생이 들으면 힘 빠지겠지만 그렇게 실망할 필요는 없다. 원고를 꾸준히 생산해내는 자신만의 시스템이 갖춰지지 않은 상태에서 덜컥 등단을 해버린다면 그게 더 문제다. 소설가 지망생에겐 (작품 하나가 아닌) 창작 시스템을 구축하는 일이 더 중요하다.

 등단을 하지 않았더라도 자신만의 시스템을 가지고 있으면 그는 이미 작가다. 반면에 등단을 했더라도 체계적인 방법론을 가지고 있지 않으면 그는 아직 작가가 아니다. 하나의 주제에 대해 다년간 꾸준히 블로그를 업데이트하고 고정 독자도 제법 확보하고 있다면 그는 작가라고 불러도 무방하다. 어찌 보면 신춘문예 당선보다 파워블로거 되는 것이 더 어렵다. 신춘문예는 단기간에 운 좋게 당선될 수 있지만 파워블로거는 그렇지 않다. 설령 단기간에 파워블로거가 되었다 치더라도 그 상태를 유지하는 것은 쉬운 일이 아니다. '콘텐츠'를 계속 공급하려면 사전에 공부도 많이 되어 있어야 하지만 현재도 끊임없이 공부해야 한다. 동어반복이 계속되면 독자들은 가차 없이 등을 돌린다. 꾸준한 공급 시스템을 갖추고 있어야 파워블로거가 될 수 있다.

자신의 작업 스타일을 끊임없이 체크하고 수정해 나가야 한다. 투수가 투구 폼을 혹은 타자가 타격 폼을 수정해 나가는 것처럼. 운동선수는 자신에게 맞는 최적의 폼을 찾는 것이 연습할 때의 최대 과제다. 나쁜 버릇으로 판명되면 지금 당장엔 그 선수에게 도움이 되는 폼이라도 코치진은 반드시 뜯어고치도록 훈련시킨다. 당장 눈앞의 결과만 따진다면 그대로 내버려두는 게 선수나 팀의 성적에 도움이 되겠지만 '장기 레이스'라는 점을 생각하면 득보다 실이 많다는 것을 그들은 잘 알고 있는 것이다.

당신도 자신의 작업습관을 곰곰이 되새겨보라. 장기레이스에 적합하지 않은 습관이 배어 있지는 않은가. 예컨대 당신은 아침형 인간인가 야간형 인간인가. 규칙적으로 매일 조금씩 생산하나 한 번에 많이 생산하고 장기간 쉬나. 무엇이 더 자신에게 적합한 방식인지 모르겠으면 장기 레이스라는 관점에서 판단해보면 답이 나온다.

# '열심히'보다
# '꾸준히' 하자

나는 열정이라는 단어를 좋아하지 않는다. 그 단어는 내게 잠시 잠깐 화려하게 작렬했다 이내 사라져버리는 불꽃놀이를 떠오르게 한다. 찰나적인 화려함도 가끔씩 보면 아름다운 건 사실이다. 그런데 불꽃놀이를 주말마다 보는 놀이공원 직원에게도 그 폭죽 터지는 모습이 매번 아름답게만 보일까? 결국 불꽃놀이를 우리가 아름답게 느끼는 이유는 역설적이게도 우리가 불꽃놀이를 가끔 접하기 때문이다. 열정도 마찬가지다. 누군가 열정적으로 일하는 모습을 보면 멋있어 보이기도 하고 본받고 싶은 마음도 생긴다. 텔레비전에서 그렇게 자기 일에 열정적으로 몰두하는 인물들을 다큐멘터리 형식으로 보여준다. 그걸 본 시청자들은 감동한다. 그러나 그 인물들과 생활을 함께 하는 직원들도 그들의 열정을 높이 평가할까? 평가가 사뭇 다르지 않을까?

시청자들이 텔레비전에서 보게 되는 열정적인 인물들에게 감동을 받는 이유는, 그들이 내 삶과 무관하기 때문이다. 그저 가끔 미디어를 통해서 구경만 하는 처지라면 그들의 생활방식이 멋지고 존경스럽게 보일 수 있다. 그러나 열정은 반드시 (자신을 포함한) 누군가를 착취해야만 발휘할 수 있다는 사실을 감안한다면 마냥 좋게 보이지만은 않을 것이다.

좋은 회사는 사장의 열정으로 굴러가는 회사가 아니다. 사장이 무능해도 시스템적으로 큰 문제없이 저절로 잘 굴러가는 회사가 좋은 회사다. 사실 시스템만 잘 갖춰져 있으면 사장이건 직원이건 열정을 발휘할 필요조차 없다. 정해진 근무시간 안에 각자 맡은 일만 잘 처리하고 퇴근하면 그만이다. 그걸 가능하도록 만드는 게 사장의 가장 큰 임무다. 직원들에게 열정을 불어넣는 게 아니라.

내가 누차 말하지만 무슨 일을 열심히 하는 것은 중요하지 않다. 오랫동안 꾸준히 하는 것이 중요하다. 열심히 하면서 꾸준히 하는 게 가장 좋겠지만, 열심히 하면서 꾸준히 하는 건 사실상 불가능하다. 단거리 주법으로 마라톤을 완주할 수는 없는 것이다. 따라서

둘 중에 하나를 택해야 하는데, 나는 열심히 하지 않더라도 꾸준히 하는 사람을 더 높이 평가한다. 그게 훨씬 더 어렵기 때문이다. 얼핏 생각하면 열심히 하는 것보다 꾸준히 하는 게 더 쉬워 보이지만 전혀 그렇지 않다. 시험 직전에 사흘 밤을 새워서 공부를 하는 것보다, 3개월 전부터 하루에 10분씩 하루도 빼먹지 않고 공부하는 것이 훨씬 더 어렵다. 그런데 우리는 흔히 사흘 밤을 새운 사람을 더 높이 평가한다. 그게 눈에 잘 보이니까. 계획을 세우고 꾸준히 실천해서 애초에 밤샘을 하지 않아도 되도록 자신을 관리하는 사람에 대해서는 별로 감동하지 않는다. '열심히'는 약간의 동기만 있으면 대부분의 사람들이 할 수 있다. 그러나 '꾸준히'는 아무나 할 수 있는 게 아니다.

나는 2009년에 글쓰기에 관한 책을 냈다. 그 책을 읽고 제법 많은 분들이 내 블로그를 방문해 주셨고, 지금도 방문하고 있다. 그들 중 상당수가 "저도 블로그 개설했습니다. 앞으로 열심히 운영하겠습니다."라고 말한다. 내가 쓴 책의 가장 앞머리에 글을 잘 쓰고 싶으면 일단 블로그부터 운영하라고 씌어져 있기 때문이다. 나는 꼭 그렇게 해보시라고 응원의 댓글을 달아드렸다. 그리고 나서 그들은 실제로 의욕적으로 블로그를 운영해 나가기 시작했다. 그들은 눈치 못 챘겠지만 나는 그들의 블로그에 틈틈이 들어가 봤다. 처음에 그들은 정말 날마다 열심히 글을 올렸다. 그러나 6개월도 유지하지 못했다. 6개월 전에 블로그 개설한 사람 중에서 지금도 꾸준히 운영 중인 사람은 거의 없다. 방치하거나 폐쇄했다.

그들이 블로그를 지속하지 못한 가장 큰 이유는 바로 거기에 너무 큰 기대를 걸었기 때문이다. 당장에 블로그를 개설하고 글을 올리면 사람들이 찾아올 걸로 생각했기 때문이다. 많은 숫자는 아니더라도 적게나마 방문객이 늘어날 줄 알았기 때문이다. 그런데 웬걸. 한 달이 지나고 두 달이 지났는데 일일방문객이 10명도 되지 않는다. 그나마 방문객은 대부분 지인들이다. 개업은 했는데 손님은 없고 친구들만 찾아오니 장사할 맛이 안 난다. 그렇게 6개월쯤 지나면 "나는 장사에는 영 소질이 없나 보다." 하고 문을 닫아버린다. 블로그를 오래 하려면 블로그에 너무 기대를 걸어선 안 된다. 블로그를 음식점 오픈하듯이 생각하면 안 된다. 적어도 3년 정도는 장사가 안 될 것이 빤하기 때문이다. 3년쯤 운영하면 그때부터 손님들이 입소문을 타고 모여들기 시작하는데 그때까지 버티기가 힘들다. 열심히 하면 할수록 버티기 더 힘들다.

나는 블로그를 (홈페이지 시절부터 포함해서) 10년 가까이 운영하고 있다. 그런데 일일방문자 수가 100명이 넘은 것은 최근 2년 사이의 일이다. 누군가에겐 그깟 100명일지 몰라도 내게는 이 100이라는 숫자가 엄청난 부담이다. 그래서 요사이 나는 일일방문객이 200명까지는 되지 않도록 신경을 쓰고 있다. 다시 말해 요즘 나는 방문객을 줄이기 위해서 고민하고 있다. 언뜻 이해가 안 가는 분들도 있을 듯하다. 방문객은 늘어나면 늘어날수록 좋은 것 아닌가. 물론 좋을 수도 있다. 문제는 그 숫자를 감당하기 위해서는 지금보다 블로그에 더 많은 시간과 노력을 투자해야 한다는 것이다. 하지만 앞서 말했듯이 무슨 일이든 열심히 하면 꾸준히 할 수 없다. 열심히 하다 보면 어느 순간 블로그가 내게 짐으로 느껴지게 될 테고, 곧이어 폐쇄하고픈 욕구를 느끼게 될 것이다. 그래서 나는 블로그를 열심히 하지 않는다. 꾸준히 하고 싶어서다.

# 1을 위해 99를 희생하는 건 바보짓

> 너는 내가 화가가 된 것을 후회하는 순간이 올지도 모른다고 말하겠지. 어떻게 말하면 좋을까? 그런 후회를 하는 사람은, 그림을 그리기 시작할 때 충실한 훈련은 게을리 한 채 승리자가 되려고 허겁지겁 달려왔을 것이다. 그날을 위해 사는 사람은 오직 그 하루만 사는 사람이다. 반대로 다른 사람들이 지루하게 생각하는 해부학, 원근과 비례 등에 대한 공부를 즐겁게 할 정도로 그림에 신념과 사랑을 가진 사람이라면 계속 노력할 것이고, 느리지만 확실하게 자기 세계를 완성할 수 있을 것이다.
>
> _빈센트 반 고흐, 신성림 옮김, 『반 고흐, 영혼의 편지』,
> 위즈덤하우스, 2005, 51쪽

매미는 보통 4~6년 정도 유충의 상태로 땅속에서 지낸다고 한다. 인터넷 검색을 해보니 종류에 따라서는 유충기간이 17년이나 되는 매미도 있다고 나온다. 어쨌든 그렇게 오랜 기간 땅속에서 살다가 나무 위로 올라가 성충이 된 매미는 고작 7~10일 정도밖에 못 살고 죽는다. 지하에 있는 시간과 지상에 있는 시간의 차이가 너무 난다. 이러한 매미를 보고 우리 인간은 대개 '짠하다'는 감정을 가지게 된다. "그렇게 오랫동안 '굼벵이 신세'로 땅속에서 인고의 시간을 보냈는데 밝은 세상에 나와서는 기껏 일주일밖에 못 살다니!" 그런데 이것은 어디까지나 인간 중심의 발상이다. 매미는 정말로 미래를 고대하며 지하의 시간을 참고 견뎠을까? 그리고 지상의 시간을 자신의 일생에서 가장 행복한 시기로 여길까? 나는 자꾸 의구심이 든다.

매미에겐 오히려 땅속에서 지냈던 나날들이 행복한 시기일 수 있다. 그런데 인간들이 멋대로 그들의 삶을 판단함으로써 매미는 졸지에 엉뚱한 이미지를 갖게 되었다. 사실 매미는 잠자리나 나비보다는 지렁이에 더 가까운 생물이 아닐까? 생애의 99퍼센트를 땅속에서 지내니까 말이다. 매미는 '굼벵이'의 형태로 일생의 대부분을 보낸다. 그 시기가 매미 일생의 황금기일 수도 있다. 지렁이에게 땅속의 세상이 천국이듯이 매미에게도 마찬가지가 아닐까? 매미들에게 연필을 주고 자신을 그려보라고 하면 그들은 대부분 굼벵이의 모습을 그리지 않을까? 매미의 일생에서 성충으로 지내는 마지막 일주일은 실상 최악의 시기일 수 있다. 그래서 그토록 서럽게 우는 것은 아닐까? "바깥세상은 너무 싫어. 다시 땅속으로 돌아갈래. 맴맴."

일생을 준비기와 활동기로 나누는 것은 인간뿐이다. 대강 구분하자면 스물다섯 살 이전까지는 준비기이고 그 이후는 활동기라고 할 수 있다. 이런 구분법이 반드시 나쁘다고 말할 수는 없다. 인간과 매미를 단순 비교할 수는 없다. 인간은 준비기를 어떻게 잘 보내느냐에 따라서 활동기를 얼마나 더 행복하게 보낼 수 있는지 결정

되는 경우가 많다. 문명사회의 복잡한 시스템 속에 편입하기 위해서는 그에 필요한 지식과 기술을 습득하는 데 많은 시간과 노력을 투자해야 하는 것이 사실이다. 그러나 이와 같은 준비기-활동기 이분법이 놓치고 있는 것도 분명히 있다. 그것은 바로 우리로 하여금 현재를 살지 못하게 한다는 점이다. 오늘 내가 누리고 있는 행복은 전혀 실감을 못하고 진정한 행복은 내일에 있다는 생각을 내면화하게 된다.

스물다섯을 즈음해서 준비기에서 활동기로 넘어간다고 "자, 이제 스물다섯도 지났으니 하루하루 인생을 즐기면서 살 테야!" 하는 사람은 거의 없다. 한번 내면화한 이분법적 사고는 죽는 날까지 우리를 지독하게 따라다닌다. 다시 말해 '오늘은 준비기 내일은 활동기'라는 생각은 스물다섯을 지나서도 줄곧 지속된다는 것이다. 결혼할 때까지만, 진급할 때까지만, 내 집 장만할 때까지만, 자식들 대학 졸업할 때까지만, 노후 자산으로 10억 모을 때까지만……. 은퇴할 나이가 코앞인데 여전히 준비기를 보내고 있는 사람들이 꽤 많다. 이런 사람들은 막상 은퇴를 하고 나면 마땅히 할 일이 없다. 취미를 가져본 적도 없고, 생업과 무관한 공부를 해본 적도 없고, 놀아본 적도 없기 때문에 뭘 하며 시간을 보내야 할지 몰라 당황한다.

과정이 즐거운 일을 찾아서 하는 게 행복하게 사는 가장 좋은 방법이다. 과정은 고통스럽지만 결과가 즐거울 것 같은 일에 투신하는 것은 결코 바람직하지 않다. 결과는 내 마음대로 통제할 수 없기 때문이다. 화가가 되고 싶다고 해서 누구나 화가가 될 수 있는 건 아니다. 그러나 그림은 아무나 그릴 수 있다. "다른 사람들이 지루하게 생각하는 해부학, 원근과 비례 등에 대한 공부를 즐겁게 할 정도로 그림에 신념과 사랑을 가진 사람"이라면 꾸준히 그림을 그리길 바란다. 그러면 그는 언젠가 화가가 되어 있을 것이다. 설령 화가가 못 되면 어떤가? 이미 그 과정에서 충분히 행복을 맛보았으면 그걸로 된 것 아닌가? 공모전 당선이나 개인전을 열겠다는 목표 때문에 붓을 잡고 있는 사람이 있다면, 나는 그에게 다른 길을 알아보라고 적극 권하겠다. 인생은 99퍼센트가 과정이고 1퍼센트가 결과다. 1을 위해 99를 희생하는 건 바보짓이다.

# 낙법을
# 먼저 배워라

유도에서는 초보자에게 낙법落法을 먼저 가르친다. 상대를 공격해 쓰러뜨리기에
앞서 자신을 보호하는 게 우선이기 때문이다. 멋지게 이기는 방법보다 효과적
으로 패배하는 기술을 먼저 배운다는 무도武道의 기본은 인간사의 철학이 생생
하게 숨 쉬는 모습이 아닐 수 없다. 낙법을 먼저 배운 사람이 패배감에 젖는다
는 경우를 들어본 적이 없다. 오히려 '넘어지는 습관'을 통해서 가장 효과적으로
상대를 넘기는 기술을 익히게 된다고 한다. 백 번 넘어져본 뒤에야 비로소 승리
의 진정한 가치를 깨닫게 된다는 것이다.

_이홍, 『만만한 출판기획』, 한국출판마케팅연구소, 2008, 90~91쪽

공격법을 먼저 익히고 보호법(혹은 방어법)은 나중에 배우라고 조
언하는 무도인은 없을 것이다. 그런 말을 하는 무도인이 있다면 그
는 고수가 아닐 공산이 크다. 어떠한 무술이든 자신의 몸을 보호
하는 법부터 가르친다. 낙법이 바로 대표적인 호신기술이다. 기본
중의 기본이다. 제 아무리 손재주 발재간이 뛰어나도 낙법을 제대
로 못하면 그는 사이비다. 화려한 몸놀림은 그저 잔재주로 치부되
기 쉽다. 오히려 화려한 기술을 내보이지 않아도 은연중에 튀어나
오는 낙법자세만 보면 고수인지 아닌지 판별할 수 있다. 낙법의 기

술을 배우기는 쉽다. 10분이면 족히 배운다. 하지만 그 동작이 위급한 순간에 반사적으로 튀어나오게 하려면 수년간 반복해서 연습해야 한다. 자다가 침대에서 떨어질 때조차 낙법이 나와야 제대로 몸에 익힌 것이다.

보호법은 소홀히 하고 공격법만 습득한 사람은 결국엔 패배자가 될 수밖에 없다. 단판승부라면 공격법만 익혀도 승자가 될 수 있을지 모른다. 그러나 수십 수백 번의 대련을 펼쳐야 하는 유도선수라면 보호법이 절대적으로 필요하다. 물론 낙법과 같은 자기 보호법이 상대방을 이기는 데 도움을 주진 않는다. 낙법을 10년 배운다고 상대를 이길 수 있게 되지는 않는다. 그러나 낙법을 제대로 익혀 두지 않으면 부상을 당해서 선수생활을 조기에 마감해야 한다.

프로와 아마추어의 차이는 "효과적으로 패배하는 기술"을 익히고 있느냐 아니냐에서 갈린다. 상대방의 기술에 걸려 어찌할 도리 없이 넘어가야 하는 상황에 놓였다 치자. 프로는 자신이 졌다는 걸 빠르게 판단하고 반사적으로 몸을 상대가 넘기기 쉽도록 놔둔다. 그래야 자신이 다치지 않는다는 걸 아니까. 반면 아마추어는 기를 쓰고 뻗대다가 잘못 넘어가서 큰 부상을 입게 된다.

공격법은 이번 경기를 이기기 위한 기술이지만, 보호법은 다음 경기를 이기기 위한 기술이라고 할 수 있다. 결국 보호법도 장기적으로 보면 공격법의 일종인 것이다. 적절한 보호법으로 평소에 몸

관리를 제대로 하지 못하면 시간이 흐를수록 공격력도 자연스럽게 떨어지게 되어 있다. 프로 선수들은 패색이 짙어지면 깔끔하게 질 줄 안다. 지는 걸 아무렇지도 않게 생각해서 그러는 게 아니다. 프로가 아마추어보다 이기고자 하는 욕구는 훨씬 더 강할 것이다. 다만 한 경기의 결과에 집착해서 감정을 통제하지 못하고 '오버'하면, 그 후유증이 반드시 다음 경기에 나타나기 때문에 애써 감정을 추스르며 무리하지 않는 것이다. 하지만 아마추어는 어디 그런가. 다음은 다음이고 일단 이번 경기에 '올인'하고 본다. 그 결과 오늘도 지고 내일도 진다.

이와 같은 낙법은 운동선수에게만 중요한 게 아니다. 예술가와 같은 창조적인 직업에 종사하는 사람들도 반드시 낙법을 배워야 한다. 물론 이때 말하는 것은 육체적인 낙법이 아니라 심리적인 낙법이다. 베테랑일 때보다는 초보자일 때 배워두는 것이 좋다. 익히는 시기는 이르면 이를수록 좋다. 초짜가 초짜인 이유는 성공률보다 실패율이 높기 때문이다. 즉 실수하고 실패하고 욕먹고 나자빠지는 게 그의 일상이다. 이럴 때 낙법을 제대로 구사하지 못하면 심리적으로 많은 상처를 입게 된다. 그 결과 최악의 경우 제대로 시작도 못해 보고 진저리를 치며 그 분야에서 발을 빼게 된다. 많은 예술가 지망생들이 주위의 비판과 냉소를 이겨내지 못하고 도전을 포기하게 되는 이유가 바로 자기 보호법을 제대로 갖추고 있지 못하기 때문이다.

블로그에서 악플 하나만 보아도 진종일 기분이 나빠지는 게 일반적인 사람 심리다. 더구나 그 악플이 비난보다 비판에 가까울 때(즉 타당성이 있을 때) 심리적 충격은 배가된다. 자신의 글이나 그림을 블로그를 통해 공개하는 예술가 지망생들은 누구나 이런 식의 악플을 받아본 경험이 있을 것이다. 이럴 때 슬기롭게 대처하지 못하면 그 후유증은 상당히 오래 가고, 급기야 블로그를 폐쇄하는 지경에 이르게 되는 경우도 적지 않다. 그나마 악플이라도 받으면 낫다. 아무리 공을 들여 블로그를 운영해도 사람들로부터 전혀 반응이 없을 때의 심리적인 충격도 상당하다. 지망생에겐 '무플'도 곧 '악플'인 것이다. 이와 같은 상황에 직면했을 때 필요한 것이 바로 낙법이다. 동시에 낙법을 연습하고 단련할 수 있는 아주 좋은 기회이기도 하다.

이제부터는 관점을 좀 바꿔 보자. 블로그에서 악플을 보거나 지인들로부터 혹평을 들었을 때는 의기소침하지 말고, '지금이 낙법을 연습할 좋은 기회다!'라고 적극적으로 받아들여보자. 상황을 어떻게 대처해 나가야 할지 곰곰이 생각하며 게임하듯 즐겨보자. 처음엔 쉽지 않겠지만 하다보면 그 나름대로 적응이 된다. 시간이 지날수록 상처도 덜 받고 대응방법도 능란해진다. 따지고 보면 악플을 달아준 네티즌이나 혹평을 쏟아준 지인들은 상당히 고마운 존재다. 그들은 당신이 앞으로 꿋꿋하게 경기를 해나갈 수 있도록 미리 연습을 시켜준 코치들이다. 무명시절에 낙법을 충분히 단련하지 못한 채 유명인이 되면 반드시 크게 다치는 경우가 생긴다. 시답잖은 공격에 치명상을 입거나 한 마디 말실수로 재기불능 상태에 빠지기도 한다.

# 나는 그저
# 한 게임 졌을 뿐

1985년, 열일곱 살의 보리스 베커는 외국인 신분으로 윔블던 테니스 오픈 대회에서 우승을 하면서 전 세계를 놀라게 했다. 그 후 1년 만에 그는 테니스 선수로서 큰 성공을 거두었다. 하지만 또 다시 1년이 흐르고 열아홉 살이 된 그는 테니스 시합의 두 번째 라운드에서 무명의 선수에게 대패를 당해 탈락했다. 경기가 끝난 후 기자 회견에서 한 기자는 그에게 현재의 심정을 물었다. 겨우 열아홉 살의 어린 선수였지만 그는 이렇게 말했다. "여러분, 사람이 죽은 것도 아닙니다. 그저 한 게임 졌을 뿐이에요."

_류가와 미카·쑤메이징·장쥔, 이예원 옮김, 『서른, 기본을 탐하라』,
21세기북스, 2010, 93쪽

한 사람의 진면목은 그가 실패했을 때 드러난다. 실패를 대하는 태도를 보면 그가 얼마나 철이 들었는지 알 수 있다. 고통의 상대적인 무게를 알고 그에 맞게 반응할 줄 아는 게 정말로 철이 든 것이다. 즉 가벼운 실패엔 가벼운 고통을 느끼고 무거운 실패엔 무거운 고통을 느껴야 성숙한 인간이다. 그러나 보통의 사람들이 어디 그런가. 나의 사소한 실패를 남의 심각한 실패보다 훨씬 더 고통스럽게 느낀다.

지금 이 글을 쓰고 있는 시점에 뉴스에서 용광로에 추락해 숨진

청년에 관한 안타까운 사건 소식이 흘러나온다. 누구든지 이런 슬픈 사연을 들으면 안타까움을 느끼게 될 것이다. 감수성이 예민한 분들은 눈물도 글썽거렸을 법하다. 그러나 그러한 사건도 내가 상사에게 가벼운 꾸지람 들었을 때만큼 나를 우울하게 만들지는 않는다.

  사실 두 경우는 한 자리에 놓고 비교하기도 민망한 예다. 전자는 잠깐의 실수로 목숨을 잃은 사건이고 후자는 약간의 지청구를 들은 일화다. 그런데 단지 내 문제라는 이유만으로 우리는 후자의 경우에 더 큰 고통을 느낀다. 그렇다고 마음속에서 자연스럽게 생기는 감정을 부정하지는 말자. 아이티에서 지진으로 수십 만 명이 죽었다는 소식을 들어도, 내가 취직이 안 돼서 백수로 지내고 있는 것만큼 마음이 괴롭지는 않다. 그게 잘못은 아니다. 그래도 고통의 상대적인 무게에 대한 감각을 익히면 마음을 다스리는 데 도움이 된다는 걸 기억하자. 내게 어떤 고통이 찾아왔을 때 그 고통이 다른 고통들과 비교해서 어느 정도 무거운 것인지를 냉정하게 저울질할 수 있다면 그 상황을 극복하는 데 많은 도움이 된다. 어떠한 형편에서도 "사람이 죽은 것도 아닙니다."라고 되뇔 수 있다면 그는 이미 인생 고수다. 따로 도 닦을 필요 없다.

  창조적인 직업에 종사하는 (혹은 지망하는) 많은 사람들이 고통을 호소한다. 이유도 다양하다. 아이디어 고갈, 금전적인 문제, 가족과의 관계, 불투명한 비전 등으로 그들은 오늘도 힘든 시간을 보내고 있다. 그렇다고 그 고통을 누가 공감해주는 것도 아니다. 뭘 하는지 만날 방구석에 처박혀 있는 인간을 피붙이들도 이해를 못한다. 왜 남들은 들어가기도 힘든 직장을 제 발로 뛰쳐나와서 충충한 낯빛으로 빌빌거리고 있는지 도무지 이해불가다. 그렇다고 딱히 항변할 말도 없다. 머리 뚜껑을 열어 보일 수 없다. "너 요새 뭐하고 돌아다니느냐?"고 물으면 "뭐 하고 돌아다닌다."라고 뚜렷하게 설명할 수 없다. 난 분명히 뭔가를 하고 있는데 그들은 아무도 내가 뭐를 하고 있는지 모른다. 가뜩이나 일도 안 풀리는데 인간관계도 점점 누추해진다.

이는 분명히 고통스러운 상황이다. 그런데 그 고통의 무게가 어느 정도 될는지 우리 냉철하게 한 번 따져보자. 최저 1에서 최고 10까지 고통의 등급을 매기면 어느 정도의 고통에 해당한다고 할 수 있을까? 아무리 넉넉하게 봐줘도 5를 넘진 않을 것 같다. 동의하시는지? 그럼에도 내가 그 고통을 9~10처럼 느끼는 이유는 단순하다. 내 문제이기 때문이다. 뒤집어서 말하면 남들에겐 '내 문제'가 아니기 때문에 그다지 공감을 얻지 못한다. 아무리 당신이 자신의 처지를 그들에게 하소연해도 돌아오는 것은 그저 냉소뿐일 것이다. 그러니 자신의 고통을 다른 사람에게 이해받는 것은 일찌감치 포기하자. 당신이 고통을 줄이기 위해 취할 수 있는 방법은 딱 하나다.

인정. 내 문제만 아니라면 그 고통이 실은 사소하다는 걸 인정하는 것이다.

창조적 활동과 관련해서 겪게 되는 고통은, 살면서 겪게 되는 다른 종류의 고통에 비하면 사실 시답잖은 것이다. 지금 당장 죽을 것처럼 나를 괴롭히는 문제도 일 년만 지나면 기억에서 완전히 지워져 버린다. 일 년이 뭔가. 한 달 혹은 일주일만 지나도 벌써 가물가물해진다. 그러니까 너무 스트레스 받지 마라. 시나리오가 잘 안 풀린다고, 곡이 잘 안 써진다고, 그림이 잘 안 그려진다고 주위 사람들 붙들고 칭얼거리지 마라. 그들은 당신의 문제를 심각하게 생각하지 않는다. 왜냐하면 '남의 눈'으로 보면 당신의 문제는 하찮으니까. 그리고 실제로 당신의 문제는 하찮다. 시간 위에 흘려보내면 둥둥 과거로 쉽게 떠내려가는 종이배 같은 것이다. 오늘 실패했으면 내일 성공하면 된다고 생각하자. 사람이 죽은 것도 아니다. 그저 한 게임 졌을 뿐이다.

# '에러'를
# '에러디어'로 만들어라

그 노인 참 대단하다. 내가 저 상황에 처했으면 과연 뒤돌아보지 않고 가던 길을 계속 갈 수 있었을까? 나를 포함한 대개의 사람들은 그렇지 않을 것이다. 깨진 조각을 붙들고 탄식을 해본들 원상복구가 안 된다는 걸 머리로는 잘 알지만, 깨진 옹기에 대한 안타까움과 아쉬움으로 한동안 마음이 상당히 언짢을 것이다. 하지만 냉정하게 따져보자. 후회와 자책을 해서 단 1초라도 시간을 과거로 되돌릴 수 있다면 좋으련만 그것은 불가능하다. 누구라도 인정할 수밖에 없는 사실이다. 그렇다면 지나가버린 실수를 곱씹는다는 건 내게 어떠한 실질적인 도움도 주지 않고 그저 마음만 상하게 할 뿐이다. 남는 게 없는 장사다. 바보 같고 미련한 짓이다.

중고등학교에서 시험을 보면 꼭 그런 아이들이 있다. 시험을 한 과목 끝낼 때마다 쉬는 시간에 전 시간에 봤던 시험문제를 채점하는 아이들 말이다. 10분 정도 주어지는 쉬는 시간에 화장실도 다녀오고 머리도 식히면서 다음 시험을 준비해야 할 텐데 이미 끝난 시험 붙들고 맞혔네 틀렸네 하고 있는 것이다. 분명히 알고 있는 문제였는데 틀렸다는 둥, 막판에 고쳐서 틀렸다는 둥, 아무래도 답안지를 한 칸 밀려서 쓴 것 같다는 둥 별의별 탄식이 다 나온다. 간혹 시험 망쳤다면서 엎드려 우는 아이들도 있다. 그런 기분으로 다음 시험을 맞이하니 집중이 되겠는가. 지난 과목은 어쩔 수 없다 쳐도 남은 과목에라도 집중해야 할 텐데 그게 안 된다. 자꾸 전 시간에 저질렀던 실수가 눈앞에 어른거린다. 결국 다른 과목에서도 실수가 나온다.

성적 우등생들은 쉬는 시간에 그런 미련한 짓을 하지 않는다. 이들은 시험성적은 결국 한 과목이 아닌 전 과목의 합산으로 결판난다는 것을 염두에 두고 행동한다. 지금 자신이 어떻게 처신해도 지나간 과거에 변화를 줄 수 없다는 걸 안다. 반대로 앞으로 닥칠 미래엔 영향을 줄 수 있다는 걸 안다. 그래서 쉬는 시간에는 지나간 시험을 채점하는 게 아니라, 다음 시간에 보게 될 과목을 마지막으로 정리한다. 그런 태도가 전체 시험성적을 놓고 봤을 때 1점이라도 더 이득이 되었으면 되었지 손해가 되지는 않으리라는 걸 누구라도 수긍할 터이다. 그런데 알고 있으면서도 그걸 행동으로 실천하지 못하는 학생들이 일반적으로 더 많다. 성적을 올리고 싶으면 그 방법은 간단하다. 우등생들이 가지고 있는 좋은 습관을 따라해 보는 것이다.

학교에서의 우등생만 있는 게 아니다. 사회에서의 우등생도 있다. 물론 이 둘은 차이점이 있다. '학교에서의 우등생이 곧 사회에서의 우등생은 아니다'라는 말도 있잖은가. 그런데 학교 우등생과 사회 우등생의 공통점도 분명히 있다. 나는 그 중요한 공통분모의 하나로 과거에 얽매이지 않고 현재와 미래에 충실하다는 점을 꼽고 싶다. 이들도 실패를 한다. 그러나 이들은 결코 지나간 일에 대해 후회하거나 변명하지 않는다. 저번에 실패했으면 그걸 교훈 삼아 다음번엔 실패하지 않으면 된다고 생각한다. 심지어 실패에 감사할 줄도 안다. 예컨대 이렇게 말할 줄 안다. "저번에 실수로 옹기를 깼지. 그러고 보니 내 어깨가 한쪽으로 약간 기울었다는 걸 알게 되었어. 그래서 체형을 바르게 교정하기 위해 노력했지. 덕분에 내 단점 하나를 고쳤어."

창조적인 생활을 지속해 나가려면 실수나 실패를 빨리 잊는 법을 익혀야 한다. 후회도 습관이 된다. 다리 떠는 것과 마찬가지다. 뉴스에서 보니 다리 떠는 습관은 그나마 건강에 도움이 된다고 하던데, 후회하는 습관은 그 어디에도 쓸모가 없다. 물론 후회하지 말라고 해서 반성하지 말라는 뜻은 아니다. 후회와 반성은 엄연히 다르다. 반성은 이를 테면 우등생의 오답노트 같은 것이다. 우등생은 문제를 틀렸다는 그 자체에 대한 아쉬움에서 머물지 않는다. 틀린 문제들을 수집하고 같은 실수를 되풀이하지 않도록 철저히 연구한다. 이것이 바로 후회가 아닌 반성하는 자세다. 내 식으로 표현하자면 에러를 에러디어로 만드는 습관이다.

# 무식이 죄는 아니지만
# 광고는 하지 말자

"열 개 중 하나 정도 건져내는 거지. 그렇다고 나머지는 버리느냐 하면 그건 아니거든. 그 열 개만큼의 노력이 결국 한 번의 입질을 불러오는 거니까. 그게 백 번이어도 마찬가지예요. 완성하고자 하는 강박, 시를 만들려고 의식하는 데서 이미 몸이 굳어지고 힘이 들어가는 거라. 지네를 예로 들어볼까? 지네는 다리가 스무 개가 넘어요. 그런데 지네가 움직일 때를 봐. 그 많은 다릴 일사불란하게 움직이는 게 아주 신기해요. 그런 지네한테 누군가 '야, 넌 참 대단하다. 어떻게 그 많은 다리를 한꺼번에 움직일 수 있느냐'고 물었어. 그랬더니 지네란 놈이 그만 자리에 멈춰 서서는 꼼짝도 못하더란 거야. 그 지네처럼 자기가 잘 할 수 있는 거라도 그걸 더 잘하려고 의식하게 되면 몸을 움직일 수가 없어지는 거예요."

_강정, 「루트와 코드」, 샘터사, 2004, 60쪽

시인 이성복의 말이다. 그의 말에 십분 공감한다. 평소에 아무렇지도 않게 잘하던 일도 의식을 하기 시작하면 갑자기 못하게 되는 수가 있다. 군대에서 제식훈련 같은 걸 해보면 우스꽝스러운 모습을 심심찮게 목격하게 된다. 인간이라면 누구나 걸을 때 왼팔과 오른 다리 그리고 오른팔과 왼 다리를 함께 움직인다. 어릴 때 따로 배우지 않았어도 다들 그렇게 걷는다. 그게 걷기에 가장 편한 자세이기 때문이다. 그런데 갓 입대한 훈련병 중에 제식훈련을 시켜보면 꼭 바보짓을 하는 사람들이 있다. 왼팔에 왼 다리 올리고 오른팔에 오른 다리를 올리는 식으로 걷는 고문관들이 나온다. 자기딴에는 잘하려고 하는데, 그러면 그럴수록 팔다리가 더 꼬인다. 동작을 틀리면 안 된다는 생각이 오히려 평소처럼 자연스레 걷질 못하게 만드는 것이다.

어떤 일을 잘하는 데 가장 큰 걸림돌은 잘해야 한다는 중압감이다. 타석에 들어선 타자가 모든 공을 홈런이나 안타로 만들려고 의식하면 오히려 실력을 발휘하기 힘들다. 너무 의욕이 앞서서 나쁜 공에도 쉽게 배트를 휘두르거나, 반대로 너무 신중해져서 입맛에 딱 맞는 공이 올 때까지 기다리다 삼진을 당하는 일이 잦아진다. 두 경우 겉으로 드러나는 현상은 대비되지만 선수들의 심리상태는 같다고 할 수 있다. 즉 잘해야 된다는 압박감 때문에 몸이 마음처럼 따라주지 않는 것이다.

야구에서는 3할 타자면 강타자다. 열 번 타석에 들어서서 세 번을 칠 수 있으면 훌륭한 선수인 것이다. 타자는 모든 타석을 9회 말 투아웃 만루일 때처럼 들어서면 안 된다. 열 번 중에 세 번만 성공하면 된다고 생각해야 과감한 플레이도 시도할 수 있다.

창조적인 작업을 하려는 사람도 마찬가지다. 이를 테면 당신이 시인이라고 가정해보자. 작업을 어떻게 할 것인가. "자, 난 지금부터

한 시간 동안 시 한 편 써낼 거야!" 하고 책상 앞에 앉는 게 시인으로서 좋은 자세일까. 아닐 것이다. 물론 한 시간을 정해 놓고 글쓰기에 임하는 것은 좋다. 시인이라고 해서 "영감이 찾아오면 그때 쓰겠다."는 식의 태도를 보이는 것을 나는 좋아하지 않는다. 농사꾼처럼 규칙적으로 기계적으로 책상 앞에 앉는 것은 좋은 습관이다. 글을 써본 사람은 안다. 아이디어가 떠올라 글을 쓸 때도 있지만, 글을 쓰다 보면 아이디어가 떠오르기도 한다는 것을. 오히려 후자의 경우가 훨씬 더 많다는 것을. 다만 글은 꾸준히 쓰되 시를 쓴다는 의식은 하지 말라는 게 내가 하고 싶은 말이다. 시를 쓴다는 강박을 버리고 그냥 글을 써야 한다.

그렇게 낙서 비슷한 글을 노트 몇 권 쓰다보면 그중에 어떤 구절은 당신을 강하게 끌어당기는 부분이 있을 것이다. 그런 부분은 빨간 펜으로 밑줄 쳐놓고 시로 발전할 가능성이 있는지 다시 검토해 보자. 빨간 밑줄이 쳐진 부분이 열 개 정도 모이면, 그 부분만 따로 2차 노트에 옮겨 쓴 후에 몇 달을 묵혀 둬라. 시간이 흐르면 생각이 또 바뀐다. 처음에는 열 개가 모두 시의 재료로 보였는데, 묵히고 나서 보니 마음에 드는 건 두세 개로 줄었다. 그런 방식으로 결국 당신은 두세 개의 시를 건져낼 수 있을 것이다. 필력이 좀 부족하면 2할 시인이 될 것이고 좀 높으면 3할 시인이 될 것이다. 분명한 것은 4할 시인은 나오기 힘들다는 점이다. 자신은 4할 시인이라고 누군가 주장한다면 그는 천재시인이거나 삼류시인일 것이다.

창조적인 작업에서 성공률이 3할이면 대단히 높은 수치다. 그러니까 초심자나 지망생은 그보다 조금 낮춰서 1~2할에 목표치를 두고 작업에 임해야 한다. 이성복 시인의 말처럼 "열 개 중 하나 정도 건져내는 거지."라는 생각을 항상 염두에 두고 있어야 한다. 일 년이라는 시간이 주어졌다면 시 백 편을 쓰겠다는 목표로 계획을 세우고 실천해야 한다. 그러면 결과적으로 열 편을 건질 수 있을 것이다. 그러나 처음부터 열 편 쓰는 걸 목표로 시간 스케줄을 짠다면 일 년 후에 당신의 손엔 한 편의 시만이 쥐어져 있을 것이다. "저는 양보다 질을 추구합니다." 이런 말은 초짜들의 입에서 나와서는 안 되는 금기어 중의 금기어다. 창조의 비밀에 대해 한 번도 고민해 보지 않은 무식한 소리다. 무식이 죄는 아니지만 그렇다고 광고는 하지 말자.

# '평범한 정답' 99개보다
# '기발한 오답' 하나를 찾자

아주 간단한 농담이라도 그 근원에는 두려움의 가시가 감춰져 있다. 예를 들어 "새똥 속에 든 흰 것이 무엇일까요?"라고 질문을 던지면 방청객들은 그 순간 학교에서 시험이라도 보는 양 바보 같은 대답을 해선 안 된다는 두려움에 빠진다. "그것도 새똥이죠."라는 답을 들으면 반사적인 두려움은 웃음으로 바뀐다. 그건 결국 시험이 아니었던 게다.

_커트 보네거트, 김한영 옮김, 『나라 없는 사람』, 2007, 문학동네, 14쪽

다른 나라 사정까진 잘 모르겠다. 분명한 건 한국사회에서는 '다른 답'을 '틀린 답'으로 여기는 경향이 강하다는 점이다. 당연하다. 스무 살 성인이 될 때까지 정답을 맞히는 교육을 위주로 받다 보니 그런 성향이 내면화할 수밖에 없다. 고등학교를 졸업할 때까지 자신의 능력을 학교나 사회로부터 인정받는 방법은 하나뿐이다. 학교(사회)가 이미 마련해 놓은 정답을 숙지한 후, 그것을 다시 학교(사회)에 제출하는 것이다. 그래서 암기력이 좋은 학생이 결국 우등생이 된다. 문제는 사회에 나오면 암기력만으론 해결할 수 없는 난제

들이 널려 있다는 것이다. 평범한 정답보다는 기발한 오답을 내놓는 사람들이 각광받는 시대가 됐는데도, 여전히 한국의 공교육은 아이들을 정답이 아니면 쉽게 입을 떼지 못하도록 만들어서 사회로 내보낸다.

대개 사회에서 첨예하게 논의되는 문제들에는 정답이 없다. 종교, 사형제도, 군가산점, 낙태, 개고기, 동성애, 4대강, 대북정책, 청년실업, 아파트……. 이런 문제들이야말로 우리 삶의 본질과 직결된 것들이다. 그런데 정답 맞히기에만 생각이 젖어 있으면 이 같은 본질적인 문제들에 대한 고민은 회피하는 습성이 생긴다. "어차피 답 안 나오는 문제들이잖아. 사람들이 뭐 땜에 그렇게들 시끄럽게 떠들고 싸우는지 모르겠어. 난 시간을 낭비하고 싶지 않아." 어떻게 보면 현명한 태도인 것처럼 보인다. 하지만 그들이 간과한 부분이 있다. 보기 중에 정답이 없어도 어쩔 수 없이 답을 하나 골라야 하는 상황에 우리는 살면서 꽤 자주 직면한다는 점이다.

예컨대 종교란 무엇일까 아무리 생각해도 정답은 안 나온다. 그래서 평소에 종교문제에 대해 따로 시간을 내어 고민해보지 않았다. 내가 종교를 바라보는 기본관점은 뭔지, 종교를 가지게 되면 장점은 뭐고 단점은 뭔지, 종교는 있어야 하는 것인지 없어도 무방한 것인지……. 제 나름의 생각을 평소에 정리해놓지 않았다. 그런 고민해봐야 시험점수가 올라가는 것도 아니고 취직에 도움이 되는 것도 아니기 때문이다. 그런데 어느 날 결혼까지 약속했던 여자 친구가 갑자기 이별 통보를 해온다. 놀라서 이유가 뭐냐고 물으니까 이런 대답이 돌아온다. "너랑은 종교가 달라서 안 될 것 같아. 크리스천이 아닌 사람과 연애는 할 수 있어도 결혼까지는 힘들겠어." 여기서 분명한 사실은 이 문제에 정답은 없다는 것이고, 더 분명한 사실은 정답이 없더라도 결국 어느 한쪽은 반드시 선택해야 한다는 것이다. 여자 친구와 헤어지든 교회를 다니든.

인생을 살면서 맞닥뜨리게 되는 대부분의 문제들에 정답은 없다는 사실을 깨닫는 일은 무척이나 중요하다. 학교에서 정답 맞히는 재주로 우등생이 된 학생은 사회적인 문제들에도 정답이 있길 바라는 경향이 짙다. 명확한 정답이 없는 모호한 상태를 아주 견디기 힘들어 한다. 그 결과 그들은 권위자에게 쉽게 복종하고, 다수결의 논리에 좀처럼 의문을 가지지 않는다. 그저 권위자나 많은 머릿수의 사람들이 내놓는 의견을 정답으로 여기고, 그 정답에 맞춰서 자신의 의견을 다시 가공하여 사회에 제출한다. 참신한 면모라곤 찾기 힘든 평범한 사람이 된다. 물론 여기서 말하는 '평범한 사람'이란 앞서도 언급되었듯 "주체적인 가치관을 갖지 못한 사람"이다.

평범한 정답 아흔아홉보다 기발한 오답 하나가 더 가치 있다. 평범한 정답은 내가 아니라도 제출할 수 있는 사람이 세상에 얼마든지 널렸다. 기발한 오답을 내놓을 수 있는 사람은 그 수가 훨씬 적다. 재미있는 점은 오늘의 기발한 오답은 내일의 평범한 정답이 되는 경우가 많다는 것이다. 이것이 바로 기발한 오답이 가진 가치다. 어쨌든 기발한 오답을 내놓기 위해선 우리는 어떠한 태도를 가져야 할까? 대답은 간단하다. 틀리는 것에 대한 두려움을 없애야 한다. 다른 답을 찾기 위해서는 필수코스로 틀린 답을 거쳐야 한다. 따라서 틀린 답을 내놓는 것에 두려움이 있으면 다른 답도 찾기 힘들다. "다른 답은 찾고 싶은데 틀린 답은 내놓기 싫다."라는 것은 "말은 하고 싶은데 입은 벌리기 싫다."라는 말과 같다.

# 에러는 아이디어로 가는
# 디딤돌이다

평생을 창의적으로 살아온 사람은 수많은 실수를 되돌아보며 그저 미소를 짓습니다. 스스로를 도닥거리며 말하죠. "내가 만든 오믈렛에는 달걀껍질 부스러기도 많았어. 그렇지만 난 포기하지 않았지. 그러니까, 봐, 멋진 일들을 해냈잖아?" 또 곧장 말을 잇습니다. "그래도 여전히 실수를 계속하겠지. 그걸 인정하기가 마냥 즐겁지는 않지만 그래도 사실이야."

_에릭 메이젤, 조동섭 옮김, 『일상 예술화 전략』, 마음산책, 2007, 67~68쪽

사람들은 자신의 '지나간' 실수에 대해서는 비교적 관대하다. 시간이 지나고 나면 누구나 알게 되기 때문이다. 과거의 실수가 현재의 자신에게 피와 살이 되었다는 것을. 그러나 사람들은 '지금 막' 저지른 실수에 대해서는 그리 너그럽게 생각지 않는다. 자책하고 후회하고 부끄럽게 여긴다. 시간이 흐르면 현재도 과거가 될 테고 그렇다면 미래의 나는 현재의 나가 저지른 실수를 분명히 대수롭지 않게 여길 것이다. 이 말에 수긍한다면 오늘 저지른 실수에 대해서 좀 더 마음을 편히 가져도 될 듯하다. 그런데 그게 머리로는 충분히 이해가 되

지만 마음은 또 그렇지 않다. "시간이 지나면 잊힐 거야."라는 말은 진리지만, 그 효과를 체험하려면 결국 시간이 진짜로 흐르는 수밖에 없기 때문에, 어찌 보면 정작 필요할 땐 도움이 안 되는 말이다.

그래도 연습을 하다 보면 조금은 도움이 되지 않을까. 내가 해보니까 실제로 어느 정도 도움이 되었다. 즉 미래로 자신을 보내는 연습을 해보라는 거다. 『우리는 사소한 것에 목숨을 건다』의 저자 리처드 칼슨은 그것을 '시간 바꾸기' 게임이라고 부른다. "한때는 심각하게 여겨졌던 일들도 시간이 흐르고 나면 별것 아니었다는 사실을 깨닫게 되고, 우스꽝스러울 정도로 심각했던 자신의 모습에 웃음을 터뜨리게 되는 경우를 나는 종종 경험하곤 한다."고 그는 말한다. 지금 아무리 내 속을 상하게 하는 일도 일 년만 지나면 기억조차 나지 않는다는 것이다. 당신이 일 년 전에 무슨 고민을 했던가를 떠올려보라. 떠오르는 게 그다지 없으리라. 그러니까 지금 하고 있는 대부분의 걱정들도 일 년 후엔 망각 속으로 사라진다는 걸 짐작할 수 있다.

일단 실수를 저지르고 나면 빨리 감정을 추스르고 평상심을 유지하도록 노력해야 한다. 그러기 위해서는 실수란 성공을 위해 꼭 치러내야 하는 통과의례라는 걸 알아야 한다. 실수는 피할수록 좋은 게 아니다. 실수를 죽을 때까지 피할 수는 없기 때문이다. 그렇다면 어릴 때, 직급이 낮을 때, 무명일 때, 책임질 일이 적을 때 겪고 지나가는 것이 낫다. 경미한 실수라도 늦게 저지르면 저지를수록 내게 더 큰 충격이 온다. 회사 말단직원이 노트북을 잃어버리는 것과 대기업 사장이 노트북을 잃어버리는 것은 차원이 다른 실수다. 물론 말단직원은 아마 상사에게 호되게 혼날지도 모른다. 그러나 그래 봤자 말단직원이다. 특별한 경우가 아니고서야 회사에 막대한 손실을 끼칠 일은 없다. 애초에 중요한 일은 맡겨지지 않았을 테니까. 말단직원의 이러한 실수는 무척 중요한 경험적 자산이다. 신입사원 시절에 그런 실수를 경험해봐야 나중에 사장이 되어서 같은 실수를 반복하지 않는다. 정작 중요한 자리에 있을 때 실수를 안 한다.

이런 예도 들 수 있겠다. 당신은 학창시절에 워드로 리포트를 작성하다가 파일을 날려 먹은 경험이 있을 것이다. 수시로 저장하지 않고 몇 시간째 계속 문서작업을 하다가 그만 컴퓨터가 다운되어 버렸다. 멀쩡하고 성능도 좋은 컴퓨터가 그렇게 갑자기 다운될 줄은 생각도 못했는데 말이다. 아마 그때 당신은 아주 많이 짜증이 났을 것이다. 분풀이 하느라 컴퓨터를 주먹으로 쾅쾅 몇 대 쳤을 법도 하다. 그런데 그와 같은 실수는 당신에게 실보다 오히려 득을 더 많이 가져다 줄 수도 있다. 그날 이후로 당신은 컴퓨터로 문서를 작성할 땐 수시로 저장하는 습관을 가지게 되었기 때문이다. 만약 학창시절에 리포트를 날려 먹은 경험이 없었다면, 당신은 회사에 취직하여 대외비 문서를 작성하다가 그런 실수를 저지를 수도 있다. 그러므로 리포트를 날려 먹은 건 얼마나 소중한 경험인가. 따로 돈 주고도 못 살 값진 실수담이다.

작은 실수로부터 우리는 많은 삶의 지혜를 배운다. 자동차 접촉사고가 난 경험은 더 큰 인명사고가 나지 않도록 조심스럽게 운전대를 잡도록 만든다. 칼질을 하다가 손가락 끝을 다쳐본 경험은 칼을 함부로 다루면 위험하다는 걸 우리에게 각인시킨다. 몸살에 걸려 며칠 골골해본 경험은 건강의 소중함에 대해 생각하게 한다. 이런 경험들은 그 당시에는 그저 짜증스럽기만 하겠지만, 단지 무의미한 경우는 하나도 없다. 모두 나중에 더 큰 변고를 겪지 않도록 예방하는 데 도움을 준다. 지금 당신이 별다른 문제없이 생활하고 있는 것도 이런 실수들에서 얻은 지혜가 의식의 밑바닥에 깔려 있기 때문이다. 실수는 단기적으로 보면 걸림돌처럼 보이지만 장기적으로 보면 디딤돌이다. 성장해 나가는 데 필수요소다.

창조의 세계에서도 똑같은 원리가 적용된다. 실수를 대하는 태도만 봐도 '될성부른 나무'인지 아닌지 알 수 있다. 성공한 사람들의 공통된 특징은 실수를 걸림돌이 아닌 디딤돌로 생각할 줄 안다는 것이다. 그들이라고 왜 실수의 순간에 좌절하고 위축되고 다 때려치우고 싶지 않겠는가. 그러나 스스로 깨달은 것이다. 실수로 인해 잃는 것보다는 얻는 게 더 많다는 것을. 지금 당장엔 걸림돌처럼 보이지만 결국엔 디딤돌로 바뀐다는 것을. 실수 하나는 질문 하나다. 실수를 100번 하면 질문을 100개 얻는 셈이다. 해보면 알겠지만 답을 구하는 일보다는 질문을 던지는 일이 훨씬 어렵다. 답 찾기엔 선수라도 문제설정엔 젬병인 분들이 많다. 이들이 자신에게 질문을 던지는 손쉬운 방법이 실수를 많이 해보는 것이다. 실수를 많이 했다는 건 그만큼 시도를 많이 했다는 뜻이기도 하다. 시행착오의 경험이야말로 진정한 스펙이다.

# 창조=99퍼센트
# 에러디어+1퍼센트 아이디어

내가 "축하해요, 고진감래네."라고 말했더니 박찬욱은 취한 목소리로 "아뇨, 그런 말은 제작자한테 하
시고요. 전요, 형이 제 영화를 칭찬해 주셔서 너무 기뻤어요. 형이 제 영화 칭찬한 거 처음인 거 아세
요?"라고 대답했다. 그 표정을 보았을 때 고맙게도 그 말은 진심이었다. 내친 김에 그냥 한마디 더 물
어보았다. "만일 이번 영화도 잘 안 되었으면 어쩔 뻔했어?" 아무리 술김이었지만 그 말을 던져놓고
나는 아차 싶었다. 그건 정말 해서는 안 되는 질문이었다. 그러나 물은 엎질러졌고, 그 물은 다시 담
을 수 없었다. 그런데 박찬욱은 아무렇지도 않다는 듯이 대답했다. "그럼 네 번째 영화를 다시 준비해
야지요, 뭐. 세 번째 영화를 만들었으니까 다음 영화는 네 번째 영화잖아요. 기다리는 게 지겹긴 하
지만 그래도 아마 또 기회가 오겠지요, 뭐."

_정성일·정우열, 『언젠가 세상은 영화가 될 것이다』, 바다출판사, 2010, 211쪽

낚시를 좋아하는 것과 고기를 좋아하는 것은 엄연히 다르다. 훌
륭한 낚시꾼인지 아닌지를 판별하려면 하나만 보면 된다. 그가 '낚
는 행위'에 대해서 자주 얘기하는지 '낚은 고기'에 대해서 자주 떠
벌리는지. 당연히 전자가 낚시고수이다. 낚시라는 취미가 가진 본
질을 잘 이해하고 음미하며 실천하고 있기 때문이다. 그렇다고 전
자가 낚은 고기에 대해서 할 말이 없는 것이 아니다. 후자보다 월척
의 경험은 더 많다. 다만 유치해서 입에 올리지 않을 뿐이다.

어느 분야든 공통적으로 고수와 하수를 구분하는 법이 있다. 고수는 과정을 중시하고 하수는 결과를 중시한다. 따라서 아무리 그 분야에서 경력이 길고 명성이 높아도 결과를 자주 입에 올린다면 그는 고수가 아닐 공산이 크다. 한 분야에 오래 몸담았다고 다 고수가 되진 않는다.

고수와 하수는 성공과 실패의 기준도 다르다. 낚시의 예를 들면 이렇다. 고수는 일정시간 낚싯대를 드리우고 앉았으면 그 자체를 성공으로 간주한다. 그날 하루를 즐겁게 보냈다고 여긴다. 반면 하수는 오랜 시간을 앉아서 낚시를 해도 고기를 낚지 못하면 실패했다고 생각한다. 그날 하루를 '공쳤다'고 여긴다. 참으로 이상하다. 그렇게 고기를 잡고 싶으면 낚시를 하지 말고 그물을 던지면 될 텐데 왜 사서 고생을 하는 걸까.

낚시의 본질은 입질이 올 때까지의 기다림을 즐기는 것이다. 고기를 낚아 올릴 때의 손맛도 물론 짜릿하겠지만, 그것은 어디까지나 부수적인 덤이다. 있으면 좋고 없으면 말고. 이번에 맛보지 못했으면 다음에 맛보면 되고. 10초간 즐겁기 위해서 10시간을 허비하는 건 미련한 짓이다. 나 같으면 다른 취미를 찾겠다.

성공의 의미를 과정 중심으로 재정의해야 한다. 예컨대 작가 지망생이라면 "오늘은 한 시간 동안 책상 앞에 앉아 있었으니 성공!"이라고 생각해야 한다. 설령 그날 단 한 문장의 글도 '낚지' 못했어도 펜을 낚싯대 삼아 잘 놀았으면 그걸로 만족해야 한다. 그게 안 되면 글을 쓰는 게 정말 괴로워진다. 펜을 손에서 놓고 지내는 기간이 점점 길어지게 된다. '어차피 그제도 어제도 별다른 성과가 없었으니 오늘도 마찬가지겠지' 하고 책상을 멀리하게 된다. 그러다 오늘이 내일이 되고 내일이 일주일이 되고, 어영부영하다 보면 어느새 한 달이 훌쩍 가버린다. 그 한 달 사이에 당신 인생에서 가장 뛰어난 글을 썼을지도 모르는데 말이다. 그저 낚싯대만 드리우고 있었으면 손쉽게 잡았을 월척을 책상 앞에 앉아 있지 않아서 놓치고 만 것이다.

내 말은 결코 과장이 아니다. 아이디어는 물고기와 같다. 단순히 실력이 쌓인다고 해서 더 큰 물고기를 낚으리라는 보장은 누구도 못한다. 낚시꾼이 통제할 수 있는 부분은 어디까지나 제한적이다. 일 년에 10일만 낚시하는 고수와 100일을 낚시하는 하수 중에 누가 더 월척을 낚을 확률이 클지는 아무도 예측할 수 없다. 분명한 것은 제아무리 고수라도 일 년에 10일만 낚시를 해서는 월척을 낚을 확률이 극히 떨어진다는 점이다. 반면에 실력이 모자란 사람도 횟수와 양으로 밀어붙이면 고수보다 더 뛰어난 결과를 얼마든지 내놓을 수 있다. 횟수가 많아질수록 그만큼 행운도 많이 불러들일 수 있기 때문이다.

창조의 세계에서는 운발도 절대 무시 못 한다. 운도 거듭되면 실력이다. 운 좋은 사람들의 공통점은 이런저런 시도를 많이 한다는 것이다. 내가 가만히 있는데 행운이 매번 내 머리 위로 찾아와서 떨어질 확률은 극히 적다.

"나는 몇 달, 몇 년 동안 생각하고 생각한다. 99번은 그릇된 결론을 얻는다. 100번째 이르러서야 옳은 결론에 도달한다." 누가 한 말일까? 천재로 일컬어지는 아인슈타인의 말이다. 그와 같은 천재도 옳은 결론엔 100번째에 도달했다니! 그렇다면 그의 천재성은 뛰어난 두뇌보다는 느슨한 낙천주의 기질에서 나왔던 게 아닐까. 나는 그렇게 생각한다.

아무리 평범한 사람이라도 100번 정도 생각하면 좋은 아이디어를 내놓을 수 있다. 문제는 99개의 그릇된 결론을 내놓는 과정을 즐기지 못해서 100개를 채우지 못한다는 것이다. 100번 찍어서 안 넘어오는 아이디어는 없다고 생각하자.

"창조는 99퍼센트의 에러디어와 1퍼센트의 아이디어로 이루어진다." 이것이 내가 이 책을 통해서 당신에게 전하고 싶은 핵심 메시지다. 편안한 마음으로 99개의 에러디어를 껴안을 수 있어야 비로소 당신은 1개의 아이디어도 만날 수 있다.

# 아이디어 에러디어

지은이 | 배상문
펴낸곳 | 북포스
펴낸이 | 방현철

1판 1쇄 찍은날 | 2011년 1월 25일
1판 1쇄 펴낸날 | 2011년 1월 31일

출판등록 | 2004년 02월 03일 제313-00026호
주소 | 서울시 영등포구 양평동5가 18 우림라이온스밸리 B동 512호
전화 | (02)337-9888
팩스 | (02)337-6665
홈페이지 | www.bookforce.co.kr
전자우편 | bookforce4700@gmail.com

ISBN 978-89-91120-51-8  03800

값 15,000원